現代小說

楊昌年　著

三民書局

國家圖書館出版品預行編目資料

現代小說／楊昌年著. －－初版二刷. －－臺北市；三民，民91
面；　公分
參考書目：面
ISBN 957-14-2582-6　(平裝)

1. 小說－寫作法

812.71　　　86004119

網路書店位址　http://www.sanmin.com.tw

© 現代小說

著作人　楊昌年
發行人　劉振強
著作財產權人　三民書局股份有限公司
臺北市復興北路三八六號
發行所　三民書局股份有限公司
地址／臺北市復興北路三八六號
電話／二五〇〇六六〇〇
郵撥／〇〇〇九九九八——五號
印刷所　三民書局股份有限公司
門市部　復北店／臺北市復興北路三八六號
重南店／臺北市重慶南路一段六十一號
初版一刷　中華民國八十六年五月
初版二刷　中華民國九十一年一月
編　號　S 03140
基本定價　捌元肆角
行政院新聞局登記證局版臺業字第〇二〇〇號

ISBN　957-14-2582-6　(平裝)

自序

很早就與小說結緣，師大肄業時即已以自身坎坷撰寫〈小林的日記〉，畢業的那年，曾參加香港亞洲畫報小說徵文得獎。五十九年任教臺中靜宜學院，去與大中文系兼課，是為我開授「新文藝」課程之始，當時已在教材中加入了現代小說。六十二年返回師大，在夜間部國文系開授的「新文藝」中選授小說，六十三年在師大日間部國文系開授「現代小說」（選修，半年二學分），次年改為全年選修。開始自我策勵，創作小說，投稿發表。六十五年一月在蘭臺書局出版《近代小說研究》，至此授課有了教材。六十八年四月康橋出版社出版《國學導讀叢編》，新文藝四種由我執筆。同年九月在牧童出版社出版《小說賞析》，是為教材的充實更新。次年九月在牧童出版我第一本短篇小說結集《會哭的樹》。七十一年二月在采風出版社出版《文學作品精選》二冊，是為我在小說教學中推薦發表的優秀學生作品選集。同年十二月在采風出版我第二本短篇結集《相見爭如不見》。迨至八十二年，在三民書局出版的《國學導讀》中，現代文學中的詩與小說兩種，由我執筆。

如今，蘭臺、牧童版的兩本早已無書，幸得三民書局將「現代小說」擴大出版，使我能將多年的教學、研究、創作經驗彙集成書，供作今後教學所需，並為有志於小說研究、創作者，提供參考。

付梓之際，深感不足，至祈同道君子，不吝賜教，補充改進，尚容俟於異日。

是為序。

一九九七、三、廿六　於臺北

現代小說

目次

第二章　創作論

第三章　題材論

第六章　世界小說名著介紹

參考書目　四四一

第一章 文學論

第一節 總論

一、文學論

(一)文學的起源

基於「物不平則鳴」的原則，勞動的調劑與苦悶的發抒自然而生。

1. 勞動的調劑：人類不能離開勞動生活，為求在枯燥的勞動生活中能得調劑，歌唱於是產生。文字產生之後，歌辭有了記載，那便是最早產生的文學——詩歌。可知詩文學的原始意義，即有祛除職業疲勞的效用。其後由於人類社會發展益形繁複，篇幅短小的詩文學已不能勝任記敘時代表現思想，適應時代進步需要的散文因此產生。散文發展之後，時代繼續進步，人類社會更形繁複，散文的表現也有了技窮之歎，逐漸便有篇幅更長，表現內容更深更大的小說與戲劇產生。

2.苦悶的象徵：日人廚川白村說：「生命是一連串的追求—滿足—追求……永無休止」。在追求欲望的過程中，獲致進步改善，而追求欲望本身即是人類社會進步的原動力。在追求的過程中，同時產生各種抑壓的力量，抑壓予人以苦悶，處理這些苦悶，人類常藉藝術來發洩，昇華情感。文學是藝術的一種，同時也是象徵苦悶的工具。

㈡文學的大類

1.純文學：屬於「情」的文學，如小說、詩歌、戲劇，給予讀者的效應是情感上的振盪，其職責在「感」。

2.雜文學：屬於「知」的文學，如科學、哲學，給予讀者的效應是理智上的思考，其職責在「教」。

㈢文學流傳的原因

1.反映時代：文學作品，或記敘過去時代的軌跡，使讀者回顧而驚心；或顯示時代將變之方向，給讀者以新鮮的瞻望。一部有價值的文學作品，無論是敘述過去或想像未來，均能激發同情共鳴，予讀者以藝術性的滿足。

2.人類求知的本能：文學作品為思想與理想的總匯，常是一人或多人智慧、情感、經驗的結晶。在複雜繁瑣的現代生活中，我們要求多體驗，多充實，使生命多添姿采，具備價值，常有囿限於時空，力不從心之歎，文學作品，最能幫助我們，打破限制，充實知識。

3.一切藝術中最易接近者：在藝術領域中，較之音樂、美術、舞蹈、雕塑、建築等，藝術、文學是最易為人們接受的一種。

4.是人生快樂的泉源：文學對於人生，具備多種影響與作用，常能給予讀者以慰藉，以彌補，使讀者在比較之餘獲得平安感或勇氣。又常能指示理想途徑，使讀者能祛除迷惘而有遵循，甚至有時能在激發讀者共鳴之餘，使讀者也產生創作的動力。

(四)文學作品的素質

文學決非僅是傳授知識，其目的是在用真、美兼具的文字表現人類的思想與情緒。由於欣賞者思想、性格之不同，欣賞的對象也有不同。就作家言：如淵明的恬淡、李白的雄放、杜甫的沉悒、義山的含蓄、秦觀的淒楚、放翁的豪婉、朱自清的清疏、徐志摩的濃烈、莎士比亞的練達、拜倫的奔放、濟慈的婉曲、泰戈爾的深思、王爾德的唯美、愛倫坡的新奇。作家各有所長，讀者也各有所好，主觀存在，難分軒輊。但是，一流作家創作的一流作品，其能不受時空限制，傳留廣遠長久者，必有其特殊之處，推究優良作品的特殊條件，不外下列三項：

1.能激動讀者：「真」的條件。

(1)豐富情感：作品中有作者自己。

(2)寫真實人性：揚棄單純、窠臼，顯露特點。

2.想像豐富與文字美妙：「美」的條件。

(1)形式之美：不僅是文辭的修飾給予讀者以恬和、雄壯、委婉等各種美感，成功的形式之美更包括音樂性與視覺之美等。

(2)想像美：作者以豐富的想像力充實了篇章，通過想像表現其情感與理想，雖屬造境，但因具備作者自己的生命情感，智慧經驗，和寫境一樣，可使讀者感到美。

3. 卓越的思想：「善」的條件。不同於雜文學，在情節之中自然含蘊教善的意義。

㈤文學的靈魂：「求新」「求善」

由於人類社會進步經驗的累積，任何新的時代，都必然能夠保留發揚舊有的美善，而不致再作舊有的錯誤的重蹈。所以，我們可以肯定的說，「新的」一定比「舊的」要更好，更完善。因為它蘊有舊的所有的優點而更具有舊有所沒有的新的優點。

革命的意義，在求各方面的除舊佈新，由於無改革即無創造，無創造即無進步，無進步即為死亡，我們必須承認，革命創造是永無休止的事業。在文學領域之中，基於文學生物性的至理，我們實負有重責，得努力創下新的輝燦的成績，承先啟後，傳留久遠。此一重建工作的實質，不僅包含著創新，更應具備舊有的菁華與傳統。符合我文學史發展一貫的精神。

二、小說論

㈠小說表現重點之改變

十九世紀以前全重故事，十九世紀以後重理想，以具體之人生經驗說道理，故事退居次要。表現繁複精微，顯示深刻完整之人生經驗，故事狹小而主題深廣。

㈡小說之影響及後來居上之因素

1. 影響：改變歷史觀念（如《三國演義》），教育影響（如《罪與罰》）。

2.後來居上之因：由於小說之進步，能在日益繁雜之社會給讀者以多方面的滿足，閱讀小說已由消遣、解愁更進一步能獲慰安作用及認識人生。

㈢小說與作家

一切藝術不是浮華的，也不是掩飾罪惡的，而是創造人類的新生命和改變舊有社會的。藝術的使命重大如此。

作者藉藝術來表現自己的個性，表現的顯示就是完成了的藝術品。

文藝本是苦悶的象徵，作家創作小說時，所寫或是反芻或是創造，都是血淚交流而成的。文學作家不一定要在紙上寫出紅的字眼，才算是真正的血；也毋須在紙上寫出淚的字眼，才算是真正的淚。個人與時代社會的苦悶，都可以藉著作家的藝術技巧在小說裏淋漓表達。

新的文藝要描寫實際人生，而不被實際人生的事實束縛，要描寫自然，而又決不是脫離實際人生的文藝。作家創作小說，客觀主觀兩方面都極重要。小說與作家間的問題是：

1.作家的經驗：作家創作小說，仗持本身經驗與運用藝術的材料從事寫作。就人物言，無論人物是寫實的，或是理想的，理想的人物是作者主觀之理想的產物，寫實的人物是作者客觀之摹寫的產物。理想人物的作者不問社會所有的人是什麼樣，憑自己的理想，將一個無用的人寫成有用的人，或將一個不美的女人寫成美女，這種作者的態度，自然暢所欲言，但與實際相差甚遠；寫真人物的作者，平實地將社會上實存的人摹寫出來，即使將使讀者失望，也都毫無隱飾地照實描寫。以上兩例，無論是理想或是寫實，在作者方面，最低限度必須具備經驗。設若作者缺乏經驗，寫出來的作品，將使讀者產生空虛不真之感。

2. 作家的思想：一切的藝術家，都是思想家。整理發表由經驗得來的結果，是作家所盡的責任；同時，在整理發表中加入思想特性，也是必須的。

3. 作家的情緒：作家貢獻情緒，藉作品傳達給讀者，但如企求情緒具備不朽價值時，應當具有下列五個標準：

(1)情緒之純正或適節：作品給予讀者的情緒應是純正化與適節化的。

(2)情緒之活躍或有力：作品能使讀者感動興奮，依仗作品之活躍有力。

(3)情緒之繼續或確實：作品給予讀者的感情，能使讀者確實產生共鳴並延伸繼續。

(4)情緒之範圍或變化：情緒範圍的大小。

(5)情緒之階級或性質：情緒的特性、適應某一類讀者。

4. 作家的想像：想像的定義是：「把非直接的感覺作品表現的物象，描寫於意識裏的行為及能力。」想像是作者經驗、思想、情緒的總和。作家的想像可分為：

(1)實在的想像，描寫實在的想像，例如使作品中人物的聲音、形貌、思想、品性，均能集中地使讀者接受。

(2)非實在的想像，如神奇的，似是而非的想像。

5. 作家的素質：作家猶如一位永無休止的獵人，傑作問世，可以滿足萬千讀者，但卻不能使作家自己滿足而休止，繼續追求的結果，常因時代的進展與文體風格的改變而落伍，或因年齡的增長創作動力的減退而力不從心。作家欲維持壯盛的創作動力，必應具備的條件是：

(1)多彩多姿的生活：寫境的充實。

(2)豐富熱烈的情感：造境的精彩。

(3)創新的寫作技巧：表達的特殊。

(4)同情心。

(5)堅持力與正確的創作動力。

(四)小說創作的重點

1.人性：食（飢餓、失業、寫實、戰爭）、色（性）。

2.人生：衝突、反抗、死亡、現實生活、愛情。

(五)小說的特質與要素

1.特質：

有好意識（主題）有啟示性或教育性。

須有一曲折動人之故事。

須有人物刻劃。

有佳妙之描寫技巧。

有完整之結構。

2.要素：

情節：何事——除主要情節外尚須有輔助情節以免單調。

人物：何人。

背景：何時何地。

(六)小說之道德使命

道德使命不一定能使作品不朽，但完全缺乏高尚道德目的者，必將流於細瑣，卑下而與人生脫節而不能流傳。故知小說之表現，不能逃避人生，不能逃避人生問題。（如美國史杜伊夫人的《黑奴籲天錄》，影響到戰爭的勝負與美國的政策，其價值是道德的而非功利的。）

(七)分類

1. 短篇小說：

(1)與長篇不同，非字數而是性質，長篇寫整個人生，短篇寫人生之某一部分，如同現代詩，其表現手法，濃縮內容，使用象徵以期概括廣而深的主題，且具備戲劇化的特性。

(2)特色：

①故事發展集中於一個主題呈圓形向外推展。

②適度使用三一律原則，同一人物（少數）同一空間（範圍有限）同一時間（一天）。

③使用最經濟之手法，以尖銳深入的觀點去發表人生，取材精緻，而具備不朽價值，旨在表現人生中精彩部分而非敘述報告故事。

④材料遠較散文為多（不同於散文）而結構完整，風格顯著，成功的短篇，其文字表現的功能

遠較中、長篇更佳。

⑤精鍊，萬字左右（但絕非長篇之節略或綱要）。

2.長篇小說：

(1)係表現整體人生之錯綜複雜關係。

(2)特色：

①表現主題嚴肅，以此主題統御全局，而使組織不致零亂。

②以作家對主題所體認之情感，發表而獲讀者的共鳴與同情。

③嚴密之結構，注意全局之呼應，避免重複矛盾缺漏，在複雜變化之中把握緊密和諧。

④字數：六萬字以上。

3.中篇小說：

(1)手法結構——如長篇，人與事較長篇為簡。

(2)特色：

①介乎長短篇之間，寫作較易成功，長篇情節多即易零亂，情節少即易單調沉悶，短篇情節少易單調，情節多易擁擠。而中篇適度剪裁可收兩者之效，而無兩者之弊。

②不必顧忌短篇之需求經濟，亦少有長篇組織之困難。

③對觀察人生之要求較長短篇為低。

④短篇常有匆促之弊，長篇有冗瑣之弊，中篇能有適度之調整。

⑤字數：三萬字至四萬字之間。

第二節　創作程序

一、定主題

㈠主題是小說之靈魂

讀者閱讀作品除為故事情節感動之外，尚能受到影響啟示，甚至可獲得一種力量，此一影響啟示以及力量之來源，即為作者在作品之中提出的一個或多個主題（問題）。

1. 問題業經解答，是作者對社會上某種問題的是非已作明確的判斷，影響讀者共鳴贊成。（如《儒林外史》）

2. 問題未經解答，作者留下問題使讀者玩味思索判定，此一問題究應如何解決才合理正當。（如《異鄉人》）

㈡主題亦為作家思想意識的表現，作家人生觀的表現

小說正是描寫人生，表現人生，啟示人生，創造人生的，因此，小說之中必有作家的思想及人生觀，而作家的思想意識，人生觀透過小說型式，藝術技巧表現出來時，便是小說的主題。

㈢主題與小說

1.無主題：所表現的思想，中心意識，作者人生觀，寫作動機，企圖影響讀者啟示讀者的均無。

2.主題模糊：將使讀者產生猜測，猜測作者創作動機與意旨，甚至發生誤會。

3.主題歪曲：靡爛人心使之消沈墮落，或鼓動仇恨盲目反對現實等。

4.主題正大：亦須有良好的表現技巧，因小說不同於政論專論，而是藝術品，發揮主題方法必須自然(主題應隱藏在技巧之後)。

(四)主題之特性

1.求真——就創作原始動力而言，應為個人而文藝。

2.求美——就追求技巧美而言，應為文藝而文藝。

3.求善——就作品發生之影響而言，應為人生而文藝。

(五)主題處理原則

1.不可利用主題作小說之開始，當由人物與故事來襯托，而不可由主題來牽引故事。

2.主題之大小應與篇幅之長短配合。

3.避免陳舊之主題，力求新鮮特殊。

4.主題應是含蓄而非顯露：成功的小說中，沒有一個主題性的字句，要使讀者主動地去自己尋找。如藥溶於水有效而無痕。

二、選題材

㈠小說故事的情節

小說故事的情節，雖然複雜變化萬端，但都是在表露存藏於人類內心的欲念與思想，及發表在外的行動與生活，而行動之表現必然具有影響。故知每一成功的情節（能反映時代意義的）均非絕對的虛構。作家要求深刻表現的先決條件，殆為冷靜細密地觀察人物的行動。

㈡法國劇作家喬治普提(Geayge Polti)提供故事情節卅六種

在十八世紀的末年，義大利的劇作者Carlo Gozzi曾經宣佈過，世界上祇能有卅六種劇情，德國的Schiller不信，自己費了許多事，欲多尋出幾種，但是結果，他還尋不滿卅六種。當時所尋得的卅六種，久已失傳了。到了廿世紀初，法國的Georges Polti引證了一千部戲劇，兩百部詩歌小說，乃申此說，最多祇能有卅六種（雖然每種再可分成若干細目，而數種劇情亦可聯合變化為新劇情），他說：「最多是卅六種情緒——人生的味道，盡在這裏了。像海潮水一樣，這就是人類歷史的高流與低流；這就是歷史的本質，這就是人生的本質；在非洲的樹林蔭下，或是柏林道旁菩提樹下，或在巴黎馬路上的電燈下，從人類或山林中的野獸徒手搏鬥時代，到那無盡的遼遠將來，我們總是拿這卅六種情緒，去了解生命的機構中的——卅六種情況，卅六種情緒，再不能多了。」

至於聯合變化的方法，他指出：一個劇情可以邏輯地引起第二個劇情；或兩個劇情可以同時存在，使得當其事者無所適從；或若干人物，每人各處著一種不同的劇情；或逃出一種劇情，又投入第二種劇情等等。可是所謂劇情，到底是個什麼東西，他始終未曾明白的界說，雖有英譯本的作序者William R. Kane代他說明，但未必就是他的見解，Kane說：「當一個中心人物不能不去解決一個辦法，不能不去承受一種改革，或者不能不克服一個阻礙，而同時那觀眾們所希望的所預期的或所畏懼的結果，是明白的擺放在面前，這時候便有了劇情了。」

現在，把卅六種劇情列成一表，以供作小說選材的參考：

種類	主要的即觀眾所同情的人物	其他必要人物	細目
(一)求告	求告者	逼迫者 威脅者	甲 1.幫助他去對付敵人。 2.給與他一個可以終其天年的地方。 乙 1.舟行遇災的人，請求收留幫助。 2.行事不端被自己人斥逐而祈求別人的慈悲。 3.祈求恕罪。 4.請求准許收葬屍骨取回遺物。 丙 1.替自己心愛的人求情。 2.在親戚前替另一親戚求情。 3.在母親的情人前為母親求情。
(二)援救	不幸的人	威脅者 天外飛來的救星	甲 1.救援一個被認為有罪的人。 乙 1.子女援助父母恢復王位。 2.受過恩惠的人報恩施救。
(三)復仇	復仇者	作惡的人	甲 1.為被害的祖宗或父母復仇。 2.為被害的子女或後人復仇。 3.為被侮辱的子女復仇。 4.為被害的妻子或丈夫復仇。 5.為妻子受侮辱（或幾乎受侮辱）而復仇。

			6.為被害的情婦復仇。 7.為朋友被殺或受損害而復仇。 8.為姊妹被姦污而復仇。 乙 1.為了存心作對故意為難而復仇。 2.為了蓄意謀害而復仇。 3.為了故入人罪而復仇。 4.為了逼姦強暴而復仇。 5.為了奪去所有而復仇。 6.為了一兩個人的奸詐對於整個團體的復仇。 丙 1.職業的追捕有罪的人。
(四)骨肉間的報復	報復者	作惡者（已死的受害人）	甲 1.父親的死，報復在母親身上。 2.母親的死，報復在父親身上。 乙 1.弟兄的死，報復在兒子身上。 丙 1.父親的死，報復在丈夫身上。 丁 1.丈夫的死，報復在父親身上。
(五)逋逃	逋逃者	追捕或懲罰的勢力	甲 1.違反法律（有時為不得已）的或因其他政治行為而逋逃。 乙 1.因為戀愛的過失而逋逃。 丙 1.好漢對著偉大勢力的抗爭。 丁 1.半瘋狂的人對著陰謀的診治的抗爭。
(六)災禍	受禍者	勝利的人	甲 1.戰敗。 2.亡國。 3.人類的滅亡。 4.天災。 乙 1.君位被奪。

			丙 1.旁人的忘恩負義。 2.不公道的被懲罰或受敵視。 3.遭遇橫逆或暴行。 丁 1.被情人或丈夫遺棄。 2.喪失子女。
(七) 不　幸	不幸的人	制箝他的人	甲 1.無辜的人，為野心者的陰謀所犧牲。 乙 1.無辜的人，受了那應該保護他的人的戕害。 丙 1.能人，有力的人在困苦貧乏之中。 2.一向被寵愛的人或一向受親暱的人發現他被遺忘了。 丁 1.失去了唯一的希望。
(八) 革　命	革命者	暴行者	甲 1.一個人的反抗。 2.數個人的反抗。 乙 1.一個人的革命，而影響了許多人。 2.許多人的革命。
(九) 壯　舉	勇敢的領袖	敵人（對象）	甲 1.備戰。 乙 1.戰事。 2.爭鬥。 丙 1.劫奪一個所欲的對象或人物。 2.奪回那所欲的對象或人物。 丁 1.冒險的遠征。 2.為了獲得所愛的婦女而冒險。

㈠ 綁劫	綁劫者	被保護者 保護人	甲 1.綁劫一不願順從的人。 乙 1.綁劫那願順從的人。 丙 1.奪回那被綁的女人，但未殺死綁劫者。 2.奪回那被綁的女人，同時殺死綁劫者。 丁 1.救出那被綁的朋友。 2.救出一被綁的小孩。 3.救出一信仰錯誤的人。
㈡ 釋謎	解釋的人	謎	甲 1.必須尋得某人，否則處死。 乙 1.必須解釋謎語，否則遇禍。 2.同前，但謎為所愛的女子所作。 丙 1.懸賞以尋出人的名字。 2.懸賞以尋出人的性別。 3.試驗一個人是否瘋狂。
㈢ 取求	取求的人	拒絕的人 判斷的人	甲 1.用武力或詐術獲取目標。 乙 1.用巧妙的言詞獲取目標。 丙 1.用言語打動判斷的人。
㈢ 骨肉間的仇視	仇恨者	被恨者或互恨者	甲 1.兄弟間一人為諸人所嫉視。 2.兄弟間相互仇視。 3.為了自利，親戚間互相仇視。 乙 1.子仇親父。 2.父與子互相仇視。 3.女恨父。 丙 1.祖父仇視孫。 丁 1.翁仇視婿。 戊 1.姑仇視媳。 己 1.嬰兒殺戮。

㈣骨肉間的競爭（為了戀愛）	得勝者	被拒者（對象）	甲 1.惡意的競爭者，為了自己的手足。 2.兩兄弟間，彼此的惡意地競爭。 3.兩兄弟間的競爭，其一犯了姦淫。 4.姊妹間的競爭。 乙 1.為了一個已嫁女子，父與子的競爭。 2.為了一個未嫁女子，父與子的競爭。 3.同前，但此女已為其父之妻。 4.母與女的競爭。
㈤奸　殺	有姦情的人	被害者	甲 1.情人殺害丈夫，或為了情人殺害丈夫。 2.殺害一個「推心置腹」的情人。 乙 1.為情人或為了自利，殺害妻子。
㈥瘋　狂	瘋狂者	受害人	甲 1.因為瘋狂而殺害了骨肉。 2.因為瘋狂而殺害了戀人。 3.因為瘋狂而殺害了無辜的人。 乙 1.因為瘋狂而受恥辱。 丙 1.因為瘋狂失去了親人。 丁 1.因為怕有遺傳的瘋狂，而竟致瘋狂。
㈦鹵　莽	鹵莽者	受害者或失去的對象	甲 1.因鹵莽而自致不幸。 2.因鹵莽而自致恥辱。 乙 1.因好奇而自致不幸。 2.因好奇而喪失所愛的人。 丙 1.因好奇而致別人不幸或死亡。 2.因鹵莽而致親族死亡。 3.因鹵莽而致愛人死亡。 丁 1.因輕信而致骨肉死亡。

(一八)無意中的戀愛的罪惡	戀愛者	被戀者 說明者	甲 1.誤娶自己的母親。 2.誤以自己的姊妹為情婦。 乙 1.誤娶自己的姊妹為妻。 2.同上，惟係受人陷害。 3.幾乎以自己的姊妹為情人。 丙 1.幾乎姦淫了自己的女兒。 丁 1.幾乎在無意中犯了姦淫的罪。 2.無意中犯了姦淫的罪。
(一九)無意中傷殘骨肉	殺人者	被害者	甲 1.受神愛，幾乎在無意中殺了自己的女兒。 2.同前，但因政治上的必要。 3.同前，但因與人作戀愛上的競爭。 3.同前，但因怨恨那他所不認得的女兒的情人。 乙 1.無意中殺害了或幾乎殺害了自己的兒子。 2.同前，但係受奸人的撥弄。 3.同前，同時並有對其他骨肉的仇視。 丙 1.無意中殺害了或幾乎殺害了自己的手足。 2.為了職務的關係，無意中殺死自己的姊妹。 丁 1.無意中殺死了自己的母親。 2.受奸人的撥弄，無意中殺死了自己的父親。 戊 1.為了報仇或受撥弄，無意中殺害了自己的祖父。 2.迫不得已的殺害。 3.無意中殺害了家翁。 己 1.無意中殺了一個所愛的人。 2.幾乎殺害了一個不認識的人。 3.沒有去救一個自己不認識的兒子的性命。

㈠為了主義而犧牲自己	犧牲者	主義	甲 1.為了諾言，而犧牲自己。 2.為了自己種族的成功或幸福，而犧牲性命。 3.為了孝道，而犧牲性命。 4.為了自己的信仰，而犧牲性命。 乙 1.為了信仰，而犧牲了戀愛與性命。 2.為了事業，而犧牲了戀愛與性命。 3.為了國家的利益，而犧牲了戀愛。 丙 1.為了義務，而犧牲了自己的幸福。 丁 1.為了信仰，而犧牲了自己的榮譽。
㈡為了骨肉而犧牲自己	犧牲者	骨肉	甲 1.為了親戚或所愛的人底生命，而犧牲自己的生命。 2.為了親戚或所愛的人底幸福，而犧牲自己的生命。 乙 1.為了父母的幸福，而犧牲自己的前途。 2.為了父母的生命，而犧牲自己的前途。 丙 1.為了父母的生命，而犧牲了戀愛。 2.為了子女的幸福，而犧牲了戀愛。 丁 1.為了父母或一個所愛的人底生命，而犧牲自己的生命與榮譽。 2.為了親戚或所愛的人底生命，而不顧貞操。
㈢為了情慾的衝動而不顧一切	戀愛者	「對象」被犧牲者	甲 1.為了情慾而破壞了宗教上的貞操與誓言。 2.破壞了普通的貞操與誓言。 3.為了情慾而毀滅了自己的權利。 4.為了情慾而毀滅了自己的前途。 5.情慾毀滅了腦力，健康甚或生命。 6.情慾毀滅了富貴榮譽，若干人的生命。 乙 1.因遇誘惑，而忘了義務。 丙 1.因為情慾的罪惡，而至喪失生命，地位，榮譽。 2.為了別種罪惡，而得到同前項的結果。

(三)必須犧牲所愛的人	犧牲者	被犧牲所愛的人	甲 1.為了公眾的利益必須犧牲一個女兒。 2.因為遵守對神所作的誓言，有犧牲她的義務。 3.為了個人信仰，有犧牲恩人或所愛的人的義務。 乙 1.在必要情形之下犧牲那人家所不知道的而實在是他的女兒。 2.在同樣環境中犧牲他父親或自己的丈夫。 3.為了公眾的利益，而犧牲自己的女婿，而對付自己的郎舅或朋友。
(四)兩個不同勢力的競爭（為了戀愛）	兩個不同勢力的人	對象	甲 1.神與人，有妖術者與平常人，得勝者與被征服者，主與奴，上司與下屬。 2.上國的君王與屬國的君王，君王與貴族。 3.有權威者與新興之人，富人與窮人，有榮譽的人與犯嫌疑的人，兩個差不多勢均力敵的人，而其中一個人曾犯有姦淫。 4.一個被愛的人與一個沒有權利去「愛」的人，離過婚的婦人的前後兩個丈夫。(是在兩男之間的)
(五)姦淫	兩個有淫行的人	被欺騙的丈夫或妻子	甲 1.為了另一少婦欺騙了情婦，或為了自己的少婦為了一個少女而欺騙了情婦。 乙 1.為了縱慾為了已婚的少婦，為了他所愛但並不愛他的少女，而欺騙了妻子。 2.妻子為一個娼妓所嫉妒，為愛她丈夫的少女所嫉妒。 丙 1.為了一個「相投」的情人，犧牲了那「不和」的丈夫。 2.欺騙丈夫，為了一個雖不如他那樣好，但更加有用的情敵。 3.熱情的妻子欺騙了一個好丈夫，為了一個平凡的情敵。 丁 1.被欺騙丈夫的復仇，丈夫被那失敗的情敵陷害。 2.為了主義，打消了嫉妒的念頭。

(二六)戀愛的罪惡	戀愛者	被戀愛者	甲 1.母戀子，女戀父，父對女施暴。 乙 1.少婦與丈夫前妻之子相戀，一女子同為父子二人的情婦。 丙 1.兄妹戀愛，及為嫂或妗的戀人。 丁 1.男愛另一男子，及人與獸。
(二七)發現了所愛的人的不榮譽	發現者	有過失者	甲 1.發現了母有可羞恥的事，父有可羞恥的事，及女兒有不榮譽的事。 乙 1.發現了未婚夫妻的家庭中有不榮譽的事。 2.發現了妻子於未婚前經人污辱，從前是娼妓。 3.發現了自己的情婦原為娼妓，又操舊生涯了。 4.發現情人是無賴，發現妻子是壞女人，兒子是殺人犯。 丙 1.兒子是賣國賊，違犯了他自己手訂的法律。 2.立誓欲除暴君，發現暴君乃為其父。 3.發現手足為殺人犯。 4.發現父親為母親所害死。
(二八)戀愛受阻礙	兩個戀愛的人	阻礙	甲 1.因門第，地位及財富不同而不能結婚。 2.因仇人從中阻擾而不能結婚。 乙 1.女子先已許配他人或因誤會對象和別人結婚。 丙 1.親戚之間的不和，反對或男，女間性情不和。
(二九)戀愛一個仇敵	被戀愛的仇敵	愛他的人 恨他的人	甲 1.被愛者為愛人的親屬（族）所痛恨。 2.愛人被愛者的親族所痛恨。 3.被愛者（男）是愛他的女伙伴的仇人。 乙 1.愛人（男）是殺死被愛者的父親的。 2.被愛者（男）是殺死她的另一愛人的父親的或弟兄的。 3.被愛者（男）是殺死那愛他的女子的丈夫的或原愛的人或一個親族的。 4.被愛者（女）是殺死愛人父親的人的女兒。

(三〇)野心	野心者	阻擋他的人	甲 1.野心為自己的親族，弟兄，親戚，受恩的人及黨羽所阻止。 乙 1.反叛的野心。 丙 1.野心與貪婪連續地造成罪惡。 2.梟獍式的野心。
(三一)人和神的鬥爭	人	神	甲 1.和神以及和信仰某一種神的人鬥爭。 乙 1.和神爭論。 2.因侮辱神道或神前傲慢而被罰。 3.狂妄的鹵莽的和神競爭。
(三二)因錯誤而生的嫉妒	嫉妒者	被嫉妒者	甲 1.錯誤因嫉妒者的疑心或因湊巧而生出來的。 乙 1.誤認友誼的愛為男女的愛。 2.嫉妒因惡意的造謠所引起，或因懷恨的叛徒所挑起的，但叛逆是因自己的利益與嫉妒。 丙 1.夫妻間的互相嫉忌為情敵所挑起。 2.丈夫的嫉妒，為失敗的情敵或被一個愛他的女人所挑起。 3.妻子的嫉妒被一個受過斥逐的情敵所挑起。 4.一個得意的情人的嫉妒，被那一向受欺的丈夫所挑起。
(三三)錯誤的判斷	錯誤者	受害人錯誤的原因	甲 1.須要信託的地方發生了錯誤的疑忌。 2.誤疑自己的情婦。 3.誤會愛人的態度而生疑忌。 4.因對方冷淡而生錯誤的疑忌。 乙 1.為救友人故意使人懷疑自己。 2.打擊一個冤枉無辜的人。 3.一個目擊罪惡的人，因為欲救一個所愛的人，而聽任旁人責備那冤枉的人。 丙 1.聽任旁人責備一個敵人。 2.錯誤是由一個仇敵或者由她的弟兄故意引起的。

			丁 1.犯罪者嫁禍於他的仇人，嫁禍於一個情敵。 2.犯罪者自早就佈置好的，嫁禍於他的第二個欲害的人。 3.一個被遺棄的情婦，嫁禍於她從前的情人，因為他不肯去欺騙她的丈夫。 4.受了人家的故意陷害（錯誤的判罪）之後努力恢復地位，並設法報仇。
(三四) 悔 恨	悔恨者	受害人或罪	甲 1.為了一件人家所不知的罪惡，為了弒父，為了謀殺而悔恨及為了謀殺丈夫，或妻子而悔恨。 2.為了戀愛的過失。 乙 1.為了犯了姦淫而悔恨。
(三五) 骨肉重逢	尋覓人	尋得的人	（本欄原稿未加註解）
(三六) 喪失所愛的人	眼見者	死亡者	甲 1.眼看骨肉被殘害，而不能救。 2.為了職務上的秘密幫助以不幸加到自己人的身上。 乙 1.預見一個所愛的人死亡。 丙 1.得知了親族或摯友的死亡。 丁 1.聽得所愛的人死亡的音訊，而致失望，而發生了犧性。

(三)故事情節的來源

1.作者先有認為正確的理想，時在腦中考慮，考慮成熟決定選取小說的形式來描寫，於是便根據此一理想，創造人物的性格及故事的情節，務求將主題發揮能充分的表現。

2.作者在偶然場合中，遇到或聽到一事，獲得靈感或啟示，進入作者原有的思想和經驗中，醞釀成熟而寫出，寫出的小說與事實不盡符合，甚或與事實完全不一樣。

3.在新舊的交替時代，作者渴望舊的社會得到新的改造，但既不願過於暴露現實的黑暗面，使一般追求光明的人們感覺灰心，又不能知而不言，故意粉飾太平，遷就社會，使人們安於小成而自滿，增長其虛驕之惰性，於是只好在歷史、寓言、傳說之中找尋典型人物組織適切的故事，來反映現實，作為對現實社會一種間接的鼓勵與忠告。

4.作者根據活生生的事實寫出，便成純客觀的寫實作品。不過每件發生的事實未必都是小說的故事，就有成為小說故事可能畢竟是極少的，故流行的寫實小說，大部分的材料均經嚴格的觀察認真的搜集，徹底搜集，整理精密分析，然後才可以將情節排列聯綴，而成為一完整的故事。

5.作者苦悶的象徵。在作品中寄託理想，發抒情感表現自我。

(四)故事的適用性

1.某種故事型式初看似乎是完整合理的，但表現故事的人物不真實，無生氣，作者機械地派定某一人物代表某一關係，在故事中完成為作者的理論所需的幾件工作。因人物組織適切的故事使讀者看不出所描寫的人和事有真的性格及充分的理由，因此不能相信，不表同情，不感興趣，所以一定要是活生生的人，表現活生生的事才行。

2.心理上的不協調：作者發現一個正確的理論是容易的，但要構成一個完整的故事表現自己的理論則甚難。原因是作者雖然找到了故事，但並不曾完全同情於自己所要描寫的正面人物，完全深根於故事中反面的角色，故作者的情感絕不能有絲毫的勉強，必須根據真正的所見所思所感而寫，在理智與情感衝突時寫不出什麼。情感跟不上理智，勉強而寫的必無生命。

3.過於注意人物的特殊而忽略了普遍性與典型性，故事與人物成為傳奇，奇聞怪誕使讀者懷疑。

4.文不對題，結構草率：作者已預定某一理論為小說之主題，當然不是任何故事都能勝任表現此理論的，如果結構草率即易文不對題，矛盾支絀，故事發展與作者預定主題關係微弱時，故事本身將不能負起說明主題的責任，作者常會裝上一條光明的尾巴打出招牌，或找到一個空隙插進一段理論的敘述使作品成為標語化、口號化。

5.注意題材之時代性，以能具備有比較永恆價值的為上（如人性的顯示與調適）。

㈤搜材方式——向人生取材

1.寫境——現實材料：

(1)對社會人物的觀察，敏銳觀察社會上各形類人物性格面貌以及喜怒哀樂情感。

(2)對社會各事的觀察，深入各階層去搜集材料。

(3)親身體驗。

2.舊事取材：神話、歷史、傳說舊材料之新綜合即成為藝術材料。

3.虛構——造境：但須合情合理不可與主題矛盾衝突。

4.其他方式：觀察自然，報章雜誌之搜材，卡片摘記。

三、設計人物、情節

(一)人物設計原則：使人物具有生命

1.真實性：人物特性的具備，早在寫作之前，作者意念之中對人物必須先有確定的了解；惟有如此，作者才能確切而靈活地表現人物使成真實。

2.讀者的參與感：小說中人物之所以具備真實的生命，主要是由於讀者們對人物能有情感；而且還要讀者們能分享人物的情感。惟有使讀者參與到人物的環境裏，才能引發讀者們的共鳴與同情。

3.人物性格的合理性：神話傳奇式的人物已隨著時代而過去，要使讀者認知人物是活生生的人，和讀者們一樣的人，他們和現代人一樣的具備著各種優、缺點，由於人性的調適不當，人物行事的是非善惡將因時空環境的不同而表現有異。

4.組合與分化：作者設計人物，常用所熟知的多種性格予以組合在一個人身上表現（如阿Q綜合多種人性缺失），或是將一個人的幾種意識分化在幾個人身上表現（如羅貫中的個人意識分化成劉備、諸葛亮、關羽三人）。

5.細節表現：表現人物的重點不用空泛主觀的概述，而是要著力寫出一些特殊的細節事件，由事件的歷程結束，自然而客觀地把人物特性介紹給讀者。

㈡情節設計

1.原則：

⑴真實性：必要使讀者能夠接受（通過情節所引發的感性理性），寧取可信的不可能，不取不可信的可能。

⑵不尋常：要有使讀者出乎意外的成份，具備神祕感，使用懸疑以滿足讀者的好奇心，使讀者能有機會使用想像力，使他們能有參與的感受。

⑶衝突：小說與戲劇一樣，應有「衝突」的焦點。勃倫太爾評論戲劇的原理目標可用在小說，他說：「戲劇（或小說）是人類意志與不可思議的力量或自然的毅力，相衝突的一種表現，它是利用舞臺（或文字）把我們的生活顯示出來，其中表現人與命運的衝突，與社會法律的衝突，與死亡的衝突，與自身（野心、私欲、偏見、愚行、惡意）之衝突」，又強調自然「天性」與人道的矛盾：說弱肉強食，以優勝劣是自然而非人道。人們不求目前一時而謀慮將來，追思已往是合理但最不自然。以柔濟剛，寬大公正，以補救人類之不平等是合理的但最不自然。團結家族鞏固婚姻，以為社會進化之基礎是合理的但最不自然。克己制欲合理中節，以為社會進步之基礎是合理的但最不自然。迷信武力崇拜，謀建公理權威進化之基礎是合理的但最不自然。一切矛盾衝突的感情，劇作家用之表現於舞臺觀眾之前，小說家則藉人物情節表現於讀者之前。

⑷讀者的適應性：必需考慮一般讀者的智識能否配合接受（主題潛藏的深度）；一般讀者的記憶能否適應（懸疑時久或篇幅過長的淡忘）。

(5)主要情節與輔助情節的設計，小說有如花樹，主要情節是樹幹，輔助情節是枝葉，兩者缺一不可。

2. 佈局：亞力斯多德的戲劇佈局，同樣可作小說佈局的參考：

如圖中箭頭所示的「導發」，表示主角對於事件從原本不知到漸知的過程。情節由圓圈內的兩個部分積成：「複化」是從故事開端到主角遭遇改變之前的一部分；「定局」是由改變開始到故事結束的一部分。小說之中，情節的複化與定局常是緊連的，以致大意的讀者常不易分辨兩者的界限。時常在情節複化時就已預示了定局的必然。

有時小說的情節設計在定局將成之時突又改變，奇峰陡現，改變的發展與定局即將顯示的情形完全相反（當然作者一定可以由前顯示的情節中交代出因果關係的），那就是「突變」。由此展開另一情節，再依導發、複化、定局的階段來進行新的設計。

四、決定體式與手法

(一)體式

1. 自述式：第一人稱。

(1)以自我為主角或以自我為旁觀者，貫徹全篇。

(2)故事之發展應單純不能繁複。

(3)可使用心理分析但應合理。

(4)全書發展必須有（我）若不可能時則用日記書信補敘。

2. 他述式：第三人稱。

(1)人物多情節繁，錯綜複雜時適用他述式。

(2)作者必應具有強大的組織力，成功的他述式有更多的自由更少的拘束。

(3)作者應始終避免主觀，冷靜觀察，自然報導，面面俱到。

3. 日記式。

4. 書信式。

5. 自述式與他述式之比較。

(1)自述式：主觀，人物突出，情多事少，重共鳴感染，以自我為中心。

(2)他述式：客觀，人物均衡，情事並重，重組織，數頭並進發展。

刻板。

㈡手法

1.平敘法：用平鋪直敘之口吻將故事從頭到尾陳述出來，容易寫，讀者也容易接受，但缺點是過於刻板。

2.倒敘法：利用回憶方法將故事寫出。

3.突起法：使用突出之一點開始，然後回溯或向後延伸。

4.合攏法：雙管並進，漸漸合一。

5.錯綜法：以現在、過去、未來三種時態人事間雜錯綜進行。或以主線、支線交叉進行。

五、設計結構

㈠根據

1.環境是結構的背景，是人物的行動，人物環境決定之後再安排結構，配合故事主題與塑造人物之性格而設計結構。

2.有以事實為根據的輪廓，而須用想像創造來使之豐潤，故事以接近和諧成熟完整為要求。故寫境與造境之綜合，最後故事所包括之真實性，不是特殊而是普通，不是個人而是典型。

3.需注意以最簡明經濟之手法表現。

㈡編排與剪裁

1.故事多的，多頭式（如《三國演義》、《儒林外史》）是以故事為主，將每個故事支脈先訂發展方向及結局，再定穿插方法連綴支脈編為整體。

2.情節多的，以人物為主（如《紅樓夢》），依性格行為而發展，據此以演繹其情節。

3.多餘人物，無關緊要的場面，不必要的穿插，冗長乏味的對話、刪除。

4.主要情節與輔助情節之區分。

5.描述使用繁簡手法，以自然曲折（線）為原則，不可因求整齊而增加平凡部分，不可因求變化而造成零亂。

㈢結構

1.短篇小說的結構：

(1)開頭：

甲、以對話開始的：

使情景浮現而用對話開始。

描寫人物性格用對話開始。

暗示主題，用對話開始。

借對話說明以引起本文。

為引讀者注意，用對話開始。

乙、不以對話開始的：

使情景浮現夾敘人物。

以描寫人物為主，用「他」「她」「某某」開始。

直接敘述事件。

以描寫環境開始。

⑵本體：包括事實、情緒、危機、中間、頂點、收場。

⑶結尾：即收場的延長。

2. 長篇小說的結構：長篇內容雖是複雜，總不外「主線」（主要情節）與「支線」（輔助情節）的交織。作者安排結構，應注意「觀察點」（小說中主要人物敘述事實的地位）與「力點」（事實的分配）。

⑴觀察點的區分：主要人物的觀察點，附屬人物的觀察點，許多人物混合的觀察點，以著作主觀看的觀察點，純客觀的觀察點。

⑵力點：均衡的力點、反覆的力點、焦慮的力點。

六、其他

㈠強調誇張渲染

1. 強調與誇張：

⑴故事內容過於充實時，因避免累贅臃腫拖泥帶水而必須剪裁刪除；故事內容貧乏，必須加強故事之真實性時應用強調。

⑵強調係依照故事之情節予以適當之發展，誇張係竭力渲染甚至超過真實性的限度。寫實生動斯

為寫作要旨，應將真象強調至適當程度，雖然讀者可能疑心是「言過其實」的誇張而實際正是「恰到好處」的真實。

2. 渲染：

故事之藝術氣氛即其中所包含之情調，如缺少情調，或情調烘托不適當，即呈枯燥生硬無趣，不能吸引讀者，是故藝術氣氛必須渲染。

(1)注意故事發生的時空，盡可能烘托故事演變時的情景，以加強其真實性。

(2)風景線之描述渲染應與故事為一體，注意動的描寫，避免靜的舖陳，且須避免錯誤。

(3)人物生活習慣之渲染。

(4)寫某物之特性，可用擬人，刻劃人物特性常用擬物。

㈡過場與高潮

1. 過場：

(1)過場即交代，作者如何處理故事糾紛，解決人物衝突，故事與故事之銜接，情節與情節之融合，不勉強，看不出補綴，不多不少，不快不慢。故事情節不能作跳躍式的進展，在趨向高潮途中，太慢即迂緩平庸，太快即急促躐等。

(2)過場交代不可太清楚（破壞故事之神祕性及含蓄意義）也不可太不清楚（讀者不得要領，不知來由），必須有交代，亦有虛懸疑問。

(3)過場宜簡便、扼要、自然，使人看不出是過場，而過場情節即為高潮之伏筆。

2.高潮：

(1)在許多預為安排的驚心動魄的過場中，將故事逐步發展，發展到超出讀者預料，而仍不違背常理與人性，將事的糾紛與人的衝突獲致出奇制勝之解決，是為高潮。

(2)高潮出現應自然（雖然形式突然）必是以前一連串先發生的事件所產生必然的合理的結果。

(3)高潮出現應說明或表現小說之主題。

(4)最高潮——將故事中每個頭緒集中在一齊而爆發（發展故事時已暗伏若干小結，最後形成一大結，讀者自解小結而作者解開大結）。

㈢注意事項

1.開端結尾必須相互照應。

2.人物發展、故事發展有順序。

3.故事之穿插（正反對比，繁簡疏密之調劑）。

4.人物登場與結束。

5.高潮要出奇，收場（結局）要令人滿意。

第三節　敘事觀點

敘事觀點只有四種。以第一身（我）為敘事觀點的有二種：一是第一身主角敘述，另一是第一身非主角敘述。以第三身（他、她或人名）為敘事觀點的有二種：一是全知全能觀點，另一是第三身主角敘述。至於另說有「第三身旁觀敘述」者，因易與「全知全能」混淆，故不列。

一、第一身非主角敘述者

㈠圖示說明

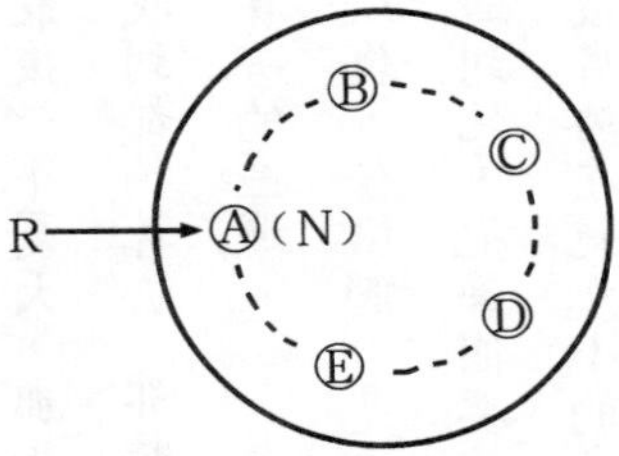

圖解R代表讀者，Ⓝ代表不露面的作者，大圓代表作者想像的世界，小圓ABCDE代表在那世界裏活動的人物。作者自己是故事人物之一，介紹讀者進入想像世界。因為作者地位與其他人物地位相等（並未淩駕在其他人物之上），所以僅能自言行來觀察其他人物，無法透視其他人物的性格（不是全知全能）。如圖示各人物間只以虛線接觸，各人都不能彼此進入小圓之內。

由此可知，第一身敘述者的敘事觀點是有限度的，只能告訴讀者他所看到的，如敘述者要想超越自己的觀察，他所表露的也衹是推測而非親見或身歷。

第一身敘述者的敘事觀點是直接的，但因水準謹嚴，其在故事中扮演的角色必能使讀者信服。敘述者是演員也是觀察者，讀者雖不能相信他沒有偏見，但必須了解他必須具備主觀的理由，正是獲取讀者同情的基本。

㈡示例

〈一朵愛爾蘭的玫瑰〉（英，柯汝寧A. J. Cronin，王鋭譯）

我在愛爾蘭的最後一年夏天，那次旅行，使我的心靈永遠激動難安。

許多年以前，我到都柏林去，那時我是個年輕的醫生，在一家醫院裡實習。分派給我的病區，是在這個城市裡最貧苦的區域。

我第一次看見玫瑰・登格潤，是在我觀察這個悽苦的貧民窟途中。

之後，我常常遇到她，抱著個嬰孩，在公共自來水管那裡接水。那個嬰孩胖胖的，九個月大了，用一條破舊的披肩縛在她瘦小的身體上。玫瑰約莫十四歲，一雙暗藍色的眼睛，在她瘦削的臉上看來顯得出奇的大。

另外還有三個孩子，跟在她裙子四周，年紀在五歲到九歲之間。由於相貌相似，我明白，他們也都是登格潤家的孩子。

我開始向她道早安，幾天以後，她也以莊重而羞赧的微笑答禮。漸漸的，我和她建立起友善的情感，而且明瞭了一些關於玫瑰的事情；三個孩子和嬰兒墨高，在八個月以前失去了他們的母親，他們和父親丹尼．登格潤一起生活在附近的一個地窖裡。

丹尼是個身體羸弱的、不折不扣的老好人，他把大部分的時間和金錢消耗在附近的酒館裡；因此，玫瑰就必須要擔負起全家生活的重擔。她把家裡的兩個房間收拾得整潔有序，而且儘其所能的料理孩子們的一切需求。

在玫瑰心裡，雖然她對每個孩子都愛護，但是對那嬰兒墨高，眷顧尤深。晴和的下午天，她常帶著他在公園外邊散步，因為墨高的身體沉重，使得她步履蹣跚；但是這個並不能使她氣餒，任何艱難都不能使她氣餒。

當我看見她堅強的順著擁擠的人行道步行的時候，我對她的毅力感到驚異。在她瘦削而不潔淨的臉上，那深邃的、沉思的眸子裡，蘊含著成年人的智慧；另外，更充溢著愛。

我對這個女孩，起先是感到好奇，漸漸轉變為深重的關切；我覺得我必須要幫幫她的忙。一個偶然的機會，我得知了她的生日，就叫服裝店送了一個衣包給她。

其後，好幾天我沒有到那附近去；但是在下一個禮拜一我見到她的時候，她仍然穿著她那破舊的衣裙。

「妳的新衣服呢？」我衝口而出。

她的臉羞紅了，而後說：「原來是你。」

呆了半晌，她沒有看我，簡單的補充了幾句：「新衣服當掉了，家裡一無長物，墨高不能不吃牛奶。」

我諦視著她，覺得她為她所愛的弟弟們，決心犧牲她自己，以及屬於她自己的一切。看起來，她是那麼瘦弱，使我頓生悲憫之心。

次日，我去找這個教區的牧師。

在我談起玫瑰的時候，牧師的臉上閃起一道神彩，我要求他給予幫助，他稍事考慮，慢慢的點頭，表示同意。

「你要去說服她」，他陪我到門口的時候，向我解釋：「她是一個完美的小媽媽；那是充實於她生活中的一種力量。」

過了一個禮拜，經過一次信件往還，我決定去看她。我說：「玫瑰，我們打算讓妳離開這裡，到高爾衛我朋友的農場去住一個月。在那裡，妳只要餵餵小雞，沒有旁的事情；妳可以在田野間跑跑，有足夠的牛奶可喝。」

隔了一會兒，她的臉上露出希望的光彩，但是很快又消失了，她搖搖頭。

「不，我必須照顧弟弟們……還有爸爸。」

「一切都計劃好了，教會會照顧他們；妳一定要這樣做，要不然，妳會病倒的。」

「我不能，」她說：「我不能離開這個嬰孩。」

「好吧！那麼妳帶他一起去好了。」

她的雙眸，閃耀著奇異的光輝；第二天，當我們把她和她所照顧的嬰孩送上火車的時候，姐弟倆顯得更高興，更光彩！

從我們的朋友加路爾家裡傳來的關於玫瑰的消息，令人滿意。玫瑰在農場上幫助工作，體重增加。她自己所寫的錯字連篇的明信片，傾訴她前所未享的幸福——每封信的末尾，必定熱誠的提到農村對於墨高是怎樣的適宜，怎樣的有益處。

一個月很快的過去了，加路爾的家庭希望收養墨高，他們很喜歡這個孩子，而且他們有能力給予他優良的生活條件。

丹尼，當然覺得這是一個難得的機會，但是玫瑰的意見也需尊重，她有決定之權。沒有人知道玫瑰作了怎麼樣的決定；或者，她是多麼為難的作了這個決定，一直到她孤伶伶的回來。

她很樂於見到其他的弟弟們和她的父親；可是從火車站回家的途中，她沉默著，沒有說一句話。回到家裡以後，她漸漸振作起來，照顧弟弟們，她又負擔起以前的工作。

關於那嬰兒生長的情形，一再有訊息傳來；墨高的養父母為使他快樂，不遺餘力；他們待他視如己出。

有一天早晨，一封可怖的信寄來了：墨高得了肺炎，病倒了。

玫瑰臉色蒼白，緊閉雙唇，審視來信。然後，她動作遲緩的走到几前，數了數壓在茶壺下面的錢，作為車資。

「我要到他那裡去。」她神態堅決，準備一行；在她把孩子們妥慎的託付給鄰人代為照顧以後，就向著火車站出發了。

每天晚上，在加路爾家的農莊上，她親自做為墨高的看護，焚膏繼晷，日以繼夜的看護著他。最後，危險期過去了，別人對她說：墨高就可以痊癒的；她在床邊暈眩的站起身來，雙手撫在前額。「現在我可以歇歇了。」她衰弱的微笑著，「我的頭痛得很厲害……」。

她從墨高身上感染了病菌，發展成了腦膜炎，而且，她再也沒有恢復知覺，我記得我曾經告訴過你……她，只有十四歲。

那個最後的夏天，在那荒涼而淒寂的墓地上，一縷微弱的西風，從高爾衛低地吹來；狹小的青塚上，沒有花圈，但是在草叢裡，我看見一莖小小的野玫瑰的幼枝，半隱半現，在多刺的枝頭，有一朵純白色的野玫瑰綻放。忽然間，隱藏在灰雲後面的太陽，穿透雲層，把它所有的光輝照耀在這一朵白色的花上，照耀在小小的白色石碑上，那上面，記載著她的名字。

㈢分析

作者(N)進行敘述（年輕的實習醫師），但非主角。主角是十四歲的少女玫瑰・登格潤（A）。其他人物尚有九個月大的嬰孩墨高（B），三個孩子（玫瑰的五歲到九歲的弟弟C、D、E），玫瑰之父丹尼・登格潤（F），教區牧師（G），敘述者的友人農場主人加路爾夫婦（H、I）。

這是情多事少極為簡潔的一篇，重心只在少女玫瑰。敘介出場只是寥寥幾句：「那個嬰孩胖胖的，九個月大了，用一條破舊的披肩縛在她瘦小的身體上」、「另外還有三個孩子，跟在她裙子四周，年紀在五歲到九歲之間」、「在八個月以前失去了他們的母親，他們和父親丹尼・登格潤一起生活在附近的一個地窖裡」、「丹尼是個身體羸弱的、不折不扣的老好人，他把大部分的時間和金錢消耗在附近的酒館裡；因此，玫瑰就必須要擔負起全家生活的重擔。」

貧苦使得玫瑰早熟，她一無怨尤地負起責任。十四歲的少女已有她的敏感與矜持，如在當掉新衣之後回答敘述者詢問時的「她的臉羞紅了，而後說：『原來是你。』」玫瑰的善良使她只知為人而不知為己，由希望光彩消失時的話：「不，我必須照顧弟弟們……還有爸爸。」迄至她由農場寫回的信：「她自己所寫的錯字連篇的明信片，傾訴她前所未享的幸福——每封信的末尾，必定熱誠的提到農村對於墨高是怎樣的適宜，怎樣的有益處。」

玫瑰在得知墨高可以痊癒之後，原本堅持的精神力量突然鬆懈而始覺有病而死亡，作者淡化了死亡的醜暗，只用短短一句交代：「她從墨高身上感染了病菌，發展成了腦膜炎，而且，她再也沒有恢復知覺，我記得我曾經告訴過你……她，只有十四歲。」

最為精采即在於本篇的結尾：荒涼而淒寂的墓地、狹小的青塚上、一朵純白色的野玫瑰悄然開放，那就是默默無名的美善早夭的少女玫瑰，而穿透雲層的太陽，「把它所有的光輝照耀在這一朵白色的花上，照耀在小小的白色石碑上」象徵著玫瑰應得的自然的贊譽，她短促而純美的一生永留在懷念者的心頭。

二、全知全能敘述者

㈠圖示說明

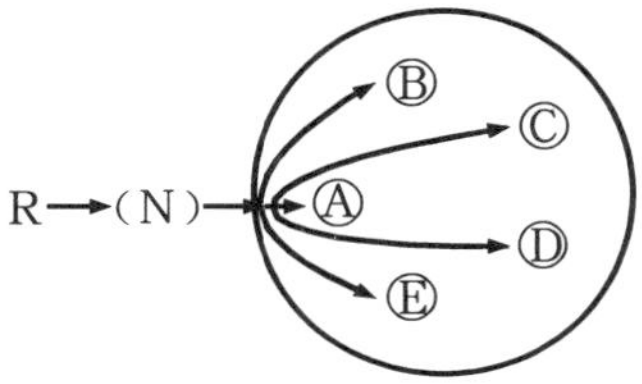

這一種敘事觀點：作者就是敘述者。箭頭停在大圓圈的邊線，表示作者超離各個人物之外，以淩駕之姿的眼光來交代一切人物事件。但他也可以如第一身敘述者進入大圓之內，自去認知那想像世界裏的事物，了解每一小圓所代表的人物事件，所以說敘述者是「全知全能」的，但他卻不能也不願引導讀者進入到圓圈之內，所以圖示的箭頭停留在各個圓圈的邊緣。

此一敘事觀點的優點在給予讀者以人類生活廣泛的觀察，以新異細密手法不斷改變事物萬象的焦點（或大或小），而收取觀察周詳的效果，重疊的配景可使讀者感受到故事中人類生活的複雜性。但這種改變焦點的手法需要以靈敏智慧來處理組織，如果處理平庸，焦點導致重點不明的缺失。小說家應該有廣闊的視野，不能有含糊或疏漏。所以全知全能的敘事觀點的困難就在作者對情節推展的判斷力：敘述者既未以主體身份參加情節進展，他的認知能否使讀者信服，他報告的真實性能否使讀者信任。這就是此一敘事觀點之所以難能可貴的道理。

㈡示例

〈二漁夫〉（法，莫泊桑Guy de Maupassant 1850–1893，胡適譯）

巴黎圍城中（此指普法之戰，巴黎被圍之時）早已絕糧了。連林中的飛鳥，溝裏的老鼠，也漸漸的稀少了。城中的人，到了這步田地，只好有什麼便吃什麼。還有些人，竟什麼都沒吃的哩。

正月間，（一八七一年）有一天天氣很好，街上來了一人，叫做麻利沙。這人平日以造鐘錶為業。如今兵亂時代，生意也沒有了。這一天走出來散步，兩手放在褲袋裏，肚子裏空空的，正走得沒趣的時候，忽然抬頭，遇著一個釣魚的老朋友，名叫蘇活的。

當沒有開戰之先，麻利沙每到禮拜日早晨，便去釣魚。手裏拿著魚竿，背上帶著一只白鐵小匣子，乘火車到閣龍，慢慢的走到馬浪島。到了那裏，便坐下釣魚。有時一直釣到天黑，纔回巴黎去。他來的時候，每回到這裏遇著這位又矮又胖，在諾丹街上開一個小店的蘇活先生。這兩個人都是「釣魚迷」，常常同坐在一塊地方，手裏拿著釣竿，兩腳掛在水上。不多幾時，兩人竟成了最相好的朋友了。

有時他們兩人來到這裏，終日都不說話；有時兩人坐下細談，但是他兩人同心同調，不用開口，也能相知了。

有時春天到了，早上十點鐘的時候，日光照在水上面，發生一種薄霧。日光照在兩人背上，又暖又溫和，麻利沙往往回過頭來對蘇活說：「這裏真好啊。」蘇活回答道：「再好也沒有了。」

這寥寥幾句話，儘夠了，不用多說了。

這一天，這兩個釣魚朋友在路上相遇，握著手不肯放，覺得在這個時候相遇，情形大變了，心中怪難受的。

蘇活嘆一口氣，低低說道：「這種日子很難過呵。」麻利沙搖搖頭說：「可不是麼，更加上這種怪悶人的天氣，今天是今年第一個晴天呢。」

這一天的天氣卻真好，天上一片雲也沒有，萬里青天，真正可愛。這兩個朋友一頭走，一頭想。忽然麻利沙說道：「如今魚是釣不成了。我們從前那種快樂也沒有了。」蘇活說：「只不知道幾時我們方可再去釣魚呢。」

說到這裏，兩人走進一家小酒店，喝了一盅燒酒解悶。喝了出來，還同著散步。

忽然麻利沙停住腳，問他的朋友道：「我們再喝些燒酒罷？」蘇活說：「隨你的意。」於是兩人又找一家酒店再喝了些燒酒。

喝了出門，兩人的腳步便有些不穩了。原來他倆兒肚子都是空空的，酒入饑肚，更易發作。到了外面，被冷風一吹，醉的更利害了❶。走了一會，蘇活忽然停上腳，問他朋友道：「我們再去，你說好麼？」麻利沙問道：「那裏去？」蘇活說：「釣魚去。」問道：「那裏去釣呢？」蘇活道：「到我們的老地方去。法國的守兵屯在閣龍的附近。帶兵的杜木能中尉是我的熟人。他定許我們出去。」麻利沙聽了大喜，說道：「妙極了，我一定來的。」

❶ 法國之阿不醒(Absinthe)酒力最厲害，最近吾國之燒酒。

兩人約好了，各回家去，收了魚竿釣絲，不到一點鐘，他倆兒同行出城。不多一會，到了杜中尉駐兵的所在。中尉聽了兩人的要求，笑著允許了。兩人得了出入的暗號，辭了中尉，再向前行。

不多時，他兩人離法國守兵的汛地已遠了。他們穿過閣龍，走近瑟恩河邊許多葡萄園子的外邊，那時已是十一點鐘了。前面便是阿陽泰村，望去好像久沒有生氣了。再前面，便是倭曼崗和散鸞崗兩座高崗，下望全境，底下一片平原，全都空無一物，但見鉛色的泥土和精禿的櫻桃樹罷了。

蘇活手指高崗說道：「那上面便是普魯士兵士了。」兩人對這種荒廢的鄉村，心中頗不好過。他們雖不曾見過普魯士的兵，但這幾個月以來，巴黎的人的心中誰沒有個普魯士兵到處殺戮搶掠的影子呢？這兩個朋友走到這裏，心裏頗覺又恨又害怕這般不曾見過的普國的兵。麻利沙開口道：「我們倘碰著些普魯士兵，如何是好？」蘇活笑答道：「我們送他們幾條魚就是了。」嘴裏雖如此說，他倆兒卻到底不敢冒險前去，因為這裏四面寂靜，無絲毫聲響，很可使人疑懼。後來還是蘇活說道：「來罷，我們既到這裏，總須上去，不過大家小心就是了。」

兩人躲在葡萄園裏，彎著腰，在葡萄藤下低著行去。過了葡萄園，還須過一片空地，方到河岸。兩人飛跑過了這塊空地，到了岸邊，見蘆柴很長，便躲在裏面。麻利沙把耳朵伏在地上，細聽附近有無腳步聲響。聽了一會，聽不出什麼，料想這裏是沒人的了。兩人把心放下，便動手釣魚。

前面便是馬浪島把他們遮住。使對岸的人看不見他們的所在。島上一個飯店，門也閉著，很像幾年沒人來過的樣子。

蘇活先釣得魚，麻利沙隨後也釣著了。兩個釣魚朋友，接著釣上了許多魚，高興得不得了。他們帶了一副密網，把釣著的魚都裝在網裏。他兩人許久不到這裏了，如今重享此樂，好不快活。那太陽的光線，正照在兩人背脊上，兩人都出了神，只顧釣魚，別的什麼事都不管了。

忽然轟的一聲，地震山搖，原來敵軍又開砲了。麻利沙回頭一看，望見左邊岸上一陣白煙，從密勒寧山上衝出來。一霎時，第二陣又響了。過了幾秒鐘，又是一砲。從此以後，那山上接連發砲，砲煙慢慢的飛入空中，浮在山頂上，像雲一般。

蘇活把兩肩一聳，對他朋友說：「他們又動手了。」麻利沙氣忿忿的答道：「人殺人殺到這樣，豈不是瘋子嗎？」蘇活道：「這些人真是禽獸不如了。」麻利沙剛釣上一條小魚，一面取魚，一面說道：「一天有政府，一天終有這些事，想起來真可恨。」蘇活道：「要是民主政府，決不致向普國宣戰了。」❷麻利沙接著說道：「君主的政府便有國外的戰爭。民主的政府便有國內的戰爭。終免不掉的。」❸兩人越說越有味了，遂細細的議論起政府來了。談了一會，兩人都承認人生無論如何終不能自由。那時密勒寧山上的大砲不住的響，也不知掃蕩了多少法國的房屋，也不知打死了多少的生命，也不知打破了多少人的希望夢想，也不知毀壞了多少人的快樂幸福，也

❷ 普法之戰，始於法帝拿破侖，及西丹之敗，帝國破壞，巴黎市民宣告民主政府，自為城守。

❸ 譯者按：此時在美國南北戰爭之後五年，此語蓋指此也。

不知打碎了多少爺娘妻女的心肝。蘇活歎口氣道：「人生不過如此。」

麻利沙答道：「不如說死也不過如此。」

兩人話尚未了，忽聽得背後有腳步聲響，急忙回看，只見身後來了四個高大有鬍子的兵，衣服都像巴黎的馬夫一般，頭上各戴平頂小帽，四個人把四桿鎗對住了這兩個漁人。兩人嚇了一跳，手裏一鬆，兩條魚竿都掉下水去了。不到幾秒鐘，兩個人都被綑起，裝上一隻小船，載過河送到馬浪島上。

島上那間飯店，初看似久沒人到的，其實裏面藏著二十多個普魯士兵。有一個滿臉鬍子的大漢子坐在一張椅上，嘴裏啣一條長柄的煙袋，說著很好的法國話，對他們倆兒道：「你們兩位今天釣魚的運氣不壞麼？」那時一個兵便把他兩人所釣得的一網魚放在那兵官的腳下，那兵官看了微笑道：「倒也不壞。但是我們且談別的事。你二人莫要害怕，且聽我說。依我看來，你二人是兩個奸細，派來打聽我軍行動消息的。如今被我捉到，不用說得，該用鎗打死。你們假裝釣魚，想瞞哄我。好刁！如今撞到我手裏，莫想逃生。這是戰時常事，免不得的。」

那兵官說到這裏，忽然換了口鋒，說道：「但是你們既經過守兵的汛地來到這裏，一定有一句暗號，方可回得城去。你們把那句暗號告訴了我罷，我便放你們回去。」

這兩個釣魚朋友面如土色，站在一塊，不做一聲。那兵官接著說道：「你們告訴了我，誰也不會知道。你們平平安安回家去，誰疑心你們洩漏了消息呢？你要不肯說時，我立刻鎗斃你，你們自己打算罷。」

兩個漁人也不動手，也不開口。

那兵官把手指著河水說道：「你們想想看，五分鐘之內，我要把你們葬到河底下去了。五分鐘！我想你們總有些親人罷？」

那時密勒寧山上的大砲正響得厲害，兩個漁人站在那裏，總不開口。

那兵官回過頭來，用德國話，發一個號令，他自己把椅子一拉，退後了幾步。當時走上了十二個兵，拿著鎗，離兩個囚犯二十步，站住。

那兵官喝道：「我限你們一分鐘，絕不寬限。」說了，他自己站起來，走到兩個漁人身旁，把麻利沙拉到一旁，低聲說道：「你告訴我那暗號罷。你的朋友不會知道的。你說了，我假裝怪你不肯說。」

麻利沙只不開口。

那兵官又把蘇活拉到一旁，同樣的勸他。

蘇活也不開口。

兩個人又送回原處，那兵官下一號令，那十二個兵舉起鎗來。

麻利沙的眼睛忽然看見地上那一網的魚，在日光裏面，那些魚個個都像銀做的。麻利沙心裏一軟，眼淚盛滿眶子，他勉強開口道：「蘇活哥，再會了。」蘇活也答道：「麻利沙哥，再會了。」兩人握握手，渾身索索的抖個不住。那兵官喝道：「開鎗！」

十二鎗齊放。

蘇活立刻向前倒下死了，麻利沙身體稍高，斜倒下來，橫壓在他朋友的身上，面孔朝天，胸口的血直流出來。

那普魯士兵官又下號令，叫那些兵到外面搬些大石塊進來，綑在兩個死朋友的身上，綑好了，抬去河邊。

那時密勒寧山上的大砲，還正在轟轟的響。

兩個兵抬著一個死屍，用力一丟，拋在水中。兩個死屍，各打一個回旋，滾到河底去了。河水被死屍打起些白浪，不到多時，也平靜了。但只見幾帶鮮血，翻到水面上來。更只見風送微波，時打河岸。

那普魯士兵官始終不動聲色，見事完了，笑著說道：「如今該輪到那些魚了。」說著走進屋去，看見那一大網的鮮魚，他提起網來，仔細看了一會，高聲叫道：「維亨。」一個穿白圍裙的兵應聲走上來，那兵官把那兩個死朋友的魚交給他，說道：「維亨，趁這些魚沒有死，趕快拿去，替我煎好。這碟魚滋味定不壞的。」

說了，他還去吹他的煙袋。

㈢分析

敘述者Ⓝ不在圈（事件）中。主角兩位，一位是麻利沙（A），一是蘇活（B）。另有杜木能中尉（C），四個普魯士兵（D、E、F、G），普魯士兵官（H）以及行刑的「十二個兵」，拋屍的「兩個兵」，穿白圍裙的兵「維亨」。

敘述者以鳥瞰之姿來進行人物事件。「全知全能」便利地夭矯，或留在事件表面，或進入人物內心，甚或藉人物的言行來表徵作者的意識。人物內心如：「兩人對這種荒廢的鄉村，心中頗不好過」、「心裏頗覺又恨又害怕這般不曾見過的普國的兵」、「麻利沙心裏一軟，眼淚盛滿眶子」。

作者藉著人物言行來表徵意識，如第五段的釣魚回憶：「日光照在兩人背上，又暖又溫和，麻利沙往往回過頭來對蘇活說：『這裏真好啊。』蘇活回答道：『再好也沒有了。』這寥寥幾句話，儘夠了，不用多說了。」這是作者「野人獻曝」式的人生知足常樂的體會，平凡的人與平凡的經歷所產生的平凡的快樂，兩個相知者心相通，憑恃相同的經歷與相同的心理即能互通，原是自然得毋須多言的。

「巴黎的人的心中誰沒有個普魯士兵到處殺戮搶掠的影子呢？」是作者與國人共同的敵愾。到了兩人對話，由「人殺人殺到這樣，豈不是瘋子嗎」、「這些人真是禽獸不如了」、「一天有政府，一天終有這些事，想起來真可恨」、「君主的政府便有國外的戰爭。民主的政府便有國內的戰爭。終免不掉的」的層層深入迄至「兩人都承認人生無論如何終不能自由。」引出結論「人生不過如此。」是作者的憤懣與人生體認，同時也是兩人戡破死亡（死也不過如此），此後終能不屈而死的伏筆。

兩人寧死不說暗號，是愛國情操，更是悲憫千萬國人，不願他們受到荼毒的心志。作者莫泊桑的手法介乎寫實主義與自然主義之間，冷靜地敘寫死亡：「河水被死屍打起些白浪，不到多時，也平靜了。但只見幾帶鮮血，翻到水面上來。更只見風送微波，時打河岸。」寫的是自然不改，人事常非，結尾一句可見是譯者胡適自中國古典詩文中引來的意境。

通過兩人淚眼相握、顫抖訣別的感性，到簡明的直敘死亡，死後，結尾出現兵官現實的「食」的原型，正是自然主義傳達人生荒謬，人性低劣的冷靜的筆觸。

三、第三身主角敘述、第一身主角敘述者

㈠圖示說明

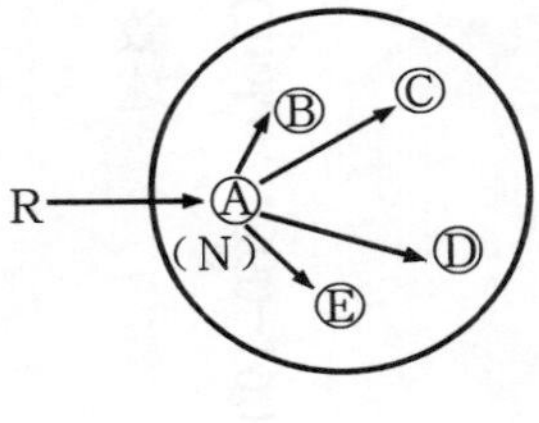

兩種圖形相同，不同只在人稱（他、我）而已。

敘述者已化身為小說中的主角。小說中所有的人事都與他（我）有關，他（我）記述並評價每個事件，包括他（我）本身內心的衝動與外界接觸所發生的各事。長箭頭穿過大圓周進入小圓A的圓周，而從A發出的短箭則止於小圓B、C、D、E各圓周之外，表示活動狀況全繫於主角的心靈，其他的人物的言行主要是因為受他（我）的意識影響而活動。

此一方法具備如第一身非主角敘述者一樣的直接經驗，而卻又能避開主觀來運用判斷能力。可說是融合了上述三種方式的優點，但作者需要具備成熟的判斷能力，豐富的生活經驗，還須要有控制運用此

一方法的高度技巧。

小說情節的判斷出於有優異智慧的個人，這人置身於小說情節的中心，周旋在其他人物之中，交代小說敘事觀點，而因為他（我）所表達親歷的陳述，使讀者不致以為他（我）是狹隘主觀（第一身非主角敘述者的缺點）。

這一方法以主角的思想情感感覺來進行敘述，主角不離開，事件都與他（我）有關，並且由他（我）來下斷語，第一身非主角敘述者並不能感悟到將發生的事件，也不能準確地報告他（我）見的事；主角第三身（第一身）敘述者雖然也同樣不知道將要發生的事，報告也同樣會有錯誤，但他（我）的判斷在最後必然能符合事實。

㈡示例一：第三身主角敘述

〈賭〉（俄，契訶夫 Canton Chokov 1860–1904，王鋭譯）

一個深秋的黑夜。

老銀行家在他的書房裡踱來踱去；他想起十五年以前，同樣一個秋天的夜晚，他所舉行的一次宴會。那麼多飽學之士，那麼多饒有興味的言談。他們談到關於「死刑」的問題；在與會的客人之中，不乏著名學者和新聞記者，他們大都不贊成「死刑」，認為「死刑」違背道德，而且不適合於基督教的國家。他們認為「死刑」應該廢止，而普遍以「無期徒刑」來替代。

「我不同意你們的看法，」主人說，「雖然我自己並沒有經驗過『死刑』或『無期徒刑』，但是如果以『因果論』來推斷，則愚見以為『死刑』會比『無期徒刑』更合道德、更近人情些！因為『死刑』是在頃刻間就把生命斷絕，而『無期徒刑』卻是漸漸的、慢慢的把生命毀滅。別人在頃刻間置你於死地，或別人把你的生命拉長好幾十年慢慢折磨至死，到底那一樣比較合於人道呢？」

「我認為兩者同樣不合乎道德！」一個客人說，「因為它們的目的，同樣是要奪取人們的生命。」

客人之中有一位年約二十五歲左右的青年律師，在大家徵詢他的意見時，他也說了話：「死刑和無期徒刑都是同樣的不道德；不過假如這兩種刑法要我任選一種的話，那麼，我一定選擇後者，因為活著總比死了好。」

於是，大家接著又發生一場生動而激烈的爭辯。當時，這位年輕的銀行家突然控制不住脾氣的爆發，他的拳頭朝桌上猛的一捶，對那年輕的律師說：

「那是違心之論！假如你願意在一間小屋裡被關五年的話，我跟你賭二百萬！」

「你如果真要打賭的話，」律師回答，「休說五年，就是十五年我也和你賭。」

「十五年！好！」銀行家說：「諸位，我就賭兩百萬元！」

「好的，你賭二百萬元，我賭我的自由。」律師說。

這一場狂妄而荒誕的打賭，就這樣決定了。

當時，銀行家所擁有的財產，真不知道有多少百萬；一向驕縱的性情，反而在他內心掀起一陣狂喜。過後，大家在晚餐的時候，他還帶著戲謔的意味對律師說：

「年輕的朋友，你還是及早悔約吧！二百萬元，對我來說，算不了什麼；但是你就要喪失三、四年的青春；我只說三、四年，因為我很明白，只要三、四年你就挨不下去了！請你注意：自告奮勇的監禁會比被迫監禁更要難以忍受；你隨時都有享受自由的權利，但是你不去享受，只此一念，就格外使你在禁閉室裡如坐針氈。我為你難過。」

這時，那銀行家來回的踱著，回想起這些往事，不禁自問：

「我幹什麼要跟他打這個賭呢？在律師的一生中，失去了十五年的自由，而我，平白損失兩百萬，有什麼好處呢？難道這樣就可以使別人信服『死刑』比『無期徒刑』來得好還是不好嗎？啊，啊！完全是無聊！在我，是錢多任性，而在律師，完全是財迷瘋！」

他更進一步回想到那天晚宴以後的情形：

經決定，律師要被關在銀行家花園裡的一間小廂房裡，在嚴密的監視之下去渡他的囚禁生涯；雙方商定，在囚禁期間，律師不得跨出房門，不得與任何人互通聲息，不得收受信件，不得閱讀報紙；但是可以玩玩樂器，可以讀書，可以寫信，可以飲酒吸煙。依照約定，他可以從一個特定的窗口和外面交接，但以不出聲音為原則。只要寫個紙條從窗口遞出來，任何需要的東西：無論書本、樂器、酒，都可以如願送入。在合約上，一切都有詳明的規定，使這一樁監禁，極其冷落孤寂；限定律師整整受禁十五年，從一八七〇年十一月十四日十二時起，到一八八五年十一月十四日十二時止。如果違背禁約，即使在期滿前兩分鐘逃脫，銀行家可以免付兩百萬元。

在律師被囚禁的第一年中，從他所送出來的紙條裡可以看出來，他在無聊、寂寞之中，感到極端痛苦；從他所禁閉的囚室裡，日以繼夜的傳出鋼琴的彈奏聲。他摒絕了煙酒，他寫道：「酒能引人慾想，而慾想正是受禁人的大敵；而空對美酒，獨飲無伴，亦正是世間第一等惱人之事。」至於香煙，那會把房裡的空氣搞壞。

在第一年裡，律師所讀的都是一些消遣性的書籍，如複雜的、耐人尋味的愛情小說、犯罪和幻想故事、喜劇等等。

第二年，鋼琴的聲音已不復聞，律師只要讀些古典作品。

到了第五年，又傳出了琴聲，而且還要喝酒。據監守他的人說，那年他一年到頭只是吃、喝、睡。他常常打呵欠，對自己怨言怒語，不要讀書。有時他在夜間伏案疾書，久不停筆；但是到了第二天早上，他又把它們統統撕碎。而且不止一次，傳出他的飲泣聲。

在第六年的下半年，他開始興致勃勃的研究語文、哲學和歷史：他研究這些學科如飢似渴，對於他所需索的書籍，幾乎使銀行家供不暇給。四年之間，照著他的要求大約為他買了六百部書籍。在他興致高漲的時候，他更寫了一封信給銀行家：

「親愛的監守人：我用六種文字寫這封信給你，請你把這封信拿去讓專家們看看，如果完全沒有錯誤，請你在花園裡鳴放一槍，在我聽到槍聲的時候，就可以知道，我所花費的工夫沒有白費。各個時代和各個國家的天才們，發為不同的語文，但他們同樣放出智慧的光芒。啊，你該知道，我現在竟能了悟他們的智慧了！實在值得狂喜！」

律師的期望沒有落空，在銀行家的吩咐之下，花園裡發出兩聲槍響。

之後，第十個年頭過去了，那個律師只在桌前全神貫注的研讀一本《新約全書》；這個情形使銀行家大惑不解，一個曾經在四年之中精研六百部博深書帙的人，竟花費將近一年的時間僅只去讀一本易懂而通俗的《聖經》！讀完了《新約》之後，他又去讀宗教史和神學史。

在最後兩年監禁期間，他雜亂無章的讀了許多書籍，數量驚人。他一陣要讀自然科學，一陣又讀拜倫或莎翁的作品；同時，他又每每送出條子，要一本化學方面的書籍，醫學教科書，小說，以及一些哲學或神學的論叢，他此時對於讀書，就好像是一個在大海中浮沉的人，渴盼抓住周遭破碎的木板以求生存一般。

銀行家憶及這些往事，他在想：

「明天十二點，他就恢復自由了，依照合約，我必須付他二百萬；如果我如數照付，我的一切都完了，我將全然破產……」

在十五年以前，他擁有數不清的百萬錢財，但是目前，他不敢自問，到底是錢財多，還是債務多。股票交易的賭博、冒險性的投機，以及到老不能自抑的揮霍，使得他的事業日趨敗落，於是一個無畏、自負、而驕傲的事業家，遂變為一個平凡無奇的銀行從業員了，市場行情的每一漲落，都會使他瞿然以懼！

「這該死的打賭！」老人絕望的抱著頭，喃喃自語，「這個人怎麼不死呢？他只不過四十歲，他就將取去我僅餘的財富，去結婚、去享樂、去做投機交易；而我，將成為一個垂涎別人的老乞丐，天天聽他說：『我施捨一點快樂給你！讓我來濟助你！』不，我豈能忍受這些！逃避破產與羞辱的唯一途徑就是——弄死那個傢伙！」

鐘鳴三響，他豎耳靜聽，房子裡的人們都已經入睡，只聽見樹木在窗外嘆息，他靜悄悄的，從保險箱裡取出那把十五年來沒有用過的房門鑰匙，披上大衣，走出房去了。庭園漆黑、冷清，天正下雨，潮濕而砭骨的涼風，在園中叫嘯，吹得樹木搖曳不定。他雖然睜大了眼睛，依然看不見路徑，看不見白雕像，看不見廂房、也看不見樹木……當他摸近了那間廂房，他叫了兩聲看守人，但是沒有回音，顯然，看守人已經為躲避風寒而到廚房或溫室睡覺去了。

「如果我決心貫徹我的計劃，」老銀行家自忖，「看守人是首當其衝的疑兇。」

他在黑暗中摸索著臺階和門戶，走進廂房的外廳，而後探索的走進狹窄的甬道，他擦根火柴，闃無人跡，一張沒有舖蓋的床和一個鐵爐子在角落裡現出黑色的影像，囚室門上的封條，依舊完好如初。

火柴熄滅了，老銀行家因激動而有些顫慄，他從小窗向裡窺視。

囚室裡點著一支昏黃的蠟燭，那個被監禁的律師坐在桌前，只能看見他的背項、頭髮、和雙手；打開的書本，散攤在桌子上、兩隻椅子上、以及桌子附近的地毯上。

五分鐘過去了，被監禁的人一動也沒動，十五年的監禁，已經使他學會了靜坐不動的工夫；老銀行家以手指輕輕的敲敲窗門，但是被監禁的人並沒有應聲的舉動，於是銀行家小心的從門上撕下了封條，把鑰匙插入鎖孔，鏽蝕的鎖發出一陣刺耳的輾軋聲，房門呀的一聲開了。銀行家以為會立即聽到被監禁人的驚呼聲或腳步聲，但是三分鐘過去了，房裡沉靜如前；他決定走進去。

桌子前面坐著一個不像人的人，他像是一具皮包骨頭的骷髏，頭髮蜷長如婦人，和一叢山羊毛般的粗長鬍鬚，臉色枯黃晦黯，兩頰凹陷，背脊直狹；那隻支著毛茸茸的腦袋的手臂，瘠瘦枯乾。看上去，好不怕人！他的頭髮已經灰白，沒有人看到這個衰老瘦弱的面孔會相信他只有四十歲！桌子上，在他偏著的頭前面，放著一張寫著密密麻麻字跡的紙張。

「可憐的傢伙，」銀行家想：「他睡著了，也許正在做發財夢呢！我只須把這個半死的傢伙擺平在床上，用個枕頭就一下子把他悶死了，縱然用最精確的檢驗方法，也不會找得出他的死有什麼蹊蹺之處；不過，先來看看他寫了些什麼。」銀行家從桌上撿起那張紙來，讀道：

「明天子夜十二點，我就將得到我的自由，有權利過我的社交生活了，但是在我離開囚室重見天日之前，我必須說幾句話：在上帝之前，憑天良說，我要告訴你，我已經看不起自由、看不起生命、看不起健康、乃至所有書本中所說的世俗的幸福快樂！

十五年來，我很努力的對塵世作了一番研究，當然，在此期間，我並沒有見到世界和人群，但是在你的書本中，我曾飲過醇酒、唱過歌曲、狩獵林間、愛過女人……天才詩人筆下創造的美人，曾在夜間如輕雲淡煙般訪我，對我絮語奇妙的故事，使我如醉如痴。在你的書本中，我曾攀登阿爾卑斯山和布蘭加山的絕頂，從那裡眺望太陽在黎明初昇的景象，而落日餘暉，又如何為蒼天、大海、和山脊塗起金彩。從那裡，我俯視沾染光輝的雲群聚散，我看到綠林、田疇、河流、湖泊、城鎮；聽過人魚的歌唱、神仙的簫聲，摸過飛來告訴我上帝訊息的美麗天使的雙翼。在你的書本中，我曾將自己陷入無底的深淵，歷身於奇蹟，焚埋城市，宣講新教，征服世界……。

你的書本，給了我智慧，有史以來所有人類不眠不休所產生出來的思想，都凝聚於我的腦海，我自信，我比你們任何人都會聰慧得多。

但是，我卑視你的書本，卑視一切世俗的幸福和智慧；一切都空洞、脆弱、不實、幻如蜃樓。縱使你們狂傲、聰明、美麗，終必一如地下的老鼠，自世間死滅；你的後代，你的歷史，不朽的天才，終將如不發生作用的渣滓廢料一般，與現世的地球同歸消滅。

你們都是瘋子，步向歧途，你們以假當真，以醜作美；如果有那麼一天，突然間，蘋果和橘子樹上生出來的不再是美果，而竟是青蛙和蜥蜴；或者玫瑰花朵發出來的不再是芳香，而竟是馬體汗臭；你將會驚訝不置！我真對你們這些顛倒天國與地獄的人們感到驚異，我真沒有興趣再去理解你們了！

為要真切表示我對你們的鄙視，我放棄那兩百萬賭注；過去，我把它看作夢鄉的樂園，如今我不再把它放在眼裡，為要放棄我獲得這筆賭注的權利，我決定在約定時間到臨前五分鐘離開此地，這樣，是我違約，你就可以免付賭金。」

老銀行家讀完了信，把它放在桌上，熱吻那律師的頭，不禁哭起來了；他走出廂房，在過去任何時候，縱然他在交易中虧賠慘重，也從來沒有覺得自己像現在這樣可恥！回到自己的房間，倒在床上，激動和眼淚使他久久無法成眠。

第二天早上，那看守人惶恐的跑來向他報告，說他們見到那被監禁在廂房裡的人翻窗入園，從大門跑掉了，銀行家立即隨同僕人們到囚房去，果然證實那被監禁的人已經逃走。他從桌上收起那封聲明放棄賭注的信，回到房裡，鎖進他的保險箱裡，以作日後廓清不必要的流言之用。

㈢分析

主角第三身敘述者：敘述者(N)（銀行家）即為小說中主角之一。全篇敘述他與另一主角A（律師），發生十五年賭約的事。簡潔的一篇延伸可得的省思與理念很多，分析如下：

1. 十五年自我追尋過程的分析：

也許有人終其一生祇在一處，歷經生、老、病、死，從未遠遊也不曾有過什麼特殊的經歷，但在他的心理，因為並未被動受到禁錮，所以也不至於恐懼焦慮。反之如果意識到喪失了自由，「與眾不同」的惶然立即產生焦慮。這是人類自由的天性；也正是害怕孤獨的原型。

篇中的律師之賭，最初或祇是為現實財富，為了爭勝好面子，為他堅持的理念，但在賭約成立之後，他必然想過要來計劃十五年的工作，使能達成排遣時光而且充實己身的雙重效應，篇中顯示，「孤獨」真能殺人，律師以堅定心志履行猶未免於沮喪，振作的數番起落。十五年的進展軌跡究是如何？筆者試以表列方式，進行下列析介：

年份	需要的	拒絕的	表現情形	分析
一	軟性書籍，複雜錯綜的戀愛小說，罪惡和幻想的故事、喜劇	煙，酒	晝夜彈鋼琴	決志履踐之前的荏弱表徵：寂寞、煩悶、痛苦。閱讀不必多思考的書籍，用以來麻醉自己。惟恐酒會激起欲望所以逃避，沒有自信，對己身的自制功能不夠，懷有恐懼。
二	古典作品		不再彈琴	決心以安定情緒作閱讀之旅的出發，由古典開始，是為合理的尋根線路。
五	喝酒	讀書	又聽到音樂，吃、喝、睡，呵欠倦怠，憤怒自言，夜間書寫而在早晨撕毀、哭泣	信心的大動搖，希圖建立自我而又猶豫，軟弱否定，倦怠、憤怒、沮喪。
六（後半年）	語言、哲學、歷史		四年間讀六百冊書，能以六種語言表現	重新振作的再出發，在已具的古典基礎之上，再謀作深與廣的充實進展。
十			一年中祇讀一本《新約》	由博返約，由一般知識的充實進展作形而上的探討。
十四 十五	自然科學、拜倫、莎士比亞的文學、藝術、化學、醫學、小說、哲學、神學		迫切閱讀	由約再返博，已具有融會觀照的能力，再來涉獵人世之間的各種文化文明。

2. 多面性的內涵顯示：

茲篇貴重，貴在能以短小篇幅，顯示多面性的內涵，引人深思，析評如下：

(1) 社會文化方面

背景是俄皇尼古拉一世在位，中央極權的專制政體之下，上流社會存在著落後無知的淺薄，知識份子傾向哲學思考人生，試圖以文學來反映社會。同時，作者契訶夫因受托爾斯泰、柴可夫斯基的影響，風格已由早期的幽默輕快轉向於關懷社會，這一種由「為藝術而藝術」延伸到「為人生而藝術」的進展，本就是一流作家必然的線路。篇中賭約的形成，除了當事者兩位以外，其他的來賓實有推波助瀾的促成之效，顯示出當時的社會風氣就是如此。律師與銀行家爭論的焦點在死刑與徒刑，不無在專制政體之下需求自由的暗示，而本篇所反映當時知識份子的無知與虛無，實是作者表徵那一時代的重點。

(2) 人性原型方面

這一篇表現了人性的弱點，原型之一是人性中的「忽視既有」。銀行家忽視金錢；年輕的律師忽視自由與時間。而人所以忽視，所能拿出來做賭注的，正就是兩人各自所擁有的。殊不知人生一切難免改變，十五年後，銀行家已付不出二百萬，而律師也已頭白早衰。篇中強烈的反諷，是為對人性忽視、誤失的剖現警示。

更大的一項人性原型顯示是「賭」，凡人均具賭性而強弱有殊。人生之中，守常與求變本是兩條並行的線路，而求變的因變而盛或因變而衰，機率變數難料。基於人性中忮求改變、突破、新建的原型，求變的抉擇與運作本就含有「賭一賭」的性質。人生之中，多有自覺性的賭與不自覺的賭，前者是賭者能意識到可慮的危險而仍不惜放手一搏。後者是祇知應為該做而不曾考慮到其後的變數危機。此外，筆者認為此一特性本就具有正反兩面的作用，它常是鍛鍊，顯示魄力的一種行動。譬如說在學術研究、藝術評估上的取捨決斷，戰陣危機時的斷然決行，任何改革新措施的抉擇……一切一切，都需要魄力決斷，而在魄力的顯現運作中正也含容著賭的性質。正面來說，它是人生中要求蛻變進展的重要基因。

篇中的律師之賭，分析多有層次：最初或祇是為著現實物質（十五年賺二百萬，平均每個月超過一萬元，不算少）；或是為了爭勝好面子而賭（感染當代賭風而忮求賭勝英雄的榮譽感）；或是為了他固執的理念（無期徒刑比死刑好，活著總比死了強）。但到後來，果然定力不夠，沮喪痛苦，誠如銀行家所料：「自願的幽禁比強迫的更要痛苦，你有權隨時恢復自由的觀念，會在監房裏損壞了你的整個生命。」年輕的律師，為了面子勉強支持，終於挨到定力強化的新境界，此時他所賭的對象已不是銀行家而是他自己，是他在和自己的耐力賭賽，其中包容藉著閱讀充實提昇自我的渴望。

(3) 孰勝孰敗

筆者認為，縱使他能堅持到最後，他還是敗了，而且是在賭約成立之時，即已註定了失敗。由前律師幽居進修的歷程顯示：他由古典尋根出發，經歷語言、歷史、哲學的奠基，由博返約，深究形而上的高標，再由約返博，涉獵認知人間各種文化文明。筆者以為，他很有可能已經進展到如太史公所自期的「究天人之際，通古今之變」的標的，是為世人少有能做到的，天花板上，四通八達，足能融會，觀照的「通人」境界。

但，拗不過的是人生優缺互見一體兩面之理。其人能奮力攀登此一人跡罕至的高峰，以「登泰山而小天下」的觀照功能，具備。「臺上玩月」的智慧，實是令人欽敬艷羨的非凡成就；祇是在這珍貴成功的一面，卻也是高處不勝寒的孤寂，以及因「過猶不及」而產生的先天性嚴重的缺失。

人類之中，因努力追尋研習，從而培養起超越一般的智能者，雖是為數不少，但都是在生活中學習，仍然生活在群體之中，祇不過是以他高出群眾的心志智能來為群眾服務，以謀人類福祉的更進。他的長處仍是一般人可以企及，甚至可以超越的，他仍是一個普通而不致被大眾目為怪異的人。而這位律師卻不然，由於他十五年特殊的經歷成就，幾乎是人類社會中的絕無僅有，因此造成他乖離人群的基本謬誤。可以想見，重返人世的律師已是一個他對世界陌生，而世人也對他陌生的怪物，由於學識的超越高遠，所有的人事在他看來無非幼稚淺薄，他的輕蔑一切必然形成為過敏的痛苦，使得他重返文明社會之路因之阻斷。

人生的痛苦喜樂來自與人相處，不能離群正是人生的鐵則；同時，既然生活的目的在求人際諧和，不能超離同類太高太遠也是顯理。年輕的律師不曾考慮到離群索居十五年後嚴重的差距，可信在他日後的生命中，與人相處不得諧和，他的孤絕之苦行將更甚於園中的幽禁之期。

失敗的顯示預見於律師的留函，肯定他十五年來閱讀的收穫：「你的書本，給了我智慧，有史以來所有人類不眠不休所產生出來的思想，都凝聚於我的腦海，我自信，我比你們任何人都會聰慧得多。」但其後他竟又予以否定：

「但是，我卑視你的書本，卑視一切世俗的幸福和智慧；一切都空洞、脆弱、不實、幻如蜃樓。縱使你們狂傲、聰明、美麗，終必一如地下的老鼠，自世間死滅；你的後代，你的歷史，不朽的天才，終將如不發生作用的渣滓廢料一般，與現世的地球同歸消滅。」

矛盾的表現說明了兩點：一是他深切地體認到空觀。生存在宇宙中的人類，所有的文化、文明的進展累積，以至於宇宙空間的廣闊無垠，時間的悠長恆久相較，比不上九牛半毛，滄海半粟。人類的不斷的進展雖然煌燦，但所能擁有的時空畢竟有限，這是一種先天性被命定的巨大悲愴。一種「時不我與」之悲，常就在眾多志士才人經歷成就、悟得了一些之後，冷然翻出，那確是種沈重得足可腐心的無奈。

此外，在律師體認到空觀之後，必然又會在現實的比較之下，憬悟到浮生苦短，蹉跎尤其可悲。「讀萬卷書」書空咄咄的臥遊想像，畢竟不如親去十丈紅塵中經歷，以汗血淋漓，辛苦獲得的體驗，居於它的真實與快意，遠較前者為大而且強烈。昔年的太史公就早已留下他的真知灼見，一句：「思垂『空』文以自見」，表明了立言虛無的空觀特性，它的價值將在作者死後，甚或要等到千百年後才能被人肯定認知。對於一位作者來說，何能如立功經歷，立竿見影那樣的迅速而具體的快意！

年輕的律師自恃還有很多個明天，在有限的生命中一次浪擲就是一十五年，最後憬悟到不值得時已是追悔莫及，難怪他會因悔恨自責而頭白憔悴。想到他終已不能以壯盛的生命去跋涉關山、流浪江湖、經歷人生，不論是采姿或是坎坷都屬可貴；此後的他，就祇能以枯槁的形體，充含著過猶不及的智慧，去到人間親嘗與人格格不入的痛苦，悔恨自責想必還會與日俱增。

筆者忖想，期滿之前的出走，很可能就是他憬悟錯誤，承認失敗的一種良知表現。當然，他還是不免於人類「面子」的通性，所以仍不願自承錯誤（或是不易說明，或是說出來平庸的銀行家也不懂），祇留下了一封顯示矛盾的信，安排下廣大的想像天地供讀者們自去尋索。

3. 評估作結：

童年歷經坎坷的作者，長成以醫學為妻（生活所需），以文學為情婦（精神所寄），庫頁島之行使他改變筆調，致力於揭發農村生活的陰暗面，認為描寫赤裸的人生才謂之藝術，由於他的作品充具悲憫，足能引發廣大讀者的良知運作，價值具在，可惜的是天不假年，這位傑出的一流作家，竟在四十四歲英年早逝，雖然存在短促，但卻寫下了不少的精心傑作，啟示後人，引發省思，一如彗星，非僅出現之時異常炫目，而在消失之後，仍有他力與美的光采長留憶念。

茲篇的形式結構已屬老舊，雖然是早期罕見的錯綜式，但這種首尾現實中段回溯的手法，較之現代化時空錯綜的結構，顯得拙樸不夠活潑。

原作還有第三章，敘述律師返回現實，來向銀行家乞取金錢，而銀行家又因現實的負欠不得自由，感到生命中徹底的失敗……，契訶夫在發表時刪除了這一章，筆者認為這第三章本就是蛇足，為提供讀者以廣大的想像天地，這一蛇足本屬多餘而理應刪除。

這一個精簡、素樸的短篇創作，筆者認為，睿智的作者，藉著文學發表必然能濾清他自身的觀念認知，使之清朗，使之堅實，同時也提供讀者對生存環境的基本了解，在了解到「為何在此」之後，進一步去探討「為何在此！」

㈣示例二：第一身主角敘述

〈最後一課〉（法，都德 Aophonse Daddet 1840–1897，胡適譯）

當西曆千八百七十年，法國與普魯士國開釁，法人大敗，普軍盡據法之東境，明年進圍法京巴黎，破之。和議成，法人賠款五千兆弗郎，約合華銀二千兆元，蓋五倍於五國庚子賠款云。賠款之外，復割阿色司、娜戀兩省之地以與普國，此篇託阿色司省一小學生之語氣，寫割地之慘，以激揚法人愛國之心。民國元年九月記於美國。（譯者註）

這一天早晨，我上學去，時候已很遲了，心中很怕先生要罵。況且昨天漢麥先生說過，今天他要考我們的動靜詞文法，我卻一個字都不記得了。我想到這裏，格外害怕，心想還是逃學去玩一天罷。你看天氣如此清明溫暖。那邊竹籬上，兩個小鳥兒唱得怪好聽。野外田裏，普魯士的兵士正在操演。我看了幾乎把動靜詞的文法都丟在腦後了。幸虧我膽子還小，不敢真個逃學，趕緊跑上學去。

我走到市政廳前，看見那邊圍了一大群的人，在那裏讀牆上的告示，我心裏暗想，這兩年，我們的壞消息，敗仗哪，賠款哪，都在這裏傳來。今天又不知有什麼壞新聞了。我也無心去打聽，一口氣跑到漢麥先生的學堂。

平日學堂剛上課的時候，總有很大的響聲，開抽屜關抽屜的聲音，先生鐵戒尺的聲音，種種響聲，街上也常聽得見。我本意還想趁這一陣亂響的裏面混了進去。不料今天我走到的時候，裏面靜悄悄地一點聲音都沒有。我朝窗口一瞧，祇見同班的學生都坐好了，漢麥先生拿著他那塊鐵戒尺，踱來踱去。我沒法，祇好硬著頭皮，推門進去，臉上怪難為情的。幸虧先生還沒有說什麼，他瞧見我，但說孩子快坐好，我們已要開講，不等你了。我一跳跳上了我的座位，心還是拍拍的跳。

坐定了，定睛一看，纔看出先生今天穿了一件很好看的暗綠袍子，挺硬的襯衫，小小的絲帽。這種衣服，除了行禮給獎的日子，他從不輕易穿起的。更可怪的，今天這全學堂都是肅靜無譁的。最可怪的，後邊那幾排空椅子上，也坐滿了人，這邊是前任的縣官和郵政局長，那邊是赫叟那老頭子。還有幾位，我卻不認得了。這些人為什麼來呢？赫叟那老頭子，帶了一本初級文法書攤在膝頭上。他那副闊邊眼鏡，也放在書上，兩眼睜睜的望著先生。我看這些人臉上都很愁的，心中正在驚疑，祇見先生上了座位，端端敬敬的開口道：「我的孩子們，這是我最末了的一課書了。昨天柏林（普國京城）有令下來說，阿色司和娜戀兩省，現在既已割歸普國，從此以後，這兩省的學堂祇可教授德國文字，不許再教法文了。你們的德文先生明天就到，今天是你們最末了一天的法文功課了。」

我聽了先生這幾句話，就像受了雷打一般。我這時纔明白，剛才市政廳牆上的告示，原來是這麼一回事。這就是我最末了一天的法文功課了！我的法文纔該打呢。我還沒學作法文呢。我難道就不能再學法文了？唉，我這兩年為什麼不肯好好的讀書？為什麼卻去捉鴿子打木球呢？我從前最討厭的文法書歷史書，今天都變了我的好朋友了。還有那漢麥先生也要走了。我真有點捨不得他。他從前那副鐵板板的面孔，厚沈沈的戒尺，我都忘記了。祇是可憐他。原來他因為這是末了一天的功課，纔穿上那身禮服。原來後面空椅子上那些人，也是捨不得他的。我想他們心中也在懊悔從前不曾好好學些法文，不曾多讀些法文的書。咳，可憐的很！……

我正在癡想，忽聽先生叫我的名字，問我動靜詞的變法。我站起來，第一個字就回錯了。我那時真羞愧無地，兩手撐住桌子，低了頭不敢抬起來。祇聽得先生說道：「孩子，我也不怪你。你自己總夠受了。天天你們自己騙自己說，這算什麼？讀書的時候多著呢？明天再用功還怕來不及嗎？如今呢？你們自己想想看，你總算是一個法國人，連法國的語言文字都不知道。……」先生說到那裏，索性演說起來了，他說我們法國的文字怎麼好，說是天下最美最明白最合論理的文字。他說我們應記保存法文，千萬不要忘記了。他說：「現在我們總算是為人奴隸了。如果我們不忘我們祖國的言語文字，我們還有翻身的日子……。」

先生說完了，翻開書，講今天的文法課。說也奇怪，我今天忽變聰明了。先生講的，我句句都懂得。先生也用心細講，就像他恨不得把一生的學問今天都傳給我們。文法講完了，接著就是習字。今天習字的本子也換了，先生自己寫的好字，寫著「法蘭西」「阿色司」「法蘭西」「阿色司」四個大字，放在桌上，就像一面小小的國旗。同班的人個個都用心寫字，一點聲息都沒有，但聽得筆尖在紙上颼颼的響。我一面寫字，一面偷偷的抬頭瞧瞧先生。祇有他端坐在上面，動也不動一動，兩眼瞧瞧屋子這邊，又瞧瞧那邊。我心中怪難過，暗想先生在此住了四十年了，他的園子就在學堂門外，這些檯子凳子都是四十年的舊物。他手裏種的胡桃樹，也長大了。窗子上的朱籐也爬上屋頂了。如今他這一把年紀，明天就要離去此地了。我心中真替他難受。先生卻能硬著心腸，把一天功課，一一做去，想是先生的老妹子在那邊收拾箱籠。我心中真替他難受。先生卻能硬著心腸，我彷彿聽見樓上有人走動，想是寫完了字，又教了一課歷史。歷史完了，便是那班幼稚生的拼音。坐在後面的赫叟那老頭兒，戴上了眼鏡，也跟著他們拼那ba, be, bi, bo, bu（巴，卑，比，波，布）。我聽他的聲音都硬咽住了，很像哭聲。我聽了又好笑，又要替他哭。這一回事，這末了一天的功課，我一輩子也不會忘記的。

忽然禮拜堂的鐘敲了十二響，遠遠地聽得喇叭聲，普魯士的兵操演回來，踏踏踏踏的走過我們的學堂。漢麥先生立起身來，面色都變了，開口道：「我的朋友們，我……我……」先生的喉嚨哽住了，不能再說下去。他走下座，取了一條粉筆，在黑板上用力寫了三個大字「法蘭西萬歲」，他回過頭來，擺一擺手，好像說，散學了，你們去罷。

㈤分析

第一身敘述者(N)即是主角之一，與另一主角A（漢麥先生）以及其他參與最後一課的人物，共同構成短篇情節。

雖然篇幅短小——祇有二千多字，但卻是一篇結構嚴密的小小說。不但對小說的基本要素——主題、人物、情節等都已具備；而且更能有佳妙的藝術技巧與結構。茲分項析評如下：

1.主題：旨在激發讀者們的愛國心，沒有什麼口號、說教的成份，正大的意識藉著自然真切的感性而表現，小說的價值影響因之開發傳播，讀者們所獲致的文學效應將不受時空限制，任何人讀了這一篇，都會從內心湧發出一股熱愛「自己的國家」的情感。

2.題材：角度設計良好，選取一位不用功讀書的小學生擔任主角敘述者，借主角的懺悔自責，引發讀者們認知到情節意義的嚴重，奉命不能繼續學習法文，迫得要改學德文，這祇是一個開端。居地已被割讓，居民們以後生活自由的受限行將接踵而來，戰敗割地，題材情節之慘，足能勝任表現強大的愛國主題。

3.人物：短短篇幅裏包羅的人物眾多：野外田裏有普魯士兵士正在操演；市政廳前有讀告示的一大群人。現場學堂裏：有主角和教師漢麥先生、全體同學。後面空椅子上坐滿的人：有主角認識的前任縣官、郵政局長、老頭子赫叟，還有他不認識的人。人物雖多，性行表徵卻在作者精簡的勾勒之下十分鮮活。在漢麥先生忠愛國家熱忱的籠罩之下，整個學堂，包括坐在後面空椅子上的來賓，並不祇是如主角的想像：「懊悔從前不曾好好學些法文，不曾多讀些法文的書。」而是都如漢麥先生一樣，沈浸在「最後一課」嚴肅悲淒的氣氛裏。「今天這全學堂都是肅靜無譁的」，祇一句，就已說明了現場人物心情的沈重與愛國情感的強烈。

作者筆下，漢麥先生的老妹子，祇聞其聲，不見其人，藉著主角的想像，她是在收拾箱籠。明天，德文先生就要來了，漢麥先生和他的妹妹即將黯然離去。作者點出了這一個不出場的人物；也渲染了離別的依戀，更增全篇悽愴的沈重。

這一篇的敘事情節開始時很平和，在第二段裏，作者安排了懸疑——市政廳前的告示——，究竟是什麼，不得而知。第三段對主角的遲到，漢麥先生應責而未責，顯示這位教師在最後一課時的心態——最後一次的教學付出，他是已不願也不忍再施責罰——。第四段高潮陡現，主角的一切驚疑就在漢麥先生沈痛的宣告中獲得了答案，同時也呼應解答了二段中的懸疑。

高潮出現之後，作者在第五段裏著力刻劃感性，通過主角的悔悟與依戀，聯想到來賓們也和自己一樣地懊悔著，藉此為下一段漢麥先生的演說預作準備。第六段裏，漢麥先生由對主角的失望轉而隨機教學，強調法文的優美，揭示各人今後的南針，雖是亡國奴，但如不忘祖國的語言文字，以後還能有翻身的日子。這一段意義深長，自是全篇主題意識之所寄。

第七段題示主角感動之後的改變，他能聽得懂，也能用心寫，但畢竟是太遲了。人性之中，對業已擁有的常是不知珍惜，等到將要失去時，憬悟已是不及。「先生也用心細講，好像他恨不得把一生的學問今天都傳給我們。」「先生自己寫的好字，寫著『法蘭西』『阿色司』『法蘭西』『阿色司』四個大字，放在桌上，就像一面小小的國旗。」短短的幾句，刻劃出漢麥先生的竭力、主角的悔恨，正都是愛國情操的自然流露。

這一段裏，又藉著主角的依戀心態，和赫叟老頭哽咽的拼音，強化了充盈欲溢的感性。赫叟的哽咽正是現場所有的人想要放聲一哭的哽咽，這樣強烈的依戀悲痛，由：「這一回事，這末了一天的功課，我一輩子也不會忘記的。」這一句已經充分說明了。

結尾高潮再起，情節與第一段伏線相應，普魯士兵士操演回來，踏踏靴聲，象徵著今後鐵蹄下的統治，漢麥先生的職責已盡，心願未了，迫壓之下，哽咽不能再說，祇一句親切的：「我的朋友們，」和他萃盡全力，奮筆寫出的「法蘭西萬歲」，將全篇情節推展到高潮頂點。那是一個忠愛國家者的生命之力的呈現，全部的情感、血淚流露的刻痕。這一結尾，結束得短而有力，結束得有餘不盡，長留著盪漾在讀者們心頭的，應該是那一份感同身受，關心著我們自己的國家，熱愛著我們自己的國家，亟願為之付出一切的龐沛的情感吧！

本文不同於一般小小說首——中——尾的規格，情節進展包括了二度起伏，在漢麥先生宣佈最後一課的高潮出現之後，直起推展到二度高潮的峰巔，圖示是：

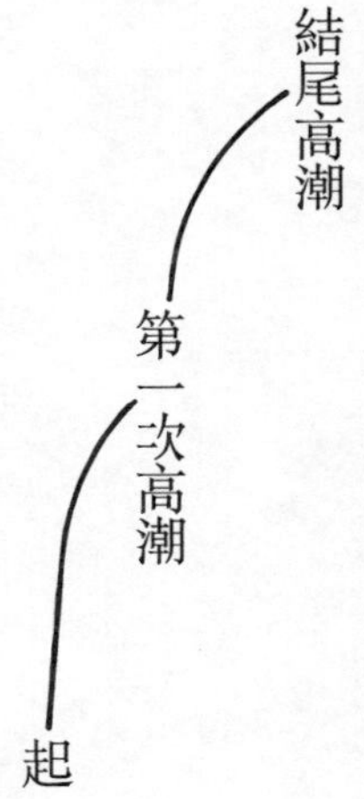

對話全包含在敘述裏，未曾分列，甚至祇顯示了漢麥先生個人的部分，因此就對話中表徵人物性行稍有不足，但這也是篇幅所限，必然不能更形恣放之故。

第二章　創作論

導引小說創作入門的三項是意識流、極短篇、小說體散文。前一項是寫作的基本，用以來替代小說中必然具有的敘述。後二項則是由散文通向小說的橋樑文體。

第一節　意識流

一、理論說明

意識流(Stream of Consciousness)，是直敘體的一支，根據作者（或是作者所創造的人物）的意識為展開情節的線索，順著意識的流動，感覺的進展而進行，可以說是一種「無形式的形成」。

文學表現一般是由思想、情感、生活出發，惟獨意識流卻是由感覺始軔。鑒於現代人的重視感覺，文學必須因應改變，要求能勝任表徵人類生活中的意覺流動。這種類同於漢魏樂府的型構，因切合實用而由少見陌生的新格逐漸蔚為大用。不僅是散文的主要表現之一；更在小說創作中取代了老舊的敘述，建立起它不可或缺的地位。

表現重點是：

1. 以迅速、流動、飄忽、放任自由為特色，最足以表現出現代人焦慮、矛盾、彷徨的心態。
2. 隨著敘述者意識的流動，想到哪裏寫到哪裏，情節進行常是跳動而不規則的。
3. 代替傳統敘述手法，使讀者能直接參與，因之參照悟得的共鳴及快感均能提高。
4. 表現包括獨白與心理成份，不但有表現細密心理的功能，甚且更能把握想像轉換時細微部分的表現。意識層面的隱祕部分（潛意識與下意識）也能昇浮呈現。
5. 主詞省略，盡量不出現或延緩出現。
6. 動作、對話、形容、敘述、心理成份等全予混列，甚至也不依情節程序而分段。
7. 對話不須單列，不加主詞說明，亦不加特定的標點（冒號與提引號）。
8. 去掉時空連接的說明，不必要的動作、形容、敘述全刪。
9. 安排伏線，使有前後呼應的功能。
10. 功能綜合處理雖然零碎，但具有價值的各類題材（人、事、物）仍在，使表現豐美而不致影響結構。
11. 雖有旁支衍伸，但全篇仍須有明確的主線以表現主題。

二、析例

節略《攸里西斯在新大陸》（叢甦，1939–）

惱人，一大早被鬧鐘吵醒。時間還早，撳住鬧鈴，蒙頭再睡，夢裏卡麗普叟正梳理她的髮。白長的手，梳理著。白長的胴體，垂著的髮像蛛網，金色的，長而密。蒙頭再夢。不成。翻身。可惡的汽車聲，像流水。嗚，菩薩，隔壁的淋浴聲，像倒垃圾。非起來不可了，竟聯合起來圍攻。早餐：煮蛋，鹹火腿，漿糊體的麥片。冰牛奶冰澈五臟六腑。美國人恐怕多半因此而冷血。或，因本來冷血而愛飲冰牛奶。老張約打橋牌。對了，上次輸他了，還欠著兩塊。×教授明晚家宴。教授太太，一張小薄嘴，夠厲害。該又會嚷：這次你不能再逃了，史太太和我已約好給你介紹。△小姐，約在唐人街吃飯。這麼一把年紀連個女朋友也沒有，真該罰。逃不掉了。趕快拔腿吧！糟糕！怎麼穿越紅燈了！好在命大，否則五年內成名的計劃豈不糟蹋了？趕快找教室吧。這些美國人高得欺人，又氣人。連女孩子們也像竹筍，穿了高跟鞋後該怎麼辦？絕對不能「對他」她們，情願下輩子再打光桿兒。撿個靠邊的位子坐吧，不太顯眼。那穿灰皮茄克的小伙子自然不需要那麼神氣，你吃奶的時候我已經教人了。呼！後生可畏！長江後浪推前浪。臺北亦復如此。教授很年輕，想喚他聲老弟。××先生，你上次那篇論廿世紀小說的論文很好。自然，你可願考慮發表？自然，聽說你曾有不少作品發表，嗯，好說但巨著尚在未來。自然不能先告訴他。下課後到樓下去撿信，一大把賀年片和聖誕卡。聖誕快樂，新年幸福！快樂！幸福！點頭，哈腰。塞進大衣口袋，圍上圍巾，衝到自助餐廳用午餐。排隊，拿托盤。淨亮的刀叉。嗳，黑咖啡，大杯，請。一塊五。好。合臺幣——。環視一周，黑壓壓的。找個中間桌子擠下去，好看人。中國人真不少，只要長相離中國人不太遠的話就假定他是好了。那邊那包頭的印度人有點刺眼。幹嗎包著頭？無論冬夏。好跟黑人有個區別。誰也不願被誤認為尼格魯，對不？老張在那邊招手了。回招一下。晚上打橋牌，咖啡涼了，好，嵴帶血的牛排，轉著脖子看人。下午至書局，買一包聖誕卡寄回臺灣。空郵，修補皮鞋兩雙，三元。對了，學生陳凱在紐約結婚了，該買張卡寄他。等一下，或是他訂婚了，記不太清楚了。他的信來有半年了，不知扔在那兒，也可能是他已經生第一個小孩子了。真的，記不清了。總之，反正是喜事。結婚週年卡，生日卡，畢業卡……生小孩的卡，週年卡，啊，買進了一條狗也有賀卡。這張不錯，素靜雅緻。老天！弔喪卡。

三、分析

意識表現為中國留美的老學生的生活心態，一如傳說中的攸里西斯，他有著屬於流浪者的諸般苦惱。現摘錄前段部分，並加分段，在夾註號中說明分析。

1.惱人，一大早被鬧鐘吵醒（主詞省略）。時間還早（感覺），撳住鬧鈴，蒙頭再睡（動作），夢裏卡麗普叟正梳理她的髮。白長的手，梳理著。白長的胴體，垂著的髮像蛛網，金色的，長而密。（夢境的敘述）——表時態，主角的心態，夢境中的美女，暗示主角的嚮往與不平衡的癥結。

2.蒙頭再夢。不成（感覺）。翻身（動作）。可惡的汽車聲，像流水。嗚（聽覺聯想），菩薩（受到干擾之後無奈的祈求），隔壁的淋浴聲，像倒垃圾（聽覺聯想）。非起來不可了，竟聯合起來圍攻。（想像意識決斷）——表不能賡續美夢的因素與起床前的留戀無奈，同時暗示尋夢正是為不理想的現實求取補償。

3.早餐（省略起床後進餐前的一些）：煮蛋，鹹火腿，漿糊體的麥片（形容）。冰牛奶冰澈五臟六腑（感覺）。美國人恐怕多半因此而冷血（聯想）。或，因本來冷血而愛飲冰牛奶。（相對的聯想）——跳接起床與進餐，表早餐時的感覺與想像。

4.老張約打橋牌。對了，上次輸他了，還欠著兩塊（記憶）。×教授明晚家宴（記憶）。教授太太，一張小薄嘴，夠厲害（感覺印象）。該又會嚷（想像）：這次你不能再逃了，史太太和我已約好給你介紹△小姐，約在唐人街吃飯。這麼一把年紀連個女朋友也沒有，真該罰（想像教授太太的話，省略對話特定標的）。逃不掉了。趕快拔腿吧（逃避心態的直接反應，伏筆）！糟糕！怎麼穿越紅燈了（主角已走在街上，邊走邊想，因出神而忘了紅燈，餐後，出門上街過程全省）！好在命大，否則五年之內成名的計劃豈不糟蹋了？（驚悸之後，意識拉回到現實，主角自慰式的自言自語）——主角因回憶而生的反應與現實情況跳接。

5.趕快找教室吧（已到學校，路上情形省略）。這些美國人高得欺人，又氣人。連女孩子們也像竹筍（感受），穿了高跟鞋後該怎麼辦（想像，省略結果）？絕對不能「對他」她們，情願下輩子再打光桿兒。（身高不合的自知之明，與前呼應，暗示主角戀愛婚姻蹉跎落空的不平衡）——將走在路上的心理與到校後的感覺跳接。

6.撿個靠邊的位子坐吧，不太顯眼（主角閉鎖心態的顯露）。那穿灰皮茄克的小伙子自然不需要那麼神氣（以自卑與不合群的心態看人而生的反感），你吃奶的時候我已經教人了（間接說明主角的年齡，與前教授太太的話相呼應，是與眾不同的老大。這是一句沒說出來的獨白，主角以此來維護自尊謀求平衡）。呼！後生可畏！長江後浪推前浪。臺北亦復如此（對現實社會體認的感歎）。教授很年輕（感覺），想喚他聲老弟（與自己相比之下的一種衝動）。××先生，你上次那篇論廿世紀小說的論文很好（教授對主角說的話，主詞及對話標點全省）。自然（主角心裏的話，沒說出來），你可願考慮發表（教授的問話）？自然（主角的答話），聽說你曾有不少作品發表（教授的問話）？嗯，好說（說出的主角答話）但巨著尚在未來。自然不能先告訴他。（主角獨白，沒說出來）——表在教室裏進行的情形。

7.下課後到樓下去撿信（時空情節的連接），一大把賀年片和聖誕卡。聖誕快樂，新年幸福（暗示反諷）！快樂！幸福！點頭，哈腰（動作）。塞進大衣口袋，圍上圍巾，（動作，表時態是冬季）——表下課後與午餐前。

8.衝到自助餐廳用午餐（表爭取時間的必要）。排隊，拿托盤（動作）。淨亮的刀叉（感覺）。嗳，黑咖啡，大杯，請。一塊五。好（對話與動作的間雜）。合臺幣——（想到一杯咖啡合臺幣六十元，當然不好。——號代表噤聲的省略）。環視一周，黑壓壓的。找個中間桌子擠下去（動作形容），好看人（心態的自白）。中國人真不少，只要長相離中國人不太遠的話就假定他是好了（感覺）。那邊那包頭的印度人有點刺眼（感覺）。幹嗎包著頭？無論冬夏（疑問）。好跟黑人有個區別。誰也不願被誤認為尼格魯，對不（找到了答案）？老張在那邊招手了（視覺）。回招一下（動作）。晚上打橋牌（約會），咖啡涼了（感覺），好，啃帶血的牛排（無奈的適應），轉著脖子看人。（看女人）——表中午餐廳的情形。

9.下年至書局（時空情節的連接），買一包聖誕卡寄回臺灣。空郵，修補皮鞋兩雙，三元（記事）。對了，學生陳凱在紐約結婚了，該買張卡寄他（記起了事）。等一下，或是他訂婚了，記不太清楚了。他的信來有半年了，不知扔在那兒，也可能是他已經生第一個小孩子了。真的，記不清了（疑慮心理）。總之，反正是喜事（自找臺階）。結婚週年卡，生日卡，畢業卡……生小孩的卡，週年卡，啊，買進了一條狗也有賀卡（主角在選卡形容卡架上的琳瑯）。這張不錯，素靜雅緻（欣賞的感覺，與主角老大的心理相配）。老天！弔喪卡。（恍然、驚詫之後的憮然之歎）——表主角下午辦事、購物的情節與心理。

四、樂府詩

樂府詩是與意識流近似的我國古典文學體式，例如相和歌瑟調曲的〈婦病行〉：

婦病連年累歲傳呼丈人前一言當言未及得言不知淚下一何翩翩屬累君兩三孤子莫我兒饑且寒有過慎莫笪笞行當折搖思復念之亂曰抱時無衣襦復無裏閉門塞牖舍孤兒到市道逢親交泣坐不能起從乞求與孤買餌對交啼泣淚不可止我欲不傷悲不能已探懷中錢持授交入門見孤兒啼索其母抱徘徊空舍中行復爾耳棄置勿復道

分析：

婦病連年累歲（一般敘述，婦病多年），傳呼丈人前（病婦動作，傳喚找她的丈夫來），一言當言，未及得言，不知淚下一何翩翩（病婦的心理與動作，話未出口，由於悲傷，淚流不息），屬累君（囑託拖累你），兩三孤子，莫我兒（莫使我兒）饑且寒，有過慎莫（孩子如有過錯，請你千萬不要）笪笞（均是打人用的竹器，此處作動詞，意為責打），行當（即將）折搖（夭折，婦人自謂將死），思復念之（希望你常想著我的這番話，多多可憐孩子們吧！）——自屬累君一句起，都是病婦的臨終遺言，如果譯為語體，是應加上主詞和對話特定標點冒號，提引號的。

亂曰（樂之卒章）：抱時無衣，襦復無裏（跳接省略病婦之死，此言病婦死後，其夫本想抱著孩子去市上的，但孩子們沒有長衣，只有短衣，而短衣又是沒有裏子的單衣。與前「莫我兒饑且寒」一句中「寒」字相應，敘寫貧窮實況，在其夫的動作感覺中呈現，病婦之夫的主詞省略），閉門塞牖（夫的動作，無奈只好把門窗關好），舍孤兒到市（把孩子留在屋裏，夫來到市上），道逢親交（親友），泣坐不能起（形容夫的悲傷動作），從乞求與孤買餌（夫向親交乞求，請親交給錢替孤兒買糕餅以延續活命。與前莫我兒饑且寒一句中「饑」字相應。使用敘寫而省略了對話），對交啼泣，淚不可止（敘寫夫的悲傷動作），我（指親交）欲不傷悲，不能已（親交感覺，做不到，不能不傷悲），探懷中錢持授（親交動作，拿出錢來給夫）。交入門（此處兩人分道及夫持錢買餌一線均已省略，跳接到親交來家裏探視），見孤兒啼索其母抱（親交所見，年幼孤兒不知母死，猶哭著要亡母抱），徘徊空舍中（親交的無奈徘徊），行復爾耳（親交的感慨，想到孤兒失恃，貧窮難以保全，不久也將和他們的亡母一樣），棄置勿復道（親交的自言自語，古詩樂府常用結尾，丟開它不去想它，煩惱無奈時的自遣之詞）——這一段敘述病婦死後的情景，人物方面增加了親交，而孤兒也有了動作。

第二節　極短篇

一、名稱

極短篇又稱微型小說、小小說、精短小說、超短篇小說、微信息小說、一分鐘小說、一袋煙小說、袖珍小說、焦點小說、瞳孔小說、拇指小說、迷你小說等。

二、發展史

在中國文學發展史中，先秦諸子中的寓言部分，可說是最早的極短篇。其後發展，有魏晉的志怪筆記小說，南北朝志人的《世說新語》，迄至唐宋傳奇，宋元話本出現，這一類的極短篇小說屢見不鮮。例如：

宋康王舍人韓憑，娶妻何氏，美，康王奪之。憑怨，王囚之，淪為城旦。妻密遺憑書，繆其辭曰：「其雨淫淫，河水大深，日出當心。」既而王得其書，以示左右，左右莫解其意，臣蘇賀對曰：「其雨淫淫，言愁且思也；河水大深，不得往來也；日出當心，心有死志。」俄而憑自殺，其妻乃陰腐其衣，王與之登臺，妻遂自投臺下，左右攬之，衣不中手而死。遺書于帶曰：「王利其右，妾利其死，願以尸骨賜憑而合葬。」王怒，弗聽，使里人埋之，冢相望也。王曰：「爾夫婦相愛不已，若能使冢合，則吾弗阻也。」宿昔之間，便有大梓木生于二冢之端，旬日而大盈抱。屈體相就，根交于下，枝錯于上。又有鴛鴦，雌雄各一，恒棲樹上，晨夕不去，交頸悲鳴，聲音感人。宋人哀之，遂號其木曰「相思樹」。相思之名，起于此也。南人謂此禽即韓憑夫婦之精魂。今睢陽有韓憑城，其歌謠至今猶存。（晉，干寶：《搜神記・韓憑夫婦》）

這一篇不到四百字，但卻表露宋康王的荒淫無道，韓憑夫婦的情愛堅貞。故事情節，結構完整，人物具有個性，尤以何氏的細密心理與堅強意志最感人。夫婦死後，出現超現實成份，梓木根枝交錯，鴛鴦交頸悲鳴，象徵韓憑夫婦情愛精誠之不渝，小說中美學理念具備，自然以美感影響後世讀者。再如：

唐宣宗時，越守獻美人，姿色冠代。上初悅之，忽曰：「明皇以一楊貴妃，天下怨之，我豈敢忘。」召美人，謂曰：「應留汝不得。」左右請放還。上曰：「放還，我必思之。」令飲鴆而死。（南宋，皇都風月主人編：《綠窗新語・越州女姿色冠代》）

這一篇不到一百字，表徵了帝王生殺予奪的殘忍。作者並未表現愛憎，而愛憎已分明可見。

極短篇早見於中國文學，同時也早見於西洋文學，在歐洲，極短篇產生於中世紀，在城鎮居民中流傳著對宗教與封建領主的反諷笑話，文藝復興時期，文人採擷了這些題材，賦以文學形式，就成了西洋最早的極短篇。極短篇小說在歐洲各國的文學發展中若隱若現，最後在法國定型。十九世紀時法國出現特重結構嚴謹的短篇小說。莫泊桑(Guy de Maupassant 1850–1893) 即為此中翹楚。而美國的歐・亨利(O'Henry 1862，1910)則被稱為「短篇短小說」(Short-Short story)的集大成者。

歐風東漸，一九二五年二月，日人川端康成(1899–1972)與其友人在《文藝時代》發表一輯八篇的極短篇，編者命名為「掌上小說」。而在我國，自一九七八年《聯合報・副刊》徵求短篇以來，十餘年來，已由風行蔚為興盛。

三、形式特色

㈠形式

以二千字為上限。

題材常是截取生活片段：可以是有頭無尾，有尾無頭，甚至無頭無尾。

高潮常置於尾部，高潮一出現即戛然而止，最重有餘不盡。

㈡特色

重選材，要能「小中見大」，能使讀者由此一點擴及長遠的線與廣大的面。

以少勝多，最重文辭之精鍊。

應能有超乎讀者預測的意外結尾，但更重感染，要求能予讀者以自然的感動。

短小中猶能安排伏筆呼應，同時能有寫作技巧的呈現。

在神祕象徵、統一效果之外，必須要有理念的顯具。在不說明什麼的情形下自然說明。

四、析例

文例一：黃宜敏的〈一百一十一元〉

嚥下最後一口氣時，他的存摺還有六位數字，可是緊抓在手裡的竟是一小袋錢幣——共一百一十一元。

「其中必有道理。」不由得叫人好奇，確實是特別，這位最有名的錢幣收藏家、鑑識家，生前把一輩子的收藏都捐給博物館，館長感激得要向他磕頭；到最後卻不願放棄這袋硬幣，可見其中一定代表著某種意義。

「那位老先生呵！」居然連特別護士也不知道他的姓名：「住院一個多月，守著他就像守著塊木頭似的。」生死的事看多了不免麻木，護士無謂地笑笑：「家屬們都不孝，雖然每天都來，連凳子都沒沾就走，大概衹是來瞧瞧他的死活吧！」發現不出什麼線索，真猜不透是什麼道理，一百一十一塊，不夠付一客牛排的。

「說不定上面有什麼暗號，指示著藏寶什麼來著。」類似的說法很多。幾位孝子孝女想盡辦法用了好些藥水儀器化學來物理去的，就是搞不明白這葫蘆裡到底賣的是什麼藥？可是又捨不得放棄。也難怪，老先生生前什麼名貴錢幣不曾玩過，至死不放的錢幣哪會那麼簡單！

一直到兩個月後，當大家已漸漸淡忘——當然還有幾個人在耿耿於懷，很偶然地看到他九歲小孫女的「提前作文簿」。

「從ㄧㄝ·ㄧㄝ開始住院，我就把ㄌㄧㄥˊ用ㄑㄧㄢˊ省下來，ㄌㄧㄡˊ給他治病用，他很高ㄒㄧㄥˋ，每次都把ㄑㄧㄢˊ放在ㄉㄞˋㄉㄞˋ裡，說我很孝ㄕㄨㄣˋ……。」

分析：

1.不足六百字。

2.首段顯示伏線懸疑，次段交代死者身份，加強懸疑價值。三段由護士之口表示出對死者子女的批評。連接伏線，估計價值微小。四段述孝子孝女的探索，「化學來物理去的」修辭鮮活，段尾再連伏線，強調懸疑。結尾在九歲的孫女的「提前作文簿」中出現答案。

3.伏線四度隱顯，由最後純真小女孩的愛心，對比顯示了成人世界的現實涼薄。

文例二：趙儀蒨的〈等〉

餐廳裡以精緻夾板隔成各自的一小方隱私。屋外一貫的冬雨淫盈疏寒，而近午的餐廳卻瀰漫著熱烈的氣氛。

銀杏選擇了一個正對門口的角落位置；只要是和戈寶約好碰面，這個位子一直就是他們的專屬。她再度瞄瞄腕錶，把杯裡再續杯的咖啡一飲而盡。

等候，在這個區間裡，是一個絕佳的位置，她後悔沒有順手抓一本書出來，百無聊賴地觀望著隔了一個桌子旁，叨叨絮絮講電話的年輕男子，她察覺到在她第一杯咖啡送來時，那男子就沒有放下過電話，且正面紅耳赤嚷著重覆的：「沒騙你，真的只是普通的朋友，你要我怎麼說才相信！」

銀杏支著下巴，把身子挪移靠到坐位的板上，一板之隔的二個女子壓低了聲音：「她老公沒有發覺她在調查嗎？」「哎！知道了又怎麼樣！搞幾次被查幾次，每次吵吵鬧鬧完了，還不是照樣過日子，怎麼離？面子問題嘛！只不過一次比一次高段，高潮迭起，想不到這次卻發展出一個案外案。」「怎樣?!怎樣?!」「呵！徵信社跟蹤那個女的到飯店，錄下來的聲音，居然不是她老公的，卻是×行的張董！」「啊！」「這個女的可厲害，據說還不只這兩個男人，她專找有錢有勢的釣……」

看到戈寶跳下計程車進來，丟下公事包，銀杏馬上嗔怨。戈寶說：「沒辦法，送我老婆去機場，還碰到塞車。」還沒坐下又說：「我去上個廁所！」銀杏看著他的身影消失在打電話的男子的後廂，這傢伙還沒有放下電話！靠近電話旁，坐著個穿風衣的男子，正凝重地瞪著他正前方臨街位子上的一對男女。銀杏警覺地坐直了身子。戈寶用手帕擦著手坐下，銀杏顧不得生氣，貼著他耳朵說：「喂！你看旁邊那個穿風衣的，像不像跟監的？」說著用下巴比了比那對男女。戈寶罵她神經病。銀杏說：「老婆一去三、四個月，你怎麼過？要我去住幾天，替你煮點東西什麼的？」戈寶不置可否。

銀杏聽到打電話的男子高興地說：「寶貝！你知道我會為你粉身碎骨，只要你相信我，我們結婚吧！……好！我去接你。」他終於掛了電話。

那個著風衣的男子跳起來，抓起電話：「對不起，我說我一到就給你電話，剛才有人一直抱著電話不放，急死人……」

分析：

1.全文九百字。

2.由交代環境，形容時序開始。女角「銀杏」在二段出現，等候男角「戈寶」。三段中出現第二組人物，重複解釋的男子像是在與女友通話。四段是聞聲而不見形的「隔板人語」，二個女的在談「外遇」的故事。五段男角戈寶出現，對話顯示，男女主角正是婚外情。第三組人物出現，穿風衣的男子引起女角的疑慮，與第四段女角聽來的情節（伏線）連接。第六段小結束，第二組人物終於獲得對方的同意，高興離去，掛斷電話。最後，第三組人物迅速抓起電話，懸疑廓明，他只是在等著用電話。

3.主題在都市男女，不正常婚外情泛濫的反諷。雖然數線並列，但仍然條理分明。而由伏線、懸疑引發的心理迫壓，最後在「原來如此」的啞然可笑下解決，更增反諷之效。

文例三：趙儀蒨的〈有個車位〉

從地面仰視這幢樓層和在頂層的十一樓往下望的距離，感覺它的高度居然有所不同。我奇怪身旁的這些人為什麼沒注意到這一點，只在四周圍著，看看我又不自覺地仰頭看著頂樓。嘰嘰呱呱地七嘴八舌……。

「應該是在十一樓吧！」又有人說，「唉！那麼高掉下來肯定是完了！」圍攏著的人愈來愈多，間雜著女人尖尖的驚嚷。我看見一個警察快步奔向這裡，吹急了哨子撥開周圍的人，職業性地問：「有沒有家屬！」職業性地把手伸向我的人中和脖頸側。我嫌惡地舉手擋他夾著濃重尼古丁味的手指，卻奇怪他仍觸到了我的皮膚。

「怎麼那麼想不開，」一個女子在情人臂彎裡發著抖顫的聲音，下了個結論：「一定和男朋友吵架了！」然後賺到摟著她的手臂更收緊地擁抱，也不在意另幾個人的猜測和看法，推推就就地粘著男人的身子走了！

「兩洞參呼叫捌么拐，……請清查時代大廈頂樓是否有可疑人物，接到請回答！……」警察腰繫著的無線電和雜沓的人聲不絕。「怎麼那麼慢！電話打了好久了！」一個男子抬手看了看腕錶焦急地說。提到打電話，我突然想起冠權接的那通電話，講不完似的，我煩躁地走到陽臺邊。

高樓外燠熱的風和嘎曳的冷氣機聲加重了我的浮躁。低頭看到沿著大樓四周停滿了車，因著樓層的高度，車的體積小了許多，綿延的整齊陳列在白線格子裡。想到我停在百公尺遠紅線區外的車，繞行了廿幾分鐘，這些白格子裡的車賭氣似地竟沒有出讓的意思。聽到冠權在屋裡忽大忽小的聲音對著電話絮絮聒聒，焦急地想像著我車的後輪被固定在拖吊車的鋼架上！

突然發現樓下距離我最近的那個白格子裡的車子，正以一個絕美的線條滑出白格之外，我興奮地用最快的速度撲奔下去，還不忘回頭向正講著電話的冠權招呼一聲：「有個車位！」

分析：

1. 全文不足八百字。

2.由感覺開始，首段顯示突兀。二段起懸疑出現，身旁的眾人似乎與「我」不是同類。三段加強懸疑，由驚嘆的話與警察對「我」的動作，已可察覺山雨欲來風滿樓的真相，「我」不是一個活人。四段由旁觀者的猜測自殺，發展到現實情愛的細密，「瞇到摟著她的手臂更收緊地擁抱」「粘著男人的身子」。五段由警察清理事故現場的電話連絡，迅速連接到事故之前，「我」的心態動作。六段回溯到「我」擔心車被拖吊。七段連接事故發生前的一瞬，車位空出，「我」以二點間最短距離的直線方向「撲奔下去」！

3.超現實死亡之後的敘寫，但並不陰森詭異，傳達了現在都市人口「一位難求」的沉重的夢魘迫壓。

文例四：〈給神的信〉（西班牙，Grcqohio Lopczy Funtes 作，丁樹南譯）。今分段析介如下：

原文一：

那幢屋子——整個山谷裏僅有的一幢——座落於一座低丘的頂上，從這個高處，可以看見河流，以及接近畜欄的那成熟的玉蜀黍田，裏頭點綴著永遠預示著豐收的菜豆花。

大地所需要的就只是下雨，至少來一場陣雨也好。一上午到現在，郎谷（他挺瞭解自己的田地）就什麼事都不做，盡是朝東北方的天際瞭望著。

「現在我們真的快要有雨水了，婆娘。」

婆娘正在燒晚飯，答說：

「是的，神的旨意。」

年長的男孩子們正在田裏幹活兒，年幼的正在屋子附近玩著，直到婆娘對他們全體叫喊：「來吃飯……」

就在吃飯的當兒，正如郎谷所預言的，大粒大粒的雨點開始降落了。看得見東北向有大山一般的雲塊正逐漸挪近來。空氣新鮮而又香甜。

男人出去在畜欄裏尋找著什麼，無非是為了讓自己感受雨點落在身上的樂趣，而當他回來時他嚷著：

「天上掉下來的不是雨點，是嶄新的硬幣啊。大粒的是十仙達佛的角子，小粒的是五……」

他帶著滿足的神情看看那蓋在雨幔下的裝點著菜豆花的成熟的玉蜀黍田。可是突然間一陣勁風開始吹來，好大的冰雹隨著雨點一起降落。它們可真像嶄新的銀幣呢。孩子們都冒著雨到外頭去撿那些冰凍珍球了。

「這可真的糟了，」男人嚷，一肚子窩囊。「我希望它快快停止。」

它並沒有快快停止。在一個鐘頭裏，雹落在屋子上，花園裏、山坡上、玉蜀黍田裏，落在整個山谷間。田地變白了，像是蓋上一層鹽末。樹上連一片葉子都沒賸下。穀物全給毀了。那些花兒也從菜豆梗上不見了。郎谷的內心充滿憂愁。暴風雨過去後，他站在田地的中央對兒子們說：

「一場蝗災會比這留下更多些。……這場雹卻什麼都不留給我們。今年我們勢必沒有玉蜀黍，也沒有豆子……」

那是一個傷心的夜。

「我們所有的功夫全白花了！」

「沒有人能幫助我們！」

「今年我們全得挨餓……」

分析：

小小說的「頭」：介紹主角郎谷，展示主角遭遇意外（降雹）的嚴重。簡短的場景之後，立即展現「盼雨」的危機。由「婆娘」的叫可見主角農夫之單純與粗魯不文；而由婆娘的答話「神的旨意」已然安排了嗣後求神的伏筆。家人簡略交代之後，雨點果然在盼望中落下，最初是主角的「無非是為了讓自己感受雨點落在身上的樂趣」。但在「大粒的是十仙達佛的角子，小粒的是五……」刪節號出現表示了郎谷語氣的突變，是雹非雨，喜悅立轉而為焦急失望，毀滅的形容之後，郎谷在田地中宣佈他的絕望，跟著再以三句家人的告白來強化災難降臨的嚴重。

原文二：

可是住在山谷中間這一幢孤零零的屋子裏頭的每一個人，內心都有一個希望：得自神的幫助。

「別這麼煩惱啦，雖然看起來像是什麼都完了。記住，世間沒有餓死人！」

整夜裏，郎谷心裏也就懷著他的這個希望：神的幫助；人家告訴過他，神的眼睛無所不見，甚至能深入一個人的良心。

郎谷是個壯得像牛的男人，在田裏幹起活兒來像一隻牲口，但他也還知道怎麼寫，星期天，天剛破曉，他在叫自己相信確有那麼一個保佑的神靈後，便開始寫封信，這信他自己要帶上城裏去投郵，那不外是一封給神的信。

「神，」他寫：「倘若你不幫我，我的家眷和我今年全得挨餓。我需要一百披索，好用來重新播種，並維持生活直至收成，因為下雹……」

他在信封上寫下「給神」，把信裝進去，仍然帶著苦惱上城去。他在郵政局往信封上貼上一枚郵票，便給投進郵箱。

局裏的一位雇員，是郵差又兼在局裏幫忙的，開心地笑著走向局長，給他看那封寄給神的信。自他當郵差以來壓根兒沒見過這麼個收信人。局長——一個胖胖的、溫藹的漢子——也爆出笑聲來，但他即刻轉為嚴肅了，他用信輕叩著檯子，感歎道：

「何等的信仰！我願自己也有寫信人這樣的信仰。像他相信那樣去相信。用他所賴以希望的那樣信心去希望。著手跟上帝通信！」

於是，為了不使這一封無法投遞的信件所透露的驚人的信仰歸於幻滅。這郵政局長心生一念：答復這封信。可是，他打開信時。發現要予其答覆。除了善意、墨水和紙張之外，還需要著別的。但他堅持他的決定；他向雇員要錢，他自己也捐出薪水的一部分，他的幾位朋友為了「贊助善舉」也不得不捐助一些。

他不可能湊足郎谷所要求的一百披索，所以他只能送給這位莊稼人比半數略多些。他把鈔票裝進一個書明寄給郎谷的信封，連同一封僅僅包含著算作簽名的「神」一字的信。

下一個星期日郎谷來得比平時略早些，探問有沒有他的信？交給他信的便是郵差本人。這時，那位郵政局長，正懷著行善者的滿足，從他辦公室門口旁觀著。

分析：

小小說的「中」，介紹主角應付情勢的設計與經過。與前伏線相應，郎谷寫信求神。情節發展不是當著「無法投遞之信件」處理；或是超現實的神祇果然顯靈。而是合理的人為的轉變：局長湊齊了「比半數略多些」的善款，「正懷著行善者的滿足，從他辦公室門口旁觀著」是為高潮結局出現之前，山雨欲來風滿樓的異樣的期待。

原文三：

郎谷看到鈔票，竟毫無驚愕的表情——他的信心多強烈——只是在點錢時他光了火——神不可能會搞錯的，他也不會拒絕郎谷所要求的數目。

立刻，郎谷走到窗口要來紙張和墨水，在公共寫字臺上，他開始寫，由於努力要表達他的意思，他緊蹙眉頭。他寫畢，又走到窗口買來一枚郵票，給舐了舐，然後一拳頭把它貼上信封。

就在那封信掉入郵箱的那一刻，郵差過去把它打開來。上面寫：

「神：我所要求的錢，只有七十披索到我手裏。把餘數送給我吧，因為我太需要了。可是別郵寄給我，因為郵政局的職員是一群竊賊。郎谷。」

分析：

小小說的「尾」，高潮陡現。郎谷相信神——相信神不會打折扣。「一拳頭把它貼上信封」表示主角粗漢原型再加憤怒。「給神的信」展示高潮，竟是「好人難做」的委屈。而篇章也就在此主題顯示之後戛然而止。當然我們還可以再來省思郎谷其人，省思人性軟弱，形而上力量永存於世之理。或者我們能譏笑郎谷的愚昧迷信；又或我們會因缺乏如他一般的篤信而感到自愧弗如！

第三節　小說體散文

一、理論說明

這一種新樣是為連結散文與小說兩種不同文體的新橋。突破了散文「線」的特性，具備有如小說那樣「面」的結構。但由它的「三一律」(人物、時空、情節的簡少)，以及使用意識流表徵心態，特重感覺的大片散文精緻成份來估量，它的屬性仍是散文，而非小說。

㈠表現重點

突破散文「線」的表現，而具有小說「面」的設計架構。

㈡手法

雖有小說的結構，但質料仍屬於散文。

採用短篇小說結構，鋪述出一個完整的故事情節來傳達理念。
以意識流手法來呈現作者意念，自由而傳真地表現作者的自我。
以心理小說的細密深刻使用在描述與抒情，將情感的狀態溶入心理意念。
使用各種小說結構式（互敘、倒敘、錯綜等），來展開散文鋪敘。
營造一個主要意象，來做為貫串全文的鏈索，凸顯出人物性格及主題意識。
多用第一身為敘事觀點。
時態表現多用錯綜手法。
使用小說曲筆、隱筆、伏筆等技巧。

㈢散文本質

多見保有大片散文成份。
多描述、敘述。敘人部分不同於小說之多用事而客觀，而是多用感覺的主觀。
對話或許分出，但不如小說中份量之多。
多用表白，不若小說之多用動作。
描述功能是散文的精緻、抒情化，甚至詩化，而不是小說式的較粗糙。

二、析例

李昂的〈貓咪與情人〉這是一篇「主從錯綜」的小說散文，貓咪是從線，情人是主線，今由「主」

「從」兩線依序列出原文進行分析：

從線原文一：

貓咪是一頭從屋外收養成家貓的貓咪，情人是一個從來不曾給任何許諾的情人，因而當為了排遣獨自離開在外，心裏總纏繞著這樣的問題：

回去後，究竟是貓咪不在了，還是情人不在？或是貓咪與情人都不在，還是貓咪與情人俱在？

●

會收養來到院子裏的一隻野貓，而沒有接受朋友家新生的暹羅貓，主要是那野貓有一身不帶一根雜色毛的烏亮黑毛，渾身通黑的貓咪因此只見兩隻轉動的碧綠色眼珠，真有點不馴的邪氣。

喜歡貓咪就為著那難以降服，始終不曾真正馴從人類規律的野性，再親熱的片刻，總還有令人措手不及的冷峻，再怎樣沒有距離的接近，還隨時準備一走了之。

分析：

一般的主從錯綜都由從線開始，篇幅比例是從少主多。這一篇雖也是由從線開始，但從線所佔篇幅幾乎與主線相等，當然，這也是達成了它象徵的任務：貓咪等於情人，主、從兩線原就是一體之兩面。開頭即已敘明貓咪與情人的特性，跟著就以複疊之句表示主角（敘述者）的念茲在茲就在此一人一貓。主角喜歡貓咪就為著那不能降服，始終不會真正馴從人類規律的野性。這是人類喜新奇的原型，亦是歡迎考驗、挑戰，企求變不可能為可能，馴服野貓成為家貓。這其中更隱著有貓味與主角的相似，一人一貓同是不凡，不平凡的人看上了不平凡的貓，要來經歷一場自找麻煩的希望渺小，是考驗實力的自許，亦或也有著惺惺相惜的喜愛。

主線原文二：

情人無疑也是這樣的。在社會上已有被公認成就的情人，聰慧、迷人，卻為著種種原因不能給出任何許諾。知曉他不無真情，可是他總要說「人在江湖，身不由己」，要他作進一步的犧牲，自是不會肯的。

最始初的交往當然有著一切苦痛，經過歷練的無望情感，因著少去今生今世在一起的承諾，時間長久後，逐漸尋到出路，要不痛下決心玉石俱焚，遠遠離去；要不就轉化為更深的真情，忍受得了人世間的缺憾，表面上少去風波，內底裏仍然驚濤駭浪。

分析：

主線首次出現，篇幅甚短。一如介紹貓咪、情人的特殊性被勾劃出來。主角喜歡情人一如喜歡貓咪聰慧迷人而具有著社會公認的成就，卻為著種種原因不能給出任何許諾。貓咪與情人之所以吸引主角喜愛牽繫，就在於這份出色、不羈的特性。如前述：主角的心理具有新奇：接受挑戰考驗，改變降服對方的潛意識，這種潛意識也基於人類要求表現的渴欲，隱隱包孕著為一己謀求成就感的企圖。同時，正因為情人是出色的人才，必然是眾多異性青睞的對象，不是人棄我取而是人取我取，猶然帶著可以滿足人性爭勝的成份。

而人性總是得寸進尺自私的，開始時不僅情人不曾給任何許諾；就是主角，或許也因為沒有承諾正好樂得自由無拘，主角在最初也不曾想到自己的心態會有改變。時間長久之後，情人那方面並沒有改變，改變的是主角，她開始患得患失，忮求能永久，最少也得有較長時間與對方廝守。既然改變的是她，平添焦慮不平的當然也就是她，懸望既不能如願，逐漸來考慮結局，或是痛下決心割捨，或是忍受缺憾轉化為更深的真情（只求付出，不求佔有）。但想歸想要做卻難，在明知不可能有什麼改變，而猶然希望著的等待中，「表面上少去風波，內底裏仍然驚濤駭浪。」是主角不安心理的敘寫，多少也是帶著點需求自虐與被虐折磨快感的意味。

從線原文三：

貓咪由野貓成為家貓，也是歷盡波折。

懂得屋外的藍色高空、巨大的生活空間，嘗過自由自在的跳躍與奔跑，貓咪不能忍受長期關在狹小的室內，牠的反抗先是坐在窗前門口，對著曾經熟悉的屋外，連聲長叫，發現無效後，牠在屋內跳上跳下，自己尋找出路，無奈現代建築的鋼筋水泥、紗窗鐵門，了無隙縫，貓咪始終尋不到任何出口。

還是不忍心看到貓咪囚在室內的掙扎——牠可以幾小時持續的號叫與衝撞，於是將紗門打開，貓咪一得門而出，一直線奔過院落，直上圍牆，幾秒後沒入都市櫛比鱗次的屋舍中不見蹤影。

然後必得有辛苦的等待與驚心，害怕貓咪出去後即不再回轉。屋外逍遙自在自成天地，還有成群的貓作伴，貓咪回來做什麼？難道牠還眷念人世的溫情。

卻禁不住要等待，幾番在院落裏呼喚，終沒有回音，已逐漸放棄希望，一天一夜後，黑暗中傳來微弱、不甚確定的咪咪叫聲。快步衝到門口，只見一對滾圓略往上吊的碧綠色眼睛，虛虛的浮在黯夜裏，再仔細端凝，才看到一身黑毛的貓形。

打開門，貓咪竄進來，還沒來得及抱起牠，貓咪已一溜煙的往廚房的方向直奔過去，看到常吃魚的角落空無一物，坐在地上，十分委屈的哀哀叫了起來。

貓咪顯然確定自己會回來，因而當發現不再有魚等待著，便自憐的坐著咪咪叫的這個姿影，沒來由的在心中引發一陣顫慄的感動。牠原無意離去，牠只不過有自己玩耍的規律，怎麼忍心對牠有這般誤解！

可是又不能不想到，貓咪回來，為著的也許就是那碟貓貓魚。已在屋子裏作一陣子家貓的貓咪，顯然不再願意回復過往搶食的野貓生涯，能有一盤固定的貓貓魚，何不回來呢！

分析：

再回從線，顯現野貓不同於家貓的自由特性。「還有成群的貓作伴」，敘明貓咪與情人都原有牠(他)的族群。「不忍心看到貓咪因在室內的掙扎」、「然後必得有辛苦的等待與驚心」、「沒來由的在心中引發一陣顫慄的感動」，這些是女（母）性愛憐的特性：人類因有此，而得以褓育成長，女性因有此而獨立不夠，進展受限。

「……因而當發現不再有魚等待著，便自憐的坐著咪咪叫的這個姿影……」似是日本句法。由第六段貓咪「坐在地上，十分委屈的哀哀叫了起來」的現實到主角基於母性的感動觸發，到「怎麼忍心對牠有這般誤解！」再回到「可是又不能不想到，貓咪回來，為著的也許就是那碟貓貓魚」的現實，由反面到感動再回到反面，開啟了作者迴旋式的表達藝術。

主線原文四：

這世上也許無所謂真情，有的只是相關條件下互動的關係，牽上了實質生活的一根線的彼端，觸動了另一端的心弦——世上有的，或就是這一點點連帶的情感。

屢屢同情人爭吵，他願意給的，也只是這樣一份連帶的情感——還是殘剩的。特別是，情人不能經常到來，來後也無處可去，唯有的地方僅成那一張床，便不能不想到，他為的，或只是還能免於付錢的這項行為，以及，由此連帶引發出來的一點情感。

情人被如此控訴，只是苦苦作笑，要不就是老話重提：人在江湖，身不由己。逼急了，他會說：我就是這樣子，我又能怎樣，說我沒有感情，我是沒有凡事感動不已的情感。

知道他不是無情，但世上也有一種人，真正是情薄，有的就是那麼一點感情，還要依這個大千世界所需，普渡眾人的散化到諸親人友好身上，剩下的，就是那麼一點，如何都再逼不出多一絲一毫。

說他情薄，還有一些道義，不到要負責的地步，尚不會負心。於是每每聽他說：我就妳這樣一個女朋友，妳走了後，我再也不交女朋友，我不要欠人，欠人總是不好，人要積點德。

他當初來追逐，怎不曾想到要欠人？他現在身在其中，還不忘聲明，他不曾留妳，走不走決定在妳，他就是不要負欠於妳。氣憤世上的理豈不都讓他佔盡，他又讓妳感到他對妳有那麼一點虧欠，不多到有所行動，卻也有那麼一點。就像他的感情——如果真是個薄情負心人，激情過後，他會強要妳走——可是妳真要走，明知他不無心傷，他卻又真會讓妳走。

情感到可以這般控制，自然也就不足以為著驚心動魄、奉獻犧牲了。特別是，原就少去今生今世在一起的承諾，連個虛名都無從擔待，也沒有兩人能在一起的實質，圖的又是什麼？

最始初自然是一種熱切的吸引，只要能同他在一起，俗世的索求也微不足道，這就是所謂愛情吧！然而愛情有轉化的時候，特別是現代的愛情，又特別是個現代的，一開始就說好沒有許諾的愛情。

過了最始初情愛濃烈的階段，接著的是無數驚心與苦痛，擔心是毫無承諾的這段情感，了無保障。少去世俗的羈絆，情人隨時可以來去自如，自己則將一無所有。

分析：

這一篇的男女主角都屬單身貴族，雙方都各自有自我的天地，因著忮求免於孤獨寂寞的原型而尋求情愛的滋潤互慰。很現代的女主角不會「以愛情為生命的全部」，她的對方則較她更為現代。類同於貓的原型「親室不親人」，他之所以會來此，或者真如野貓對一碟貓貓魚的需求，如女主角所說的「不能經常到來，來後也無處可去，唯有的地方僅成那一張床，便不能不想到，他為的，或只是還能免於付錢的這項行為」，貓咪的「食」與情人的「性」同屬動物原型，那真是十分現實，文中女角自我解嘲，說出雖然他來為的是做愛的發洩平衡，但仍不無「由此連帶引發出來的一點情感」。感覺到現實人世冷意盎然的無奈，慨歎著「這世上也許無所謂真情，有的只是相關條件下互動的關係，牽上了實質生活的一根線的一端，觸動了另一端的心弦——世上有的，或就是這一點點連帶的情感。」是對現實的悲忿，也是現代的社會文化。

情人的自辯：「我就是這樣子，我又能怎樣，說我沒有感情，我是沒有凡事感動不已的情感。」（說得好，那種噁心的情感確已老化過去）這是實話，現實人世的人際關係越來越淡越冷，使得生活於其中的人不敢主動付出，久而久之就成了克制熱情，冷凝心面的習慣。那是生活於現代適應的必需，否則，付出熱情，換來冷淡，是任誰也受不了，划不來的。

現實人生把人磨得只求獲得而吝於付出，又逐漸延展使人只求被愛而不敢、不願去愛人，而連情感履行的方式也改了，不是單一而是輻射，誠如主角所言：「有的就是那麼一點感情，還要依這個大千世界所需，普渡眾人的散化到諸親人友好身上，剩下的，就是那麼一點，如何都再逼不出多一絲一毫。」

六段中「他當初來追逐……」其後又曾出現「雖說是他主動來追逐……」，由主角與情人相對輕重不勻的現狀來看，這種認定可信度不高，很可能是主角愛面子的心理表徵。

敘述者自白她對情人的怨尤，同時又並生著她母性的寬容，情侶細緻的維護。排比的順序是：

「知道他不是無情」（正）

「但世上也有一種人，真正是情薄，有的就是那麼一點感情，還要依這個大千世界所需，普渡眾人的散化到諸親人友好身上，剩下的，就是那麼一點，如何都再逼不出多一絲一毫。」（反）

「說他情薄，還有一些道義，不到要負責的地步，尚不會負心。於是每每聽他說：我就妳這樣一個女朋友，妳走了後，我再也不交女朋友，我不要欠人，欠人總是不好，人要積點德。」（正）

「他當初來追逐，怎不曾想到要欠人？他現在身在其中，還不忘聲明，他不曾留妳，走不走決定在妳，他就是不要負欠於妳。氣憤世上的理豈不都讓他佔盡，」（反）

「他又讓妳感到他對妳有那麼一點虧欠，不多到有所行動，卻也有那麼一點。就像他的感情——如果真是個薄情負心人，激情過後，他會強要妳走——」（正）

「可是妳真要走，明知他不無心傷，他卻又真會讓妳走。」（反）

從線原文五：

貓咪回來，不管為著對家的眷念，還僅是為著那盤貓貓魚，牠總會回來，但也一定要離去。在牠飽食、足睡，將養休息後，一切故事又重演。牠會對著緊閉的門窗長長哀叫，一個小時又一個小時，直到感覺隔絕牠於廣大的外界的不人道，只好打開門放了牠。

然後又是無盡的等待，不知將是幾天後，才又能重見那一身不帶一根雜色毛的烏亮黑毛，以及，那兩隻滾圓略往上吊的碧綠色眼珠。

絕非要想無時無刻留牠在身邊，果真如此，貓咪也不再是貓咪，何不養隻所謂人類忠實夥伴的狗狗，則可常相作伴。既愛貓咪那永難馴服的野性，心中就已打定主意得忍受缺陷，只是，不免癡心妄想的仍要希求：是否多留住一段時間。

是的，所要求的也只是能多留住一點時間，能盤蜷在沙發上等人作伴，能擁在膝上任人撫摸，看窗外的陽光一寸寸移過院落，看園裏的花草在沉靜中花開葉落。

然而仍不可得。

貓咪不僅不常在家，回來的時間亦極不一定，有時候深夜中偶從睡夢中醒來，心中千愁萬緒無從入夢，打開門想到院中走走，赫然發現貓咪就盤臥在紗門外，被驚擾後抬起碧綠的眼珠，睡眼朦朧，顯然已回來睡下一段時間，或者晨間開門出來，貓咪不知從何方悄然掩至腳邊，毫無徵兆安然回轉。

對貓咪如此不規則的回家時間，常常不免感到驚心，害怕牠在夜深人睡去時回來，尋不到燈花與人聲，會就此轉頭離去，下一次回來，將不知又是何時何日？

分析：

這一節感性充盈。「既愛貓咪那永難馴服的野性，心中就已打定主意得忍受缺陷」是為人生「不全性」的至理。「只是，不免癡心妄想的仍要希求：是否多留住一段時間。」是為人性奢求，得寸進尺的原型。

第九段顯示人生疲乏感沉重，主角忮求能有人或貓為伴，能有寧靜相依，藉以平衡、紓解疲乏的機會：「所要求的也只是能多留住一點時間，能盤蜷在沙發上等人作伴，能擁在膝上任人撫摸，看窗外的陽光一寸寸移過院落，看園裏的花草在沉靜中花開葉落。」等的是對一隻貓的希望，當然同時也正是對「人在江湖，身不由己」情人的切望。由此，並已顯示主角一如擁貓老嫗的老化心情。

切頓之後，「有時候深夜中偶從睡夢中醒來，心中千愁萬緒無從入夢」。極寫孤獨況味嚙咬深密。尾段又再度出現母性付出關懷的慣性。

主線原文六：

情人不能常來，這似乎是他之所以永遠只能做情人的最適切定義。他有各種關係、各種人、各方面都需要他。我最不能給的，就是時間，情人常說，而愛情最需要的，就是時間。

情人無論如何都得離去，他唯一能做的也只是，當他說要來的時候，一定會來，可是當他要走時，也一定會走。他來的時間也同樣不一定，為了要能見到他，只好讓自己的時間永遠處於真空狀態，隨時能接納他，不管是任何時刻的一分一秒。

而他來的時候仍何其短暫。

●

終於同情人談到貓咪，情人平平的說：把牠閹了吧！不管是公貓、母貓，都得這樣，才能留得住家。

乍聽聞自然怨懟情人不懂得珍惜原生天性，才會想到如此殘忍的方法，又要歸罪到他一向的情薄。繼而一想，不是本來就無兩全的辦法？如果一開始養的不是貓，不就少去這個困擾？或許，如果養的是隻家貓，牠會願意常待在家中些。既然明知道是由一隻野貓開始，又怎能諸般要求於牠。

情人也是如此，最始初他即不曾隱藏或欺騙，他坦白表示他的「人在江湖，身不由己」。雖說是他主動來追逐，但也是明知道諸多的不可能，仍然願意深陷其中，如此再來要求他，豈不平添惘然。差別的或只是，貓咪還可以閹割，如此即可以馴良，不再外出四處遊蕩，天天伴隨在家，看天時移轉。而情人，又有什麼方法，可以羈留住他？

用情愛？感情終究有情鬆愛馳的時刻，難以為繫；用良心？似乎也不足在他的心性中造成多少牽絆。當然得說他不是沒有天良，可是，現代人類僅存的那一點良心，又那裏夠用！那裏夠分派給那許多需要他良心的人，那裏抵得住快速轉化的生活需求。

這才明瞭到，原先最不曾在意的所謂世俗儀規，比如家庭、妻子的名份、小孩，樣樣才真具備了對恆久的許諾。這些也許在某些方面阻礙了他，使他殘缺，但卻可能如同閹割之於貓咪，方是真正有效的牽繫。

既然求牽繫而不可得，甚且連個承諾都沒有，於是想到，或是該離去的時候了。

真要離去還並不容易，離去的定義也許只有時間加上空間。一切非得等待過了相當歲月，過了最始初的激情，過了多少痛苦與掙扎，過了接下來感到的不甘心，過了最終結的害怕失去。終於在過了相當時日後的有一天，能下定決心，想到暫時離開，藉著空間的隔絕，或能了斷。

分析：

愛情並不是單純得毫無條件的，如同《金瓶梅》中西門慶五項優點之一的「閒」，即是必備之一，篇中主角最缺乏的也在此。「我最不能給的，就是時間，情人常說，而愛最需要的，就是時間。」雖然情愛滋潤平衡的需要使兩人相互吸引，常能有著「金風玉露一相逢，便勝卻人間無數」的相會，但卻又苦於兩人的時間受制於現實不能配合。這是不得圓滿、無奈的缺口。

儘管男女兩人已有共識，尊重時代風尚，不要求對方許諾些什麼，只要在各自倦飛，返回到這處窩巢的短暫時光裏，廝守相互付出互慰互補就好。而這種心照不宣的約定俗成並不能維持永久，日久之後，在女子逐漸肯定重視這份感情之後，兩人的位置已因心態的改變而互易。男子由追求的主動改變為被動接受，女子由被動的被追求改變為主動的付與和患得患失。這是遠之則怨，近則不遜的人性原型，原本並不奢求的，已在情愛肯定執著之後改變，她的瀟灑矜持不再，甚至「為了要能見到他，只好讓自己的時間永遠處於真空狀態，隨時能接納他，不管是任何時刻的一分一秒。」她原本擁有的平等地位已失，所以承受痛苦的當然也是她。本節的第三段只是一句：「而他來的時候仍何其短暫。」切頓表現了主角付出落空的怨尤。

而怨尤同時亦復有理性檢討，如第六段「但也是明知道諸多的不可能，仍然願意深陷其中，如此再來要求他，豈不平添惘然。」如此怨尤而又寬容對方的矛盾，其實就是為自己鋪設繼續情愛的藉口。

曾想過把貓咪閹了使牠馴服，但對情人卻是無用，當然這已明知設若情人改變，原本吸引主角的特性同時消失，即使能夠全然擁有，必然也將在日久之後使主角生厭不屑。主角心理顯示了遠之則怨近之不遜的人性，情愛要求深刻，但與情深同時俱來，同時加深的常是痛苦，苦與樂竟是如此牽連著的一體兩面。

像是男女仍難平等，重視情愛的比率仍是女多於男，為著情愛寧願失去原來的平等灑脫，顯示了女性柔細重情的人性原型。怨尤他來時的不定與短暫，想著要他能多留一點時間，有了患得患失的心態之後，甚至來設計長久佔有他的方法：「這才明瞭到，原先最不曾在意的所謂世俗儀規，比如家庭、妻子的名份、小孩，樣樣才真具備了對恆久的許諾。這些也許在某些方面阻礙了他，使他殘缺，但卻可能如同閹割之於貓咪，方是真正有效的牽繫。」這本是女子原本尊重對方自由所不屑為的，如今竟要起意違背原則一試，明知情人在被佔有之後一如閹貓，非僅他自身萎縮平凡，同時在失去了原本的野性吸引之後，或將難免使自己厭棄。而竟也祇顧眼前不思慮將來，除了人性的自私盲目之外，情愛佔有又復具備著毀滅性的原型。

這一節的尾段出現了複疊句法，顯示伏筆，女主角想著先以「暫時離開」作為試驗，看看「藉著空間的隔絕」能否使自己適應，復返到單身貴族自由而孤獨的天地，進一步「了斷」這一段沒有希望的情緣。

結尾原文七：

於是，從埃及的金字塔，到希臘的巴特農神殿，到羅馬的競技場，所見到的是人類早期文明的輝煌與遠遠超過想像的巨大工程。從法國的凡爾賽宮到萊茵河岸的城堡到英國的西敏寺，所見到的是近期人類依自身尺寸發展的人文主義。然後再到紐約摩天大樓矗立的鋼筋水泥的大峽谷中，所見到的是充滿幻想的人類驚心動魄的現代文明，這一路行來走過人類七千年日月風雲，走過人類七千年悲歡離合，而衷心懸念的仍只是：

回去後，究竟是貓咪不在了，還是情人不在？或是貓咪與情人都不在，還是貓咪與情人俱在？

儘管，巴黎的拉丁區充滿觀光客，倫敦有龐克，雅典的神殿只剩下斷壁頹柱，翡冷翠的古畫一再清洗，威尼斯的運河是靜止的污水，紐約的四十二街充滿暴力和紛亂，衷心懸念的仍只是：

回去後，究竟是貓咪不在了，還是情人不在？或者貓咪在情人不在，情人在貓咪不在？還是貓咪與情人俱在，貓咪與情人俱不在。

或者，儘管羅浮宮金碧燦然，大英博物館可見全人類的足跡，希臘的黃金比律有不變的優雅，米蓋郎基羅的大衛像依舊是力與美，月光下的威尼斯像個令人心碎的幻夢，紐約蘇和區有最前衛的表演藝術，衷心懸念的仍只是：

回去後，究竟是貓咪不在了，還是情人不在？或是貓咪與情人都不在，還是貓咪與情人俱在？

分析：

本篇結尾，形式是主、從兩線合一，敘述者以三段複疊句式與亮麗的孤身旅遊經歷形容相間，傳達出她試驗結果的失敗，一份殘缺的情愛之不能「了斷」，是因為雖然殘缺但總比全然空無好一點。孤身遠行，她雖然「走過人類七千年日月風雲，走過人類七千年悲歡離合……」經歷過古典與現代的相參，曩昔的溯往與現代的進步或畸形，在她心中所懸念的，上天入地，念茲在茲的仍是屬於她個人祛除孤獨、渴求擁有的一人一貓。

她仍將在不全的人生之中，帶著感傷與不快樂去賡續尋求，人類生命命定的嘲弄已是如此。屬於她個人的感覺，也正是讀者易於引發同感的共鳴愴然。

形式綜論：

李昂這一篇，一九八四年刊載於《中國時報・副刊》，全文只有四千兩百字左右，人物祇有二人一貓，情節並不繁複，對話多是包容在敘寫中的轉述，並未設計單列、事件單純，全篇多屬「感覺」，講求修辭句法的精緻。綜上所見，它的質料不是短篇小說，而是一篇「小說體散文」。

第三章　題材論

第一節　「人」的題材

文學創作題材，不外人、事、景、物四大項。首先來研究「人」的題材。

一、創作原則

(一)人物與人性

1. 人物在小說中的地位：任何小說均是描繪人生，人物描繪成功小說才能成功，故事和情節都只是用來說明人物在生活中的遭遇，思想感情所發生的變化，根據這些變化來表現其人物，使其活潑鮮明而不朽，故知人物在小說中為主，故事情節為副，係因小說中主角之存在而存在。

2. 表露人物旨在表露人性：人性是人在內心所潛藏的思想感情以及引起他表示於外的行為，由於人性的不同，遂使人類有美醜善惡的內在之不同，所以人性是人類特殊的情操與衝動，一方面表明人類高出於動物，一方面表明人類所同具而不限於一時代一種族，尤其是同情或同情相關的種種情操如愛怨，好高，好虛榮，崇英雄，以及是非感等。而人性又是社會上比較永久的原素，人類總是求榮譽，怕譏笑，重輿論，喜財貨，愛兒女，敬慕勇敢，大度與成功的。惟有寫內在的人性，作品才能經得起時空的考驗而不朽，能發揮人性光輝的作品，自能指引人類給予鼓舞安慰與正確導循。

㈡塑造人物的重點

1.真實感：梁啟超說：人生和宇宙是永遠不會圓滿的，如果說人是上帝造的，則在創造時就已留下了先天性的缺憾，熟悉的小說人物，如在《三國演義》裏，孔明的優點在鞠躬盡瘁，另面正是他獨斷不能用人，疲累致命的缺點。關羽的傲上，張飛的淩下，正是日後死亡的主因。《紅樓夢》中林黛玉的狹小多疑使自己沉痾不起，薛寶釵的權術深沉換得的是鏡花水月的空幻。莎翁戲劇中羅米歐與朱麗葉是耽於理想的唯美主義者，免不了要為爭取新道德的勝利，而充作犧牲的羔羊。哈姆雷特原屬於內向、主觀、重感情、有思想的性格，但在環境的變化與打擊的沉重之下，使他對善良與道德失去信心，鬼魂附體促使他去執行冷酷的懲罰。人類社會本無「絕對」，當然也決沒有「絕對的完美」，理想的人生，完整無疵的人性祇有在單純平淡的童話裏才有。鑒於此，作家塑造人物的重點，首要的就是必須真實，給予靈魂與思想、爽朗的、憂悒的、粗獷的、深沉的、荏弱的，寫的是真的人，才能使人類讀者覺得逼真，能夠相信。

2.共性與個性：共性是人類所共有的——即人性——有共同優點與共同缺點，不因時空不同而有不同。個性，是某人的特性——人人不同。

3.小說人物之綜合性：作者不能僅就所觀察到的某一個人來做為小說中的人物，時常要綜合許多人的氣質而塑造成人物的典型，這樣才能獲得更多的共鳴。

4.精神狀態之把握：不但要把握人物外在之現象（如生理的，環境的事實）。且須把握其精神狀態——性格及其心理活動，這種心理活動不僅是一般的心理描寫，更須發揮潛在意識與下意識。

㈢塑造人物的原則

塑造人物並非敘述，敘述僅是說明，平鋪直敘的；而塑造人物要求的是精細的觀察，深入透視的把握其特點。一切事物均有它特有而與別的事物不同的特點，這便是作者必須把握表露的東西。應該要收集資料：出身、年齡、家庭環境、教養、性格、外貌、心理、語言、態度、嗜好、習慣。運用小說中適當的時空，以適當表現方法來寫人物之共性與個性。

二、外型

㈠原則

外型塑造：包括容貌衣飾神態——不必太多太詳但應把握特點，清晰表露。

塑造人物外型，主要的是要切合人物的身份，原則有二：

1.細緻：刻劃人物要確實把握，不可含混、必須把握重點，特徵，以細致的刻劃之筆來寫。

2.角度：不必一定取正面描寫，善取描寫角度，常能收事半功倍之效。如毛姆寫一位肥胖的女人，全篇沒有一個胖字，只說她的腳束在那嫌小的鞋裏，圓墩墩的小腿、鼓起肉球、不斷地抖著，每走一步，鞋跟就產生一次激烈的顫動，好像是不勝負荷，隨時都可能垮下來。由這些，對這女子的痴肥蹣跚不難想見。再如羅曼羅蘭寫約翰克利斯多夫的童年，這孩子只會哭，誰都討厭、連祖父看了都會咆哮，祇有他的母親露意莎叫他：「我的小耶穌，我的小金魚！」祖父母沒有不疼愛孫子的，就如此情形，刻劃出幼年時的克利斯朵夫，長相實在是個醜小鴨。

㈡示例

1. 女人呢，所謂尤物之一，她是以妙年發胖著名的，得了個和實際相符的渾名叫做羊脂球。矮矮的身材，滿身各部分全是滾圓的，胖得像是肥膘，手指頭兒全是豐滿之至的，豐滿得在每一節小骨和另一節接合的地方都箍出了一個圈，簡直像是一串短短兒的香腸似的；皮膚是光潤而且繃緊了的，胸脯豐滿得在裙袍裏突出來，然而她始終被人垂涎又被人追逐，她的鮮潤處所教人看了多麼順眼。她的臉蛋兒像一個發紅的蘋果，一朵將要開花的芍藥；臉蛋兒上半段，睜開一雙活溜溜的黑眼睛，四周深而密的睫毛向內部映出一圈陰影；下半段，一張嬌媚的嘴，窄窄兒的和潤澤得使人想去親的，內部露出一排閃光而且非常纖細的牙齒。（莫泊桑：《脂肪球》中的女主角）

2. 她的克什米爾披肩的下端一直拖長到地，而也飄出細衫的寬闊衣襟，厚茸茸的皮袖裏，藏著她的兩手，緊貼在胸前，旁邊圍著的褶紋，曲線是那樣的勻稱，任你再愛挑剔，看去也沒有話說。……你試在一個描畫不出的柔媚的蛋形臉上，放下一對烏黑的眼珠，再添上一副清秀單直而靈敏的鼻子，兩個鼻孔，給人一種肉感生活的強烈要求，稍稍張開了來；再畫上一張整齊誘人的嘴，柔唇輕開處、擺著一副乳白的牙齒，然後再渲染一下那柔膩的皮膚，下面蓋著一對曾經人觸摩過的桃子似的面頰……」（小仲馬：《茶花女》中的女主角）

3.……她的襯衫結在頭頸上，讓她的修長單薄的身材在布層底下形成的青春稚嫩的胸脯微微顯露出來。她的眼睛又圓又大，是介於海上的蔚藍和深黑二者之間難定的顏色，使眉間喜氣，因潤濕的眼皮更顯得柔和，在女性的眼中等量混和了靈魂的溫婉與熱情的力。是亞細亞和意大利婦人眼中所特有，鍾靈於驕陽如焚的火焰，夜，海，天的靜朗的碧藍的天仙似的色調。她的面頰是豐滿的，圓的，有著結實的輪廓，略帶黃色的氣候所致的棕黑，但不是北地病態的憔黃而是南國健美的白皙，有如數世紀間風吹浪打的大理石的顏色。她的嘴，兩唇較我們那裏的婦人們略厚而闊大的，形成心地良善憨直的皺摺，短短的但是潔白的牙齒，在火矩的光中閃爍，有如海邊陽光照射的水底裡珠貝的細殼……（拉馬丁：《葛萊齊拉》中的女主角）

4.一位壯漢，在艙口踱來踱去，狂嚼著口中的雪茄蒂，就是這人無心的一瞥，將我從大海中救了起來，他身高不過五呎十吋或五呎十吋半，但我對他的第一印象並非此，而是被他那種體力充沛的神態懾住；他身體雖然並不太高，但非常魁梧；寬闊的肩膀，堅實的胸膛，顯示出瘦削健壯的人特有的堅韌無比的力量。他身材寬厚，好似一隻大猩猩，但面容上卻絲毫沒有猩猩的蠢態。

我努力描述的，僅是他無窮的力量，這是原始動物——野獸，緣木而居的原人——所具有的力量，它的本質是凶殘野蠻而敏捷。生命的本質在於活動的力量，力量的本質塑出各種不同的生命。總之，這股力量在體內蠕動，好似一塊龜肉或截去了頭的蛇，在手指的刺戳下彈躍顫動。……

我煮好開水，將藥品整理清楚，準備替他包紮傷口，他談笑自若，打量自己的傷處。我從未見過他赤裸的身體，他那強壯的肌肉，使我驚羡得幾乎停止呼吸，這並非由於我自身的瘦弱，而是全憑內在的藝術眼光，使我如此感覺。

我被他全身完美的線條懾住了；那簡直是出奇的美麗。我曾見到前艙那些漢子們的裸體，雖然其中數人也具有堅強的肌肉，但總有些什麼地方不對勁；不是這裏肌肉不足，就是那裏過分發展或彎曲，破壞了人體的對稱，不然就是腿生得太短或太長，筋肉過分飽脹或太弱，祇有夏威夷佬全身線條匀稱，但太匀稱了，好似女人的體態。

海狼拉森的身體，洋溢著一股男性美，舉手投足之間，堅強的肌肉在光滑的皮膚下躍動，我忘卻聲明——祇有他顏面的皮膚，被日光灼成古銅色；他的身體，由於斯坎拉維安的族系——潔白得一如婦女的皮膚，他舉手撫摸頭上的創口，我看見他的雙頭肌在皮膚下閃動，像是一個活的東西；就是那強壯的雙頭肌幾乎奪去了我的生命，我親眼見到他無數次揮動致人死命的拳頭，我出神凝視著他，一小團消毒棉花自我手中墜落地下。（傑克倫敦：《海狼》中的男主角拉森）

5.兩片木板棺蓋，在霉撒外壁遭受破壞以前便已先行弄上來。每一個人都熱切的等著瞻仰在沒有任何干擾之下永眠了這麼久的這具未知的古屍，不料，能看到的是從頭到腳將屍身牢牢包裹的毛毯，不過，這塊裹布已經變得非常脆弱，輕輕一碰，便朽碎成粉。我們除去了遮住頭部的部分，於是看見了，用我們的眼睛親自看到了美得無比的這位沙漠的統治者，樓蘭與羅布泊的女王。這位綺年玉貌的女子遽然遭受死亡，由她所愛的人們為她穿上潔白的壽衣，搬到這片和平寧靜的山坡上，進入長達兩千年的沉睡，直到悠久的後代將她喚醒。

臉上的皮膚雖已乾燥如羊皮紙，長遠的歲月並沒有改變她的五官和臉龐的輪廓。她緊閉著幾無一絲兒塌陷的眼睛仰臥著，唇邊依然蕩漾著若干世紀以來始終沒有消失過的一抹微笑，給她這個神祕的存在憑添更深一層的哀憐與魅力。

然而，她卻不肯向我們宣洩她過往的祕密、她帶進墳墓裡來的樓蘭多彩多姿的生活、乃至湖邊的春綠，以及關於小船或獨木舟水上之旅的種種回憶。

她必定看過準備上陣擊退匈奴以及其他蠻夷的樓蘭守軍的行進、見過裝載著射手與槍兵的戰車；也看過路過樓蘭或者投宿於城中客棧的大批商隊、還有經由「絲路」，將漢土名貴的絲綢運往西方去的數不盡的駱駝；不定她是因為愛情的悲傷而死的，無論如何，這一切都是我們無從知道的。棺柩內側的長度是五英尺七，不為世人所知道的這位女王，大約是個五英尺二英寸的小女子。

(井上靖：《樓蘭》中死去的女王以及作者的想像)

6. 這來的便是閏土。雖然我一見便知道是閏土，但又不是我這記憶上的閏土了。他身材增加了一倍；先前的紫色的圓臉，已經變作灰黃，而且加上了很深的皺紋；眼睛也像他父親一樣，周圍都腫得通紅，這我知道，在海邊種地的人，終日吹著海風，大抵是這樣的。他頭上是一頂破氈帽，身上只一件極薄的棉衣，渾身瑟縮著；手裏提著一個紙包和一枝長煙管，那手也不是我所記得的紅活圓實的手，卻又粗又笨而且開裂，像是松樹皮了。（魯迅：〈故鄉〉中久別之後再見的童年友伴）

7. 六指兒貴隆再一抬眼，不由登登的朝後退了兩步。那張臉在紫紅的火光下哪像是人臉，鼻子眼睛分不清，全是疤痕和筋肉凸起的痂結，好像一隻變了形的南瓜。左眼被一道收縮的疤痕吊住，弄成永也閉不起的大圓球，眼珠半凸在外面的溜打轉。右眼叫埋在一條灰鐵色的肉柱裏，即使睜著也像瞎了一樣。一隻耳朵被削去上半截兒，另一隻倒好好的，只是變了地方，耳眼朝後倒釘在痂疤上。

「這叫傷裏套傷。」歪胡癩兒笑著，滿臉都泛起不自然的痙攣：「人是肉做的，要打東洋鬼子，必得拿命換命！我這條命死過十七、八回了，那以後的日子是撿來的。」（司馬中原：《荒原》中的男主角歪胡癩兒）

8. 好明亮閃灼灼的那雙眼睛，好豐滿俏皮的那彎嘴角，好倔強玲瓏的微翹的下巴。

于鳳站在進門處等他，像一盞光采四射的明燈照亮那暗澹的角落。她穿一條鵝黃色緊腳長褲，鵝黃、粉紅、淺紫柔合各色不規則圖案的寬鬆毛織上衣，一頭烏黑的頭髮很有韻致的側分開，右邊髮絲柔順的圈成半月彎彎的環住耳根，左邊的頭髮卻瀑布般斜流過她前額，好像隨時都會狂奔猛瀉似的。她不時一掠頭，歸順那匹有氾濫可能性的黑瀑布。那股勁有說不出的執拗，說不出的輕靈，和說不出來的不馴的瀟洒！

于鳳黑而光亮的頭髮在陽光下黑鑽石似的閃閃發光，她並不白皙的皮膚細膩潤澤像最新鮮的奶油，一雙微微上翹的眼睛裏掩藏著一對詭譎的小精靈般，隨時流露出善變的情緒和反應，她的鼻子小巧而挺直，整個模型最不完美而最突出的是她微闊而且微厚的嘴唇。但那向上微翹的嘴角輕輕一牽，最引人心動神馳……（吉錚：《海那邊》中的女主角于鳳）

三、表情動作

㈠原則

表情動作直接溝通表現人物的氣質與個性。性格內向的人容易臉紅，豪爽的人則不然。輕佻者經常眉開眼笑、動手動腳，穩重的人則不然。粗豪者飲酒的動作是「牛飲」，矜持者則祇是輕沾唇的「品味」。作家以敏銳的觀察力去搜集這些細節，而使用恰當的技巧表露在文學作品中固定呈現。一般說來，陽剛性的表情，用句多節短、緊縮有力者；陰柔性的表情，多用纏綿細致的句子表現。

表情與動作的描寫有時不易分得清晰，借動作來顯示表情是一常見的。表情可以自人面部或身體上看出，由表情傳達了人物的心理活動。複雜的心情，常不易表達的，常常就用表情來傳達。而動作描寫的原則，在於「簡約」（必需節略、撮要、揀選）務使讀者能感受到動作的描寫確具「生動」。

㈡示例

1.這給予我強有力印象的人，在甲板來回踱著，步履穩健而有力，每一絲肌肉的動作——從擺動的肩膀直到咬著雪茄緊閉的嘴唇——都顯得堅強果斷，透出一股力量。實際上，雖然他每一下動作均充滿力量，但卻似更有無窮的力量潛伏體內，待機而動，令人望而生畏，好似雄獅的發威和暴風雨的狂怒。……

海狼拉森潛伏的力量再度鼓動起來，這一切是出乎意料的快捷，時間不出「的答」兩秒鐘，他從甲板上向前躍過六呎有餘，把拳頭送上這孩子肚腹，一剎時，我自己好似挨了一拳，肚子裏感到一陣難受，由此可見我的神經組織是過於靈敏，見不得兇殘的景象，這侍役——體重至少有一百六十五磅——被拳頭打得雙足騰空，凹癟的肚腹貼住拳頭，像是裹在大棒上的一塊濕布，他身體被擊得向上躍起，在空間劃了一條短弧，然後倒跌下來，頭和肩膀衝在甲板上，正跌在大副的屍體旁，他痛苦的呻吟著。……

海狼拉森沒有笑，雖然他那灰色的眼睛微微閃出一絲笑意，我這時站得離他很近，他剛才向死者咒罵時，我對他的第一個印象，是屬於身體方面：他的臉是方形的；線條強勁，五官端正。第一眼望去，神態是粗壯的。但當你繼續觀察他全身時，這種粗壯的感覺消失，他體內好似蘊藏著一股無窮的精力和勇氣，下巴、兩頰，濃密的眉毛高低適度的覆在眼睛上——這些，全是勁氣內涵，深不可測。

那雙眼睛——我有機會認識清楚——巨大而漂亮，兩眼距離很寬，隱在濃密的眉毛下，四周鑲著長黑的睫毛，眼珠本身是灰色的，但顏色時時改變，好似日光下閃爍的絲光；時而淺灰，時而灰綠，有時更變成海水般的清藍色，這眼睛用多種偽裝將靈魂掩飾，但在極少情形下，這兩扇靈魂之窗突然開啟，赤裸的眼光射出，這雙眼睛有時凝出灰色天空般的陰鬱，有時爆出劍光揮舞的火光，有時閃出北極的寒光，但同時又能射出溫暖柔和的光芒，強烈而剛毅，誘惑而逼人，贏得婦女的心，使她們心悅誠服的獻身於他。（傑克倫敦：《海狼》）

2.我已經記不清那時怎樣地將我的純真熱烈的愛表示給她。豈但現在，那時的事後便已模糊，夜間回想，早只剩了一些斷片了；同居以後一兩月，便連這些斷片也化作無可追蹤的夢影。我只記得那時以前的十幾天，曾經很仔細地研究過表示的態度，排列過措辭的先後，以及倘或遭了拒絕以後的情形。可是臨時似乎都無用，在慌張中，身不由己地竟用了在電影上見過的方法了。後來一想到，就使我很愧恧，但在記憶上卻偏只有這一點永遠留遺，至今還如暗室的孤燈一般，照見我含淚握著她的手，一條腿跪了下去……。（魯迅：〈傷逝〉寫男子的求愛）

3.不但我自己的，便是子君的言語舉動，我那時就沒有看得分明；僅知道她已經允許我了。但也還彷彿記得她臉色變成青白，後來又漸漸轉作緋紅，——沒有見過，也沒有再見的緋紅；孩子似的眼裏射出悲喜，但是夾著驚疑的光，雖然力避我的視線，張皇地似乎要破窗飛去。然而我知道她已經允許我了，沒有知道她怎樣說或是沒有說。

她卻是什麼都記得：我的言辭，竟至於讀熟了的一般，能夠滔滔背誦；我的舉動，就如有一張我所看不見的影片掛在眼下，敘述得如生，很細微，自然連那使我不願再想的淺薄的電影的一閃。夜闌人靜，是相對溫習的時候了，我常是被質問，被考驗，並且被命複述當時的言語，然而常須由她補足，由她糾正，像一個丁等的學生。

這溫習後來也漸漸稀疏起來。但我只要看見她兩眼注視空中，出神似的凝想著，於是神色越加柔和，笑窩也深下去，便知道她又在自修舊課了，只是我很怕她看到我那可笑的電影的一閃。但我又知道，她一定要看見，而且也非看不可的。

然而她並不覺得可笑。即使我自己以為可笑，甚至於可鄙的，她也毫不以為可笑。這事我知道得很清楚，因為她愛我是這樣地熱烈，這樣地純真。（魯迅：〈傷逝〉中女子接受男子的示愛，由目光的表情動作來表示，角度好）

4.記得有一夜，子君的眼睛裏忽而又發出久已不見的稚氣的光來，笑著和我談到還在會館時候的情形，時時又很帶些恐怖的神色。我知道我近來的超過她的冷漠，已經引起她的憂疑來，只得也勉力談笑，想給她一點慰藉。然而我的笑貌一上臉，我的話一出口，卻即刻變為空虛，這空虛又即刻發生反響，回向我的耳目裏，給我一個難堪的惡毒的冷嘲。

子君似乎也覺得的，從此便失掉了她往常的麻木似的鎮靜，雖然竭力掩飾，總還是時時露出憂疑的神色來，但對我卻溫和得多了。

……

我覺得新的希望就只在我們的分離；她應該決然捨去，——我也突然想到她的死，然而立刻自責，懺悔了。幸而是早晨，時間正多，我可以說我的真實。我們的新的道路的開闢，便在這一遭。

我和她閒談，故意地引起我們的往事，提到文藝，於是涉及外國的文人，文人的作品：諾拉，海的女人。稱揚諾拉的果決……。也還是去年在會館的破屋裏講過的那些話，但現在已經變成空虛，從我的嘴傳入自己的耳中，時時疑心有一個隱形的壞孩子，在背後惡意地刻毒地學舌。她還是點頭答應著傾聽，後來沈默了。我也就斷續地說完了我的話，連餘音都消失在虛空中了。

「是的。」她又沈默了一會，說，「但是，……涓生，我覺得你近來很兩樣了。可是的？你——你老實告訴我。」

我覺得這似乎給了我當頭一擊，但也立即定了神，說出我的意見和主張來：新的路的開闢，新的生活的再造，為的是免得一同滅亡。

臨末，我用了十分的決心，加上這幾句話——

「……況且你已經可以無須顧慮，勇往直前了。你要我老實說；是的，人是不該虛偽的。我老實說罷：因為我已經不愛你了！但這于你倒好得多，因為你更可以毫無掛念地做事……。」

我同時預期著大的變故到來，然而只有沈默。她臉色陡然變成灰黃，死了似的；瞬間便又蘇生，眼裏也發了稚氣的閃閃的光澤。這眼光射向四處，正如孩子在飢渴中尋求著慈愛的母親，但只是在空中尋求，恐怖地迴避著我的眼。（魯迅：〈傷逝〉中的男女由合而分，由女子的試探，到男子殘忍的決裂，女子目光的表情動作與前相應，但不是驚疑的悲喜，而是飢渴尋求庇佑不得的恐怖）

5.我看他對吃很感興趣，就注意他吃的時候。列車上給我們這幾節知青車廂送飯時，他若心思不在下棋上，就稍稍有些不安，聽見前面大家吃時鋁盒的碰撞聲，他常常閉上眼，嘴巴緊緊收著，倒像有些噁心。拿到飯後，馬上開始吃，吃得很快，喉節一縮一縮的，臉上繃滿了筋。常常突然停下來，很小心地將嘴邊或下巴上的飯粒兒和湯水油花兒用整個兒食指抹進嘴裏。若飯粒兒落在衣服上，就馬上一按，拈進嘴裏。若一個沒按住，飯粒兒由衣服上掉下來，他也立刻雙腳不再移動，轉了上身找。這時候他若碰上我的目光，就放慢速度。吃完以後，他把兩隻筷子吮淨，拿水把飯盒沖滿，先將上面一層油花吸淨，然後就帶著安全到達彼岸的神色小口小口地呷。有一次，他在下棋，左手輕輕地叩茶几。一粒乾縮了的飯粒兒也輕輕地小聲跳著。他一下注意到了，就迅速將那個乾飯粒兒放在嘴裏，腮上立刻顯出筋絡。我知道這種飯粒兒很容易嵌到槽牙裏，巴在那兒，舌頭是趕它不出的。果然，呆了一會兒，他就伸手到嘴裏去摳。終於嚼完，和著一大股口水，「咕」地一聲兒咽下去，喉節慢慢移下來，眼睛裏有了淚花。他對吃是虔誠的，而且很精細。

有時你會可憐那些飯被他吃得一個渣兒都不剩，真有點兒慘無人道。（鍾阿城：《棋王》中主角對「吃」的虔誠）

6. 她抬起頭，看到他誠摯的目光，默默地把一杯水喝完，體力好像恢復了一些，就跪上炕疊起了被子，然後拉過一條褲子，把膝蓋上磨爛的地方展在她的大腿上，解開自己拎來的小白包袱，拿出一小方藍布和針線，低著頭補綴了起來。她的動作有條不紊，而且有一股被壓抑的生氣。這股生氣好像不能在她自身表現出來，而只能在經過她手整理的東西上表現出來。外表萎頓的她，把這間土房略加收拾，一切的一切都馬上光鮮起來。她靈巧的手指觸摸在被子、褥子、衣服等上面，就像按在音階不同的琴鍵上面一樣，土房裏會響起一連串非常和諧的音符。（張賢亮：《靈與肉》中自四川逃荒出來的女角秀芝的活力）

7. 李彤的身子一擺便合上了那隻「恰恰」激烈狂亂的拍子。她的舞跳得十分奔放自如，周大慶跟不上她，顯得有點笨拙。起先李彤還將就著周大慶的步子，跳了一會兒，她便十分忘形的自己舞動起來。她的身子忽起忽落，愈轉圈子愈大，步子愈踏愈顛躓，那一陣「恰恰」的旋律好像一流狂飈，吹得李彤的長髮飄帶一齊揚起，她髮上那枚晶光四射的大蜘蛛銜住她的髮尾橫飛起來。她飄帶上那朵蝴蝶蘭被她抖落了，像一團紫繡球似的滾到地上，遭她踩得稀爛。李彤仰起頭，垂著眼，眉頭縐起，身子急切的左右擺動，好像一條受魔鬼笛制住了的眼鏡蛇，不由己在痛苦的舞動著，舞得要解體了一般。幾個樂師愈敲愈起勁，奏到高潮一齊大聲喝唱起來。別的舞客都停了下來，看著李彤，只有周大慶還在勉強的跟隨著她。一曲舞罷，樂師們和別舞客的都朝李彤鼓掌喝采起來。李彤朝樂師們揮了一揮手，回到了座位，她臉上掛滿了汗珠，一綹頭髮覆到臉上來了。周大慶一臉紫脹，不停的在用手帕揩汗。（白先勇：《謫仙記》中的女主角）

四、性行

(一)原則

人生的悲劇係由於性行造成，因性行而造成的矛盾與衝突，正是小說情節與人物發展的過程，把握這一些，便把握了小說的生命。小說作品中創造一個人物，必須賦與他以個性與思想。

1. 類型：

湯姆生科學概論分為行動，思考，感情三型。

活動型與靜止型，前者受環境而變。後者始終不變。

表現在為人處世，外圓內方，外方內方，外圓內圓，外方內圓（偽君子）。

2. 方法：

主觀分析——作者主觀分析，平面的難以突出。

客觀分析——小說中安排故事與人物性格吻合，表現具體，借事件或用物表性格，借環境表性格，借嗜好表性格，藉生理現象表性格，借景物表性格。

對話：根據言為心聲的原則，在對話中不但可見人的內在性格思想，同時也可從人物在現場的行為動作中，談話中反映出他的企圖。

自對他人的影響中反映。

㈡示例

1. 這工人中的一個該快七十歲了，或許還要出頭一點，他有一個光禿禿的腦袋和一嘴深灰色的鬍髭，戴著一頂破舊而低塌的垂邊帽子，穿了一件油膩的藍色羊毛衫，和一條襤褸的藍色舊色斜紋布褲，褲腿塞在靴頭裏面，還有便是一副土製的吊襪帶——不，不夠一副，只有一根，他的手腕上掛著一件很舊的斜紋布的長尾外套，上面有著閃亮的黃銅扣子，他們二人都帶著一隻肥大而破爛的毛氈做的袋子。另一位大的三十開外，也是穿得一樣彆扭。（馬克吐溫：《頑童流浪記》借裝束表性格之懶散）

2. 他思想的豐富使他不能有條理地、準確地表現自己，一番幻想過後又是一番幻想，一個比喻過後又是一個比喻。一會兒驚人的大膽，一會兒又異常的真誠，這不是練習有素的演說家的可喜的努力的結果，而是按捺不住的隨性之所之的靈魂的噓息。他並沒有思索字句，字句是左右逢源地流到口邊，每個字都像從他的靈魂裏迸出來，燃燒著信仰的熱火，他知道怎樣去撥一條心的

弦，而使所有的人都莫名所以的顫動著，共鳴著——（屠格涅夫：《羅亭》中的主角說得太多做得太少的性行）

3.她的身材雖則不高，然而也夠得上我們一般男子的肩頭，若穿著高底鞋的時候，走路簡直比西洋女子要快一倍。說話不顧什麼忌諱，比我們男子的同學中間的日常言語還要直率。若有可笑的事情，被她看見，或在談話的時候，聽到一句笑話，不管在她面前的是生人不是生人，她總是露出她的兩列可愛的白細牙齒，彎腰捧肚，笑個不了，有時候竟會把身體側倒，撲倚上你的身來。陳家有幾次請客，我因為受她的這一種態度的壓迫受不了，每有中途逃席，逃上報館去的事情，因此我在民德里住不上半年，陳家的大小上下，卻為我取了一個別號，叫我作老二的雞娘。因為老二像一隻雄雞，有什麼可笑的事情發生的時候，總要我做他的倚柱，撲上身來笑個痛快。並且平時她總拿我來開玩笑，在眾人的面前，老喜歡把我的不靈敏的動作和說錯的言語重述出來作哄笑的資料。不過說也奇怪，像她這樣玩弄我，輕視我，我當時不但沒有恨她的心理，並且還時時以為榮耀，快樂。當我一個人在默想的時候，每把這些瑣事回想出來，心裏倒反非常感激她，愛慕她。後來甚至於打牌的時候，她要什麼牌，我就非打什麼牌給她不可。萬一我有違反她命令的時候。她竟毫不客氣地舉起她那隻肥嫩的手，拍拍的打上我的臉來。而我呢，受了她的痛責之後，心裏反感到一種不可名狀的滿足，有時候因為想受她這一種施與的原因，故意地違反她的命令，要她來打，或用了她那一隻尖長的皮鞋腳來踢我的腰部。若打得不夠踢得不夠，我就故意的說：「不痛！不夠！再踢一下！再打一下！」她也就毫不客氣地，再舉起手或腳來踢打。我被打得兩頰緋紅或腰部感到酸痛的時候，纔柔柔順順地服從她的命令，再來做她想我做的事情。像這樣的時候，倒是老大或老三每在旁邊嚇止她，教她不要太過分了，而我這被打責的，反而要很誠懇的央告她們，不要出來干涉。

記得有一次，她要出門去和一位朋友喫午飯，我正在她們家裏坐著閒談，她要我去上她姊姊房裏把一雙新買的皮鞋拿來替她穿上。這一雙皮鞋，似乎太小了一點，我捏了她的腳替她穿了半天，才穿上了一隻。她氣得急了，就舉起手來，向我的伏在她小腹前的臉上頭上脖子上亂打起來。我替她穿好第二隻的時候，脖子已經有幾處被她打得青腫了。到我站起來，對她微笑著，問她「穿得怎麼樣？」的時候，她說「右腳尖有點痛！」我就挺了身子，很正經地對她說：「踢兩腳罷！踢得寬一點，或者可以好些！」

說到她那雙腳，實在不由人不愛。她已經有二十多歲了，而那雙肥小的腳，還同十二三歲的小女孩的腳一樣。我也曾為她穿過絲襪，所以她那雙肥嫩皙白，腳尖很細，後跟很厚的肉腳，時常作我幻想的中心。從這一雙腳，我能夠想出許多離奇的夢境來。譬如在喫飯的時候，我一見了粉白油潤的香稻米飯，就會聯想到她那雙腳上去。「萬一這碗裏」我想，「萬一這碗裏盛著的，是她那雙嫩腳，那麼我這樣的在這裏咀吮，她必要感到一種奇怪的癢痛。假如她橫躺著身體，把這一雙肉腳伸出來任我咀嚙的時候，從她那兩條很曲的口脣線裏，必要發出許多真不真假不假的喊聲來。或者轉起身來，也許狠命的在頭上打我一下的。……」我一想到此地就要多喫一碗。（郁達

夫：《過去》中男子的畸形性行）

4.他的身量與筋肉都發展到年歲前邊去；廿來的歲，他已經很大很高，雖然肢體還沒被年月鑄成一定的格局，可是已經像個成人了——一個臉上身上都帶出天真淘氣的樣子的大人。看著那高等的車夫，他計劃著怎樣殺進他的腰去，好更顯出他的鐵扇面似的胸，與直硬的背；扭頭看看自己的肩，多麼寬，多麼威嚴！殺好了腰，再穿上肥腿的白褲，褲角用雞腸子帶兒繫住，露出那對「出號」的大腳！是的，他無疑的可以成為最出色的車夫；傻子似的他自己笑了。

他沒有什麼模樣，使他可愛的是臉上的精神。頭不很大，圓眼，肉鼻子，兩條眉很短很粗，頭上永遠剃得發亮。腮上沒有多餘的肉，脖子可是幾乎與頭一邊兒粗；臉上永遠紅撲撲的，特別亮的是顴骨與右耳之間一塊不小的疤——小時候在樹下睡覺，被驢啃了一口。他不甚注意他的模樣，他愛自己的臉正如同他愛自己的身體，都那麼結實硬棒；他把臉彷彿算在四肢之內，只要硬棒就好。是的，到城裏以後，他還能頭朝下，倒著立半天。這樣立著，他覺得，他就很像一棵樹，上下沒有一個地方不挺脫的。（老舍：《駱駝祥子》主角積極鮮明的性行）

5.祥子的生活多半仗著這種殘存的儀式與規矩。有結婚的，他替人家打著旗傘；有出殯的，他替人家舉著花圈輓聯；他不喜，也不哭，他只為那十幾個銅子，陪著人家遊街。穿上槓房或喜轎舖所預備的綠衣或藍袍，戴上那不合適的黑帽，他暫時能把一身的破布遮住，稍微體面一些。

遇上那大戶人家辦事，教一干人等都剃頭穿靴子，他便有了機會使頭上腳下都乾淨俐落一回。髒病使他邁不開步，正好舉著面旗，或兩條輓聯，在馬路邊上緩緩的蹭。

可是，連做這點事，他也不算個好手。他的黃金時代已經過去了，既沒從洋車上成家立業，什麼事都隨著他的希望變成了「那麼回事」。他那麼大的個子，偏爭著去打一面飛虎旗，或一對短窄的輓聯；那較重的紅傘與肅靜牌等等，他都不肯去動。和個老人，小孩，甚至於婦女，他也會去爭競。他不肯吃一點虧。

打著那麼個小東西，他低著頭，彎著背，口中叼著個由路上拾來的煙捲頭兒，有氣無力的慢慢的蹭。大家立定，他也許還走；大家已走，他也許多站一會兒；他似乎聽不見那施號發令的鑼聲。他更永遠不看前後的距離停匀不停匀，左右的對列整齊不整齊，他走他的，低著頭像作著個夢，又像思索著點高深的道理。那穿紅衣的鑼夫，與拿著綢旗的催押執事，幾乎把所有的村話都向他罵去：「孫子！我說你呢，駱駝！你他媽的看齊！」他似乎還沒有聽見。打鑼的過去給了他一鑼錘，他翻了翻眼，朦朧的向四外看一下。沒管打鑼的說了什麼，他留神的在地上找，看有沒有值得拾起來的煙頭兒。（老舍：《駱駝祥子》結局時祥子性行的墮落改變）

6. 雖然我們不懂德文，雖然我們不能完全瞭解感性悟性和理性之間的區別，我們仍生吞活剝的記住了他所說的一切。有時我們也會提出一些幼稚的問題，亞布諾羅威一一耐心的解答了，總使人人各得其意。在高中學生的我們眼中，亞布諾羅威真是無所不知、無所不曉的大哲學家了。

從形而上學到美學，從新教倫理到資本主義的形成，從原始佛教到東西文化的融合——對每一個問題，亞布諾羅威都有一套自己的見解。有時他也給我們看，他在某雜誌上剛發表的文章。當然，我們常常看不懂，但對於亞布諾羅威只有更加欽佩。有時，講完了一大堆深奧玄妙的道理後，亞布諾羅威也會嘆著氣說：

「可是我剛才講的這些，在臺灣有幾個人能明白呢？現在不學無術、浪得虛名的人太多了！你們看某某，他那裏懂得什麼文化人類學？仗著文筆還不錯，會搬弄幾個西方名詞，也敢談中西文化問題！他自己天花亂墜胡說一氣，可不管有多少純潔青年被他引入歧途。唉！所以我常常對你們說，文章是千古事業，亂寫不得的啊。現在咱們的學術界就缺少幾個風骨傲岸的人物，能夠使君子有所恃而不恐，小人有所畏而不為。有時我也想站起來，對那些魑魅魍魎口誅筆伐一番。可是再想想，在這亂世，不是以文章鳴的時候，退而求其次，不如好好教幾個學生出來，將來有一天，說不定你們能把我的思想傳下去……」

這時我們就覺得很驕傲，也很惶恐；把亞布諾羅威的學問文章傳下去的責任，是在我們肩上的啊！我們一定要做不辱使命的朱舜水！天色漸漸暗了，沒有人願意開燈，屋內只剩下亞布諾羅威唇上香煙的一點微紅，他低沉平板的聲音，便隨著紅點的跳動傳來。一直到很晚了，我們才依依的告辭，亞布羅諾威會送我們到校門外的小橋邊，叮嚀了幾句，才一拐一拐、慢慢的走回去。我們脅下挾著從他那兒借來的書，想著那些深奧的哲學問題，和亞布諾羅威的話：「說不定你們能把我的思想傳下去……」，內心都覺得十分充實。我們多麼幸運，竟成為亞布諾羅威的私淑弟子！仰觀天上的星辰，可能是億萬年前發出的星光，我們於是都為一種不朽的、偉大的使命感所深深地打動了；明天的三角小考，比起這些，又算得了什麼？（張系國：《亞布諾羅威》借對話與聽者的感受表主角憤世嫉俗的性格）

五、心理

㈠原則

1.不僅以動作表現心理活動且需注意潛意識的影響。

2.把握人物心理與景物相對時所生的影響。

3.運用獨白聯想、移情、回憶等。

4.運用音響影響人的感情。

5.最重要的是傳達感情，感情為人物之靈魂，人物必須具有感情始能生動。

由於感情之矛盾衝突造成人物心理起伏浪潮，作者必須把握此種變化而善加描述（個人與社會，理想與現實，理智與感情，出世與入世，人性與個性，靈與肉）。

㈡示例

1.我不信；但是屋子裏是異樣的寂寞和空虛。我遍看各處，尋覓子君；只見幾件破舊而黯澹的家具，都顯得極其清疏，在證明著它們毫無隱匿一人一物的能力。我轉念尋信或她留下的字跡，也沒有；只有鹽和乾辣椒，麵粉，半株白菜，卻聚集在一處了，旁邊還有幾十枚銅元。這是我們兩人生活材料的全副，現在她就鄭重地將這留給我一個人，在不言中，教我藉此去維持較久的生活。（魯迅：〈傷逝〉藉女角走後的淒涼情況表敘述者的空虛無依，以及隱含著悲憫的心理）

2. 我還期待著新的東西到來。無名的，意外的。但一天一天，無非是死的寂靜。我比先前已經不出大門，只坐臥在廣大的空虛裏，一任這死的寂靜侵蝕著我的靈魂。死的寂靜有時也自己戰慄，自己退藏，於是在這絕續之交，便閃出無名的、意外的、新的期待。

一天是陰沈的上午，太陽還不能從雲裏面掙扎出來，連空氣都疲乏著。耳中聽到細碎的步聲和咻咻的鼻息，使我睜開眼。大致一看，屋子裏還是空虛；但偶然看到地面，卻盤旋著一匹小小的動物，瘦弱的、半死的、滿身灰土的……

我一細看，我的心就一停，接著便直跳起來。

那是阿隨。牠回來了。

我的離開吉兆胡同，也不單是為了房主人們和他家女工的冷眼，大半就為著這阿隨。但是，「那裏去呢？」新的生路自然還很多，我約略知道，也間或依稀看見，覺得就在我面前，然而我還沒有知道跨進那裏去的第一步的方法。

經過許多回的思量和比較，也還只有會館是還能相容的地方。依然是這樣的破屋，這樣的板床，這樣的半枯的槐樹和紫藤，但那時使我希望，歡欣，愛，生活的，卻全都逝去了。只有一個虛空，我用真實去換來的虛空存在。

然而子君的葬式卻又在我的跟前是獨自負著虛空的重擔，在灰白的長路上前行，而又即刻消失在周圍的嚴威和冷眼裏了。

我願意真有所謂鬼魂，真有所謂地獄，那麼，即使在孽風怒吼之中，我也將尋覓子君，當面說出我的悔恨和悲哀，祈求她的饒恕；否則，地獄的毒燄將圍繞我，猛烈地燒盡我的悔恨和悲哀。

我將在孽風毒燄中擁抱子君，乞她寬容，或者使她快意……。（魯迅：〈傷逝〉藉照料寵物而當作補償的聊勝於無的心理，以及強烈的悔恨心理）

3.院子裏有一架葡萄，兩棵棗樹，去年採取葡萄棗子的時候，他站在樹下，兜起了大褂，仰頭在看樹上的我。我摘取一顆，丟入了他的大褂斗裏，他的哄笑聲，要繼續到三五分鐘。今年這兩棵棗樹，結滿了青青的棗子，風起的半夜裏，老有熟極的棗子辭枝自落。女人和我，睡在床上，有時候且哭且談，總要到夜深人靜，方能入睡。在這樣幽幽的談話中間，最怕聽的，就是這滴答的墜棗之聲。（郁達夫：《一個人在途上》藉回憶顯現悼念亡兒的心理）

4.鴻漸走出門，神經麻木不感覺冷，意識裏只有左頰在發燙，頭腦裏情思瀰漫紛亂像個北風飄雪片的天空。他信腳走著，徹夜不睡的路燈把他的影子一盞盞彼此遞交。他彷彿另外有一個自己在說：「完了！完了！」散雜的心思立刻一撮似的集中，開始覺得傷心。左頰忽然星星作痛，他一摸過膩膩的，以為是血，嚇得心倒定了，腿裏發軟。走到燈下，瞧手指上沒有痕跡，纔知道流了眼淚。同時感到週身疲乏，肚子飢餓。鴻漸本能地伸手進口袋，想等個叫賣的小販，買個麵包，恍然記起身上沒有錢。肚子餓的人會發火，不過這火像紙頭燒起來的，不會耐久。他無處可去，想還是回家睡，真碰見了陸太太也不怕她。就算自己先動手，柔嘉報復得這樣狠毒，兩下勾銷。他看錶上十點已過，不清楚自己什麼時候出來的。也許她早走了。街口沒有見汽車，先放了心。他一進門，房東太太聽見聲音，趕來說：「方先生，是你！你們少奶奶不舒服，帶了李媽到陸家去了，今天不回來了。」鴻漸心直沉下去，撈不起來，機械地接鑰匙，道聲謝。房東太太像還要說話，他三腳兩步逃上樓。開了臥室的門，撥亮電燈，破杯子跟斷梳子仍在原處，成堆的箱子少了一隻。他呆呆地站著，身心遲鈍得發不出急，生不出氣。柔嘉走了，可是這房裏還留下她的怒容，她的哭聲，她的說話，在空氣裏沒有消失。他望見桌上一張片子，走近一看，是陸太太的。忽然怒起，撕為粉碎，狠聲道：「好，你倒自由得很，撇下我就走！滾你媽的蛋，替我滾，你們全替我滾！」這簡短一怒把餘勁都使盡了，軟弱得要傻哭個不歇。和衣倒在床上，覺得房屋旋轉，想不得了，萬萬不能生病的。明天要去找那位經理，說妥了再籌旅費，舊曆年可以在重慶過。心裏又生希望，像濕柴雖不著火，而開始冒煙，似乎一切會有辦法。不知不覺中黑地昏天合攏，裹緊，像滅了燈的夜，他睡著了，最初睡得脆薄，飢餓像鑷子要鑷破他的昏迷，他潛意識擋住它。漸漸這鑷子鬆了，鈍了他的睡也堅實得不受鑷，沒有夢，沒有感覺，人生最原始的睡，同時也是死的樣品。

那隻祖傳的老鐘噹噹打起來，彷彿積蓄了半天的時間，等夜深人靜，撥出來一一細數：「一，二，三，四，五，六，」六點鐘是五個鐘頭以前，那時候鴻漸在回路上想，蓄心要對待柔嘉好，勸她別再為昨天的事弄得夫婦不歡；那時候，柔嘉在家裏等鴻漸回來吃晚飯，希望他會跟姑母和好，到她廠裏做事。這個時間落伍的計時機無意中對人生包涵的諷刺和悵惘，深於一切語言，一切啼笑。(錢鍾書：《圍城》書末，夫婦爭吵之後男子的意識流、期望改變與後悔發生爭吵的心理)

5.在貴隆的眼裏，光與黯已不具任何意義，他只是把全心投在銀花身上，他內心裝滿一種空幻的信心，和死神搏殺著，不讓它攫走銀花……

現在，他唯一守候的憑藉只是她的呼吸，他睜著眼做夢、夢見五顏六色的鬼臉在這邊搖，那邊幌，他衝過去，赤手空拳沒命的亂打一陣，鬼臉碎落，變成無數碎片，俄而又長大長大，復變成鬼臉，撞他、衝他、咬他、纏他，蒼蠅似的落在大蓆邊嚶哭著。「滾滾滾」他大聲嘶喊著：「她沒死、她沒死！她就要發汗了……」

霍亂又臨到貴隆的頭上，開頭他還頑強的抗拒著，想用心志來剋制瘟蟲……銀花的聲音飄在雲裏，一塊滾紅邊的雲在他頭頂上旋昇，話聲洒落下來，像秋雨似的涼潤，忽然變成金屑，紛紛落進虛無……語聲又像柔雨一般的成串滴落下來，不知說著什麼但充滿溫柔的意義，甜蜜的意義。銀花在一座黑山的那邊，風在黑裏尖號，狼在嗚咽，奇形的溝泓嘩嘩急竄，黑山在右邊，黑山在左邊，一串一串的語聲滴著朦朧……

苦鹹的流液灌進他的喉管，溫柔的雨在他的胸脯上哭泣著，他用那一縷游絲包裹著泣聲。意識的火焰將熄了，但還棧戀的照在額上。「我要……死了……要死……了」火焰上飄起一種吐訴，聲音是愴然的，帶著不甘的餘怨。墳墓的形象舖展開去，死亡在墳間嚎笑著。搧翼的黑鳥把巨大的幻影投落在眼角上。「活下去！活下去！活下去！」迴音匯過來，卻變成了拒抗。

貴隆頭一回清醒了，他凝固的眼裏漾著波浪，波浪那邊昇起一團白，當波浪聚合時，他看見銀花奇異的臉形像一朵掉落在水漩中的殘花，憔悴的朝著他。「我……要死……了，要死……了……」他心裏有一種微弱的聲音，「銀花、銀……花……」一個名字接一個名字，浮泡般的翻昇。白花在飄流著，漸遠漸遠……不……不！一種虛無的叫喊是強烈的：「活下去！活下去！」白花在飄流，意識在追逐，他極端艱難的凝聚瞳內的光。

也初次感覺黃昏，一小塊紅絨在空裏粘貼著，透明的托出銀花的臉，不動了，久久的僵固在那裏，她蜜意的悲慟的紅眼，他閃摺著光絲的亂髮，她穿透空間的凝望，全在清晰的一剎呈現了……（司馬中原：《荒原》寫病痛昏沉時的心理）

6.也許怪小鎮的星月、銀河太美，像巫女撒下了奇幻網羅，一切出落得那樣淒麗飄渺。就看見尹鵬那一襲英挺挺的黑色披風。而燦亮的一顆金梅花也在領端、肩頰和袖口炫耀地閃呀閃地爛著光。

白燦燦的馬刺。紅棕色的戰馬。烏亮烏亮的長統靴。而軍號在小鎮的山谷裏吹著。她在恍惚中充滿了奇異的衝動，血管的流液誇張地運轉那絲的神祕，令它膨脹，奔耀，終至不可收拾。她是一個女奴，已沒有了自己的意志。她只感受到一團原始的生命，她要令它充實。

一年多的流蕩，她感到生命像借自死亡。若不緊緊抓住幸福，像恣意地愛，放肆地享受青春，撕毀一些生活中的顧忌，使生命過得紮實、赤裸、發光發亮。也許一粒子彈，一場轟炸，幾日飢餓便草草結束了十七年的荒寂生命。

就是那樣的衝動，她緊緊抓住尹鵬不放。何況尹鵬也確曾迷戀她的青春，她的姿色和她那帶著點兒憨氣的顛狂糾纏。（孟絲：《燕兒的媽媽》寫少女迷亂心理）

第二節 「事」的題材

一、創作原則

小說作者以其敘寫工力，在各種題材事件中表現重點。由於事件多樣，表現的姿采也各自具備。原則是：

㈠寫境與造境同具：寫境（經歷）與造境（想像）同具。全屬寫境或全屬造境都是不可能的。寫境不一定是親身經歷，或是耳聞，或是由閱讀中來，但必須要有的是作者對事件的情感。

㈡應有愛憎：作者對事件中的人物應有愛憎，事件結果的評估要有是非。當然，作者又必須注意表現技巧，絕不主觀表現愛憎是非，只是溶在事件敘寫之中，提供讀者們自去體會。

㈢條理明晰：事件進行時，容或有分叉的旁枝橫生，又或許旁枝逐漸壯大勝過主體，在在都考驗著作者的組織功能，儘管龐大繁雜，但結構脈絡卻需明晰。

二、示例

㈠童真：

雨後溪水漲了，石上好像小船一般，微風吹著流水，又吹著柳葉。蟬聲聒耳。田壠和村舍一望無際。妹妹很快樂，便道：「這裏真好，我不想回去了！」小小道：「這塊石頭就是我們的國，我做總統，你做兵丁。」妹妹道：「我不做兵丁，我不會放槍，也怕那響聲。」小小說：「那麼你做總統，我做兵丁——以後這石塊隨水飄到大海上去，就另成了一個世界。」妹妹道：「那不好，我要母親，我自己不會梳頭。」小小道：「不會梳頭不要緊，把頭髮剪了去，和我一樣。」妹妹道：「不但為梳頭，另一個世界也不能沒有母親，沒有了母親就不成世界。」小小道：「既這樣，我也要母親，但這塊石頭上容不了。」妹妹站起來，用釣竿指著說：「我們可以再搬那一塊來……」（冰心：〈寂寞〉）

㈡真情：

「啊！」一個年老的女人聲音在柴門外面憂悒的低叫道：「該回來吃飯啦，還沒有洗完麼？」被喚的洗衣少女，停下工作，抬頭向柴門望去。雖然聽到這呼喚聲，她心中一酸，但她卻勉強的用一種帶點頑皮的，快活的聲音回答說：

「媽！你又急了！我還沒有把衣服洗完哩！」

「算了吧！餘下的明天洗吧！」

「你忘了嗎？媽？」少女帶著感情的向母親提醒說：「我今夜把衣服晾乾，明天一清早就跟著舅舅走了。」（姚雪垠：《春暖花開的時候》）

㈢懷念：

在聯勤總司令部服役那段時期，一個禮拜，總有兩三天，我在舅媽家留宿，舅媽要我替麗兒補習功課，因為夏天她就要考中學了。在舅媽家出入慣了，我和王雄也漸漸混熟了，偶而他也和我聊起他的身世來。他告訴我說，他原是湖南鄉下種田的，打日本人抽壯丁給抽了出來。他說他那時才十八歲，有一天挑了兩擔穀子上城去賣，一出村子，便讓人截走了。

「我以為過幾天仍舊回去的呢，」他笑了一笑說道，「那曉得出來一混便是這麼些年，總也沒能回過家。」

「表少爺，你在金門島上看得到大陸嗎？」有一次王雄若有所思的問我道。我告訴他，從望遠鏡裏可以看得到那邊的人在走動。

「隔得那樣近嗎？」他吃驚的望著我，不肯置信的樣子。

「怎麼不呢？」我答道，「那邊時常還有餓死的屍首漂過來呢。」

「他們是過來找親人的，」他說道。

「那些人是餓死的，」我說。

「表少爺，你不知道，」王雄搖了搖手止住我道，「我們湖南鄉下有趕屍的，人死在外頭，要是家裏有掛得緊的親人，那些死人跑回去跑得才快呢。」

我在金門的時候，營裏也有幾個老士兵，他們在軍隊裏總有十來年的歷史了，可是我總覺得他們一逕還保持著一種赤子的天真，他們的喜怒哀樂，就好像金門島上的烈日海風一般，那麼原始，那麼直接。有時候，我看見他們一大夥赤著身子，在海水裏打水仗的當兒，他們那一張張蒼紋滿佈的臉上，突地都綻開了童稚般的笑容來，那種笑容在別的成人臉上是找不到的。有一天晚上巡夜，我在營房外海濱的岩石上，發覺有一個老士兵在那兒獨個兒坐著拉二胡。那天晚上，月色清亮，沒有什麼海風，不知是他那垂首深思的姿態，還是那十分幽怨的胡琴聲，突然使我聯想到，他那份懷鄉的哀愁，一定也跟古時候戍邊的那些士卒的那樣深，那樣遠。（白先勇：《那血一般紅的杜鵑花》）

㈣悲苦：

那第一次，帶著寒氣的月牙兒確是帶著寒風。它第一次在我的雲中是酸苦，它那一點微弱的淺金光兒照著我的淚。那時候我也不過是七歲吧，一個穿著短紅棉襖的小姑娘。戴著媽媽給我縫的一頂小帽兒，上面印著小小的花，我記得。我倚著那間小屋的門檻，看著月牙兒。屋裏是藥味，煙味，媽媽的眼淚，爸爸的病；我獨自在臺階上看著月牙，沒人招呼我，沒人顧得給我做晚飯。我曉得屋裏的慘淒，因為大家說爸爸的病……可是我更感覺自己的悲慘，我冷，餓，沒人理我，直到我立到月牙兒落下去。什麼也沒有了，我不能不哭。可是我的哭聲被媽媽的壓下去；爸，不出聲了，面上蒙了塊白布。我要掀開白布，再看看爸，可是我不敢。屋裏只是那麼點點地方，都被爸爸佔了去。媽媽穿上白衣，我的紅襖上也罩了個沒縫襟邊的白袍，我記得，因為不斷地撕扯襟邊上的白絲兒。大家都很忙，擾嚷的聲兒很高，哭得很慟，可是事情並不多，也似乎值不得嚷：爸爸就裝入那麼一個四塊薄板的棺材裏，到處都是縫子。然後，五六個人把他抬了走。媽和我在後邊哭。我記得爸，記得爸的木匣。那個木匣結束了爸的一切：每逢我想起爸來，我就想到非打開那個木匣不能見著他。但是，那木匣是深深地埋在地裏，我明知在城外哪個地方埋著它，可又像落在地上的一個雨點，似乎永難找到。

……

媽和我還穿著白袍，我又看見了月牙兒。那是個冷天，媽媽帶我出城去看爸的墳。媽拿著很薄很薄的一蘿兒紙。媽那天對我特別的好，我走不動便揹我一程，到城門上還給我買一些炒栗子。什麼都是涼的，只有這些栗子是熱的；我捨不得吃，用它們熱我的手。走了多遠，我記不清，總該是很遠很遠吧。在爸出殯的那天，我似乎沒覺得這麼遠，或者是因為那天人多；這次只是我們娘兒倆，媽不說話，我也懶得出聲，什麼都是靜寂的；那些黃土路靜寂得沒有頭兒。天是短的，我記得那個墳：小小的一堆兒土，處處有一些高土崗兒，太陽在黃土崗兒上頭斜著。媽媽似乎顧不得我了，把我放在一旁向著墳兒去哭。我坐在墳頭的旁邊，弄著手裏的幾個栗子。媽哭了一陣，把那點紙焚化了，一些紙灰在我跟前捲成一兩個旋兒，而後懶懶地落在地上；風很小，可是很夠冷的。媽媽又哭起來。我也想爸，可是我不想哭他：我倒是為媽媽哭得可憐而也落了淚。過去拉住媽媽的手：「媽不哭！不哭！」媽媽哭得更慟了。她把我摟在懷裏。眼看太陽就落下去，四外沒有一個人，只有我們娘兒倆。媽似乎也有點怕了，含著淚，扯起我就走，走出老遠，她回頭看了看，我也就轉過頭去：爸的墳已經辨不清了；土崗的這邊都是墳頭，一小堆一小堆，一直擺到土崗底下。媽媽嘆了口氣。我們緊走慢走，還沒到城門，我看見了月牙兒，四外漆黑，沒有聲音，只有月牙兒放出一道冷光。我乏了，媽媽抱起我來。怎樣進的城，我就不知道了，只記得迷迷糊糊的天上有個月牙兒。（老舍：《月牙兒》）

㈤飢寒：

手槍隊長蹲在鐵道旁正餵一個紅衫的幼兒。據他說，每天都拾著幾個這樣迷失的災童。不知是有意無意，他爹媽把他丟在路旁。他啼哭了一個整天，這時他已聲嘶力弱了，蜷臥在地上。臉上淚痕又沾滿了泥漬。耳葉後貼著一塊膏藥。他彎著泥污的腿，張大了口，吞喝著米湯，一隻小手扶著碗邊，另外一隻還牢牢地抓住半個餑餑，不時狼狽地向嘴裏塞。隊長隨餵隨問他「姓啥？」他仰起頭來茫然看看四圍的人，就又撲向那碗米湯，眼看著赤裸的小肚囊填滿了食糧在鼓動著。吃飽了以後，隊長又輕拍著他問：「你姓啥？」這回他有點力氣了。他眨著小眼珠，向四週審視了一下，哇地哭起來：「我媽呢？」沒法，隊長令兵士抱著這無主小孩在人叢中喊問：「這是誰家的孩子！」許多難民搖頭，自語著「誰家的孩子誰也不敢認。認了吃啥？」（蕭乾：〈魯西流民圖〉）

時候是大早，深秋正用澈骨的冰冷提醒著人們寒冬的將至。收容所門前擠滿了才逃上來的難民。人們幾乎顫抖成一團，胸上寫著號碼的白布條迎風吹動著，也隨著那些瘦弱身軀顫抖。完全受著本能支配的孩子們無力地躲著小腳丫，「冷呀，冷呀」地嚎啕著。那聲音是有傳染性的。一個孩子可以哭醒了許多縮在避風角落裏的孩子們。哭，發洩了他們內在的要求，卻更增加了冷意。

一個中年婦人手拉著個裸體的幼孩，走在人叢的前列，向我大聲絮絮地數落著：「先生，你給俺們想個辦法罷。水是半夜來的。俺孩子光身逃出。俺想秋後水必然退了，可是已九月了，家還在水裏泡著。俺這孩子——」說著，她抱起來竟擋著我的去路，「俺就剩這麼一個了！他爹前年給土匪斃了——」

引路的友人用省府已在籌辦著冬衣的話勸止她。許多隨在她後面的難民交換起各種眼色來。

我邁過收容所的門檻，即刻一種難堪的味道撲向我來。那是一座祠堂，堂的中殿和兩廂都躺滿了裹著破藍布的人。充滿了我耳邊的還是哭喊聲。迎門，一個年紀近八十的老太婆正和一個小女孩爭著一片破軍氈。老太婆由腳步聲覺出有人走近，就用她瞢瞶紅腫的雙睛尋找。她顫顫地囁嚅著：「你小丫頭子，俺七十八了，俺夜夜凍得睡不著。你搶啥！」（蕭乾：〈大明湖畔啼哭聲〉）

㈥抑悒：

蕭勝每天去打飯，也聞到南食堂的香味。羊肉、米飯，他倒不大稀罕：他見過，也吃過。黃油烙餅他連聞都沒聞過。是香，聞著這種香味，真想吃一口。

回家，吃著紅高粱餅子，他問爸爸：「他們為什麼吃黃油烙餅？」

「他們開會。」

「開會幹嘛吃黃油烙餅？」

「他們是幹部。」

「幹部為啥吃黃油烙餅？」

「哎呀！你問得太多了！吃你的紅高粱餅子吧！」

正在嘸著紅餅子的蕭勝的媽忽然站起來，把缸裏的一點白麵倒出來，又從櫃子裏取出一瓶奶奶沒有動過的黃油，啟開瓶蓋，挖了一大塊，抓了一把白糖，兌點起子，擀了兩張黃油發麵餅。抓了一把小麥積塞進灶火，烙熟了。黃油烙餅發出香味，和南食堂裏的一樣。媽把黃油烙餅放在蕭勝面前，說：

「吃吧，兒子，別問了。」

蕭勝吃了兩口，真好吃，他忽然咧嘴痛哭起來，高叫了一聲：「奶奶！」

媽媽的眼睛裏都是淚。

爸爸說：「別哭了，吃吧。」

蕭勝一邊流著一串一串的眼淚，一邊吃黃油烙餅。他的眼淚流進了嘴裏。黃油烙餅是甜的，眼淚是鹹的。（汪曾祺：〈黃油烙餅〉）

(七)驚奇：

她倏地想起那個晚上，她彷彿見到吉鷗房間的玻璃窗上，有兩個親暱的人影，一個單薄的瘦削肩膀被緊緊擁在兩隻彎臂間，那樣窒息凝重地映在那裏。零亂的芭蕉遮遮掩掩，竟沒法把全部的祕密遮掩去。

那時她差一點失聲吼叫出來，她用手摀住雙唇，用牙齒咬住舌尖。她知道她絕不能叫，不能做任何事。那是她的女兒。她不能對任何人講，即使是尹鵬。她一任自己臥房裏的燈熄著。那晚她原講好要去臺北一趟，阿秀回了鄉下，青兒及龍兒跟尹鵬去看球賽。老奶奶已經去世，家裏沒有一個人，而吉鷗和燕兒……。怎知南珊，竟提早回來了呢？

她沒有作聲，她慌亂得方寸盡失。而芭蕉葉遮掩下的人影竟那樣親暱凝重地映現出來。她終於悄悄離開臥房，走出大門，假裝遺忘了大門鑰匙而起勁地按起門鈴。

吉鷗趕來開門，六十燭光的門燈下，吉鷗的神色格外靦腆。他零散的短髮和起著微縐的襯衫，幾乎使南珊嗅到燕兒的髮香。（孟絲：〈燕兒的媽媽〉）

(八)失望：

「你看，我給你找了什麼東西來？」王雄從一個牛皮紙袋裏，拿出了一個精緻的玻璃水缸來，裏面有兩條金魚在游動著。我從前買這一缸金魚送給麗兒，麗兒非常喜愛，掛在她的窗臺上，天天叫王雄餵紅蟲給魚吃，後來讓隔壁一隻貓跑來搗翻吃掉了。麗兒哭得十分傷心，我哄著她答應替她再買一缸，後來竟把這件事情忘掉了。

「誰還要玩那個玩意兒？」麗兒把面一揚，很不屑的說道。

「我找了好久才找到這兩條呢，」王雄急切的說道。

「我踢毽子去了，」麗兒一扭頭便想跑開。

「這是兩條鳳尾的——」王雄一把捏住了麗兒一隻膀子，把那缸金魚擎到麗兒臉上讓她看。

「放開我的手，」麗兒叫道。

「你看一看嘛，麗兒——」王雄乞求道，他緊緊的捏住麗兒，不肯放開她。麗兒掙了兩下，沒有掙脫，她突然舉起另外一隻手把那隻玻璃水缸猛一拍，那隻金魚缸便恍瑯一聲拍落到地上，砸得粉碎。麗兒摔開了王雄的手，頭也沒回便跑掉了。缸裏的水濺得一地，那兩條艷紅的金魚便在地上拚命的跳躍起來。王雄驚叫了一聲，蹲下身去，兩手握住拳頭，對著那兩條掙扎的金魚，好像不知該怎麼去救牠們才好。那兩條嬌艷的金魚最後奮身獨跳了幾下，便跌落在地上不能動彈了。王雄佝著頭，呆呆的望著那兩條垂死的金魚，半晌，他才用手拈起了那兩條金魚的尾巴，把魚擱在他的手掌上，捧著，走出了花園。

自從那次以後，王雄變得格外的沉默起來。一有空他便避到園子裏澆花。每一天，他都要把那百來株杜鵑花澆個幾遍，清晨傍晚，總看到他那龐大的身軀，在那片花叢中，孤獨的徘徊著。他垂著頭，微微彎著腰，手裏執著一根長竹桿水瓢，一下又一下，嘩啦嘩啦，十分遲緩的，十分用心的，在灌溉著他親手栽的那些杜鵑花。無論什麼人跟他說話，他一概不理睬，有時舅媽叫急了，他才嗄啞著嗓子應著一聲，是！太太。旋即他又悶聲不響，躲到花園裏去。（白先勇：《那片血一般紅的杜鵑花》）

(九)互憐：

好不容易把洗好的衣服晾起來，她匆匆忙忙地揹著阿龍往街上跑。她穿過市場，她沿著鬧區的街道奔走，兩隻焦灼的眼，一直搜尋到盡頭，她什麼都沒發現。她腦子裏忙亂的判斷著可能尋找到他的路。最後終於在往鎮公所的民權路上，遠遠的看到坤樹高高地舉在頭頂上的廣告牌，她高興的再往前跑了一段，坤樹的整個背影都收入她的眼裏了。她斜放左肩，讓阿龍的頭和她的臉相貼在一起說：

「阿龍，你看！爸爸在那裏。」她指著坤樹的手和她講話的聲音一樣，不能公然的而帶有某種自卑的畏縮。他們距離的很遠，阿龍什麼都不知道。她站在路旁目送著坤樹的背影消失在叉路口，這時，內心的憂慮剎了其中最外的一層。她不能明白坤樹這個時候在想些什麼，他不吃飯就表示有什麼。不過，看他還是和平常一樣的舉著廣告牌走；唯有這一點叫她安心。但是這和其他令她不安的情形糅雜在一起，變得比原先的恐懼更難負荷的複雜，充塞在整個腦際裏。見了坤樹的前後，阿珠只是變換了不同的情緒，心裏仍然是焦灼的。她想她該回去替第二家人家洗衣服去了。

當她又替人洗完衣服回到家裏，馬上就去打開壺蓋。茶還是整壺滿滿的，稀飯也沒動，這證明坤樹還是沒回來過。他一定有什麼的。她想。本來想把睡著了的阿龍放下來，現在她不能夠。她匆忙的把門一掩，又跑到外頭去了。

頭頂上的火球正開始猛烈的燒著，大部分路上的行人，都已紛紛的躲進走廊。所以阿珠要找坤樹容易得多了。她站在路上，往兩端看看，很快的就可以知道他不在這一條路上。這次阿珠在中正北路的鋸木廠附近看到他了，他正向媽祖廟那邊走去。她距離坤樹有七八個房子那麼遠，偷偷地跟在後頭，還小心的提防他可能回過頭來。在背後始終看不出坤樹有什麼異樣，有幾次，阿珠借著走廊的柱子遮避，她趕到前面距離坤樹背後兩三間房的地方觀察他。仍然看不出有什麼異樣的地方。但是，不吃飯，不喝茶的事，卻令阿珠大大的不安。她一直不能相信她所觀察的結果，而深信一定有什麼。她擔憂著什麼事將在他們之間發生。這時阿珠突然想看看坤樹的正面。她想，也許在坤樹的臉上可以看到什麼。她跟到十字路口的地方，看坤樹並沒拐彎而直走。於是她半跑的穿過幾段路，就躲在媽祖廟附近的攤位背後，等坤樹從前面走這來。她急促忐忑的心，跟著坤樹的逼近，逐漸的高亢起來。面臨著自己適才的意願的頃刻，她竟不顧旁人對她的驚奇，她很快的蹲到攤位底下，然後連接著側過頭，看從她旁邊閃過的坤樹。在這剎那間，她只看到不堪熬熱的坤樹的側臉，那汗水的流跡，使她也意識到自己的額頭亦不斷地發汗。阿龍也流了一身汗。

那包紮著一個核心的多層的憂慮，雖然經她這麼跟蹤而剝去了一些，而接近裏層的核心，卻敏感的只稍一觸及即感到痛楚。阿珠又把自己不能確知什麼的期待，放在中午飯的時候。她把最後的一家衣服也洗了。接著準備好中午飯，一邊給阿龍餵奶一邊等著坤樹。但是過了些時，還不見坤樹的影子踏進門，這使得她又激起極大的不安。

她揹著阿龍在公園的路上找到坤樹。有幾次，她真想鼓起勇氣，跟上前懇求他回家吃飯。但是她稍微一走近坤樹，突然就感到所有的勇氣又消失了。於是，她只好保持一段距離，默默地且傷心的跟著坤樹。這條路走過那一條路，這條巷子轉到另一條巷子，沿途她還責備自己，說昨晚根本就不該頂嘴，害得他今天這麼辛苦，兩頓飯沒吃，茶水也沒喝，在這樣的大熱天，不斷的走路……。她流著淚，走幾步路，總得牽揹巾頭擦拭一下。

最後看到坤樹轉向往家裏走的路，她高興得有點緊張。她從另一條路先趕回到家門口的另一條巷口的地方，在那裏可以看到坤樹怎麼走進屋子裏，看他有沒有吃飯，坤樹走過來了。終於在門口停下來了。阿珠看到他走進屋子裏的時候，流出了更多眼淚，她只好用雙手掩面，而將頭頂在巷口的牆上，支住著放鬆她的心緒。坤樹在屋裏的一舉一動，她都看在眼裏了。她也猜測到坤樹的心裏，正焦急地找她，這種想法，使她覺得多少還是幸福的。

當坤樹在屋裏納悶而急不可待的想踏出外面，阿珠揹著阿龍低著頭閃了進來。阿珠在對面竊視到坤樹喝了茶，一股喜悅地跨過來的時間，正好是坤樹納悶的整段。看到妻子回來了，另一邊看到丈夫喝了茶了，兩個人的心頭像同時一下子放了重擔。阿珠還是低著頭，忙著把桌罩掀掉，接著替坤樹添飯。坤樹把前後的廣告牌子卸下來放在一邊，將胸口的扣子解開，坐下來拿起碗筷默默地吃了，阿珠也添了飯，坐在坤樹的對面用飯。他們一直沉默著，整個屋子裏面，只能聽到類似豬圈裏餵豬時的嚼嚼的聲音。坤樹站起來添飯，阿珠趕快地抬起頭看看他的背後，又很快的低下頭扒飯。等阿珠站起來，坤樹迅速的看了看她的背後，在她轉身過來之前，亦將視線移到別的地方。（黃春明：《兒子的大玩偶》）

㈢慘烈：

當射進堡裏的陽光向上移昇，轉變成淡淡的紅色時，全堡浮滿了可怕的幽暗，死的氣味在各處飄浮，沾著每個人的毫孔，透過每個帶血的衣衫。何指揮也沉在死的預感裏，眼見手下的弟兄們一個一個的死了，內心有著強烈而痛楚的搖動。這是一支不同尋常的隊伍，他背得出每一張臉和他們所來的方向，許多故事，許多血淚，許多墨圖，那樣奔聚到一起，而在今夜，他們全將在洪澤湖支隊十倍人數的圍攻中終結了。這是一場難解的噩夢。

何指揮手下的弟兄，銃隊裏死的莊民，一共也有一百多人，在歪胡癩兒跟盧大胖子離莊前下葬。葬地定在莊東一里的果樹園邊，正憑著淤泥河岸。果樹園那兒有排王李樹，滿開著慘淡的白花。澤地的槍隊和紅泥墩的馬隊上的人，全幫著挖坑。有一瓣李花飄落在六指兒貴隆的腳下，貴隆怔怔的停住鍬，凝望著，白色的花瓣上帶著洗不掉的隱隱的淡紅，彷彿春天也不能洗褪血堡裏死者的鮮血。

一百多具死屍全使蘆蓆捲紮著，用牛車運到葬地來，每捆蓆筒上插一支白木削成的牌子，牌上寫著姓名和鄉里，那全是何指揮親筆寫的，他記得他手下每一個弟兄的故事。

沒有香燭紙馬，從各處地窖裏鑽出來的婦孺們被那樣慘烈的景象嚇傻了。一具一具蘆蓆送下坑去，誰拖長聲音叫著：「封……坑……」許多人鼻尖酸酸的，熱淚直朝下滾……

「各位先走的弟兄英靈在天！」何指揮說：「今天當著歪胡癩爺和盧老大，容我指天發誓，不讓各位的血白滴……了！」（司馬中原：《荒原》）

㈡死亡：

六指兒貴隆那樣伏在地上，血從他腰間的傷口朝外流，緩緩地染紅身下的泥土，他不覺得疼痛，也不覺得血紅得怎樣可怕，血沒有火那樣紅、那樣亮、那樣隨著人的心志，無拘無束的滾騰。

……

銀花終於奔過來，奔進他眼裏這一片透明的慘紅世界。他記起瘟疫。那個紅絨般的黃昏。她和他是同根的樹，生死相連。他一度努力抗拒死亡，從濛濛灰綠的死境中攀出，但今夜不行了，槍彈貫穿他的脾臟，每淌一滴血，生命就微弱一分，銀花撲上來時，他生命的光已經非常黯淡了。

「看！那火！那……火……」他說。

銀花沒有看火，只傻傻的看著他的臉。

「不要……哭。」

「我沒哭。」銀花的唇顫動著，火光亮在她的瞳仁裏：「我不再哭了，親……人。」（司馬中原：《荒原》）

㈢做作：

金鑫於是說他太太是我的讀者，說她是燕京大學西洋文學系畢業的，要不是嫁給他，也許也可以寫些東西。我說：

「能創造這樣美麗聰敏的孩子，當然比一切藝術的創作要偉大了。」

於是他太太的臉上露出可愛的笑容，接著就同我談到文藝，談到我的小說，又談到作風文藝雜誌裏的作品。她似乎都是看過的。

金鑫忽然說：

「我對於文藝外行，你們談一談。」

他走進去許多辰光，後來才知道他在洗澡。

太太一直同我在談話，也談到中國文藝作品的貧乏，作者生命的短促，於是談到了新作家。她說：「在作風上寫稿的叫做金鑫的是誰？不像是老作家的筆名。」

「是一個新進作家。」

「你認識他麼？」

「見過兩次。」

「我倒覺得他很有希望。」

「很有他自己的風格。」我說：「他說現在正要寫一個中篇。」

說到這個時候，金鑫出來了。

「你在幹麼？」太太問。

「我去洗一個澡。」

「你看，客人在這裏，你去洗澡。」

「你們文學家談話，我又插不進，好在有你這麼好太太在為我招待客人。」他說。

我於是客氣一番。我說：

「我們也算是熟朋友了。當然不必客氣。」

……

這空氣是端莊寧靜潔淨與溫暖，有這樣的家庭，這樣的太太，而我們的俏皮作家竟沒有感到幸福，這真是常人所不解的。

咖啡完後，我們到客廳就坐，太太叫咪咪奏一曲鋼琴，那個八九歲的小姑娘眼睛斜睨我一眼，露出兩顆笑渦，奔到鋼琴上去，她奏了一曲短短的民歌，我們大家鼓掌，於是金鑫開始介紹他太太是一個鋼琴家，接著惋惜的說：

「要是沒有嫁給我，她一定有了不得的成就了。」

我得到金鑫的暗示，趕快表示熱情的神情，請求他太太奏一曲，給我們一點恩寵。

於是太太就露著左頰的一顆笑渦，向我點點頭，去奏鋼琴，金鑫趕快走過去，站在鋼琴的左首非常小心的注視太太的手指，於是琴聲響處，她臉上有微妙的表情。

是一曲蕭邦的作品吧，奏完了我趕緊鼓掌，咪咪也鼓起小手，金鑫則鼓得最響，又大聲的叫：「Encore」。

於是又是琴響，又是鼓掌。金鑫最後侍候他的太太去到沙發上來，他拿香煙給太太，又為她點火，於是用似乎不讓他太太聽見又故意給他太太聽見的聲音向我說：「她對於藝術都有天份，就因為結了婚，所以沒有機會發展，這真是可惜……」（徐訏：《筆名》）

㈢委屈：

我們跑到天井裏，看見金家全家人都在那兒，金大先生與金二奶奶兩個夾住金大奶奶，一個在前面拉，一個在後面推，金大奶奶兩手抱住一根走廊的圓柱，死命的掙扎著不肯走。她的模樣比平常難看得多了，一頭斑白的短髮亂七八糟的披在臉上額上，背上的長衫不知給甚麼東西鈎去了一大塊，白色的內衣染上了一片殷紅的血。她一面掙扎，一面哭著喊道：「你們這些人，怎麼這樣沒有良心——嗚——嗚——你們霸佔我的房子，還要我搬出去。金老大——金老大——算我瞎了眼睛嫁錯了人，你這個沒有良心的東西，上天也難容你——嗚——嗚——，二奶奶，我也不怕你厲害，今天我就是死在這裏，你們也不能把我拖出這個大門。」

金大先生的紅領帶散開了，雖然唇上那撮鬍子還是那樣整齊，可是臉上以往的瀟灑卻變成了可怕的猙獰；金二奶奶的眼睛愈更鋒利了，她不時幫著金大先生拿最刻毒的話呼喝著金大奶奶。金大奶奶拚命抱著柱子，他們兩人一時扯她不開，於是金二奶奶便用力去扳金大奶奶的手指，大概金大奶奶實在給她扳得痛得抵不住了，一口向她的手臂咬去。「哎喲！」金二奶奶沒命地尖叫了一聲，幾乎在同一個時候順嫂在我後面鼓著腮幫子低低地哼道：「咬得好！」

「好啊！這個老潑婦還敢行兇呢，大哥，你讓開，等我來收拾她。」金二奶奶推開金大先生後，揪住金大奶奶的頭髮便往天井中間拖。金大奶奶嚎哭著，兩隻小腳一拐一拐踉踉蹌蹌地跟了過去。到了天井中間，金二奶奶把金大奶奶往地上一揪，沒頭沒臉像擂鼓一般打起來，金大奶奶起先還拚命地掙扎著，後來連聲音都弱了下去，只剩下一雙脫落了鞋子的小腳還在作最後的努力踢蹬著，既難看又可憐。這時金二奶奶好像還沒有消氣似的，看見旁邊地上放著一盆稀髒的鴨糠，她拿起來就往金大奶奶身上倒去，糊得滿頭滿臉。金大奶奶，她已經動彈不得了，可是金大先生兩隻手交叉著站在旁邊，好像沒事人一樣。後來還是金二先生將金二奶奶勸住，把金大奶奶扶回房中去的。在這段時間內，順嫂臉上的小皮球不知跑了起來多少次。最後，當她看見金大奶奶蹣跚地走回房中時，她的眼中含了很久的那兩包淚水終於滾了下來。（白先勇：〈金大奶奶〉）

㈣醜感：

每天晨間衛生檢查一完畢，那抹淡輕色的晨光照例在窗臺上踱步，我和班上一些女同學被老師用嫌棄的高音趕出教室，縮縮躲躲的成群堆擠在走廊上，靠緊窗口蹲下，一個挨一個對著日光抓頭虱。那縷絕細的陽光很有勁道，鮮活的，往往把我的眼睛閃花了。排在我前面的女生永是一頭冒著腥酸味的短髮，直直的，冷冷的披散下來。我不情願的將手放入她的髮梢裏，像揉著一把霧濕的沙子，黏膩膩的留在掌心，任我怎麼甩也甩不乾淨似的。

下課鐘才敲響第一下，隔壁低班的小男生早已奔出教室，爭相到走廊下跑來繞去的取笑著：

「骯髒鬼，生頭虱。」

「一個接一個，好像在玩接火車的遊戲呢！」小男生戲謔地說。

另一個挺惡意的快調緊接上來：「可惜她是蹲著，沒法兒跑啊！」

「噢，快來看！」突然來的一聲尖叫。

「看什麼？」

一截肥短的手指對向我們這一排生頭虱的女生指著：

「你們看她的頭髮，有隻頭虱在盪秋千呢！」

於是，這群可惡的小男生，故意裝模作樣的捏著鼻子，一哄而散。

記得我還不是個小學生的時候，菜市場轉角中藥材店的門口，一個患痲瘋病的中年男子，經常癱坐在臺階下的破藤椅上曬太陽。那人的右手帶了一隻灰白的手套，兩個腳像裹小腳的祖母一樣纏著白布。陽光下，他的臉是臘人般透明的粉紅色，沒有眉毛，靜得像開始腐爛的死屍。每次帶弟弟去中藥材店抓藥，我常常屏住氣衝下臺階，跑開好遠好遠，才敢呼吸。弟弟更是誇張的捏緊鼻子，一直到了家門口才放下手。

幾年以後，我蹲在窗角下捉頭虱，竟然受到小男生捏著鼻子跑開的侮蔑對待，真是始料不及啊！我氣極了，然而和我蹲在一起的女同學，她們卻把額角抵住前一個人的背脊，若無其事的低聲談笑。我無可奈何的衹能換了一個姿式，讓蹲久發麻的左腿拱起來，下顎抵住膝蓋。前面女生的頭髮發著一蓬一蓬的酸味的熱氣，我把她軟塌塌的骯髒頭髮，一片片撕開，從髮隙間照看白花花的太陽。一縷縷強威的光圈，將黏在髮角的無數個頭虱卵子給迫射得差點要跳出一隻隻活虱子。我想著靠日光孵育沙裏的烏龜蛋的故事，一個早晨就這樣過去了。（施叔青：《火雞的故事》）

㈤高潮：

「不是說了？搭上賊船。」

「好！你能不能告訴我們，你們一個月賺多少錢？」

「猴子！不要說！」阿力突然叫了起來。猴子看著那麼緊張的阿力，把話吞了下去。

杜組長的背後有人說：「談到問題的核心了，最好能叫他們把苦水吐出來。」

「三千塊有沒有？」

他們緘默著。

「兩千塊？或是多少？」

「不要你問這個！」阿力嚷著。他顯得激動。

「好！我們再談談別的。」

「什麼都不要談！」阿力說。

整個氣氛一時都被阿力弄僵了。猴子也不知道做什麼好。有幾次想問阿力都放棄了。記者的鎂光燈不停的閃亮著。高處的風呼呼地叫。大概是實況報導的記者的聲音，「First Zoom in Zoom in.」空氣突然變得很沉悶，緊張的壓力，逐漸地升高。每個人都感到有點透不過氣來。阿力開始泣出聲音，從他那痛苦地抽噎中，可知道他無法抑制。攝影記者紛紛擠到邊沿來。猴子喃喃地自語，沒有人知道他說什麼。

「阿力……。」

「不要管──。」杜組長剛開始想說話來打破這可怕的局面，沒想到阿力卻狂嚷起來。他站起身來，目瞪著陽臺這邊，抑不住悲慟，由泣而變成哭，猴子的喃喃自語，已經可聽到他重複的說：「我不管，我要下去，我要下去，我要下去……」他一邊說，一邊站起來，手攀住鐵框，他想剛才是怎麼爬上來好讓現在跟著怎麼下去。阿力知道他要下去。猴子把右腿曲起來。擴音機像爆起來似的撕叫著：「旺根──，旺根──……」記者的鎂光燈由一閃一閃把四周照得通亮。猴子用手遮著強光。杜組長拚死嘶叫。猴子突然放開手站在框邊，底下看不到的上萬群眾，同時「啊──」地轟叫了震撼巨牆的聲音，沒想到猴子竟倒栽下去了。差不多在同一瞬間，阿力驚叫了一聲縮回燈罩，縮得像在母胎的胎兒，細聲咻咻地哀鳴起來。高處似乎聽不見原先刮風的聲音，陽臺上轟隆呼喝的聲音高漲，但是電視臺的記者，尖叫「Camera!Camera!Camera!…」卻真的響徹雲霄。（黃春明：《兩個油漆匠》）

㈥自戕：

把纏好布的軍刀放在膝前，中尉就改為盤腿坐定，解開了領子的扣子。那眼兒再也沒看妻子了。接著一隻一隻緩慢地解開了平坦的合金鈕子。淺黑色的胸板露出來了，繼之肚腹也出現。解開皮帶扣子，和褲子的鈕扣。六尺犢鼻褲的純白色露出來，中尉又讓肚腹露得更寬，用雙手將犢鼻褲推下，這才用右手握起了軍刀上纏上白布的部位。就那樣低垂著面孔看看自己的肚腹，用左手揉了揉下腹使它柔軟。

中尉擔心刀口不夠快，所以把褲子左邊掀起來，露出少許大腿，讓刀口在那兒滑了一下。傷口立即滲出血，幾條細細的血，在明亮的燈光下輝映著，往股下流瀉而下。

第一次看到丈夫的血的麗子，感到可怖的悸動。看看丈夫的臉，中尉正鎮靜地看著血。可是姑息的安心呢，麗子這麼想著有了片刻的安心。

這時中尉用老鷹一般的眼光強烈地凝視了妻子。刀柄轉到前面，腰部浮起，上半身好像壓向刀尖般地，全身在運力的情形，可以從軍服的聳起的肩膀看出來。中尉是想一鼓氣深深地刺進左側腹的。沉銳的大喝聲，貫穿了沉默的房間裏。

中尉是自己用了力的，但卻感到被別人用一根鐵棒在側腹上狠狠地給毆擊了一記似的。一瞬間，腦子裏旋轉混亂，不知發生了什麼事。露出來的五六寸長的刀尖已全部沒入，拳頭裏握住的布抵在腹上。

意識回來了。中尉想到刀子確實已貫穿了腹膜。呼吸吃力胸口猛跳著，並且在不是自己的體腔內一般地遙遠遙遠的深層裏，彷彿大地斷裂高熱的熔岩流瀉出來一般，可怕的劇痛噴湧而出。那劇痛以可怕的速度驀然挨近來了。中尉禁不住地幾乎呻吟起來，但咬住下唇忍住了。

這就是切腹嗎，中尉想。那是天落到頭上來，世界震盪起來般的亂成一氣的感覺，切前以為那麼鞏固的自己的意志與勇氣，此刻卻似乎成了一線細細的鐵絲，一種衹得拼命地抓住這鐵絲依靠這鐵絲的不安襲了上來。拳頭黏滑起來。一看，白布和拳頭都已是一片鮮血。犢鼻褲也染成了鮮紅。在這樣的劇烈的痛楚裏仍舊能看到所看見的，存在著仍存在的東西，真是不可思議。

麗子看到中尉在把刀刺進左側腹的瞬間，從他臉上倏然落下了幕一般褪了血色，正在和想奔過去的自己交戰著。不管如何，非看守不可。那就是丈夫所給予麗子的任務。隔一蓆榻榻米的地方，緊咬住下唇忍著痛苦的丈夫的臉，可以看得一清二楚。那痛苦以完完整整的正確性顯現著。麗子是沒有任何救助方法的。

丈夫額角上滲出的汗在發著光輝。中尉閉上了眼，又試著一般地睜開了眼。那眼光已失去了平常的光輝，看來像小動物的眼那樣地天真而空洞。

痛苦就在麗子跟前，也不管麗子的肝腸斷裂般的悲嘆，就有如夏天的太陽般地輝耀著。那痛苦越發地長高了、伸長了。麗子感覺到，丈夫已成了另一個世界的人，而他的整整存在被還原成痛苦，成了伸手也不能觸到的痛苦之獸檻裏的囚犯。然而麗子卻沒有痛。悲嘆是不痛的。想到這一點，麗子彷彿感覺到在自己和丈夫之間有什麼人豎起了無情的很高的玻璃牆。

自從結婚以來，丈夫存在著這事實，也就是她自己在存在著，丈夫的一呼一吸同時也就是她的一呼一吸，可是此刻丈夫在痛苦中確確實實地存在著，而麗子在悲嘆裏，卻沒有能夠把握住任何自己的存在的確證。

中尉想用右手就那樣地割過來，可是刀口給腸纏住，一不小心刀就會被柔軟的力量推回來，於是明白過來必需雙手把刀向肚腹深處按住，向這邊推過來。他推過來了。比所想的更不容易。中尉在右手裏使出渾身力氣拉過去。割了大約三四寸。

痛苦從肚腹深處徐徐地擴展開來，整個肚子都開始鳴響起來了。好像是亂敲的鐘，隨著一呼一吸，隨著脈搏的每個跳動，痛苦就好像是敲打著一千隻鐘般地，震撼了他的存在。中尉再也不能抑制住呻吟了。然而，無意間一看，刀刃已割到肚臍下了，這才又感覺到滿意與勇氣。

血越來越放肆了，打從傷口脈搏跳動般地迸射出來。前面的榻榻米上也濺得又紅又濕，從卡其色褲子的皺襞裏裝不下的血也溢到榻榻米上。終於在麗子素白的膝頭上，也有一滴血小鳥般遠遠地飛濺上。

中尉好不容易割到右側腹時，刀尖已淺了些，露出因膏血而滑溜的刀身，這時中尉突然被一陣嘔吐襲上，發出了沙嗄的叫聲。這嘔吐又攪拌了劇痛，一直緊閉著的肚腹突然波濤起伏，傷口大開，恰似這大傷口拼命地吐瀉起來一般地，腸子給彈了出來。腸子似乎無知於主人的痛苦，以健康的，幾乎近乎卑鄙地活生生的樣子，興沖沖似地滑出溢在股間。中尉垂下頭，用肩膀喘息著，細瞇著眼，嘴角垂掛了口涎。肩上的肩徽的金色發出了光輝。

這兒那兒都噴濺著血，中尉在自己的血泊裏浸到膝頭，撐下了手軟癱著。腥臭的味兒瀰漫在房間裏，俯著上身不住地嘔吐的情形明白地顯露在肩膀上。刀子被腸子推出來似地，露出刀尖被握在中尉的右手上。

這時，中尉奮力地扳起上身的姿態，也許可稱之為無可比擬地壯烈的吧。因為用力太猛，以致後腦碰上「床柱」的聲音都可以清晰地聽到。麗子一直都是低垂著頭，祇是一股勁兒地看著挨近自己膝頭的血流的，這聲音使她一驚抬起了面孔。

中尉的面孔再不是活人的面孔了。眼睛凹陷，肌膚乾燥，原來是那麼美的面頰和嘴唇，涸竭而變成了土色。祇有重甸甸地握住刀的右手，木偶般地輕薄地動著，想把刀尖擬定在喉嚨上。就這樣，麗子歷歷然地目睹了丈夫的最後的，最艱難的，空虛的努力。因血與脂而發光的刀尖一次又一次地刺向喉嚨。又滑了。力氣已不夠。滑開的刀尖碰上領子，碰上襟章。扣子解開了的，可是軍服的硬領似乎要收緊，從刀尖防護喉嚨。

麗子終於忍不下去了，想挨近丈夫，可是站不起來。因為她是在血泊裏跪著走，所以白衣裳的衣裙染成鮮紅色。她繞到丈夫背後，幫他把領口敞開。顫抖的刀尖好不容易地才碰上了裸露的喉頭。麗子這時感覺到是把丈夫猛推了一把的，但並不然。那是中尉自己所意圖的最後的力氣。他突然朝刀口擲去了身子，刀尖貫穿了脖頸兒，迸濺出大量的血，同時在電燈下，讓冷靜的青色的刀尖聳峙在那兒靜下來了。(三島由紀夫：《憂國者》)

中尉激烈地擁住了年輕妻子密吻。兩人的舌頭互相把對方的潤滑的嘴裏的每個角落確認過了，感到還沒有在任何地方萌發出來的死之苦，為他們把感覺鍛鍊成灼熱的鐵一般地發紅起來。還不能感受出的死之苦，這遙遠的死之苦，把他們的快感精煉了。

「看你的身子這是最後了。讓我好好兒看。」

中尉說。把檯燈蓋子傾向那邊，讓光線搖曳到橫躺下來的麗子的身體。

麗子閉上眼兒躺著。低低的光線，使得這莊嚴的白色肉體的起伏明顯著。中尉由於稍稍利己的心情，而慶幸不必目睹這美麗的肉體崩潰的情形。

中尉在心裏緩緩地刻畫了難以忘懷的風景。用一隻手撫弄著髮絲，用另一隻手靜靜地撫摸姣美的面孔，一一吻了眼光所觸的每個地方。從富士山形的靜穆而冷寂的額角，到微微的眉毛下被長長的睫毛守護著的閉上的眼兒，形態適中的鼻子，打從厚薄適度的端正的雙唇間微微露出的牙齒的閃光，柔軟的面頰和伶俐的小小下巴，……這一切使人想到非常明爽的死臉，中尉把即將由麗子自己刺破的白白的喉嚨，一次又一次用力地吸吮，使得那兒泛紅了。回到唇上，輕輕地壓住唇，把自己的唇在那唇上輕舟的微盪一般地搖擺起來。閉上眼，世界也成了搖籃似的。

唇忠實地隨著中尉的眼光所見撫摩過去。那高聳而呼吸著的乳房，有著恰似山櫻的花蕾般的乳頭，被中尉啣在嘴裏變硬了。從胸的兩側緩緩地流下去的臂膀之美，它們所具有的渾圓那樣自

⑺情愛：

然地向手腕那邊變細而去的巧妙的形態，而在那尖端，有著婚禮那天握住了扇子的纖細的手指。一根根的手指在中尉的唇前面，羞怯似地躲進各指的指的陰影裏。……從胸到肚腹的自然的凹陷，那樣溫柔地蘊藏著彈力，形成從那兒擴展成腰肢的豐滿曲線的朕兆，展示出絲毫沒有鬆弛的肉體之正確而像是規律般的東西。遠離了光線的那肚腹與腰肢的白和豐滿，好比就是湛在碩大的盆裏的乳汁，特別清純的凹下的肚臍，恰如剛被一滴雨點在那兒穿鑿而成的新鮮痕跡。陰影漸漸變濃，部分的毛髮溫柔而敏感地叢集在一起，香味濃烈的花焦了一般的香味，此刻正和靜止不了的身體的搖動一起，在那附近漸漸地高起來了。

終於麗子以顫顫的聲音這麼說：

「讓我也看看……好好地，好留個紀念。」

這麼強勁而正當的要求，以前從來也沒有從妻子的嘴裏提出來過，因此聽起來就好像直到最後仍由謹慎來隱藏著的東西迸發出來似的，於是中尉就順從地躺下來把身子交給了妻子。搖盪著的白色肉體輕捷地起來，一定要把丈夫所做的同樣的事做還給丈夫，這種可愛的願望使得她熱起來，把空空地凝視著她的中尉的眼，用兩根手指流動地撫摸使它們閉上了。

麗子使熱氣燃燒得連眼皮都泛紅，無限愛戀地抱住了中尉的光頭。乳房被那短髮刺痛了，丈夫的高聳的鼻子冷澈地陷下去，呼氣熱熱地觸在乳房上。她撐開身，端詳那充滿男性氣概的面容。凜然的眉，閉闔的眼兒，挺秀的鼻子，緊緊閉住的美妙唇兒，……有青色刮痕面頰，映著燈光，發出潤滑的光輝。麗子一一給它們吻，接著又在粗粗的脖子上，在強勁而隆起的肩上，在恰如由兩面盾牌拼攏而成的強健的胸板和樺色的乳頭上接吻。胸邊多肉的兩脅下成一堆濃影的胳肢窩裏，毛髮叢氤氳起暗鬱的氣味，在這氣味的甘美裏，似乎蘊含著青年之死的實感。中尉的肌膚，有著麥田般的光輝，每一處的筋肉都露骨地顯出明晰的輪廓，在腹肌的線紋下，扭絞出一所怯怯的臍窩。麗子看著這年輕繃緊的肚腹，濃茂的毛覆蓋住的謙虛的肚腹，想到這兒就要被殘忍地剖裂開來，憫愛之餘禁不住地伏在上面哭泣狂吻。

橫躺著的中尉感覺出在肚子上傾注的淚，於是他更堅固了怎樣劇烈的切腹的痛苦都要忍受下去的決心。

經過了這樣的過程之後的兩人，體會到怎樣的至上的歡愉，已經是不必再說的了。中尉雄赳赳地起身，把因悲戚和淚而軟癱了的妻子的身子，有力地抱在臂膀裏。兩人交互地把左右兩頰狂烈地互擦。麗子的身子在顫抖著。汗濕的胸與胸緊緊地貼在一塊，幾乎使人想到再也不可能分離那樣地，年輕而美麗的肉體的每一角落都合而為一了。麗子叫喊了一聲。從高處跌進深淵，又從深淵長出翅膀飛翔到高處。中尉有如聯隊的旗手般地喘息了。……然後，完了一次又倏然再溢滿情意，兩人又相攜，毫無疲累地，一鼓氣攀上峰頂。（三島由紀夫：《憂國者》）

㈥離別：

……他們低低地，低聲地談著，好像害怕驚嚇了他們剩下的一忽兒光陰，害怕使時間過得更快一樣。他們的談話沒有被迫結束的性質；他們所說的是最沒意思的瑣事，今天都像變成了神祕和重大的事情……

在動身的最後一剎那，堯恩把他的女人擁在懷裏，他們在一種長久的靜默擁抱中，什麼也不再說了，祇彼此緊緊的摟著。

他上了船，灰色的帆篷展開來，以便乘著從西方吹來的輕風前進。她還認得出他，他用著約好的方式揮動著他的無邊帽。於是，她一直久久地瞧著她心愛的堯恩像影像似的在海上逝去——這還是他，這襯在水的青灰色上的，黑的站立著的小小人形——隨後，便已模糊，消失在人們儘管凝眸注視，但眼睛已經昏亂起來，再也看不清楚的遙遠離去……（盧迪：《冰島漁夫》）

第三節 「景」的題材

一、創作原則

原則與寫情相反，寫情需隱，寫景需顯。自然描寫對人物情節的進展關係甚大。如寫戀愛常以春宵為背景；寫離愁常以秋月為背景。可見「情」與「景」是不可分離的，情緣境生，境隨情變。作家之描寫自然環境，當取畫家觀察景色的態度。學畫以寫生為入門，小說描寫也當以寫生為初步。對於景物，需有精密的觀察，然後將景與情連繫起來。表達因景生情或以情視景的種種情景相應的變化。

二、全景與場景

「全景」是「要看到的景物的全部」，常是屬於普遍性的。「場景」是「生動的影像」——一個帳篷裏，或是花園的一角，是屬於個別特殊的。小說中描寫重點常在場景的著力，而場景的表現當時需要全景作為背景以襯托。兩者必須極有效地結合一致。全景與場景是一種測距，作者由此建立起視線，借著全景的角度或部分角度，作家遂能憑感覺探出適合於他篇章主題的測距。例如攝影師拍攝一件群眾事件的影片，安排自己的位置在一座高樓窗口，以便利鳥瞰群眾，視線就如陣風掃過街道那樣周全；但如果要求讀者感覺群眾事件的細節，他的視線就必須自窗口下降，焦點落在某一個人或一小堆人的臉上。全景與場景的交互運用，有如攝影中長短鏡頭的交互運用，生動或平凡，全在作家的匠心妙用。

三、示例

㈠那些日子天氣晴和已很久了，有一天正是七月中天氣最好的一天。從清早起天色就很明朗；朝霞不是火燒似的顏色，而是淺紅四射成虹彩狀。太陽不像盛夏的火熱與火紅，也不像風暴前的濃紫色，卻是一片燦爛的光輝，靜悄悄浮泛在又窄又長的烏雲底，發散著清新與明亮，四周還烘托著薄薄的紫色的霧氣。上面一層的雲彩在變幻，形成幾條長蛇的模樣；閃著鎚打過的銀片那種成塊狀的光亮。……不時有活動的光線在游離，——欣然飛起一種壯觀的強光。（屠格涅夫：

《白靜草原》：全景例）

㈡來到一處極淺的，周圍經開墾過的窪地。我頓時生出一種奇怪的感覺。這個窪地像是一個普通的鍋子形狀，周圍的邊是傾斜的；底上凸立著幾塊大白石，像是爬到那邊去開祕密會議的樣子。那窪地裏邊既黑暗又淒寂，使我心裏難受得很，有一兩隻小動物在礫石中發出軟弱而可憐的叫聲。（屠格涅夫：《白靜草原》：場景例）

㈢在這水手之鄉的突出懸崖上，到處聳立著這類花崗石的十字架，好像在祈求著赦免似的；好像在和緩著那將人們誘去而不再使之歸來，並且特別歡喜留下其中最勇敢、最漂亮的某種偉大神祕的東西一樣。

在這波爾・愛文的十字架的周圍，鋪了短短的Ajoncs的，永遠蒼翠的原野。並且在這高地上，海面的空氣非常清澄，幾乎聞不到海藻的鹽味，而卻充滿了九月舒爽的香氣。

人們看到海岸所有的凸凹，層層疊疊地伸到極遠的地方。布勒達涅的大陸在靜寂的空漠水上延展開來，成為齒形的突角消失不見了。

在較近的地方，有些岩石彷彿把海穿了無數的孔穴；但更過去便再沒有什麼擾亂它那鏡似的光澤了。它從一切海灣的底層發出了一種溫存輕微而又無限的非常細弱的音響。並且這是一些那樣寧靜的遠景！那樣柔和的深度！當像呼吸一樣微弱的輕風飄來在晚秋的陽光底下開放短短的

Genets的芳香時，那廣大藍色的空虛，那高沃家的墳墓，卻保持著它不可測度的神祕。

在某些固定的時刻，海潮會低落下去，於是一些斑點到處擴大起來，彷彿海峽慢慢地乾涸似的；隨後，水又像退去時一樣慢慢地漲了起來，並且繼續著它那永恒的往復，對於死去的人類沒有任何憐惜。（盧迪：《冰島漁夫》）

㈣罔腰的娼寮設在一條小徑旁邊的暗房裏。對街有棵其大無比的老榕樹。榕樹太老了，沒力氣再長高。洩氣之餘，根根藤藤向橫裏亂竄，使得這兒彷彿平地撐起一把大黑傘，遮擋住陽光。傘下自成一塊藍綠斑斑的小天地。

由於近處少有住家，平日不大有人走動，這兒終年逸散著海藻的濕腥味，頂上盤繞著一股陰冷冷的風。偶而有人路過小徑，頂著白花花的大太陽，一走進娼寮前面這片青溶溶的小天地，像突然腳下一個不留神，踩了個空，滑入神祕魚藻的深海底。任何植物都染上了海水的顏色，甚至一朵朵的扶桑花，也被染成一種妖異的深紅，從娼寮前的籬笆探出來。天再晚些——海底也有夜晚的，我想。攀結的根藤會變成食人樹。先是緩緩解一根根直立起來……到這時，屋頂下草篷內的妓女更是半人半獸的東西了……（施叔青：《那些不毛的日子》）

㈤他解除勞教以後，因為無家可歸，於是被留在農場放馬，成了一名放牧員。

清晨，太陽剛從楊樹林的梢上冒頭，銀白色的露珠還在草地上閃閃發光，他就把柵欄打開。

牲口用肚皮抗著肚皮，用臀部抗著臀部爭先恐後地往草場跑。土百靈和呱呱雞發出快樂的和驚慌的叫聲從草叢中竄出。它們展開翅膀，斜掠過馬背，像箭一樣地向楊樹林射去。他騎在馬上，在被馬群踏出一道道深綠色痕跡的草場上馳騁，就像一下子撲到大自然的懷抱裏一樣。

草場上有一片沼澤，長滿細密的蘆葦。牲口分散在蘆葦叢中，用它們闊大而靈活的嘴唇嚼著嫩草。在沼澤外面，只聽見它們不停的噴鼻聲和嘩嘩的踹水聲。他在土堆的斜坡上躺下，仰望天空，雪白的雲朵像人生一樣變化無窮，風擦過草尖，擦過沼澤的水面吹來，帶著清新的濕潤，帶著馬汗的氣味，帶著大自然的呼吸，從頭到腳摩挲遍他的全身，給了他一種極其親切的撫慰。他伸開手臂，把頭偏向胳肢窩，他能聞到自己的汗味，能聞到自己生命的氣息和大自然的氣息混在一起。這種心悅神怡的感覺是非常美妙的。它能引起他無邊的遐想，認為自己已經融化在曠野的風中；到處都有他，而他卻又失去了自己的獨特性。他的消沉，他的悲愴，他對命運的委屈情緒也隨著消失，而代之以對生命和自然的熱愛。

中午，馬匹一頭頭從蘆葦叢中踹出來，帶著滾圓的肚皮，抖擻著鬃毛，甩動著尾巴驅趕馬虻和牛蠅。它們信賴地、親昵地聚在他周圍，用和善的大眼睛望著它們的牧人。有時，長著白色花斑的七號馬會繞過幾頭瘦乏的牲口，悄悄地蹓到瘸腿的一百號旁邊，用長著稀疏鬍鬚的嘴唇撳動它、戲弄它。一百號也不示弱，調過屁股，用本來就沒有著地的瘸腿使勁地向後一彈。七號馬急速躲開高昂起頭，像一個頑皮的孩子玩丟手帕的遊戲一樣，在馬群中轉來轉去，濺起閃著銀光的水花。每在這個時候，他就要拿起長鞭，嚴厲地吆喝幾聲。於是，所有的馬都會豎起耳朵，並向七號馬投去責怪的眼光。七號馬也安靜下來，像一個受了呵斥的小學生似的，站在水深到膝的沼澤裏，掀起嘴唇，無聊地銼著長長的門牙。這時，他會感到他不是生活在一群牲口中間，而是像童話裏的王子，在他身邊的是一群通靈的神物。

在正午的陽光下，遠方，雲影在山腳下緩緩地移動；沼澤裏，一種叫「水牛」的水鳥也感到了炎熱，開始用嘴對著蘆根咕咕地鳴叫。這裏，不僅有風吹草低見牛羊的蒼茫，而且有青山綠水的纖麗。祖國，這樣一個抽象的概念，會濃縮在這個有限的空間，顯出他全部瑰麗的形體。他感到了滿足：生活，畢竟是美好的！大自然和勞動，給予了他許多在課堂裏得不到的東西。

有時，陣雨會向草場撲來。它先在山坡上垂下透明的、像黑紗織成的帷幕一樣的雨腳，把燦爛的陽光變成悅目的金黃色，洒在廣闊的草原上。然後，雨腳慢慢地隨風飄拂，向山坡下移動過來。不一會兒，豆大的雨點就斜射下來了，整個草原就騰起一陣白濛濛的煙霧。在這之前，他必須把馬群趕到林帶裏去。他騎在馬上，拿著長鞭，迎著雨頭風，敞開像翅膀一樣的衣襟，在馬群周圍奔馳，呵叱和指揮離群的馬兒。於是，他會感到自己軀體裏充滿著熱騰騰的力量，他不是渺小的和無用的；在和風、和雨、和美結起來的搏鬥中，他逐漸恢復了對自己的信心。（張賢亮：《靈與肉》主角在大自然中，以及人與馬在自然中的生活）

㈥雨後放晴的天氣，日頭炙到人肩上背上已有了點兒力量。溪邊蘆葦水楊柳，菜園中菜蔬，莫不繁榮滋茂，帶著一分有野性的生氣。草叢裏綠色蚱蜢各處飛著，翅膀搏動空氣時皆熠熠作聲。

枝頭新蟬聲音雖不成腔卻已漸漸宏大。兩山深翠逼人的竹篁中，有黃鳥與竹雀杜鵑交遞鳴叫。翠翠感覺著，望著，聽著，同時也思索著。（沈從文：《邊城》）

㈦月光如銀子，無處不可照及，山上篁竹在月光下皆成為黑色。身邊草叢中蟲聲繁密如落雨，間或不知道從什麼地方，忽然會有一隻草鶯「落落落落噓！」囀著她的喉嚨，不久之後，這小鳥兒又好像明白這是半夜，不應當那麼吵鬧，便仍然閉著那小小眼兒安睡了。（沈從文：《邊城》）

㈧這最後的一天是一個真正的春天；突然看見這慣常擾攘的天空沒有一片雲，顯得異常寧靜，真是特別得使人覺得奇怪的事情。風已完全停止了。海面非常平靜；隨處都是同樣的淡青色，並且一動也不動的。太陽閃著一種耀目的白光，而布勒達涅這一帶地方，正像一件貴重東西似的被陽光浸染；連極遠的地方都像快樂而且復活了一樣。空氣裏有一種使人感到夏季歡愉的溫暖，並且像會永遠停滯，再不會有陰暗的日子和暴風雨的侵襲。再沒有雲朵變化陰影浮過的海岬與海灣，在太陽底下現出了它們巨大不變的輪廓；它們也像在無盡靜寂中休息著一樣……這一切都像為著要使他倆的戀愛佳期更加甜蜜，更加永久似的——並且，已經有一些早開的花，一些沿著溝渠生長的蓮馨花，或是一些脆弱而沒有香氣的堇花。（盧迪：《冰島漁夫》）

㈨陸地上的雲氣現在堆得像山一樣高，海岸只是一條長長的綠線，背後是灰藍色的山。水現在成了深藍色，這樣深，差不多是紫的。他向水裡望下去，看見黝暗的水裏潛浮著紅色的海藻，還有太陽反映出來的奇異的光彩。他守著他的釣絲，使它們畢直垂到水裡去，直到看不見為止；他看見那麼許多海藻，覺得很快樂，因為有海藻就有魚。現在太陽高了些，太陽照在水裡發出那奇異的光，是好天氣的徵兆，陸地上雲的式樣也同樣地表示天氣好。但是那鳥現在差不多看不見了，水面上什麼都看不出，只有幾攤黃色的馬尾藻，被太陽曬褪了色；還有一個大水母，有著紫色的，膠質的，虹暈的氣泡，它浮到船的近旁。它翻了個身，然後又坐正了，它愉快地漂浮著，像一個水泡一樣，它那些長長的有毒的紫鬚拖在它後面一碼遠。（海明威：《老人與海》）

㈡金閣在雨夜的冥暗中影像迷濛，輪廓不定。黑幢幢地，彷彿夜在那兒結晶似地佇立著。凝神注視，那在三樓的究竟頂突然變細的構造，與法水院及潮音洞的細長的柱林也好不容易才得見。過去那樣感動過我的細部，現已融於清一色的冥闇中。

然而，隨著我的美的懷想漸趨強烈，這暗黑成為我任意描繪幻影的畫布。這個黑而蹲踞的形態之中，潛藏著我所想的美的全貌。憑著懷想的力量，美的細部一個個從冥闇中閃現出來，閃光傳播著，終於在分不清晝或夜的不可思議的時間之光下，金閣徐徐地清晰地浮映在眼前。金閣從來也沒像這麼樣子，以完全地細緻的姿態，不留餘地地閃亮著，呈現在我眼前。好像我擁有了盲人的視力似的。因自己發出的光而成了透明的金閣，從外側也可看到潮音洞的天人奏樂的天花板壁畫和究竟頂的壁上古老金箔的殘跡，歷歷如在眼前。金閣纖巧的外部與內部交融著。那構造和主題明顯的輪廓，將主題具體化的精細的重複與裝飾、對比與對稱的效果這一切，我都能夠在一望之下盡收眼底。法水院與潮音洞這同樣大小的二樓，雖顯示著微妙的差異，但被同一個深而長的簷底守護著，倒像一雙酷似的夢，一對酷似的快樂紀念地重疊著。如果只有其中的一個，便可能容易地忘卻的，那樣地從上下互相印證著，因此夢成了現實，快樂成了建築了。並且那也是由於把第三層的究竟頂突然變細的形態頂在上頭的關係，一度曾被確證的現實崩潰了，被那黑暗而輝煌的時代的高邁的哲學所統括，以致於屈服於它。接著木削片葺成的屋頂的尖端高高地，金銅的鳳凰連接著無明的長夜。

建築家並不以此為滿足。他在法水院的西邊架上類似於釣殿的玲瓏的漱清亭。他似乎以破壞均衡，做為表現全部的美的力量的賭注。漱清亭對於這個建築而言，是反抗形而上學的。那看來絕不是向池塘長長伸延的，而是想從金閣的中心逃遁到任何地方去。漱清亭像從這個建築物飛翔起來的鳥，現在正張開著雙翼，向池面、向所有現世性的東西逃遁而去。這意味著從規定世界的秩序通向無規定的東西，也許意味著通向官能的橋。是的。金閣的精靈從類乎只有半截的橋似的漱清亭開始，完成三層的樓閣，再由這個橋逃逸而去。因為池面搖盪著莫大的官能的力量，原是構築金閣的隱藏的力量之源泉，但是那力量完全被賦與了秩序，完成了美麗的三層樓以後，已經無法再住在那兒，於是只好渡過漱清亭，再一次向池上、向無限的官能的搖盪之中、向那故鄉逃遁而去。四時我都是這麼想的，每當看到低迷於鏡湖池的朝霧或夕靄時，我就以為那兒正是建築金閣的龐大的官能力量的棲止的地方。

而美，統括了這些各部的爭執與矛盾，所有的不調和，猶如君臨其上！那好比就是在深藍質地的紙上正確地用金泥寫上一字字的「納經」（供納於靈場的經文——譯者），是無明的長夜裏用金泥構築起來的建築，然而我真不知道，到底美就是金閣本身呢？抑是與包住金閣的這虛無之夜等質的呢。或許兩者都是。是細部，也是全體；是金閣，也是包住金閣的夜。這麼一想，彷彿過去曾令我煩惱的金閣之美的不可解，已經了解了一半了。因為那細部之美、那柱、那勾欄、那木扉、那板戶、那華頭窗、那金寶形的屋蓋……那法水院、那潮音洞、那究竟頂、那漱清亭……那池塘的投影、那小群島、那松、以至於那渡頭，檢點了這些細部之美的話，美絕不在細部終了、在細部完結，任何一部都含有其次的美的預兆。細部之美本身充滿著不安。那是夢想著完全不知完結，被驅向於其次的美、未知的美。而預兆聯繫於預兆，一個個「不存在於這兒」的美的預兆，成了金閣的主題。這種預兆是虛無的預兆。虛無就是這個美的構造。因此在美的細部未完成中，自然地含有了虛無的預兆，纖細切木的建築，在虛無的預感中戰慄著，一如瓔珞在風中顫抖一般。

不管如何，金閣的美從未斷絕過！那個美經常都在某個地方鳴響著。像患有耳鳴痼疾的人那樣，我到處聽到金閣的美在鳴響，並且聽慣了。如果拿聲音來比擬的話，這個建築是綿亙達五世紀之久鳴叫不停的小金鈴，或者小琴呢。那聲音要是中斷的話……

——劇烈無比的疲勞襲擊了我。幻影的金閣還在冥暗之金閣上歷歷可見。它尚未收斂璀璨。任憑水邊的法水院的勾欄那麼謙虛地退出，那簷底被天竺風的插肘木支撐的潮音洞的勾欄，卻朝著池塘夢也似地挺出胸膛。軒簷受池面的反映而明亮，水的波光在那兒映動不定。被夕陽所反映，或者月光所照的時候，使得金閣看來那麼不可思議地流動著，搏翅著，就是由於這個水光。

因為搖盪水光的反映，堅固形態的束縛被解開了，這時候的金閣看來如像是用永久搖盪的風和水的火焰為材料建築起來的。

那種美，是無與倫比的。現在我知道了我的極度疲勞是從那兒來的。美乘著最後的機會發揮其力量，以過去曾數次襲擊我的無力感想束縛住我。我的手腳萎縮了。適才還在行為前的一步的我，從那兒再次遙遙地退卻。（三島由紀夫：《金閣寺》）

第四節　「物」的題材

一、創作原則

㈠擬人化：移情作用，將「物」題材當做「人」題材處理。

㈡設計物性與物理：「格物」的層次。

㈢一般的程序是由外型而內質，由具象而抽象，由描寫—想像—情—理。

二、示例

㈠彫刻的是兩個裸體的美人，那種嬌痴嫵媚的神氣，別說我不敢描寫，簡直是描寫不出。那兩個美人笑容裏很帶著一點蕩意。好像她們若沒有掮住燭臺的職務，真要跳下地來大大的玩一回了！（契訶夫：《一件美術品》）

㈡究竟鬍鬚的誘惑力是從那兒來的呢？你一定會這樣向我說。我知道嗎，他——鬍鬚——起頭微微地鮮美地使你麻著。未曾碰到嘴唇。已經覺蘸著些兒麻上來了。這麻，這於滋味的麻，一會兒穿過你全身走到腳尖兒頭上了。就是這個和你溫存，使你的皮膚受感給你的神經受一個叫你輕輕說一聲「哈，」如同驟然遇著嚴寒的那樣的甜美波動。（莫泊桑：《鬍鬚》）

㈢在旅途生活的焦慮和不安裡，突然在面前出現的一座橋，便是在零落的小村盡處出現的一座傾圮的板橋，都會給我的心以暫時的、片刻的慰藉，我知道，踱過了一座橋，旅途便前進了一程……。雖然在無涯的人生旅途上，這是多麼些微可笑的一程，但經過自己的勞苦跋涉向前邁進了一程，這時你的心中該是怎麼樣的喜悅呢？也就在這時，我的幻想便飛越起來，我看見，橋永遠站在那裡，一程又一程地，對於你的前進，用現在，把你的過去的足步和未來串繫起來……。

……

我想，又有誰來注意到橋的堅貞呢？有誰來注意在難險的溪流上守住最後一刻的木橋的堅貞呢？誰能想像到，那下著暴雨的夏晚，木橋怎樣地和暴漲的洪流抗逆的最後一刻的情景呢？……

而當第二天，當人們站在邊岸上驚駭於橋的毀壞時，我們是寧願去體驗當它正已明白自己的命運，卻有餘暇去擔心今後誰能接替自己的任務的那一剎那的心情，對於站在邊岸上的那些假慈悲者的嘆息，我們能說些什麼呢？（郭風：〈橋〉）

㈣我天天望著窗口常春藤的生長。看它怎樣伸開柔軟的卷鬚，攀住一根綠引它的繩索，或一莖枯枝；看它怎樣舒開摺疊的嫩葉，漸漸變老，我細細觀賞它纖細的脈絡，嫩芽，我以偃苗助長的心情，巴不得它長得快，長得茂綠。下雨的時候，我愛它淅瀝的聲音，婆娑的擺舞。

忽然有一種自私的念頭觸動了我。我從破碎的窗口伸出手去，把兩枝漿液豐富的柔條牽進我的屋子裏來，叫它伸長到我的書案上，讓綠色和我更接近，更親密。我拿綠色來裝飾我這簡陋的房間，裝飾我過於抑鬱的心情。我要借綠色來比喻蔥蘢的愛和幸福，我要借綠色來比喻猗郁的年華。我囚住這綠色如同幽囚一隻小鳥，要它為我作無聲的歌唱。

綠的枝條懸垂在我的案前了。它依舊伸長，依舊攀緣，依舊舒放，並且比在外邊長得更快。我好像發現了一種「生的歡喜」，超過了任何種的喜悅。從前我有個時候，住在鄉間的一所草屋裏，地正是新舖的泥土，未除淨的草根在我的床下茁出嫩綠的芽苗，蕈菌在地角上生長，我不忍加以剪除。後來一個友人一邊說一邊笑，替我拔去這些野草，我心裏還引為可惜，倒怪他多事似的。

可是在每天早晨，我起來觀看這被幽囚的「綠友」時，它的尖端總朝著窗外的方向。甚至於一枚細葉，一莖捲鬚，都朝原來的方向。植物是多固執啊！它不了解我對它的愛撫，我對它的善意。我為了這永遠向著陽光生長的植物不快，因為它損害了我的自尊心。可是我囚繫住它，仍舊讓柔弱的枝葉垂在我的案前。

它漸漸失去了青蒼的顏色，變成柔綠，變成嫩黃；枝條變成細瘦，變成嬌弱，好像病了的孩子。我漸漸不能原諒我自己的過失，把天空底下的植物移鎖到暗黑的室內；我漸漸為這病損的枝葉可憐，雖則我惱怒它的固執，無親熱，我仍舊不放走它。魔念在我心中生長了。

我原是打算七月尾就回南去的。我計算著我的歸期，計算這「綠囚」出牢的日子。在我離開的時候，便是它恢復自由的時候。

蘆溝橋事件發生了。擔心我的朋友電催趕速南歸。我不得不變更我的計劃，在七月中旬，不能再留連於烽煙四逼的舊都，火車已經斷了數天，我每日須得留心開車的消息。終於在一天早晨候到了。臨行時我幸運地開釋了這永不屈服於黑暗的囚人。我把瘦黃的枝葉放在原來的位置上，向它致誠意的祝福，願它繁茂蒼綠。(陸蠡：《囚綠記》)

(五)但是我想到了紅土，對於紅土的故事我是永不能忘記的。在我的文章裏常常有「耀眼的紅土」的字句，的確，我們的南國的土地給我的印象太深了，我一生中最快樂的日子（可惜非常短促）就是在那樣的土地上度過的。

土的顏色說是紅，也許不恰當，或者那實際上是赭石，再不然便是深黃，但是它們最初給我的印象是紅色，而且在我的眼前發亮。

我好幾次和朋友們坐在車子裏，看著一匹一匹的小山往我們的後面退去。車子在新的、柔軟的紅土上面漾動著，在那一片光亮的紅色上畫筆似的點綴著五月的新綠。不，我應該說一叢一叢的展示著生命，美麗的相思樹散布在我們的四周。它們飄過我的眼前，又往我身後飛馳去了。茂盛的樹葉給了我不少的希望，它們為我證實了朋友們的話語；紅色的土塊驅散了我從另一個地方帶來的悒鬱。我的心跟著車子的滾動變得愈年輕了，朋友們還帶著樂觀地不住地講述他們的故事，我漸漸地被引入另一個境界裏去了，我彷彿就生活在他們的故事中間。（巴金：《黑土》）

(六)在春天裡我愛繁枝密葉的垂柳。

試設想溪邊湖畔，當黃昏推出新月，水面浮上薄霧的時候，有三兩柔條，在銀光裡飄拂，且不說栖鶯繫馬，曾綰住離人多少相思，只看她淚人兒似的低頭悄立，恰像有一腔冤抑，待向人細訴。

你曾為她的沉默而動心嗎？

在秋天裡我又愛蕭蕭的白楊，他是個出色的歌者。風前月下，拖著瘦長的身影，似流浪的詩人，向荒原躑躅，獨個兒與地下人為鄰。興來時引吭高歌，更無須豎琴洞簫，有牆下的促織與田間的絡緯相和。你不聽見那曲子嗎？郁勃蒼涼，如猿鳴狐啼，聽餘音哀轉，小樓一角，正有人潸然淚下哩。

你的眼角濕了，是為他的孤獨嗎？（唐弢：《自春徂秋》）

(七)在我深深的愛上竹子，還在考入了那所教會大學以後，在那遜清王府改建的典麗校舍的一角，有一座小教堂，旁邊的月亮門內，故意的不種樹，也不種花，只任著幾竿瘦竹搖曳著，極有倪雲林的畫意。雨天，我有意的拿了一把傘，偎近這幾竿綠竹，以充滿了贊美的目光，看它枝枝葉葉無言而有力的抗拒著無情的風雨，表現出卓越、勁拔、一股強韌無比的生命力量。而在晚間，晴好的時候，我也愛看那竹葉的間隙裡，點點教堂內燈燭的輝光，那如一片月光之雨，灑落其上，正如朱自清一篇文章中的那些金色的小橘子。

教堂中的頌歌、人影，更為這幾竿竹子增加了神祕的氣氛，幾個同學和我都自稱是「竹下客」，因為，在那裡往往一流連就是幾個小時。

天寒，盡管竹葉擎著的盡是霜雪，但不能改變竹竿的亭直，春夏，那綿密的絲雨，卻使這幾根竹現出更為明淨的綠，像是一枝枝碧玉的洞簫，蘊藏著最感人的音樂。(張秀亞：《竹》)

(八)那就是白楊樹，西北極普通的一種樹，然而實在不是平凡的一種樹！

那是力爭上游的一種樹，筆直的幹，筆直的枝。它的幹呢，通常是丈把高，像是加以人工似的，一丈以內，絕無旁枝；它所有的丫枝呢，一律向上，而且緊緊靠攏，也像是加以人工似的，成為一束，絕無橫斜逸出；它的寬大的葉子也是片片向上，幾乎沒有斜生的，更不用說倒垂了；它的皮，光滑而有銀色的暈圈，微微泛出淡青色。這是雖在北方的風雪的壓迫下卻保持著倔強挺立的一種樹！哪怕只有碗那樣粗細，它卻努力向上發展，高到丈許，二丈，參天聳立，不折不撓，對抗著西北風。

這就是白楊樹，西北極普通的一種樹，然而決不是平凡的樹！它沒有婆娑的姿態，沒有屈曲盤旋的虬枝，也許你要說它不美麗，——如果美是專指「婆娑」或「橫斜逸出」之類而言，那麼白楊樹算不得樹中的好女子；但是它卻是偉岸，正直，樸質，嚴肅，也不缺乏溫和，更不用提它的堅強不屈與挺拔，它是樹中的偉丈夫！當你在積雪初融的高原上走過，看見平坦的大地上傲然挺立這麼一株或一排白楊樹，難道你覺得樹只是樹，難道你就不想到它的樸質，嚴肅，堅強不屈，至少也象徵了北方的農民，難道你竟一點也不聯想到，在敵後的廣大土地上，到處有堅強不屈，就像這白楊樹一樣傲然挺立的守衛他們家鄉的哨兵！（茅盾：〈白楊禮讚〉）

(九)什麼東西都有個幸與不幸。不知道為什麼瓜子比花生的名氣大。你說，憑良心說，瓜子有什麼吃頭？它夾你的舌頭，塞你的牙，激起你的怒氣——因為一咬就碎；就是幸而沒碎，也不過是那麼小小的一片。不解餓，沒味道，勞民傷財，布爾喬亞！你看落花生：大大方方的，淺白麻子，細腰，曲線美。這還只是看外貌。弄開看：一胎兒兩個或者三個粉紅的胖小子。脫去粉紅的衫兒，象牙色的豆瓣一對對的抱著，上邊兒還結著吻。那個光滑，那個水靈，那個香噴噴的，碰到牙上那個乾松酥軟！白嘴吃也好，就酒喝也好，放在舌上當檳榔含著也好。寫文章的時候，三四個花生可以代替一支香煙，而且有益無損。

種類還多呢：大花生，小花生，大花生米，小花生米，糖餞的，炒的，煮的，炸的，各有各的風味，而且都好吃。下雨陰天，煮上些小花生，放點鹽；來四兩玫瑰露；夠作好幾首詩的。瓜子可給詩的靈感？冬夜，早早的躺在被窩裡，看著《水滸》，枕旁放著些花生米；花生米的香味，在舌上，在鼻尖；被窩裡的暖氣，武松打虎……這便是天國！冬天在路上，刮著冷風，或下著雪，袋裡有些花生使你心中有了主兒；掏出一個來，剝了，慌忙往口中送，閉著嘴嚼，風或雪立刻不那麼厲害了。況且，一個二十歲以上的人肯神仙似的，無憂無慮的，隨隨便便的，在街上一邊走一邊吃花生，這個人將來要是作了宰相或度支部尚書，他是不會有官僚氣與貪財的。他若是作了皇上，必是樸儉溫和直爽天真的一位皇上，沒錯。吃瓜子的照例不在街上走著吃，所以我不給他保這個險。

至於家中要是有小孩兒，花生簡直比什麼也重要。不但可以吃，而且能拿它們玩。夾在耳唇上當環子，幾個小姑娘就能辦很大的一回喜事。小男孩若找不著玻璃球兒，花生也可以出彈兒。玩法還多著呢。玩了之後，剝開再吃，也還不髒。兩個大子兒的花生可以玩半天；給他們些瓜子試試。（老舍：〈落花生〉）

㈡在黑暗中，老人可以覺得早晨漸漸來到了，他一面划著船，聽見飛魚離開水面時發出顫抖的聲音，它們在黑暗中飛去，它們那僵硬翅膀嘶嘶響著。他非常喜歡飛魚，因為它們是在海洋上主要的友伴。他代鳥雀憂愁，尤其是那種纖小黯黑的燕鷗，老是在那裡飛著，找著，差不多永遠找不到。他想：「鳥的生活比我們苦，除了那些專靠打劫為生的鳥，和那些有力氣的大鳥。為什麼他們把鳥造得這樣纖弱靈巧，像這些海燕一樣，而海洋何以這樣殘酷？她是仁慈的，而且非常美麗。但是她可以變得這樣殘酷，而且說變就變：那些飛鳥落下去覓食，發出小小的悲哀的鳴聲，它們是太纖弱了，在海上生活是不適宜的。（海明威：《老人與海》）

㈡郁悶的無月夜，不知名的花的香更濃了，炎熱也愈難耐了；千千萬萬的螢火在黑暗的海中漂浮著。那像亮在泡沫的尖頂的一點雪白的水花，也像是照映在海面上群星的身影。我仰起頭來，天上果真就嵌滿了星星，都在閃著，星是天間的螢的身影呢，還是螢是地上的星的身影？但是它們都發著光，雖然很微細，卻也為夜行人照亮眼前的路。路是很平坦，入了夜，該是毒物的世界，不是曾經看見過一尾赤練蛇橫在路的中央麼？它不一定要等待人們去侵犯它才張口來咬的，它就是等在那上，遇到什麼生物也不放過，它是依靠吞噬他人的生命才得生存的。

可是螢卻高高低低浮在空中，不但為人照亮了路邊的深坑，也為人照出偃臥的毒蛇，使過路人知所趨避。群星在天上，也用憂愁而關心的眼睛望著，它自知是發光的，就更把眼睜大了（因為疲倦，所以不得不一眨一眨的），它恨不得大聲喊出來，告訴人們：「在地上，夜是精靈的世界，回到你們的家中去吧，等待太陽出來再繼續你們的行程。」可是它沒有聲音，因為風靜止著，森林也得守著他們的沉默。田間的水流，也因為乾涸，停止它們的潺潺了。在地上，在黯黑的夜裡，只有蛙發著噪聒的鳴叫，那是使人覺得郁熱更其難耐，黑夜更其無邊的。守在路中的蛇也在嘶嘶地叫著，怕也因為沒有獵取物而感到不耐吧？它也許意識到螢火對它是不利的，便高昂起頭來，想用那吞吐的毒舌吸取一隻兩隻，可是可愛的螢火，早自飛到更高處去了。向上看，那毒蛇才又看到天上閃爍著那麼多發光的眼睛，一切光，原來都是使人類幸福的，它就不得不頹然又垂下頭，扭著那斑駁的身軀，不情願地回到自己的洞穴中去了。

那成千成萬的螢火蟲，卻一直愉快地飄著，向上飛在高空中，它的光顯得細弱了，它還是落到地上來。落在樹枝上，使人們看到肥大的綠葉間還有一叢叢的花朵，那香氣該是它們發散出來的吧？落在路邊的草上，映出那細瘦的葉尖，和那上面栖息著的一隻小甲蟲；落在老人的鬍鬚上，孩子更會稚氣地叫著：「看，鬍子像煙斗似地燒起來了，一亮一亮的。」落在驕傲的孩子的髮際，她就便得意地說：「看我頭上簪了星星！」

它們就是這樣成夜地忙碌著，在黯黑的世界中穿行；當著太陽的光重複來到大地，它們就和天際的星星互相道著辛苦隱下去了，等待黯夜復來的時候再為人類獻出它們微弱的光輝。（靳以：〈螢〉）

㈢河北人把尖頭綠螞蚱叫「挂大扁兒」。西河大鼓裡唱道：「掛大扁兒甩子在那蕎麥葉兒上」，這句唱詞有很濃的季節感。為什麼叫「挂大扁兒」呢？我怪喜歡「挂大扁兒」這個名字。

我們那裡只是簡單地叫它螞蚱。一說螞蚱，就知道是指尖頭綠螞蚱。螞蚱頭尖，徐文長曾覺得它的頭可以蘸了墨寫字畫畫，可謂異想天開。

尖頭螞蚱是國畫家很喜歡畫的，畫草蟲的很少沒有畫過螞蚱。齊白石、王雪濤都畫過。我小時也畫過不少張，只為它的形態很好掌握，很好畫，——畫紡織娘，畫蟈蟈，就比較費事。我大了以後，就沒有畫過螞蚱。前年給一個年輕的牙科醫生畫了一套冊頁，有一頁裡畫了一隻螞蚱。

螞蚱飛起來會格格作響，不知道它是怎麼弄出這種聲音的。螞蚱有鞘翅，鞘翅裡有膜翅。膜翅是淡淡的桃紅色，很好看。

我們那裡還有一種「土螞蚱」，身體粗短，方頭，色黑如泥土，翅上有黑斑。這種螞蚱，捉住它，它就吐出一泡褐色的口水，很討厭。

天津人所說的「螞蚱」，實是蝗蟲。天津的「烙餅捲螞蚱」，捲的是焙乾了的蝗蟲肚子，河北省人嘲笑農民談吐不文雅，說是「螞蚱打噴嚏——滿嘴的莊稼氣」，說的也是蝗蟲。螞蚱還會打噴嚏？這真是「遭改」庄稼人！

小蝗蟲名蝻。有一年，我的家鄉鬧蝗蟲，在這以前，大街上一街蝗蝻亂蹦，看著真是不祥。

（汪曾祺：《昆蟲備忘錄》〈螞蚱〉）

㈢吃晚飯的時候，嗚——扑！飛來一隻獨角牛，摔在燈下。它摔得很重，摔暈了。輕輕一捏，就捏住了。

獨角牛是硬甲殼蟲，在甲蟲裡可能是最大的，從頭到腳，約有二寸。甲殼鐵黑色，很硬。頭部尖端有一隻犀牛一樣的角。這傢伙，是昆蟲裡的霸王。

獨角牛的力氣很大。北京隆福寺過去有獨角牛賣，給它套上一輛泥製的小車，它就拉著走。

北京管這個大力士好像也叫做獨角牛。學名叫什麼，不知道。（汪曾祺：《昆蟲備忘錄・獨角牛》）

(四)我抓到一隻磕頭蟲。北京也有磕頭蟲？我覺得很驚奇。我拿給我的孩子看，以為他們不認識。

「磕頭蟲。我們小時候玩過。」

哦！

磕頭蟲的脖子不知道怎麼有那麼大的勁，把它的肩背按在桌面上，它就吧答吧答地不停地磕頭。把它仰面朝天放著，它運一會氣，脖子一挺，就反彈得老高，空中轉體，正面落地。（汪曾祺：《昆蟲備忘錄・磕睡蟲》）

(五)蠅虎，我們那裡叫做花蠅虎子，形狀略似蜘蛛而長，短腳，灰黑色，有細毛，趴在磚牆上，不注意是看不出來的。蠅虎的動作很快，蒼蠅落在它面前，還沒有站穩，已經被它捕獲，來不及嚶地叫一聲，就進了蒼蠅虎子的口了。蠅虎的食量驚人，一隻蒼蠅，眨眼之間就吃得只剩一張空皮了。

蒼蠅是很討厭的東西，因此人對蠅虎有好感，不傷害它。

捉一只大金蒼蠅餵蒼蠅虎子，看著它吃下去，是很解氣的。蒼蠅虎子對送到它面前的蒼蠅從來不拒絕。蒼蠅虎子不怕人。（汪曾祺：《昆蟲備忘錄・蠅虎》）

第四章　短篇論

小說創作通常是由短篇開始，逐漸延伸擴充到中、長篇。因此，熟悉短篇小說的體式結構，就成了小說創作開始時必要的程序。以下就現代小說常見的直敘式、意識流、回溯體、時空錯綜、主從錯綜、三線錯綜、劇場設計等七種體式，分別例舉分析介紹。

第一節　直敘式

文例：〈曇謝〉

1

「軍師，依你看，她到底是怎麼回事?」

「你是說菇吉?」

「對!」

「山人我早就注意到了，絕不只是生性熱心而已，這後面一定有某些因素，其中必有蹊蹺，嗯！必有蹊蹺！」

「連你軍師諸不亮也猜不到？」

「胡說！雄馬你身為鐵三角的一員，豈可對我軍師如此不敬。山人當然已有多種假設，只是……只是……」

「只是尚在斟酌，還沒下結論。」

「對！知我者，小林也。」軍師對著小林會意一笑。

「沒有一個家庭婦女會像她那樣的！」雄馬的分析功能比他粗線條體魄來得精細。

「根據調查，營隊裏女的，就她一個從來不提家裏如何如何，連電話都不打！」

雄馬沒說錯，營隊裏女的佔了一半多，那些大一的新鮮人剛來就開始想家，女舍裏晨間內務檢查發現淚濕衾枕，簡直是長不大奶娃子的鮮事。女老師們多數是以穿花蝴蝶之姿出現，計程車等著一下課就走，就連那個阿巴桑祖母作家也不例外，學員們追著問問題，看得出她在敷衍，背後罵她不負責。

當然也包括男老師在內，如此這般有點故抬身價炫示忙碌重要是真的；更大的原因：男的多半是有事，女的都是為了家。學員裏有些三八做老師的身家調查：男老師們比較淡，笑笑說：「平凡得很，有太太，有子女……」問到女老師，哈！廣告時間開始：「我先生呀！他嘛……」

「我家的那口子呀……」

「我那個老么呀，皮透囉，我最頭疼的就是這個小不點……」忍不住的那份得意，像是被搔到癢處翹起尾巴的貓。

菇吉確是唯一的例外，小林記得很清楚：那一次有人問到她的家庭，她說她是為人婦，為人母者，沒有廣告，沒有喜色，甚至可以察覺她不願多談。

2

X大電機系三年級核心人物，鐵三角資料：

牢頭朱丕亮：外號諸不亮，人稱軍師，現任班代，系會理事長。

文丞林乃昌：人稱小林，寫作協會會長，詩社社長，系會學藝股。

武將馬國雄：外號雄馬，登山社社長，校隊正選中鋒，本班康樂股。

早在鐵三角參加這營隊之前，就已商定了軍國大計，第一是根據理性感性調和的原則，要認真學點文藝什麼的來中和中和理工的枯淡。第二嘛，一定要戀它一次愛，軍師說的不錯：

「咱們哥兒三人都大三啦，行將畢業，馬齒徒增，這一項必修學分，蹉跎著一直沒修，不僅窩囊而且嚴重不平衡，悲夫！」

是雄馬這包打聽得來的消息！這一營隊完全符合鐵三角的意願，不但文藝，更妙的是陰盛陽衰。報到之後軍師大樂，誇下海口：

「群雌粥粥，群雌粥粥，老夫這番若是不釣她一個，兄弟們！老夫以後就改名自稱悲夫！嘿！看我的手段！」

雄馬更是狂妄得不像話，又是根據他冷眼觀察，四十二個男生之中多數是「不夠看」的，不夠當情敵的資格，敵我情勢實力相差懸殊。男性陣營中就數咱們鐵三角是頂兒尖兒，出身經歷樣樣占先，文有文才武有武才。一兩天裏脫穎而出贏得眾多秋波青睞絕無問題，意料中事指時可待。使雄馬擔心的是很可能女孩們的焦點都在他，六十六個，不！當然要留兩個給小林和軍師，老朋友嘛，不好意思獨吃，願車馬女友與朋友分。六十四寵愛集於他雄馬一匹，他決定照單全收，三宮六院九嬪二十七世婦……這小子真的動手來斟酌排名封號了。

軍師一向是謀定而後動的，探明虛實之後，當晚鐵三角會商，決定爭取表現位置，分頭進攻路線。第二天攻擊令下達，軍師以他出色的口才、具體的主張，謙遜的風度贏得最多選票，當選營隊隊長。雄馬憑他的驃悍外型，加上自吹自擂的各種雜耍技藝，當選康樂。小林呢？幸不辱命當選為學藝組，費力不多，只把他的塗鴉剪貼本向大家揚了揚，加上軍師的助選：「小林嘛！他是明日之星，大作家，有潘安之貌，宋玉之才，天下之才一石，小林獨占八斗。」就這樣，鐵三角旗開得勝，完全符合預定計劃，囊括了營隊三項重要任務。

接下來的選舉，鐵三角的提名發生效用，早經內定的三朵花被挑了出來，胡麗卿被選為副隊長，呂愛玲是副康樂，辛會美是副學藝。進行順利，只是出了兩項小岔：一項是各組都是一男一女，「配對」太明顯，不夠含蓄優美，難以杜三八酸葡萄等的悠悠之口。另一項是軍師豬隊長，把副隊長的芳名唸成狐狸精，哄堂大笑之下，那朵花生了氣，使小性子不幹，虧得輔導員及時出馬解圍，否則，這頭小狐勢必不能長伴豬旁，不知花落誰家？差一點老夫真要改名悲夫了。

三朵花都不錯，就只是愛玲有點多話。軍師和小林安慰雄馬，她既是多一張口，話多點也是難怪。雄馬不甘心，還想另謀發展，一方面這小妞釘得緊；另一方面配對明顯，女性同業公會規章不奪人之好，雄馬動彈不得，也只好認了。

呂愛玲最崇拜菇吉：第一次上她的課，就怕有人因專修戀愛而蹺課，一遍遍義務宣傳：「大家注意，菇吉老師的課，最精采的，保證客滿，早早選座，以免向隅呵！」站在教室門口數人頭，硬逼著雄馬會同鐵三角死黨到處去搜捕，把一對對鴛鴦都趕進來。直到場裏全部座無虛席，菇吉上了臺，雄馬領頭唱歡迎歌，她才放下心來。教室後門旁的兩個座位是警座，地勢衝要，一對當關百夫莫開，誰也甭想溜！

菇吉實在也不負眾望，不用麥克風的聲音自然清亮，客滿再加站票，她像是有點滿意高興，講起來分外精采。這一堂是講作家與作品，揭示天地不全，人無十全，人為的文學也絕無十全之理。一流作家能有特殊的自得突破建樹，有賴於他異於常人的生命動力，而強大的創作驅迫之力，常就是作家生活中的霉暗孤寂痛苦……她舉例：如李賀的性冷自憐，元稹顧此失彼的蹉跎感傷，愛倫坡的流浪病弱，傑克倫敦的家庭失和……。

她的語辭精鍊優美，清朗的聲音時有變化，或是昂揚或是委婉，加上她時而凝重時而朗霽的表情，自然揮灑的手勢，構成為一面藝術之網，將癡醉的百多尾年輕的魚悉數網羅。

隊長軍師悄悄在一角瀏覽，全場都在聚精會神瞪著看菇吉。少數還能顧得到筆記，大半太專注的簡直就忘了，女孩們多數做作，胡麗卿一直在扭她的花手帕，呂愛玲最妙，一直在咬著她自己的手指。

一下課，轟然的掌聲之後，佳謍一大片揚起：

「名不虛傳，真的不賴！」

「聽說有一些人就是衝著她才來參加的。」

「你們猜人家叫她做什麼？」

「什麼？」

「聽人家說的，她是魔音。」

「不對不對！應該是觀音，千手觀音！」

「她的課多不多？」

「大概不少吧！她是六個駐營教師之一。」

「還有比她更棒的嗎？」

「也許有差不多的，但觀音畢竟是觀音，想贏她嘛談何容易，除非再來一位如來！」

「老師們也不能全部都棒一定也要有幾個菜的。」

「對呀！別忘了還有戀愛學分要修，花前月下，時間不夠，少不得要蹺他幾堂。」

3

第一次分組夜談，菇吉主持的這一組一支獨秀，分配到別組的紛紛投效，軍師和小林約束不佳，急得直跳，生怕掃了別組主持人的面子。還好原定的幾位老師都沒來，輔導員樂得輕鬆，也來加入菇吉這一組。六組大集合，雄馬說這是六國統一，菇吉她是個雄才大略的女王。星空之下，階前一片暗黑，階上的菇吉穿著一襲純白的寬袍，黑髮鬆鬆挽成一個高髻，脂粉不施，全無裝飾，只在髻上用一個小小髮環，有一點銀鑽在夜黑裏閃耀。小林靠她較近，晚風輕拂，嗅得到她沐浴之後的體香。感覺到她這一襲白袍燁采與王冠上的一點銀亮，已能使疏星失色，在暗夜裏顯示她的存在，階上的女王法相莊嚴，統馭著她階下環坐的臣民。

夜談是以菇吉為中心的發問解答，菇吉說這是公審，她很願意接受這種挑戰的刺激。一個個發問，一項項解答，發問的內容很廣，驚訝她都能以獨到精闢的見解來滿足大眾。有人替她端來飲料，她偶而啜飲，點一支煙，暗黑之中的一點星火，煙縷裊繞使她的白衣法相蒙上一份迷離，而詩句般亦莊亦諧，有剛有柔的語句，就從那一層迷離裏傳出來扣響聽眾們的和弦。

有人問她一個傻問題：

「老師，妳的話就像詩句般的精美，請問妳是怎樣練成的？還有，妳讓大家隨便發問，請問妳有沒有過不會或不能答覆的經驗？」

「思想、語言、文學本是有距離的。」菇吉說：「只是我們應該有能力去連接它們。想得到的就要能大致說出來，說出來的就要能有修飾。我們既然能把文字作佳妙的排列組合，對於駕馭語言又為何不能？」

「可是，在寫的時候能有從容的時候去考慮；說話的時候，沒時間讓你去多想、多修飾呀！」

「說得對！但不無撒賴逃避的嫌疑。」菇吉的批評很鋒利：「這只是做與不做的問題，而不是能與不能的問題。一次次磨練要求自己，哪怕它不會進步！多年的媳婦熬成婆，人的才智差異有限，懸差的區別是在於做與不做，用力的勤持與鬆懈。」

「……」

「問到我有沒有碰到過難題，當然有，有時是我不會，有時是記得不清楚的模糊。我的原則是絕不逃避，絕不用似是而非的搪塞來亂唬人。我會很慶幸，感謝問者給我進修鞭策的機會，坦白地告訴他以後再連絡解答。然後，找資料，思考了解，那是我自己的事……。」

又談到生命意義，茹吉舉蟬蛻為例：那蟬，釘牢在樹桿之上，忍受著寸寸分分撕裂的痛苦，終於牠褪去了舊殼，以嶄新之姿飛上高枝，作更響亮的嘶鳴。生命的價值就在此了，人生應該要有多次的蟬蛻，若是不能有新姿交代自己，數十年短暫的存在有何意？

可是，誰能了解蟬蛻時無言的痛苦？多數人都不能決志如此，是以世上凡庸者永如恒河沙數。那！本就是人性中慣性逃避的原型。

從蟬蛻談到曇花，開放常在深夜，那是她明知知己太少，就要在塵囂俱靜的岑寂中夜，悄然開放來晤對一些心儀於她而甘願不寐的人。對著知己顯示她絕世的美與清香，然後就在知己者瞿然的全視之下萎謝……人生的美感就是在於不得和爭取尋求的過程。短就是美，因為她短得不及改變；也由於明知短促的珍憐，使得美感在意念裏凝鑄恒長。生命裏的苦樂原是相生的一體兩面，要有多少痛苦才能凝聚成一點快樂，當快樂的感覺昇浮顯現，即使是片刻也就該滿足了，有過總比沒有要好。

菇吉的理念透過感性淋漓發揮，停了一下，當大家還都在沉溺之中，辛會美忽然冒問一句：

「老師！就在現在，就在這一刻，妳是不是能有一點快樂？」

「是有一點，或許是由於我察覺到你們的了解，在我比較充份的付出之後能有你們的回饋。我……是有一點破例的、少有的快樂。」

「妳真的是不常快樂嗎？」

「我不能說謊，確是如此！」

靠在軍師身旁的胡麗卿悄聲提醒：

「我們要注意保護她，不能使她受到傷害。」

看到胡麗卿眼裏的瑩然，軍師點點頭，正要設法來岔開話題，來不及了，辛會美的問題又已出口：

「老師！妳是否感覺到在獲得回饋而稍有快樂的同時，妳！是不是也會感到自憐？」

下面的話因小林的警告而中止，軍師和胡麗卿都站了起來，箭鏃已發，收不回來，就只能緊張地注視階上。

菇吉指間的星火已熄，裊繞的藩籬盡撤，看到她雙眼裏的迷濛，聽到她中箭之後無奈的自白：

「我……不但自憐……而且……感傷……。」

4

軍師下令：

「大家要注意說話，絕不能再刺激她！」

「她的癥結在不平衡！」

雄馬說：「從別的老師和輔導員那裏得來的資料，原因是出在家庭。」

「先生有外遇？」

「不！大概是性格不合。」

「我就是要幫助她。」辛會美在為自己申辯：「讓她知道有不少個知己，她大可不必如此地自憐感傷？」

而軍師卻另有看法：

「不行啦！我們只能給她一些快樂，我們……對她來說，都只是雪泥鴻爪，不是和她生活在一個屋簷下的，沒用！」

「對！辛會美，妳要是她丈夫才行！」

「她為什麼不乾脆離掉，重新來過。」

「是呀！以她如此優良的條件，不怕找不到。」

「她是不老，最多四十。」

「望之如三十許人，一定還可以再開始的。」

「她能指導我們，為什麼就偏偏不能解決自己的問題？」

「依我看，這可能是她的蹉跎因循，到現在時不我與已經太遲……」是軍師語重心長的估計。

一連兩晚的夜談，菇吉睡得很晚，第四天上午她沒課正好休息，下午去海邊游泳，她答應和大家同去。她很開放，穿一件紅白相間的碎花三點式，長髮還是梳成高高的堆髻。沙灘上，陽光下，她顯然是這一營隊中最成熟的女性。除了腹部稍突之外，她白皙豐滿的胴體仍然保持著優美的曲線。圓形的臉並不顯得平板，那是歸功於她的眼與唇，她的眼睛像是兩泓湛深的湖，唇弧下彎，雖然容易讓人以為她睥睨驕傲，但軍師卻指出這正是美女的特徵，自信之外有著點動人的楚楚。

年輕的一伙纏著她照相，一批又一批，照完了，雄馬吹一聲哨，下海，三朵花伴著菇吉一齊下去，雄馬押住陣腳。原以為她不一定會游，到了深處，看她泅泳得十分熟練，這才放心去照顧一些年輕大一的小不點。

菇吉游了沒多久就上來，說是忘了擦油，岸上的篷帳之下，小林替她抹油。她很坦然地接受服務；頸上、背上抹過之後，菇吉很自然地伸直了腿，小林繼續。胸部和臉上還沒有，小林有點踟躕問她：

「臉上要不要？」

菇吉笑著說：

「好！還是你來服務，按摩師。」

看到她大眼睛裏閃動著的挑戰，小林本能地想要叫個女生來代工，偏偏這時候附近一個女孩都沒有，只坐著兩個男生，一面交談一面微微地盯著這邊。小林知道絕不能找他們來代，否則菇吉一定會察覺自己的膽怯，甚至誤會他這是不願服務。不行：那兩個男生笑得古怪，他們在想什麼？隔岸觀火看我姓林的尷尬出洋相，還是等著欣賞我美色當前的狼狽？

菇吉，她又在想什麼？

把甘油倒在掌中，摩勻了，小心去摩娑菇吉的臉，虔誠地，像對一尊神祇，一位長姊。菇吉閉著眼睛讓他服務，小林心想這也好，看不到妳的眼，我好坦然些；還有，也免得妳看到我的心虛；臉部抹完，像是在暗示、在等待，她把胸部微微挺起。菇吉！妳這是為什麼？如果不是挑逗，莫非就是一種遊戲測驗？

小林一急，立刻覺得心跳加速，情不自禁看看左近，那兩個傢伙還在好整以暇地微笑注視，不能示弱，不能逃避！管她是什麼意思，我已經沒有選擇。

她象牙色的胴體充滿彈性，皮膚很細，觸手一種柔滑的感覺。小林極力摒除雜念，警告自己不該胡思亂想。對她——衷心欽敬的連想想就都是褻瀆。這是服務，是她把我當作弟弟，信任地交付她自己，是我林某的榮幸。她既是光明大方，我就絕不該想入非非。

三點泳裝水浸之後緊縮，遮住她胴體的部分很少。塗抹到罩杯邊緣，她的雙乳堅實高聳，乳溝深陷，迫在眼前的兩峰隨著她勻和的呼吸起伏律動。小林的心跳又加速了，不敢看，匆匆抹完，移到下部的一處平原，膚色雪白得刺眼，觸手的柔滑挑逗更烈，小林禁不住為她抱屈，那做丈夫的實在愚蠢，難怪她自憐；目前這樣看來她不像是無心，是她在向我示意，要我付出？小林感到惶然，匆遽塗抹兩把，不小心又觸到她隆起的邊緣。

趕緊縮手，紅著臉站起來，正要說明只是無意，菇吉卻搶先堵住了他的話，沒事人似的笑著說：「謝謝你！」

海裏有些人上來，看到帳篷裏的菇吉，一窩蜂過來圍著她。菇吉解開髮髻，一頭長長的黑瀑瀉下來，像是有點睏，坐著的身子忽然往後靠，後面的小林本能地避開，幸好呂愛玲就在旁邊，機警地立刻補進來做了她的依靠。

再度站起來的小林，一眼就看到了軍師充滿譴責的眼光。

5

菇吉說她喜歡這營地的早晨，喜歡賴在床上不起來，軍師順著她的意思，建議她把明早的課移來和今晚的座談會合併，菇吉同意。而大伙兒的心理又都一樣，只想多聽她的，早一點聽，那更好。

晚上，讀的是川端康成的《美麗與哀愁》。她換了件淡綠的寬袍，不再梳髮，就讓一頭黑瀑紛披，輕風裏偶而去撩撩頰旁的絲絲縷縷。雄馬指給呂愛玲看：

「她自己就是美麗與哀愁。」

「我也覺得她讀的就是她自己，會不會……」呂愛玲正擔心著。

菇吉分析川端自戕的因素：攀登到文學成就的巔峰，盛名之累，欲罷不能的心智疲勞是因素之一；另外那就是他內心的孤寂與生活的不平衡了。得不到一份情愛的滋潤來平衡他突破的肯定，內外的失調有如高低懸差的蹺蹺板兩端，年事已高，調適的爭取已是時不我與，為此痛苦無奈，斷然了結以自求解脫。

像是燭火，人們只注意到它光華炫耀的熱與力，可是，有誰能知欲心的冰寒？看來中國的哲理最好，高處不勝寒，愈高愈不平衡，實在是不必去也不能去的，就只能讓它懸掛如高不可掇的明月，掛成理想的帝鄉而永不去妄求實現，它的作用，只是以美好的構圖，為現實人生的痛苦，提供一種畫餅充饑式的慰安。

有人發問：

「老師鼓勵我們在創作上力爭上游，又為什麼這樣說呢？」

「我只是在說實話，固然努力追尋必然會有它寸寸分分的獲得，而快樂也即在於爭取過程之中，艱苦付出之後的那一丁點獲得。但是，由於得失互見之理，既有所得必有所失，如果所失的形成為嚴重不平衡，那你就不能不去衡量得失了。」

「如果放棄，那不就是平凡了嗎？」

「每一個人都不該去為他人立法。」菇吉說：「平凡平淡平實的生活，只要他個人心安理得，我們大家都只能對他尊敬祝福。」

「如果不甘心平凡，而努力追尋的途中又一定有所失落，能不能不去管它？」

「很少有人能做到這地步，患得患失是人性中的原型，我們要求的太多，而能掌握的極少，對於指縫裏漏失的不能顧全的難免悲憤。這——正是人生先天性的沉重悲情之一。」

菇吉的語音，在森然之中已經有一點顫搖，鐵三角和三朵花又開始驚覺想要轉移，不幸的是又有一個冒失鬼射出一支冷箭：

「如果我猜得不錯的話，老師的筆名——菇吉，是不是孤獨寂寞？」

要糟！偏偏鐵三角和三朵花都只能乾焦急。這一箭又準又深，靜夜裏看到階上的菇吉低下頭去。軍師站起來，正要岔開話題，而菇吉卻已經抬起頭來，出奇平靜地說：

「是這樣，不過內心的孤獨寂寞也有它的好處，它能有助於個人心智的強化！」

那傻小子再緊釘一句：

「老師，妳的心智，果然已經強化到可以充分自制了嗎？」

菇吉的強處就是弱點，她不說謊，因此只能裸裎而無法避免傷害：

「我沒有……我……很慚愧！我……只是一個很平凡的人！」

軍師趕緊岔開話題，故意問她對水滸意識重點的看法。

當晚夜談結束之後，鐵三角和三朵花集會商議，軍師分析說：

「菇吉所說的都有她自己的影子，拿她話中的含義和我們搜集的資料來對照，可以確定的是：她的幼年、少年很坎坷，培養成她努力追尋的決志。據說她曾經當過董事長，十年前轉變，改向文藝……。」

「由立功轉向立言，這是一種勉強。在她的自憐成份裏，一定還有著才智不得伸展的傷感。」

辛會美的分析再進一步。

「對，就是這樣，如果婚姻和諧，那也成，不幸的是她丈夫與她性格不合，聽人說是很嚴重，冰炭不容！」

「沙文主義的男人，妒忌太太的成就，獨佔欲太強，誰嫁他誰倒霉，哼！」

「呂愛玲妳說的可能只是因素之一，內情雖然不能全部知道，但是，已經糟到難以改善的地步，那是事實。就如菇吉她自己所述的內外不平衡，在外的成就與掌聲，和在家裏的冰寒，相較懸差太大，迫得她只好繼續向外。」

「唉！」胡麗卿歎息：「我能想像得到，她那種過河之卒的心理。」

「我看她是在逃避，這絕不是辦法，這是惡性循環！」

「雄馬你說的對！」軍師說：「事情就是這樣，我擔心她得不到調適，長久下去會……會像她所說的曇花，悄然萎謝……。」

「大家想想辦法看！」呂愛鈴最急：「既然她能因為我們而快樂，我們一定能夠影響她的！」

「我來報告今天下午的事，」小林憋不住，坦白說出海灘抹油的事，有點心虛，一面說一面看他的女友辛會美，看到她大大白白的臉上杏眼圓睜，一面聽一面搖頭，也不知她這是不相信還是不贊成，不贊成的是菇吉還是……。

「你們想想看，這件事，是我多疑，還是……還是菇吉她……」小林急著要找答案。

大家都望著軍師，諸不亮不是蓋的，就數他最有主意。軍師想了想，意味深長地點點頭：

「有道理，我知道了！」

「知道什麼？」

「天機不可洩漏，山人自有主張，弟妹們，你們等著，看山人我的妙計！」

「賣什麼關子嘛！」胡麗卿急得罵出口來：「什麼軍師諸不亮，亂唬人，根本是個豬腦袋！」

6

營隊第六天，隊員的創作競賽揭曉，小林的一篇小說榮獲首獎。

小說的情節很特殊，一位孤兒院長大的青年，組隊去荒山裏找尋傳說中的一座湖。隊員包括有他的女友和另外五個，途中另一位男青年大顯身手，引得主角的女友有了改變。歷經艱苦之後，終於尋到了那座迷濛的湖，男主角走向湖的另一邊，就這樣一去不回了。

菇吉主持頒獎並作講評，特別把小說組的第一名，放在最後來作分析，她說：

「林乃昌的這一篇，不僅是筆觸濃重優美，題材特殊，更重要的是他的主題。人性之中本著祛除孤絕感的渴欲，孤兒出身的主角，他的需求更較常人強烈。探險終結成為死亡之旅，原因之一是在他失去了女友，原本存有祛除孤獨的一線生機已然斷絕！」

好沉重的分析，會心的六個人都不期然互望。

「另一因素，那就是林乃昌這一篇更大的價值所在：小說顯示了深密的象徵層次，孤寂的，杳無人跡的荒涼的湖是這位孤兒的心靈表徵，也是他潛意識裏的歸依。他的尋求既是基於他潛意識的驅迫，在最後絕望疲瘁之餘，荒湖自然成為他的歸依，始於孤寂的復歸於孤寂……。」

不行不行，菇吉竟然毫不忌諱地一連說出她自己的名號，這一定是不妙，雄馬焦急地看軍師，軍師暗暗搖手，示意讓她盡情一吐。

「這一篇觸動了我久藏的意念，我也有類似的經驗，那是我童年時經過的一處，有冷月荒江、寒風吹拂、水聲幽咽……以後，它一直就沉澱在我的心底，時常昇浮出現，有時……當我離開家，投身於十丈紅塵而四顧茫然的時候，那意象就會升起明晰，冷月荒江在召喚我回去，可悲的是，它是在萬水千山之外，迢遞得只有夢魂才能超越……。」

菇吉的眼裏一片迷濛，她在忍著，不讓奪眶迸出。

「對不起，是我不該把中年人的憂悒過早地傳染給你們，我要說明的是：林乃昌的這一篇，主題顯示了人類被嘲弄的無奈悲情……我確是不該說，但是，請原諒我不能說謊……。」

好不容易挨到結束，軍師召集緊急會議：

「我有一種不妙的預感，所以，我決定提前實施我的計劃！」

「怎麼做？」五個人都很興奮。

「就在今晚上夜談的時候，我們臨時改變，大家去跳土風舞，菇吉她是不會跳的，這一點我已經打聽清楚了，等她回宿舍，小林，你就去！」

「我去做什麼？」

「先談你的小說，然後……然後，唉！這還用得著我明說嗎？給她安慰，叫她相信你就是她的……就是她袪除孤獨感的對象！」

「那……我怎麼行，要去大家一齊去。」

「這件事非你不可，我的判斷不會錯，她喜歡你，海灘上的事不是事出無因，再加上她對這篇小說的感動。」

「如果一定要這樣，那，叫辛會美和我一齊去。」

「關鍵就在這裏！」軍師盯著辛會美：「很可能菇吉希望小林能對她付出，我的意思你們懂吧！為了菇吉，我以為小林應該做，辛會美，妳……不會反對吧！」

「真的會那樣？」辛會美望著小林的一臉無奈：「我是能諒解的啦，可是以後，以後小林他怎麼辦？」

「就只有這一次，一定！」軍師斬釘截鐵地宣佈：「你們要相信我，我不會料錯的。菇吉她自己也清楚，小林這只是在拉她一把，助她恢復自信，只要小林不沉迷，就絕不會再有第二次！」

「好嘛，小林，我沒意見，你自己當心點。」辛會美的聲音裏有著委屈，小林急得話都說不清：「這……怎麼行……荒……荒唐……。」

宣佈節目改變是有點突然，年輕人倒沒有什麼異議，原本在草地上散步沉思的菇吉卻不然，軍師看到她眼裏閃過的一絲驚詫與失望，還好！她還能用微微一笑來掩飾，跟著就看到她落寞地走向宿舍。

小林由他的女友陪著在等，一直猶豫著要不要去？辛會美說既是大家的決定，不好反悔，而且幫助菇吉也確是該做的事。為了表示她的支持與信任，她溫柔地主動吻著小林，伴著他去宿舍前的林子，說她就在外面等小林。小林不放心，她催著他，他挨著挨著，終於無奈地決心進去。辛會美就等在外面不遠處，菇吉的房裏燈還亮著，窗簾是拉起了的，辛會美禁不住猜想，小林進去之後……。

小林忽然從宿舍區狂奔過來，辛會美急問：

「怎麼回事？」

「她……她……唉！真想不到……。」

7

菇吉的遺書極為簡單：「是我自己。」

烈性毒藥想是早就準備了的，想來她早已選定日期。就是在這一次營隊，所以在她恣放的言辭中已不再忌諱什麼，多次不自禁地透露出訊息，甚至灑脫地對小林……。軍師的悔恨沉重，料想就是他突然的變更加重了菇吉的落寞，更要怪小林和辛會美的蘑菇，提早了她的結束。

果然是曇謝，選定的時間地點，悄然萎謝在眾多關愛者之前，但不知她不泯的精魂，是否果能如她所望，回去她童年時的冷月荒江……。

營隊結束，鐵三角和三朵花分開了一陣子，六個人的心裏都明白，共同經歷的心靈創傷，是只能讓時間來淡化彌補的了。

兩個月後，胡麗卿收到了軍師的來信：

「菇吉去世之後，報刊的喧騰與人們的驚悼，到現在都已淡下來了吧！往後，也許還會有人懷念她，記得最深刻的是我們六個，但是儘管如此，對於菇吉又能有什麼？我們的愴痛與懷念既不能生死人而肉白骨，則一切無非可悲的空寥。

是菇吉教給我們體認到這份人生無奈嘲弄的，以後，相信我們六個在經歷了這番認知之後，終於能夠正視嘲弄，寫出一些或是做出一些，用以來抗議嘲弄或是竟能否定嘲弄了吧！」

分析：

「直敘式」是以前小說最常用的一種體式，要點是：

1. 依小說情節發生的先後次序排列結構，引領讀者自發生直到結束。

2. 難免會使用敘述，但應避免全用敘述。

3. 在直敘式中如必須表現過去時空的資料時，所使用的三種方式是：全用敘述；在敘述中夾回顧；以人物對話來補述。

直敘式的結構圖示，就如一條直線。

〈曇謝〉一篇的大意在寫文藝營中一位女性講座的自戕。隨著標號先後分段進引情節，依序是：

1. 由鐵三角三位男生的對話開始，先行顯示懸疑，對文藝營中不同於一般的「菇吉」其人產生疑問。

2. 交代鐵三角三成員資料，以及三個學工的大學生所以來參加文藝營隊的心理因素。在有計劃的表現爭取下，三角在營隊中脫穎而出，順利取得掌控，分別選定了「三朵花」配對。初步顯示菇吉教課藝術的精采。

3. 賡續表現菇吉，夜談中的答問逐漸涉及她自己，辛會美的單刀直入，引發了她無奈的自憐而感傷的自白。

4.鐵三角估計菇吉不平衡的癥結，與上段呼應，辛會美表示願做她的知己，但軍師卻指出雪泥鴻爪的短暫無用。營隊下海游泳，小林尷尬地為菇吉去抹油，藉著小林的意識流透露出菇吉對他的微妙，結尾時逃避她的依靠，引來軍師譴責的眼神。

5.課程內容，人生得失之理與創作的得失，美麗與哀愁，話題直指講者的筆名，菇吉孤寂。鐵三角與三朵花會商設法幫助菇吉，阻止她宣示的朕兆如曇花萎謝，小林說出「抹油事件」的感受，要大家提供答案，軍師胸有成竹地說他自有主張。

6.高潮之前，山雨欲來風滿樓，菇吉批評小林的首獎之作，「始於孤寂的復歸於孤寂」。自言她想要返回童年的冷月荒江。軍師斷然決定，更改活動節目，安排小林去與菇吉相處，對她付出，助她平衡。

7.高潮，菇吉自戕，陡降之下小說結束，餘音裊繞是軍師給胡麗卿的信：顯示在孤寂痛苦藝術家自戕主題之外，另一理念是終能正視人生嘲弄，以寫出或做出來抗議嘲弄甚至否定嘲弄。

第二節　意識流短篇

意識流的形式原理分析已見前述，這一種表徵感覺最為便利的創作形式，可以在小說結構中代替「敘述」，成為必要的部分；此外也可以全部意識流形態成為短篇小說結構手法的一種。今舉今人奚淞〈封神榜裏的哪吒〉為例，以本文與分析間隔行之的方式來進行敘介：

原文一：

夏日午後，九灣河像是被溽暑給逼淺了似的，抽長了葉片的柳樹因之更恣意地以墨綠的影子侵佔了河水的三分之一。這片柳樹沿河生長，水從柳陰下靜靜地，平滑地流過，當水再度在日光下閃亮的時候，似乎已與蒼穹連結一片；湛藍的，一片雲也沒有的天空。

依稀還可以聽見一里外，陳塘關市集裏的小販叫賣野蔬、器皿的聲音；隨著吹拂樹葉的微風似有似無地傳了過來，和著穿飛在垂柳之間麻雀的噪鳴。

太乙坐在柳蔭下的一塊青石上，白髮披肩。一腳盤踞，一腳微踏在青草地上。半舊的白麻道袍順著肩胛垂下許多皺折；寬大的衣袖遮住了腳上的芒鞋，微微向前傾注的身體，像是正在觀賞野生在河灘淺渚中的蓮花。

五月裏，盛開的野生蓮花。

然他削瘦的面容沒有任何表情，眼神空寂。打晨起，他就一動也不動地坐在那兒，像棋盤上一枚被人遺忘的棋子。偶然跳落在他腳上的一隻青蚱蜢也經過一個漫長的早晨，絲毫無意離開。

蓮花搖曳著，柳葉閃著，楊花和著輕風飄著。河水像是靜止，又像是流著；時間像是在模寫昨天，又像是全然不同了。這些個時辰裏，太乙心中老是重覆溫習著同樣的一些言語，那是在昨晚的夢裏，他至愛的徒弟紅兒的聲音，像是哀告似的——

……

師傅，我終於得到自由了，自由到想哭泣的地步。

有時我隨風流轉，又有時像無所不在，彷彿一個過分睡眠之後伸一個長長的懶腰，就如灰煙一樣散了。我的記憶以及記憶中的血腥都遠了。可是多麼空漠啊……如果我因為感覺靈魂重要而拋棄不合適的肉身如一件衣服。我希望能有一個我所期望的歸宿。

師傅，我希望我是河裏的蓮花……

太乙早晨醒來，夢中展現的情景清晰如在目前。他匆匆來到總兵官李靖的官府，逕自走上大廳，沒有人阻止他，就像是十四年前紅兒出生以及太乙收他為徒的那天。曾經被多次延入官府占卜諸象的太乙，被一名侍衛帶至綴滿瓦缽鮮花、描紅帘巾的廳堂裏。太乙仍然能回憶及當時那股蘊鬱靜定得使人覺得不安的香氣。夜來未曾闔眼的李靖坐在大屏風前面依舊看來英挺修偉，只是失神得有如一座蠟像。他呼喚侍兒從內室抱出初生的紅兒來，那是太乙第一次看見紅兒，一向寧靜如止水、如槁木的太乙深深地震撼了。那幾乎比普通嬰兒大兩倍，已經有了頭髮的頭是多麼像一張老人的臉啊，從內部黝暗裏迸發出來的哭聲，和連侍兒都慌恐得掌不住的手腳抽動，在虛空裏亂划著。整個身體像是陷落網罟的野兔，隨時都準備彈跳逃走。侍兒的臉色變了，李靖也中了魔似的，瞪著那團不安的東西，鬍鬚都抖顫起來。

：「道人，道人，道人，告訴我是凶是吉，這一夜嬰兒的誕生像是夢魘似地使我不安，許多異常的事……」

：「大人，這是喜事……」太乙說得有些艱難。

隨後太乙斷續地知道了夫人過長的孕期，夫人數日不祥的夢，臨盆時血色的異象……

：「……紅得照眼，一剎那我的眼花了，直覺地抽出腰間寶劍，準備把那團紅色的東西剁成兩半，可是哭聲，那麼可怖的哭聲使我手軟了，冷汗流個不住。道人，面對千軍萬馬我可以毫不動心，可是……」

李靖掀開侍兒手中飾著流蘇的青花綢巾，艷紅的一面紅紗裹在紅兒的肚腹上，把李靖蒼白的臉都映紅了。

：「最奇怪的是，他生來就……」

太乙心中一動，凝視著那片血也似的紅紗。

：「大人，可是丑時……」

：「是……」

血色仍久久停留在太乙的網膜裏，走進大廳，清晨的陽光透進鏤空的窗，斜斜描畫在鼠灰色地面上，微微啟亮。空寂無人，任何擺設和十四年前沒有什麼兩樣。為印證昨夜的夢，太乙就一張木几緩緩坐下來，眼心相連，漸漸澄清心中的雜念。

一點如絲線般的聲音慢慢揚起，像是應和他的期待似的，逐漸加強，迴繞，最後啪地一聲停止了。太乙冷澈的眼光箭也似準確地投向廳堂中央的地上，在光和陰影交界的地方，一隻綠頭蒼蠅正渴慾地落在灰泥地上，拼命吸吮著，太乙於是看見了模糊隔夜的血腥。

師傅，我的出生是一種找尋不出原因來的錯誤。從解事開始，我就從母親過度的愛和父親過度的期待裏體會出來了，他們似乎不能正視我的存在，竭力以他們的想法塑造我，走上他們認許的正軌。

父親希望我能和兩個哥哥一樣學文習武，變成優秀的將才。一點不錯，我樣樣超出了他的要求，非但哥哥們竊下妒嫉我，有時父親看見我異於一般孩兒的膂力，也由嘉許變了冷然的臉色，我看得出在他淡薄的鼓勵言辭的背面有異樣的神情。相反的，母親總把我看成應該如同襁褓中的嬰兒一般地享受愛與安全。我也滿足她，除開操練學習的必要，從來不像同年齡的少年一樣出去野。常常地，我奔向她的膝頭，不是跪下請安，而是伏在她柔軟的膝頭，讓她又笑又罵地享受拂愛我的樂趣。然而，在她的快樂中，我也敏感到她自己都不願意看見的不安——這孩子怎一點也不像他的兩個哥哥呢？

不錯，我生活在矛盾中，然而所有可以說出來的矛盾還都只是一個假相，我咀嚼到更深的苦味……

分析：

短篇由敘述者「太乙真人」的回憶意識流開始。一、二段寫意，三段敘述者形象出現。結尾蓮花意象與「五月裡，盛開的野生蓮花」短句構成頂真，短句形成切頓。通過太乙表現的形容，回憶展開，昨晚太乙夢中哪吒的哀告，「我希望我是河裡的蓮花」結尾與前蓮花意象連接。

哪吒的哀告之後，繼續太乙的回憶，夢中的驚悸使他「匆匆來到總兵官李靖的官府」，跟著又展開十四年前「紅兒出生以及太乙收他為徒」那天的回憶。新生的嬰兒的異狀，以及李靖對「艷紅的一面紅紗裹在紅兒的肚腹上」所提驚詫的疑問：「最奇怪的是，他生來就……」作者省略了紅紗巾（混天綾）伴同哪吒出生的異態述說。太乙之問：「大人，可是丑時」指的是民間相傳，丑時出生多屬不祥。

太乙真人的意識流動，再由紅兒出生時的記憶返回到現在的總兵府廳堂，看見了「模糊隔夜的血腥」，那是紅兒自戕的死處。與前連接，紅兒向師的哀告再度出現：敘述他出生十四年中缺乏自我，「母親過度的愛和父親過度的期待」都不是紅兒的所願所需。紅兒由「異於一般孩兒的膂力」所顯示天才的徵象，招致到其父「冷然的臉色」那是不同一般父親的驚詫，及至「我看得出在他淡薄的鼓勵言辭的背面有異樣的神情」，那已是呼之欲出的異態。

照理說，一位做父親的理當為兒子的出色而欣慰高興才是，怎會有如此反常的心理？其實這種反常正是人性中殘存的物種遺傳，紅兒特異的能力正巧觸犯了父親的忌諱，是他輕易地表現了超越父親的能力，威脅到父親的權威地位，對一個猶存有物種遺傳生存競爭自私心理的人而言，那是不能容許的。當然，就另一角度來看，人性中的爭勝本能，也是促進人類社會進步的原動力，正面來說並無不可，只是人際關係本有著親疏之別，用在葭莩之親，未免有點那個。這使筆者想起舊小說征東征西的故事，投軍別窯的薛仁貴，十八年後回來，妒忌河畔射雁、箭無虛發的少年，卑劣地冷箭傷人，其後方知那少年就是自己從未謀面的親子丁山，後悔莫及。幸好丁山被仙人救去，若干年後，仁貴出征被困，丁山領軍救父，仁貴睡夢中原神出現虎形，丁山箭射猛虎，射死的竟是親父。舊小說中強調的只是一報還一報的腐舊觀念，如今我們為它重新詮釋定位，切剖出來的竟是人性之中，至今猶然殘存的可悲的物種遺傳。

篇中的李夫人，她只是一位妻子一位母親，善良溫柔、守份懦弱。她的職能像是只能做到生育兒子，照料丈夫兒子，其餘的她一概無能為力。如一般母親一樣，她特別鍾愛幼子，愈是頑劣她愈是疼愛。這道理也很簡單，長子次子都已成人，表現正常不必她再操心，兒子大了，和母親的距離也遠了，見著時也只是距離三公尺的禮貌請安，她好渴望把自己的骨肉摟在懷裏，好讓她的母性能有具體的發揮，跟前就只有一個小兒子還能讓她摟抱，你教她如何不疼！況且這一個又是個惹禍精，爸爸不疼哥哥不愛，剩下的也就只有做媽媽的當他是心肝寶貝。母子之間的描述極是傳神。「讓她又笑又罵地享受撫愛我的樂趣」一句尤其切中肯綮。人世之間有好多癡心的母親，總以為兒子是永遠長不大的嬰兒，這種心理與其說是習慣已成的改不過來，毋寧說是母性的自私。唯有讓她保有照料兒子，為兒子做這做那的機會，甚至還能如嬰孩時的擁著抱著，才能滿足她的舐犢情結，甚至對兒子的撒嬌撒賴不以為忤反以為樂，那是一種猶被依賴的成就感，還帶著點被虐快感的。

原文二：

一陣斷斷續續抽咽著的歌聲沖散跪在地上哀述身世紅兒的薄影，太乙清清自己的神智站起身來，踱到玄關前可容二人合抱的木柱前。天空已經完全破曉了，鳥雀叫得很響。園子裏的牡丹和木槿的花朵飽含露珠。太乙看見紅兒的跛腳書僮四氓正坐在牆角土坡上，傍著盛開的花叢，正像白痴似的兩手抱著畸型彎曲的兩膝，身體前後搖晃，眼睛空茫，哼著誰也不懂的歌。好一會，四氓才看見了太乙，慌起身，深深地向太乙跪拜，淚水成串滴落在乾燥的紅土地上。

：道長，道長，三公子去了，我親眼見他乘西天的紅雲去了。在老遠老遠的天際，他還向我招手，笑著說：不要愁，不要愁，有一天我會來帶你一道去，教你很大的法力，你可以像燕子一樣地飛，像羚羊一樣地跑跳，道長……

太乙看著低俯著扁而窄頭顱的四氓，以及合不攏雙膝可笑底跪伏模樣，淚水也不斷地在紅土上迅速化開。

：「四氓，我都曉得了，你起來罷！」

四氓像賭氣倔強的孩子似地不肯把醜陋的面孔抬起來。

道長，我心裏一直明白，三公子是神靈遣到人世來的，他是那麼完美，自從我還只是府裏一個卑微的花匠，少爺還不滿七歲的時候，第一次我看見他帶著象牙的小弓，在院子裏模仿老爺開弓射箭的姿態，我就著了迷，那完全不是一個七歲的孩子，在他身上看不出年齡，雪白的皮膚，墨也似的髮眉，已經十分結實的肌肉，還有他那雙閃著冷靜和幽微光芒微微吊梢的雙眼……他轉身看見我了，一抹笑容都沒有，他釘著我看，眼睛一眨都不眨。我想我當時一定傻了，提著幾株花苗，我想到我自己可笑的模樣，是從來沒有人要看，不值得一看的，三少爺看得我發了慌，我以為因了我的醜和殘缺，他要重重地處罰我，直到我發覺他的眼中有了寬恕和憐憫……

我跪了下來，那不是一個孩子，我跪下來，是為了神明……

後來，他向老爺要了我做書僮。何等的榮耀，我真願意把我的一切去墊他小小的腳所踏過的土地，雖然我知道我沒有資格。有時候，在陽光大好的天氣裏，我只敢遠遠地跟著他走向野地，我生怕我長久出現的醜臉會惹怒了他。我躲在灌木叢裏，看三公子裸了上身，彎弓射天上的雁，著啊，箭不偏不倚地穿過嬌小的雁首，垂直墜落土地。像是從公子年輕的身體裏有無限以他為中心的力之線，一切都是他的囊中物。我禁不住鼓起掌來，興奮地叫起好來，他拾起羽毛十分美麗的雁屍。因了我的聲音回轉頭，冷冷的、憐憫的、悲傷的……我嚇得趕緊再跨進灌木叢後面。

公子喜歡把射死的雁雀鳥獸掛在房中的牆上，可以痴痴地看一整天，沒有表情也不說話，悶得發慌的我常想編幾句最動聽的話來讚美他的成績，但都梗在喉頭，那是不適宜的，對三公子……

那天老爺特地從軍營裏帶來了一個少年軍官，聽說是那一隊裏槍術最好的，十八、九歲很英武的軍人。老爺叫三公子學習他的槍法，公子看來很高興，平常很少有玩伴的他，很快就和軍官廝混熟了，隨後你一刀我一槍地在花園裏練起把式。

我正看得起勁，突然唉唷一聲，少年軍官抱著腿倒在地上，一支短槍整個沒進他的股裏，鮮血泉湧似地迸濺一地。三公子嚇得哭起來，我從來就沒看見三公子哭過，我是怕血的人，但這哭聲倒反比血更使我驚怖。我昏了頭忘了一切顧忌，跑上前把三公子抱在懷裏——我這個畸曲醜怪的人，竟敢抱公子的身體。公子混身透涼。我說、我說：公子、莫哭、莫驚、他只是一個普通人，泥做的人，你是天上的神，人怎能和神比刀弄槍，他傷了是他該受。

可是公子在我懷裏哭了個淚人，我也禁不住大哭一會，老爺鐵青著臉來了，命人把軍官抬出去救治，又叫人把我拉開一旁，一言不發揮手打了我十來個耳光，把我的臉打成兩個大。你不曉得我當時有多驕傲，真是一生中最驕傲的事，因為我抱過了公子的身體，為他受了過，我希望臉上紅腫的指痕永不消褪，我要高高地昂起頭給每一個人看，這是證據，證明我和少爺有關聯的證據……

分析：

這一段是現在時空中太乙真人與四氓以意識流向太乙的傾訴。主要的是四氓以意識流向太乙的傾訴。四氓在本篇中的存在有如戲劇中歌隊，便利作者自另一角度來敘述情節，傳達訊息；同時，他也是主角紅兒的一面鏡子，以他的純真鑑照了紅兒殘缺的內心。

作者脫出封神榜舊有資料，杜撰創造的這一位人物極為成功，外形跛腳殘缺，身份卑微的書僮四氓，正與外形秀美，身份高貴的主角紅兒哪吒對比。四氓是外形殘缺而內心善美；紅兒是外形秀美而內心殘缺。有些時候，強壯的紅兒會不自制地表現出他內心的荏弱；相反的，殘弱的四氓竟也會在緊要關頭轉弱為強，呈現出他內心原有而被掩壓的勇決。

四氓對紅兒的心態也很複雜，「我真願意把我的一切去墊他小小的腳所踏過的土地」那還只是奴僕對主子的心悅臣服。「我昏了頭忘了一切顧忌，跑上前把三公子抱在懷裡……真是一生中最驕傲的事，因為我抱過了公子的身體，為他受了過……」卻已是長者對幼者愛護與擔當，雖然仍有自知的卑微，但那種超越崇敬，含蘊著愛的潛意識已經昇浮出現。

由四氓的訴說傳達紅兒天才不凡的表徵，彎弓射雁，「箭不偏不倚地穿過嬌小的雁首」。與軍官練把式，「少年軍官抱著腿倒在地上，一支短槍整個沒進他的股裏，鮮血泉湧似地迸濺一地」。四氓只以為是「神明」，但他的想像「像是從公子年輕的身體裏有無限以他為中心的力之線……」也已透露了天才的特殊與苦悶。

原文三：

師傅，我想世界上唯一瞭解我的只有你罷，要不你怎麼不教我任何事情，只教我在愁煩時多看天上的雲呢？是的，東部平原上的賊子們眼見就要造反，兩個哥哥正摩拳擦掌打算一展身手。後城的窮人聚集在低矮的茅屋下，女人裸露著手腳，饑餓地帶著色情挑逗的眼光閒蕩，自稱是西墳崗的狐狸。師傅，我害怕。

我常常坐在樓上的房裏，兩手緊握，雙腿縮攏，只靜靜地觀看浮雲消逝在窗外屋簷的邊緣，我用這種凝望來計算什麼事也不做的時間。有時候我竟忘了我正在長大、竟恍恍惚惚地感覺到了快樂。但是偶而劃空而過的雁啊——把我一下子擊個粉碎。美麗的、伸展著巨翼的雁，是如何地中矢墜落啊——我看見雁飛，手膀的筋肉就不聽話地自行彈跳起來，彷彿在催促我，去取弓、去取箭、去嘗一嘗使大力得到鮮血的滋味。冷汗於是便滲滲地從額垂掛下來。

我多麼愛那些天空飛著雁，林中無罣礙的獸和我曾經有過的一些同伴，可是鳥獸成了屍體，同伴不是被我的力驚走了便是受到傷殘，我簡直不能測度出我有多大、多強、背叛我的、我自己的膂力。我的心在身體的經歷和磨練中漸漸地定型，那型狀如果不是意味著殘缺又是什麼呢？

再也不可能有一隻完整高飛的雁了，從我的眼裏出發。

只要是活著的東西走進我的內裏便成了死亡，在那最深處幽冥的小房間裏，已經掛滿了我鍾愛的屍體，包括一位少年軍官，他曾經因為中我一槍，流血過多，死了。

唯一伴著我的生命是四氓，頭腦不清的，手腳獅子似拳曲的，臉孔可厭的。為了厭憎，我倒要了他。可憐的四氓，常常受到我的恐嚇，有時在惡燥無聊的時候，我可真以恐嚇他取樂的。啊啊，師傅，你曉得你最愛的徒弟有時也是刻毒的嗎？記得大約兩個月前，四氓在我門外守了整個下午，終於忍不住探首進來看看我在做些什麼。我正等著這機會，用眼光我可把他逮住了，我集中全力看著他，穿透他的眼，直探到他心裏去，我看到怯弱、害怕、失望……他像泥塑木彫似地被我用眼光釘住了。我喝問：「你站在那兒幹什麼？」他說：「我想陪陪你，公子。」我說：「你配嗎？」他無聲地哭起來，全身抖顫，吶吶地說：「我不配。」

可是，確實無疑的，四氓是配的。單看他能在我跟前活了十五年就明白了。他是我內心殘缺的形象化，我傷不了他。從此開始，我再也不偽裝自己來滿足父母了。

父親和兩個哥哥天天起勁地操練軍隊，隔得老遠，我可以聽見沙沙兵士疾走的聲音。我病臥在床——這是我免於上場唯一的理由。我知道父親對我的不滿已經醞釀到爆炸邊緣。為了這緣故，他反倒避著見我，怕見了我會動起大的怒氣。母親一天總上來十幾次，有時不敢說什麼，只無限憂慮地坐在床沿，有時用輕柔的話問我：「紅兒，這樣的大暑天，裏著棉被不難受嗎？」我冷淡地回答：「不。」：「紅兒，你不去參加你哥哥們嗎？」我依舊只答一個字：「不。」她沉吟一會，略有些安慰地說：「這樣也好，免得去參加那些流血的戰事。」我乾脆用被連頭裹了。

事情發生的那天下午，彷彿一切都有著徵兆似的。陡然暑熱起來的天氣，一點微風都沒有。

鴨群在田裏嘈吵著，操場上傳來大群步伐移動在沙地上的聲音和不時一兩聲作為號令的擂鼓點子，鬱鬱地傳過來，好像是要無限的沉悶中催我上路。在我焦躁不安到了極點的時候，驀然一道幌幌的青色影子像冷涼的手一樣拂過我發熱的頭。我開始渴想到有河的地方去，像是赴一個老早就準備好了的約會。我於是叫四呡偷偷地給我備馬。從後花園的小門，我們迴避別人的注意溜了出去。園外的小池和涼亭都籠罩在濃重如煙的暑氣中，池魚也傍著假山石的陰影裏瞌睡不動。我們靜靜地溜出關口，正離城不遠的時候，突然天穹輕雷連珠爆響，灰藍色低垂的大氣化作千萬雨絲落了下來，彷彿是特意來解我的焦渴。我勒住馬，任雨浸透我的頭髮和衣衫。立腳處已是曠野一片，土地發出嘶嘶的聲音。四呡有些畏縮地躲在我馬肚子底下。當雨水漸止，大氣變得水晶也似的透明而涼爽。雖然還隔了一哩多遙，我可以清楚看見在我出生之前就已經流著的九灣河，像一條正在竄行於草叢中的蛇一般，在遠處明晃晃地閃著，我突然起了極虔敬的心，傾向於那條河。我於是下馬，叫四呡先騎到柳樹林去放放腿。四呡手忙腳亂、三番兩次上不去，我一把將他推上馬，用力拍了一下馬股，四呡這才左傾右跌地跑走了。我覺得很開心，河水越來越近，流水潺潺地響，又好像無數透明發亮的魚蝦在匆忙地接喋。我把衣服一件件脫下，順手扔在走過的路邊，當我到了河邊，已經完全赤裸了，只剩下腰間一向圍著的紅紗巾。當我走進淺水，輕如蟬翼的紗巾隨水波飄了起來，我這才注意到它，自小，我就把它當作理所當然的東西給忽視了。我突然想到，帶著它是毫無意義的。當河水浸拍到我的胸膛，紅紗巾像是懂得我心意的自動離開了與我身體的纏結，隨水波飄走。奇怪的是——師傅，在與它分離的一剎那，我覺得我的一切都變得無足輕重，我長久的憂煩都隨它去了。然後……我以為是錯覺，以為是孿生於我水中的倒影，從生著茂密蘆草和蓮花的淺水裏，他冒了出來，一手撈起了那條紅紗巾。清澈明亮的水珠順著他被蓮葉映照得微青的胸膛往下滴，他把紅紗巾圍上了他的肚腹，露出一口細緻的白牙，他銜著我調皮地笑，彷彿要打破我的幻覺似的，以金屬般的聲音說話了。

：「這可是你送我的？」

：「不，我送給河的。」我說。

：「我就是河。」他笑出聲，同時向我撲了過來，在藍色天穹的背景下，他張開的兩脅，帶起蝶翼鱗粉一樣紛飛的水滴。我也笑了起來，可是他已撲到我的身上……

師傅，師傅，我到現在還不能相信，那是不可能的，水中幾個翻滾之後，他的手臂鬆開了，身體無力地浮起來，竟是一具屍體……

河水變得冷澈透骨，五月的盛暑天氣，我完畢了我的洗浴，波光鱗鱗流動的水帶走了圍著紅紗巾的一個身體……

師傅，對於天上的雁、林中的獸，我克制不了犯了血的罪。可是，這一次，我似乎完全不能正確地追憶出當時的情況。是那天的下午、由於渴望清涼的河，我涉水沐浴，殺死了一個不知名的少年嗎？我仔細地歸納我的過去，我知道，我將付出代價……

……

分析：

這一節是再連續前文的紅兒對師的哀告，也是悲劇的凸顯——紅兒所闖最大禍事的經過。先是紅兒對師尊的依賴，太乙真人是為紅兒先知式的師尊。師生之間的心態和親子之間的心態不同，由於客觀，不但不會造成紅兒心理上的負擔，相反地反能贏得紅兒的信賴，許為世界上唯一的瞭解者。這位師表的教育方式新穎合理，對於紅兒這位生具異稟的天才學生，太乙知道他先天後天背著的痛苦包袱沈重，教他「在愁煩時多看天上的雲」，是啊！人類本就是生活在自然天地之間，既是自然的產物，就該尊重行使自然的承祧——一切行止運作，如雲一般地自然，不可也不必去憂勞焦慮。

天才本是人類社會中稀少的異數；而他能獲得成功，生活得比較幸福快樂的比率尤較常人為低。前者的原因是人才不能由他自我認定，必須由他人來認定給予大力支持協助，人世之間，千里馬少，而能發掘千里馬調教使展驥足的伯樂尤其稀少。天才如不能得到賞識，常就如千里馬屈沉於伏櫪；同時，由於他的才性異於常人，反應迅速而不甘羈勒，言行自然不同於一般，表現得有時類似白癡（對他不感興趣的不肯用心），或是頑皮佻㒓（變動迅速叛逆創造性特強），這一些常易招致一般人的不了解不諒解，甚至厭惡排斥，得不到認定與協助，天才的一生必然寂寞多舛，碌碌委屈，無功而終。後者來說：天才得不到幸福快樂的原因是他先天的傷害性，由於他與常人迥異，常易在不自禁的情形之下，言行傷害了他人，形成的人際關係極不諧和，反過來又再傷害他自己。與生俱來的紅紗巾是主角紅兒的宿命原型，象徵著他膂力特大的殺傷特性。一如《紅樓夢》中啣玉而生的賈寶玉，那一塊玉（欲）象徵他與生俱來的心性特徵，先天既是如此，後天在大觀園的群釵之中，環境使他不得調適，絕情去欲既屬不能，終至於困頓情海而不可自拔。紅兒哪吒自知他稟賦的特點即是惹禍的根源，如在他自述中所表現的深沉無奈：膂力即是他天賦的異稟，先天具備的殺傷特性得不到後天親屬與他人的了解與協助，得不到調適，不能轉移，不能強化他的自制功能，以致於原我常常翻湧失制。想要試試能力，肯定存有，想嚐嚐使大力得到鮮血的滋味，以致於不斷惹禍，先只是殘害鳥獸，其後先天的殺傷特性變本加厲，擴展到傷害人類（如父親叫來陪他練武的少年軍官）。天才的不自禁的行為，傷人即是傷己，身處人世而得不到人際諧和，原我與超我嚴重衝突，紅兒的生命前途已然蒙上了一片陰影。他不是不知道，也曾為此而矛盾痛苦，但可悲的是他摔不掉也減輕不了這先天背負的沉重的原型包袱。及至最後殺死了龍王之子，性行悲劇推展到無可挽回的高峰，他在極端悔恨，自厭自棄之餘，就只有斷然自戕，毀滅了殺傷之魔所寄託的軀體，以求得善良的自我與魔性的原我從此斷絕。壯烈高潮的意義顯示，如影片大法師中，年輕的神父為拯救無辜女童，迫使邪魔進入到自己的體內，當魔已進駐，神父奮起最後靈明，自高樓躍下，毀滅了自己的軀體，同時也毀滅了魔的依託。由於他壯烈的犧牲，終於迫使抽象的魔不得依託而只好遠颺，神父雖死，但在意義上說卻是獲得了最後的勝利。

作者的精心設計，在四氓與紅兒這一對比線路上，除卻說明了人生先天的不全原型之外，還另有著引領思量的深密層次。四氓付之於紅兒的全然的崇敬與愛顯然已超越了主僕情份，由文中線索推算，在紅兒七歲時，四氓已是「一個卑微的花匠」，推測他至少比少年紅兒大上十多歲，做為一個書僮，他是老了一點。又從紅兒的一句「他能在我跟前活了十五年」，可知當這對主僕死訣之時，四氓已是中年。一個不曾婚配生育的中年男子，人性原型中的父性將會促使他去另謀寄託平衡。他之所以全心關注紅兒，心理是與一位父親鍾愛兒子一樣，屬於中年男子的父性本能，得不到正常的發抒，而另找近似的對象來寄託表現。此外，殘缺卑微者要求出人頭地的渴望強烈，四氓的現實前途既屬渺茫，紅兒就成了他心嚮往之的寄託，三公子的英武榮耀就是他私心竊慕的假象滿足。紅兒說四氓是他內心殘缺的形象化。其實，紅兒同時也是四氓內心嚮往表現的轉託。

儘管在四氓的心理，將對紅兒的敬愛昇高到是神非人，不敢企求紅兒賜給他什麼回饋；但在紅兒的心裡，四氓卻是十分重要，那是他可以全然信賴而不須防範的不完全的人。當然，除了四氓以外，同樣的還有太乙與李夫人兩位，只是太乙師傅的先知地位的超絕，李夫人純母性的軟弱，與紅兒在心理上都有著相當的距離，比不上四氓終日隨侍的親和。而在紅兒向師傅自剖的一段中，又可見到四氓對於紅兒的重要。

這一節中父子衝突，山雨欲來之勢再現：「我知道父親對我的不滿已經醞釀到爆炸邊緣」。而一如凡人的母親的母性又復顯現：夫人希望紅兒像兩位哥哥，而對紅兒的大相逕庭，她又釋然地找到寬容的理由：「這樣也好，免得去參加那些流血的戰事。」這就是「父母唯其疾之憂」的心理了！一般父母對於子女，第一想到的是平安健康，建功立業固然是好，但若危險，那就得退而求其次，不要也罷，只要平安就好！

篇中九灣河一段，迷離恍惚，筆者認為其中含有深意，是為作者超出題材，以「再創造」表現自我意識的重點所在。紅兒與四氓在出發之前，就已有了「像是赴一個老早就準備好了的約會」的悸動徵兆，等到「清楚看見在我出生之前就已經流著的九彎河」，「我突然起了極虔敬的心，傾向於那條河。」九灣河似是紅兒的來處，也是他日後必然復返之所。

在九灣河中，紅兒終於擺脫了那條與生俱來的紅紗巾：

自小，我就把它當作理所當然的東西給忽視了。我突然想到，帶著它是毫無意義的。當河水浸拍到我的胸膛，紅紗巾像是懂得我心意的自動離開了與我身體的纏結，隨水波飄走。奇怪的是——師傅，在與它分離的一剎那，我覺得我的一切都變得無足輕重，我長久的憂煩都隨它去了。

業障隨著復返來處的機運而紓解；可幸之後旋踵而來的竟是悲劇高潮洪峰出現，外力加入，激發魔性。九灣河中，紅兒哪吒鬥殺了東海龍王敖廣之子，專司陳塘關地方雨露的河神。這位少年河神與哪吒十分相似，在他出現的那一剎那，紅兒的感覺是：

然後……我以為是錯覺，以為是孿生於我水中的倒影，從生著茂密蘆草和蓮花的淺水裏，他冒了出來，一手撈起了那條紅紗巾。清澈明亮的水珠順著他被蓮葉映照得微青的胸膛往下滴，他把紅紗巾圍上了他的肚腹，露出一口細緻的白牙，他衝著我調皮地笑，彷彿要打破我的幻覺似的。

筆者以為：此處另外含蘊著惺惺相惜的愛戀以及自憐成份，以紅兒哪吒的年輕俊逸，臨流鑑照，難免會有才力未展的感慨。一如法國詩人梵樂希(Paul Valery)的〈水仙辭〉一詩所述：希臘神話中的絕世美少年納耳斯梭，臨流俯飲，看到了水中的自己，引發自憐，心靈俱枯，化為水仙。

原文四：

哭泣的聲音不斷迴射在幽冥的山谷裏，漸漸弱了。四氓仍舊叨念著一些毫無音調的言語，太乙沒有注意聽，但是四氓突然亢奮起來的聲音，使他的心一下子回到了官府的花園。

……

那真是一匹漂亮的馬，黑得發亮，比人還高出一個肩來，四蹄是白的，公子替牠取名叫踏雪。除了少爺，從來就沒人敢騎牠。那天少爺叫我騎了先到柳林子裏去瞧瞧，老天，真像是騰雲駕霧一樣。從小我的腿就不靈便，行路對我而言是最大的苦事，可是第一次我感覺我是飛起來了。兩旁的風景和錯映的柳樹都被風吹得往後倒，等踏雪好不容易緩下步來，我看見一幅奇怪的景象，圖畫也似靜止的，兩個少年站在及腰的淺水處一動也不動，彼此凝視，連天穹美麗巨幅的雲卷都凝止了。一個，自然我認得出是公子，另一個啊，道長，我該怎麼說呢？人人曉得九灣河有個專司陳塘關地方雨露的河神，是東海龍王的兒子。如果不是他，為什麼那個少年通體透青，且有著鱗紋。然後他們似乎起了什麼爭執。我下不了馬又隔得太遠，聽不見他們的言辭，我看見他向三公子撲了過去，我的心都跳上口腔，水波被他推得有人那麼高，白花花的，公子就和他在水中廝打起來……

踏雪一聲嘶鳴，高舉前蹄，把我從馬上一跤摔下來。等我迷迷糊糊站起身，公子已經穿好了衣服，白得像紙上描畫出來的、公子的面孔，頭髮猶自滴著水珠，不，我似乎察覺到公子在淌著淚，我預感到禍事臨頭。但在心中我還是告訴自己：公子是神，公子什麼都不怕。可是河水是那樣平靜，剛才河神的出現，可只是我騎馬騎昏頭的一個幻相，是後來，到那發生，我才知道是公子殺死了他。

回到家裏，已是黃昏時分，公子悶聲不響回了房。我悄悄溜進花園，幾個侍衛仗著長矛倉皇地站在桂樹邊，似乎發生了什麼嚴重的事。我上去問了好幾遍都無人答理，還是那個與我比較相熟的長伍告訴我：三少爺闖禍了。

西斜的陽光照在高大的白粉牆上，反射進四面透空的大廳和長廊。一會兒，幾個丫環扶著夫人疾步走了過去，我看見他們由大廳的後道穿進去，躲在大廳的屏風後面，似乎在探聽什麼重要的機密。夫人的臉雪白，似乎已經哭過了。我這才不顧老爺的禁忌，躲在西邊的窗格上偷看。奇怪啊，我一向以為老爺是最大的，可是我分明看見一個身穿白袍，長鬚的中年人居然坐在老爺的上位，老爺竟坐在側席。

黃昏的陽光在新刷白的粉牆上反射得很厲害，一寸一寸移轉在大廳裏，朱紅的光漸漸照上白衣人的臉，我看見他驀然從懷裏抽出一條紅紗巾來，嚴酷削薄的嘴向下彎成了一個弧形，他高聲地嚷：

：「有了這個證據，看你如何護短！」

我看見老爺也變了臉，聲音都顫抖起來，奇的是一個脾氣比誰都火爆的他，竟低聲下氣向他一再解釋，說是三公子臥病在床，絕對做不出殺人的事來。

我嚇得六神無主，可是東海的敖光來向他兒子討命來了。我看來看去，白衣人只是個普普通通的文士。可是我平常也和蠶房裏的嬤嬤聊過天，說過龍王的故事，敖光若是會出現在城裏，那裏會以真身示人。這時候，廳裏的光線越來越強，四面粉牆交互折射的夕陽餘輝飛快地轉移在廳堂內，我的眼眩了，白衣人的身體彷彿在光線裏暴長，白衣飄動如在風中，似乎要隨時顯出龍身來向老爺威脅。確實的，老爺縮小了，害怕得厲害。三公子似乎也察知前廳發生的事，帶著他那把慣常把玩的鑲金小匕首，飛也似地由長廊跑上大廳，未乾透的頭髮尚貼黏在額上，臉上透出稜稜的殺氣，五官的形狀都變了，眼睛斜撐著，好怕人。我一把抓住他內衣袖，哭著求三公子千萬不能進去和龍王爭吵，他摔開了我。

大廳裏的光線轉成硃砂那麼紅，我不敢再看下去，我只是個卑賤的小人，萬一龍身顯示，我只有死路一條，我甚至用手塞緊耳朵，可是依舊可以聽見老爺大聲叱罵三公子的聲音，說是什麼惹了滅門之禍什麼的，還提什麼從公子出生就帶了不祥的紅紗巾什麼的——

然後我聽見婦人掩抑不住的哭聲，叫兒的聲音，很微弱，可是我知道是屏風後面的夫人，在延續的哭聲中我聽見公子的聲音，一個字一個字，彷彿由牙關裏咬出來。

：「——我是個罪人，所做所為不能報答父母對孩兒的期望。今天闖出的禍一切由我一人承當。但是我心裏只想到母親所鍾愛、撫育過的，我的肉身，以及父親所寄望我成立人間功業的骨器，原都只是父母所造成的，今天我犯下了連累父母煩心的大罪，只有把屬於你們的肉和骨都歸還給你們，來贖我內心的自由——。」

鏘然一聲，是小匕首彈動的音響，我急切扶上窗格，只見移轉的夕陽已紅得像血也似照著廳內的每一個人，三公子跪在廳內的正中央，袒開了肚腹，右手的小刀高舉，柄上的寶石光閃閃發亮。那是最後的一道光芒，然後大廳暗了下來……

……我不知道到底是我慘厲地叫了一聲，還是出於他人的喉嚨。我不知道到底是我的眼睛昏黑了，還是太陽突然掉落山去……

……

分析：

由四氓向太乙訴說的悲劇高潮。先是兩個少年的相遇，四氓的補述是：「我看見一幅奇怪的景象，圖畫也似靜止的，兩個少年站在及腰的淺水處一動也不動，彼此凝視，連天穹美麗的巨幅的雲卷都凝止了。」與紅兒自述的角度不同，但自戀自憐的徵象則一。寫廳堂中龍王問罪討命，理虧的李靖在四氓的眼裏，在龍王敖光暴長的身影比較之下縮小，抽象感覺敘寫極佳。紅兒哪吒自戕的一段很難寫，非有寫境經驗不克為功。作者很聰明，他知道不宜實寫，改用音響與光色來作象徵式的表現。由「鏘然一聲」到「還是太陽突然掉落山去」，短短數行，寫出死亡悲劇高潮，精緻著力，委實不凡。

篇中顯示，少年紅兒絕非玩物喪志的公子哥兒，也不是佻犍頑劣的不良少年。雖然在總兵府中他貴為養尊處優的三公子，但他的敏銳已能洞察到世事多艱，引起了他悲憫眾生的痌瘝懷抱，他渴愛著這處身的世界以及世人。年輕的少年雖尚未建立起他「明天的信仰」，但卻已隱隱知道父兄所用的征戰殺伐不能解決根本癥結。篇章之中雖未明顯勾勒，但已分明點出了紅兒自我樹立的決志。首先他必須掙脫父親模式教養的範限，以免在那種長期迫壓之下使自我變型；同時，他也要掙脫母親過度的溺愛，以免使自我在寵容下萎縮。可以寄望的是：果然紅兒能夠活著掙脫這些毀滅之愛，他必能建樹自我，投入濁世去以他自己的方式救人。紅兒的忮求是現代一般青少年正常的心態，正常的自我發展歷程，可惜不被李靖夫婦了解尊重，更不幸的是在那時代的社會風尚中被視為忤逆。如果沒有龍王太子的事，或許他在最後會離家出走，尋求歷練。不幸悲劇升高，父母親毀滅性的愛既不能改變減輕，又復刺激了他原我的魔性，自我未成，原我不制，闖下大禍，迫得自戕，以切骨剜肉的悲壯犧牲來交代罪過，償還父母的毀滅之愛，掙脫羈勒，爭回了他心靈的自由：「——我是個罪人，所做所為不能報答父母對孩兒的期望。今天闖出的禍一切由我一人承當。但是我心裏只想到母親所鍾愛、撫育過的、我的肉身，以及父親所寄望我成立人間功業的骨器，原都只是父母所造成的，今天我犯下了連累父母煩心的大罪，只有把屬於你們的肉和骨都歸還給你們，來贖我內心的自由——。」

這是全篇重心所在，古今中外，父母對子女常是主觀而獨佔的，愛的籠罩常帶有危險的毀滅性質。紅兒以如此悲壯的自戕來償還所賜，贖回內心的自由；這一篇的精神意識業已連接今古，代表了億萬苦惱而不得自由的為人子女者的心聲。

原文五：

……

師傅，我的哭泣並非虛幻，雖然此刻的我比一粒微塵更輕，比蝶翼更薄，我四處遊轉一無定處，可是我的心還是愛著這個世界的。對我而言，天上飛的，地上蕃滋的，都是太美的負荷。我曉得東部平原上的戰事就要開始，兩個勇武過人的哥哥即將率領騎兵走向沙場。我的紅紗巾展開時，我看見成千的屍骸，嚎哭的婦孺，旋飛的兀鷹——這是為明天的世界的奠基，可是明天的信仰又是什麼呢？我看見出賣色相的婦女，我提過的，在後城，為饑餓和慾望所驅使，四處遊走，如果真有一種大滿足以填她們的渴慾，她們不會再繼續出現在泥濘的街角，且蕃滋哺育出渴慾的下一代。一天繼續著一天——當我脫離自己的憂煩，才發覺這天穹太藍，而天穹下的……

那天我拿著匕首，下定決心，要得到我的自由。可笑的，我的書僮，四氓淚漣漣地捉住我的衣袖，說：「公子，公子，你不能去。你是神，你不要離棄我。」我忍不住淚水。可憐的，殘缺的四氓，我說：「四氓，我是神，神有神要走的路，等我去了，我不會忘記你，有一天我會教給你無上法力，你可以飛得像天上的燕子，跑跳得像山野裏的羚羊……」

我終於用血償還了我短短人間一些所有的虧欠。我得到最終的自由，我可以俯臨人世。沒有時間、空間的世界於是變成平面的圖畫，無一處不和諧。我應該快樂，可是師傅，就如你聽見的，我還是在哭，忍不住的眼淚使我還想加入到世間的不完美裏去，而且，在眼淚裏，我看見波光鱗鱗的河，就像是在那個五月的下午……

……

四氓抬起頭，淚痕已經乾了，窄小哭紅了的眼睛在稀薄的眉毛下閃閃發光，杖他恢復原來的坐姿，傍著盛開的蕃紅花，又開始前後搖擺起身體，哼哼哈哈地唱起歌來，似乎忘了太乙的存在似的，夾雜著曖昧含糊的獨白……

……公子捨下了他的身體，駕著彤雲去了……也許他會在快樂裏把他可憐的四氓忘了，可是只有四氓我知道公子只是來人間走一遭的神明……我要為他編一首歌曲，唱給街上的孩子們聽……許多許多年前，陳塘關總兵官的夫人，生下了一個紅色的彩球，散出三尺寶光……他為了要獲得更高的法力，他把肉還給母親，骨頭還給父親，笑嘻嘻地駕著雲飛走了……

四氓突然停下來，微側著臉，懷疑地問自己：「……不過，公子的身體已經留在濺血的廳堂裏了，乘著雲飛走的該是什麼樣的形體呢？讓我想想……」

打早晨離開官府起，太乙就一動不動地坐在九灣河的柳蔭下，像一枚被人遺忘的棋子。在他腳上的一隻青蚱蜢絲毫沒有要離開的意思。

楊花和著輕塵飄著，新綠的柳葉閃著，蓮花搖曳著，河水像是靜，又像是流著，時間像是在模寫昨天，又像是全然不同了……

「……那天下午，我脫下自己所有的衣服，隨手委棄在經過的路邊。我走進九灣河的淺灘，沁涼的水，野生的蘆葦輕拂著我的胸膛，閃爍的水光充滿我的眼，我想一直走下去，可是盛開的蓮花的香氣留住了我……如果說我仍有權留戀的話，如果在我得到無限的自由之後仍能有所要求的話，師傅，在那條我犯了罪的河裏，讓我變成自開自落的蓮花……」

想到四氓未編完的歌，太乙竟莞爾笑了起來。他站起身，拍拍在膝上的輕塵。走向河岸，將那朵開得最無顧忌，向岸上橫伸上來的紅蓮摘下花瓣，就著被水浸白的砂岸，鋪成三才。又折斷蓮梗成一段段的骨節，按著上中下、天地人鋪成卜象圖影。太乙靜立，端詳圖形良久良久……

：「紅兒，痴徒，你到了這個地步還要向師父要一個形體嗎？這鋪在地上的，就是等你來投化的身體了。這樣，四氓的歌曲就會有了一個很美的尾巴——哪吒棄捨肉骨，化身蓮花，變成無上法力的神人……」

不知過了多少時辰，天候漸漸晚涼起來，微風吹動著太乙的衣裾。陰影落下來，埋沒了太乙的眼睛和鼻樑，守候著，守候著，站在等候魂魄來臨的蓮花圖形前面，倦鳥回巢了，空氣那麼靜寂。漸漸地，太乙的左眼亮起了一朵端麗的蓮花，右眼也亮起了另一朵，可是在心中，不偏不倚地它們合併成一朵，在永生的池邊。

分析：

尾段包括三個層次：紅兒對師的哀告、四氓對太乙的告白與疑問、敘述者太乙意識流返回現實的作為。

紅兒的哀告中業已透露了本篇重點之「人間性」的訊息：「可是我的心還是愛著這個世界的」「對我而言：天上飛的，地上蕃滋的，都是太美的負荷」。同時也重複了他的憂心與厭倦，戰事即將開始，紗巾展處，屍骸遍野，明天的信仰動搖，甚至可以說明天沒有信仰，人類被饑餓與欲望所驅逐、遊走，繼續蕃滋出渴欲的下一代。紅兒自戕，脫離了憂煩，才發覺「這天穹太藍，而天穹下的……」。在此作者又用刪節號省略了他的意識，他欲語還休的是什麼？是對人生苦澀的悲憫，還是對人生嘲弄的無奈……紅兒「終於用血償還了我短短人間一些所有的虧欠。我得到最終的自由……我應該快樂，」但他卻是「我還是在哭，忍不住的眼淚使我還想加入到世間的不完美裏去」，這是「人間性」再度被強調，紅兒是人，就必需返回，生存在不完美的人間，那是他的來處，也是他的去處。紅兒眷戀著人間的原型，就如他眷戀著那條生命來處的九灣河……。

紅兒哪吒，在他短短存活的年輕歲月裏，那本該如黃金般的華年，卻因著尊長毀滅性的壓制與愛寵以及自身先天背負的殺傷魔性而困頓不堪，黃金華年名不副實，他實是只有矛盾痛苦而了無快樂。及至性格悲劇推到高潮，切骨剜肉贖回他內心的自由，雖然他終於獲得了企求渴盼，但那年輕的軀體已然殘破委棄於總兵官府廳堂，此後，飄泊的精魂將何由依託？誠如四氓的疑問：「……不過，公子的身體已經留在濺血的廳堂裏了，乘著雲飛走的該是什麼樣的形體呢？讓我想想……」

肉體皮囊雖不可貴，但它卻是精魂意識能夠運作發皇的具體。此外，儘管人間世多有痛苦，它仍是生民理想發抒、快樂獲取之所寄。四氓的這一段，加重了本篇「人間性」意識的闡釋。

第三層次，敘述者太乙返回篇章開始時的時地，與前相應，腳上的一隻青蚱蜢仍未離開。紅兒最後的祈求，淒婉的自訴，深沉無奈的眷戀，盪漾在他的耳邊，人間性全然顯現：「如果說我仍有權留戀的話，師傅，在那條我犯了罪的河，讓我變成自開自落的蓮花……」。矜憐愛徒的師尊，太乙終將紅蓮鋪成三才，賜與紅兒飄渺的魂魄以歸宿，助他完成了人間性的意義。

第三節　回溯式

文例：日·芥川龍之介的〈竹籔中〉

檢非違使（地方司法官）訊問樵夫時的口供

是的，我發現了那屍體。今天早晨，我照例到山谷去砍柴，便看見了叢林裏的那具屍體。在那兒？是的，那地方從山科來的公路離著四、五里路遠，那是竹和杉的雜林，很少有人跡的地方。屍體穿著縹布背心，帶著都會式的烏帽子，仰天躺著。雖然僅只挨了一刀，可是深深地刺進了胸口，旁邊的竹葉上沾著一面的血漿。不，血已經停了，傷口也好像乾了，而且，有一隻蒼蠅停在傷口上，沒理會我的腳步聲，在專心吮著血。

看見佩刀嗎？不，什麼也沒有。我祇看見旁邊的杉樹下面落著一條繩子。還有——對了，一支梳子掉在附近。屍體的附近只有這兩件東西。這一帶的落葉都被踏亂了，我想這個人在被殺以前一定抵抗了很久。什麼？有沒有馬？馬是走不到那地方去的，因為那兒和馬路隔著一片密林。

檢非違使審問行腳僧的口供

昨天我確實遇到過那死人。昨天——大約中午時候；在由關山到山科的路上，那人陪著坐在馬背上的女人往關山去。女的垂著面紗，所以我看不見她的面貌。我只看見紫綢的長衣。馬是斑白的馬。身高嗎？身高大概有五尺四寸——橫豎我是出家人，這些都不清楚。男的——是的，佩著刀，也帶著弓箭。尤其，我記得他有廿幾支箭插在黑漆的箭囊裏。

真沒想到那人竟這樣慘命。人命真是譬如朝露，疾如閃電。可憐，他真是倒霉的人。阿彌陀佛——

檢非違使查問放免（警吏）時的報告

我捉的那個傢伙嗎？他確實是那個著名的大盜多襄丸。我捉到他的時候，他正在粟田口的石橋上呻吟著，好像從馬背上掉下來的。時間？時間是昨夜的初更。上一次我追蹤他的時候，他也穿著同樣的藍背心，佩著這把長刀。現在，他卻帶著弓箭。是嗎，那個死人帶的也是這——，那麼，一定是多襄丸殺的。捲皮的弓，黑漆的箭套，鷹毛的箭十七支——這一定是原來那人帶著的。是的，沒錯，是斑白的馬。這馬會把他摔下來，那一定是天誅。馬就在石橋前面，拖著很長的馬勒，在路旁吃著草。

多襄丸這個傢伙在強盜裏可說是最好色的。去年秋天，在鳥部寺賓頭盧的後山裏，他曾姦殺了來拜佛的一個少婦和女佣人。如果他又殺了那個人，那麼，騎在斑白馬的女人也不知道給搞到那兒去了。請查問他看看。

檢非違使查問老嫗時的答供

是的，那死了的，是我的女婿。他不是都府裏的人，是若狹鄉鎮的武士，名叫金澤武弘，廿六歲。他性情很和藹，我相信他從來不會和別人結仇的。

我的女兒？女兒叫真妙，是十九歲。她脾氣剛強好勝，但沒有結交過武弘以外的男人。臉色是淺黑的，左眼尾有顆黑子，小小的瓜子臉兒。

武弘和我女兒是昨天動身去若狹的，誰想到他會這樣——。但是，現在我的女兒究竟怎樣了？女婿反正死了，我可以看開一點，但是女兒的事真使我擔心。請千萬把她找回來，這是我這老婆子一輩子的希望。不管怎樣，最可惡的那個多襄丸。不但女婿，連我的女兒都……（泣啜無言）。

多襄丸的口供

殺那人的，是我。但是我沒有殺女人。她到那兒去了？我也不知道。等一等吧，你們再迫我受苦刑，我也不能說出我不知道的事情。反正，現在我也不想隱瞞了。

昨天剛過中午的時候，我遇到那對夫妻。那時候，正有一陣風吹開了她的面簾，於是我看到她的面貌。一下子——剛看見了，就又看不見了，但也許正因為如此，我覺得她美麗得像仙女般的魅人。就在那霎那間，我決心要搶這個女人，所以不得不殺他。

什麼？殺一個人，那沒有多大困難，反正要搶女人，就得殺男人。不過我是用我的佩刀殺人，你們卻不用佩刀而以權勢殺人，以金錢殺人，有時候用幾句話的技巧殺人。殺了人，不見血，人還活著——但的確也殺了人。把你們和我的罪孽相比的話，真不知是誰殘酷呢?!（諷刺的微笑）

當然，祇要能搶到女人，我就心滿意足了。那時候我想設法不殺他，只搶她。但在公路上我不能下手，於是我把他們誘進山裏。

這也很簡單。我和他們談得投機了以後，就告訴他們山的那邊有座古蹟，我發掘了它，找出許多刀劍、寶鏡，於是埋到山谷的叢林裏去，如果有適合的人，想廉價賣出去——。男的漸漸被我的話吸引了：然後——你們想想看；人的物慾是最可怕的，半小時以後他們夫妻便跟我走入山徑。

到了叢林前面，我告訴他們寶物就埋在那裏面，請他們進來看。男的已經入了迷，自然立刻同意了。可是女的仍然坐在馬上，說要在這裏等著。當然難怪她，看了那樣密密的叢林，誰也不會想進去的。其實這才是我的願望，我們兩個就留下女的，走進叢林裏去。

樹林的前段是竹林，過了半里以後就有較寬裕的杉林——那是我下手的最好地方。我推開雜草；說個謊，告訴他寶物埋在杉樹底下。他聽到了這句話，直往那杉林走去。快到杉林的時候，我突然把他摔倒地上。他到底也是個武士，力氣不小，但是那堪我出其不意的一擊，他終於被我綁在一根樹幹上。繩子嗎？幹我這行的，當然身邊常備著一條準備翻牆越戶用的。把竹葉塞入他嘴裏以後，他就不能作聲了。

收拾了男的以後，我轉身去找女的，告訴她說他發了急病，請她去看。當然，不用我說，她也上了當。她脫下女笠，被我牽著手走進叢林裏去。到了那地方，看見他被綁在樹幹——她立刻拔出小刀來。我從未看過這樣烈性的女人。如果我那時稍一疏忽，一定挨了要命的一刀。不，雖然躲開著，可是她還是連續不停的撲過來，我險些受傷。當然，我多襄丸也是有名的人物，終於打掉了她的刀。一失去了武器，再凶的女人也就無法抵抗了；最後，我終於得到了她的一切，而且，我也並沒有殺那男人。

我沒有殺他——是的。我絲毫沒有殺他的意思。可是當我留下號哭著的女人正要離開的時候，她突然瘋狂的拉住了我手。她斷續的叫著說：要我或者她丈夫死去一個，因為讓兩個男人知道這些，她將感到死以上的痛苦。不，無論是那一個，她願意跟了活下來的男人；她又這樣說。那時候，我心裏猛地抬起了殺他的念頭。我這話一定使你們以為我遠比你們這些人殘酷，但那是因為你們沒看過她的美貌，尤其是那一剎那間像火燒般的眼睛。當我與她的視線相遇時，我便不顧一切的想娶她的。——我腦裏僅有這個念頭。這絕不是你們所以為的色慾；如果只為了色慾的話，我一定可以踢開她而逃跑了，而且也不會讓他在我的刀鋒塗上血。但是在陰暗的林裏，凝視了她以後，我終於下決心，一定要殺他，我才能離開這裏。

我要殺他，可是要殺得光明磊落。我把他的繩子解開，要求他跟我決鬥（在杉樹底下的繩子是那時解掉的）。他蒼白著臉，拔出粗大的佩刀，勇猛地砍了過來——這番決鬥的結果，不必說了吧。在第廿三合的時候，我的刺刀通了他的胸部。第廿三合——請你記著這句話。至今我還很佩服他，因為和我鬥了廿刀以上的，普天下還只有他一個人。（得意的笑聲）

他一倒下去，我提著刀回頭看那女人。意外的——她已經無影無蹤。我搜尋了附近的叢林，可是竹葉上也看不出她的足跡。豎起耳朵，我只聽見他瀕死的喘聲而已。

或許開始決鬥的時候，她就跑去喊人了——這麼一想我不能不顧全自己了。我拿了他的刀和弓箭，立刻返回原來的山徑。馬仍在那裏吃著草。以後的事，不必我嚕囌了吧。在進鎮以前我已賣掉了刀——我的話完了。反正是要掛得高高的示眾的腦殼，你們還是嚴厲處分我吧。（傲慢的態度）

訪清水寺的一個女人的懺悔

那穿藍背心的男人強服了我以後，朝著被綁著的丈夫嘲笑了一番。我丈夫心裏多痛苦呵。但是他的扭動，只使繩子更拔得緊。我不禁跑到他身旁，不，剛要跑去那男人就把我踢倒了。那時候，我看見丈夫的眼睛發著一種莫可名言的光。一種莫名的光——一想起那眼光，現在我還會覺得心頭發顫。不能說話的丈夫竟用眼睛告訴我他心裏的一切。他眼裏閃著的，不是怒，也不是悲——卻是表示輕蔑的冷光。挨了一腳，又遇著他眼光給我的這大打擊，我不知叫了一聲什麼，終於昏倒了。

頃刻之後我醒過來，那男人已經不在了。只有丈夫仍被綁在樹幹上。我在落葉上坐起來，注視了丈夫，可是他的眼神仍然沒有變，在蔑侮裏含著憎恨，瞪著我。羞恥，悲哀，不滿——這些交錯的心情我簡直沒法形容。我幌幌地站起來，走到他身邊。

「既然這樣，我再不能陪你下去。我只有一條死路可走。可是——可是——請你也和我一起死。你看到我受辱，我不能讓你遺留在這世界裏。」

用盡了勇氣，我才說完這句話，但是他仍然嫌煩地盼看我。我壓著慘痛的心，找尋了他的刀。也許給那強盜偷去了，連弓箭也沒找到，很幸運的，我發現我的小刀在腳下。撿起了它，我擬在他胸前。

「請把你的生命給我，我也會立刻追隨你的。」

聽了這句話以後，他才動了嘴唇。他是滿口的竹葉，所以聽不見他的聲音，可是我懂他的意思。他還是那樣子輕蔑，僅僅說了一句「殺吧。」在恍惚之中，我把小刀插進了他縹背心的胸口。

也許我又暈過去了，醒來的時候，他已經斷氣了。從杉樹的縫隙裏洩來一線夕陽，落在那蒼白的臉上。我邊哭邊解開了他的繩子。然後——然後的事情，我說不出來了。總之，我沒能堅毅的自決。我曾把小刀插進喉嚨，也曾去山麓的沼池投身，也試過許多方法。但我是終究沒有死，所以說了這些也沒用了。（寂寞的微笑）也許大慈大悲的觀世音菩薩也不寬恕我這背義的女人。可是，殺了丈夫，遇著強盜暴行的我，到底應該怎辦呢？叫我怎麼辦，叫我——（放聲大哭）

女巫招來的陰靈的敘述

他沾辱了我妻子以後，席地坐下來，開始以巧言蜜語說服她。我說不出話，而且被綁在樹幹上，由是以兩眼望著她。不要聽他的，那都是假話——我想傳達這些意思。可是她悄然地坐在落葉上垂著頭，好像傾聽他的甜言蜜語。嫉妒的怒火燒著我的心。他一句接一句的說：反正是已經被人沾辱過的身體，以後妳丈夫也不會愛顧妳了，索性嫁給我吧，免得過以後暗淡的日子。我深深的愛上了妳，才做了這種事——他最後把這些話都說出來。

他說完的時候，她緩緩抬起了頭。我從未看過這樣美麗動人的她。但是這魅人的她，竟怎樣回答了？我雖然身沉冥界，當想起她那回答的時候仍會感到怒火焚胸。她確實這麼說：——

「那麼，你把我帶走。」（長時間的沉默）

她的罪行不止如此。否則我也不致如現在這般的痛苦。她出神的牽著他的手正要走出樹林的時候，忽然失了臉色，手指著樹幹上的我。「你要結束他的命。不然不能伴著你。」——她瘋狂的覆述了數次：「請殺掉他。」像一陣暴風似的，這句話將我吹進無底的黑淵裏去。有誰曾說過這般無恥的句子，又有誰聽到過這可詛咒的話？這麼──（突然大聲嘲笑），甚至他聽到的時候也蒼白了臉。「請殺了他。」──她叫著，拉緊了那強徒的手。他默默地凝視她，沒有作聲。──霎那間，他一腳把她踢倒地上。（又一陣笑聲）他默然拱著手，看了我。「你打算把她怎辦？殺嗎？救嗎？回答我，只要點頭就行了，殺嗎？」──只憑著這句話，我願意寬恕他的罪過。（長時間的沉默）

在我猶豫不決的時候，她叫了一聲，轉身向叢林裏奔去。他立刻追上去，可是連她的袖子都沒有抓到。像幻夢似的，我旁觀了這一切。

她逃掉以後，他撿起了弓箭和佩刀，然後切斷了綁著我的繩子。「現在該是我要跑的時候了──。」當他走進樹林的時候，我聽見他自語著。接著，四周都寂靜了。不，有人在哭，我一面解著繩子注意聽著。可是我發現那是自己的哭聲。（沉默）

我無力的站起來。面前掉著她的那把小刀。我拿起了小刀，一口氣的插進了自己的胸口。腥味的一塊東西噴到嘴裏來，但是一點也不痛。到了我感到胸部冷下來的時候，這四周更寂靜了。啊，多麼靜啊。在這山谷的叢林裏，連鳥的啼聲都沒有，只看見樹梢上夕陽的餘暉。夕陽也逐漸的黯淡下來，樹蔭也慢慢看不見了。我躺在地上，浸潤在死沉沉的黑暗裏。

有人躡腳走近我。我想看看是誰，可是太暗了。誰──誰的一隻看不見的手輕輕的拔去我胸口的小刀。我嘴裏又湧上一陣血來。接著，我永遠的沉入冥暗之中……。

分析：

「回溯式」與「直敘式」相反。一般來說是小說創作較少採用的一種體式。創作的要點是：

㈠先揭示結局，由結局推回到發生。

㈡不但要表達過去的情節，更也要表達隨著情節發展而起伏的人物情節。

㈢軌跡模式常為推理小說所採用。

㈣首尾呼應最為緊密，有時回溯到最後，又回到了結局發生的層面。

回溯式的圖示是：

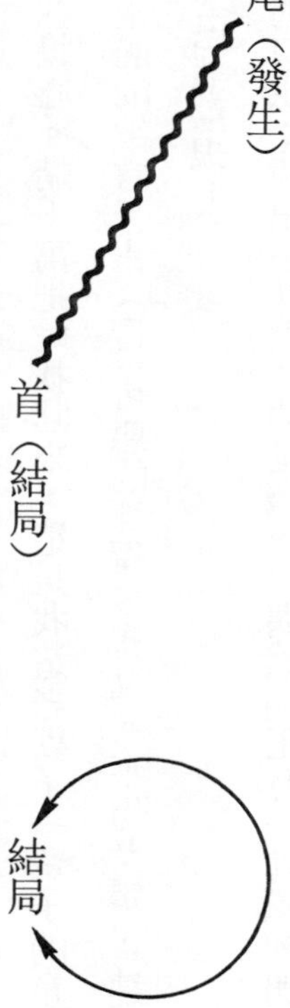

〈竹籔中〉是名家名篇，經典之作，但也正因為它的藝術成就，造成了後世有志者難以企及，更難以超越的反效果。以下來進行藝術分析：

㈠樵夫的口供：答話中同時顯示檢非違使的問話（如「是的，我發現了那屍體」、「今天早晨，」……），這在以下的段落中同樣具有。部分細密（如「有一隻蒼蠅停在傷口上，沒理會我的腳步聲，在專心吮著血。」），有樵夫的判斷與說明（「我想這個人在被殺以前一定抵抗了很久」、「馬是走不到那地方去的」）。

㈡行腳僧的口供：敘述所見之外，有他職業性的流露（如「橫豎我是出家人，這些都不清楚」、「人命真是譬如朝露，疾如閃電……阿彌陀佛——」）。

㈢放免的報告：顯示曾與多襄丸周旋的熟悉，估計多襄丸所帶的弓箭原屬死者所有，被馬摔下來是「天誅」（報應）；提供多襄丸好色姦殺的前科記錄。又由於職業本能，請追查女人的下落。

㈣老嫗的答供：證明死者的身份是她的女婿，形容女兒，透露女兒的「剛強好勝」，「但沒有結交過武弘以外的男人」。在要求破案時顯示人性自私，親疏的先後（「女婿反正死了，我可以看開一點，但是女兒的事真使我擔心。請千萬把她找回來，這是我這老婆子一輩子的希望。」），又在說白的最後表現了警覺、顧忌、羞恥的欲言又止（「最可惡的那個多襄丸。不但女婿，連我的女兒都……」）。本文主題，「面子問題」，已然浮現。

㈤多襄丸的口供：說出強姦女子的動機出於偶然「正有一陣風吹開了她的面簾，於是我看到她的面貌。一下子——剛看見了，就又看不見了，但也許正因為如此，我覺得她美麗得像仙女般的魅人。」這是「距離的美感」，說明了「朦朧勝於明朗」的原理。「要搶女人，就得殺男人」、「你們卻不用佩刀而以權勢殺人，以金錢殺人，有時候用幾句話的技巧殺人。殺了人，不見血，人還活著——但的確也殺了人。把你們和我的罪孽相比的話，真不知是誰殘酷呢?!」這兩條是作者芥川借多襄丸之口表現對現實的反諷。對武士金澤武弘誑說發掘到刀劍、寶鏡是基於人性（投其所好）的設計。制伏、佔有了武士夫婦之後，奇峰突起，女子表示人性中的「要面子」。「要我或者她丈夫死去一個，因為讓兩個男人知道這些，她將感到死以上的痛苦。」、「不！無論是那一個，她願意跟了活下來的男人」（隱藏問話）。決鬥結果，多襄丸的「面子」浮現：「不必說了吧！在第廿三合的時候，我的刺刀通了他的胸部。第廿三合——請你記著這句話。至今我還很佩服他，因為和我鬥了廿刀以上的，普天下還只有他一個人。」（借讚揚他人而高抬自己）

㈥清水寺女人的懺悔：受辱之後，以為「不能說話的丈夫竟用眼睛告訴我他心裏的一切。他眼裏閃著的，不是怒，也不是悲——卻是表示輕蔑的冷光。」是這女子「要面子」人性的變型。由於丈夫眼神的輕蔑、憎恨以及她自身的羞恥、悲哀、不滿（或是委屈不平），使得她為了爭回面子，「你看到我受辱，我不能讓你遺留在這世界裏。」而「請你也和我一起死」。聽不見丈夫的聲音（為什麼不撥出他滿口的竹葉，這一點不能解釋，也許又是面子心理，擔心會被他破口大罵）。或許殺夫只是自抬身價的誇張，所以過程很不明晰，只用「在恍惚之中」。「邊哭邊解開了他的繩子」，這一動作，除卻便利後段陰靈的自述自裁之外，其實毫無意義。女子的自白在最後呈現出人性軟弱，小刀插喉、沼池投身，終究都沒有死，可見得知易行難，千古艱難唯一死。活著，擔心菩薩也不寬恕，殺夫、受辱的她以後會如何，能夠如何？歸結於人生茫昧的不可知。

㈦陰靈的敘述：全篇的最高潮，解答以上疑點，並再廓明主題。強盜引誘妻子，做丈夫的不能說話，只能用眼神傳達「不要聽他的，那都是假話」，與上段女子的話連接，這「關懷、勸告」的眼神竟被女子認為是「蔑侮、憎恨」（由此可見，人類紛爭常起於誤會）。高潮出現，「她緩緩抬起了頭」。我從未看過這樣美麗動人的她」，這人性中「不識廬山真面目，只緣身在此山中」對已經擁有的疏忽，而在即將失去，或是已經失去之際方始驚覺珍惜。女子請求殺夫一節，與五段中多襄丸所敘大同小異。只是在此加上了多襄丸的義行，「他一腳把她踢倒地上。他默然拱著手，看了我。『你打算把她怎辦？殺嗎？救嗎？回答我，只要點頭就行了，殺嗎？』」（男性同業公會的同仇敵愾，她現在能叫我殺你，日後也能叫他人殺我）。「然後切斷了綁著我的繩子」，與六段中女子「邊哭邊解開了他的繩子」不同，孰真孰假，難以判斷，不過，我們可以斷定的是，由於這男子的自尊，即使繩子真是女子所解，他也不願承認，寧肯說是他男性同業公會中人所為。這位武士又代表了作者芥川的文藝，「像幻夢似的」、「可是我發現那是自己的哭聲」。持刀自盡，說明沒有什麼人殺他，他是自殺的，歸根結底，仍是人性中的維護面子，即使是在死後，也還是難免「死要面子」。

結尾直寫死亡，是為芥川的想像藝術：「到了我感到胸部冷下來的時候，這四周更寂靜了。啊，多麼靜啊！在這山谷的叢林裏，連鳥的啼聲都沒有，只看見樹梢上夕陽的餘暉。夕陽也逐漸的黯淡下來，樹蔽也慢慢看不見了。我躺在地上，浸潤在死沉沉的黑暗裏。」美化了的死亡之前的感覺。「誰的一隻看不見的手輕輕的拔去我胸口的小刀。」（就本文言，不像是最早發現屍體的樵夫，那應是比樵夫早的另人，作者有心或是無意留下的線索枝節，提供為日後改編戲劇時的新角度。）「我嘴裏又湧上一陣血來。接著，我永遠的沉入冥暗之中……。」最後是芥川的直寫死亡，由於他的面對與耽溺，實已預伏了他日後自我結束的朕兆。

第四節　時空錯綜

文例：〈兩個口的男人〉

1.

正在塗蔻丹，正在她自己那雙細細纖長的手指上小心地塗著、塗著。蕾玉帶著份自我欣賞的意味認真地塗著，塗得勻勻的、紅紅亮亮的。女人嘛！尤其是還很年輕的女人，就像自己這種年紀，該叫做「花信少婦」吧！花信少婦就該常打扮，打扮得像朵鮮花似的。打扮得那麼美幹嘛？當然是給人看，主要的給丈夫看，當然也得給別人看。叫所有的男人的眼睛都射出讚美，然後，丈夫的眼睛裏那份滿足驕傲就會更堅實。他當然會更珍惜地看著自己，自己嘛，挽著丈夫的手該更緊一點，帶著點嬌羞地，挽著他，不說他也會明白：「你看！人家都在看著我，你該得意了吧！」「當然不是說一朵鮮花插在牛糞上，你也是挺英俊、挺帥的！」青川嘛，他的人就是他事業的徵信，總是給人一股幹練、積極、前途遠大的感覺，帥勁足，不是那種腦滿腸肥型的，更不是一樹梨花壓海棠，不是牛糞。

就在兩株蘭花似的纖手，伸張著等蔻丹乾的時候，電話鈴朗朗響起，青川的聲音從好遠好遠的那一頭傳來：

「蕾玉嗎？」

「是我！青川呀！你怎麼還不回來嘛！」

「蕾玉！妳聽著，快把客房整理出來，志揚要住到我們家來……要住一陣子……喂！喂！蕾玉！妳聽見了沒有？」

「聽見啦！」

「我們晚上回來，多弄幾個菜，替志揚接風……」

放下話筒，蕾玉有一陣子發呆，青川很少對她用這種命令式語氣的。就是志揚，就是為了這個該死的志揚，結婚都一年多了，青川還在念著他，一提到志揚就眉飛色舞：「志揚大哥呀！嘿！我真是好想他。」「真盼他能來我們這兒住一陣子，他要是來了呀！嘿！我就跟他喝一夜的酒、談一夜的話……」真想提醒他：「青川！現在不是以前啦！別忘了你已經有了我，志揚總不該比我還重要吧！」可是不必說，青川那眼神就已經透出懷疑和警告：「蕾玉，妳又在吃醋是不是？妳不對！志揚是我的大哥呀！他又不是個女的，妳吃什麼醋？」他是你的大哥，胡說！他姓呂你姓張，八輩子也扯不上關係，憑什麼你要和他喝一夜的酒、談一夜的話，他是你的什麼？他算老幾？

早料到呂志揚會來，上個月，苓雅那張薄嘴巴很早就已經在警告她：

「兩個口的男子要來了吧！」

「誰呀？」

「看妳裝得挺像的，我就不信妳忘得了他！」

苓雅的那張嘴真厲害，這回她真是說準了，蕾玉不能忘，蕾玉最不能忘的就是這兩個口的男人。

「呂志揚垮啦！工廠倒閉，太太也跟著別人跑啦，現在可不是什麼志揚啦！該改名叫志垮了吧！哈哈！」

聽青川說起過，闖禍的根源果然就是那個女人，那個妖精，什麼名媛，根本就是個出身不正的交際草，嫁給志揚之後，水性楊花的性格還是改不了，狗改不了吃屎是不是？跟志揚工廠裏的一個職員勾搭上，捲款潛逃是早有預謀的，呂志揚居然聰明一世懵懂一時，一夕之間事業財富全部付諸東流。

「這回好了！呂志揚垮定啦！活該！誰叫他自作自受，多少個理想對象他不要，偏偏娶一個白虎星！」

「兩個口的男人走投無路，遲早會上你們家來的，你們青川不是跟他最要好嗎？咳！蕾玉！妳在想什麼？該不會是舊情復燃吧！想要鴛夢重溫？」

「苓雅，妳在胡說些什麼？」

「好吧！算我胡說，唉！以前的事都過去嘍，妳有了青川，也該滿足啦！姓呂的不提也罷，他根本就不配！」

苓雅一提起志揚就恨得牙癢癢地，蕾玉最清楚。苓雅在大學時候的外號叫包打聽，對男生的行情最清楚，她常說：

「蕾玉，年頭變啦！不能老等著那些臭男生來追，我們得採取主動，這是《孫子兵法》裏說的，情場如戰場，咱們娘子軍要主動出擊……」

「我們的目標應該是向上、向外。第一是向上，選至少要比我們高兩班的，妳知道我們女人老得快，同班的不必選，除非他對考古有興趣，留給小妹妹們去揀。第二是向外，同院的不選，要選就得去別的學院找……」

女生宿舍裏，贊成苓雅意見的人可還真不少。根據向上、向外的原則，主動出擊的對象裏，就以「兩個口的男子」叫得最響。

「人家問他貴姓，他說他是兩個口的男子，兩個口，都是用來KISS的，因為女孩子太多，一張口忙不過來！」

「真狂，可是也真帥，今天下午那場球賽，他打中鋒，反身投籃，刷的一聲進網，真棒！」

「工學院的居然也會寫詩，這一期詩刊裏有他的，是情詩，大家想想看，他是為誰寫的？」

「題目是『片雲』，這人名字裏一定有個雲字！」

「有雲字的太多啦，不好猜！」

「想想看他最近跟誰在一起？」

「上週有人看見他跟外文系的尤小玲在植物園。」

「昨天他跟一個商學系的在圖書館頂樓，有人看到他摟著那女的。」

「他跟郁小安最好，郁小安把她家的轎車開了來讓他用。」

「不見得，那祇是因為唱平劇的關係吧！郁小安死纏著他，他未必真有意思！」

「我看是一〇五室的陸慧玲很有可能！」

「何以見得？」

「有人說，他身上穿著的毛線背心就是陸慧玲織的。」

「有什麼稀奇，雙口呂是大眾情人，他身上百分之九十的東西都是女孩子送的——」

這就是呂志揚，紅透了半片天的大眾情人，高高瘦瘦、英俊瀟洒的，籃球隊的中鋒，論文比賽得獎，詩社中堅，平劇公演時的楊宗保。一天到晚忙著約會，忙著用兩張口去KISS女孩們的，忙得沒空上課而自然有女同學替他抄好整整齊齊筆記奉上的白馬王子。

蕾玉心緒不寧地整理好客房，來不及做菜，不是來不及，實在是沒心思做。打電話叫餐館送幾樣炒菜來，豆瓣魚、辣子雞丁、麻婆豆腐、青椒牛肉，全是辣、全是他最愛吃的，就記得他說過：

「王蕾玉，妳是我認識所有的女孩子裏最會燒菜的一位。」

最會燒菜有什麼用？蕾玉的「奇兵」結果還不是悄無聲息地敗下陣來。那晚在表姑家，想到他在胃部滿足之後總該會留下來聊聊的，誰知他一口喝完咖啡，嘴一抹，就以另有約會為藉口忙著開溜。

那晚蕾玉一面洗碗盤，一面氣得直想哭，心想書上看來的原則絕不會錯，男人嘛！要拴住他的心，兩條路，食跟色，都是人性。SEX，自己實在不敢，太冒險；滿足他的胃，那正是自己的拿手好戲，誰都比不上。果然，贏得了他的讚美，可是萬想不到還是拴不住他的腳。

蕾玉的失望沒多久，因為她發現還有人比她更糟的，雙口呂臨走時交給她一包東西，說：

「陳苓雅跟你同宿舍是不是？拜託妳替我把這包東西還給她。」

蕾玉是在氣極了才拆開來看的，全是苓雅的筆跡，有些連封口都沒打開。蕾玉的感覺像是考試得了個五十分，突然發現還有人祇得二十分，驚訝得忘了自己的氣苦。真的不敢當面交給苓雅，偷偷地塞到她抽斗裏，料得不錯，苓雅連是誰放的都不敢問。祇不過這以後苓雅就改口了，提起雙口呂就恨得牙癢癢的……。

門鈴響了！

蕾玉早就打扮好了，也佈置好了。先開電動門，後開燈，燈光一亮，女主人儀態萬千地迎出去，她是存心要顯威風，笑吟吟地先伸手去……

「志揚，歡迎你！」

當青川身後的那男子遲疑著勉強地伸出手來時，蕾玉幾乎認不出是他，那張憔悴的、連鬍鬚都沒刮的臉上，眼光是呆滯枯澀的，甚至連聲調也變了，變得重濁而模糊，彷彿聽見他在說：

「蕾玉！謝謝妳……」

2.

青川的聲調是親切而溫和的，多年前的老習慣不知不覺又出來了，彷彿還是在學校，他張青川還是呂志揚的副手，鑲在月亮旁的星星，連說話都是一副徵求詢問式的。祇是青川忘了時空已經改變，那月亮不但不明亮而且茫然，連青川問他是先吃飯還是先洗澡他都不能決定。

「我想……我想……」

蕾玉在一旁，心想和這個憔悴風塵的人坐著吃飯實在不是滋味，洗塵洗塵，是該請他先洗洗「塵」的，就說：

「當然是先洗澡囉！熱水都準備好了！」

真怪，呂志揚還在猶豫，看他囁嚅著，半晌，才擠出句話來：

「我……我沒帶衣服……。」

青川趕緊說：

「沒關係，通通用我的，蕾玉，妳去拿，拿我那些還沒用過的內衣、襯衫，多拿幾套，先送一套到浴室，其他的放在客房裏，順便替志揚整理整理。」

志揚還在囁嚅，青川趕緊又搶著說：

「志揚，以前在學校，我們不是常常打伙穿衣服嗎？咱倆的身材差不多，你記不記得大三那年我們合買的那條新褲子？」

「我記得，那陣子，誰起得早誰就穿那條褲子！」

「還有那件雨衣最妙，下雨天就不見了，天晴時它又會自動回來。」

「還有那輛腳踏車，要騎它的時候一定不在！」

「真有趣！哈哈……」

「唉……」

在客房裏聽到他們講話，呂志揚彷彿比較正常了，是窖藏記憶的溫暖，又點燃他垂滅的火爐嗎？蕾玉有點感慨。志揚祇帶來一個小皮箱，真想打開來看看。青川不是說叫自己替他整理整理嗎？先得看看是怎麼回事？

打開箱子一看，蕾玉忍不住惻然。一件衣服也沒有，除了些文件、賬本、日記之外，就祇有一面精緻的鏡框——還就是那女人——曼玲，照片該還是以前的，荒唐，竟然是泳裝，一身白肉，簡直就沒穿什麼！凹凸分明的，手攏著髮，發笑著，那像是什麼正經女人，不知道的人，準以為是個封面女郎。

真是一物降一物，志揚偏就對她死心塌地。一個除了性感之外什麼都沒有的女人，學歷、家世、教養……一切一切全然空白的，偏就是呂志揚心目裏的皇后。捨棄好多個理想的對象不要，這些對象任何一位都比曼玲強，祇要志揚點頭，準能做個賢妻，協助他發展事業的。呂志揚，鬼迷心竅，居然會全部辜負，眼巴巴地去追一個祇有胴體而絕無靈性內涵的女人，匍匐在她的裙下，到頭來還被她一腳踢開。

而更使人百思不得其解的是呂志揚還保留著她的照片，若是結婚照也還能了，偏偏是這麼一幀看了都會叫人心跳的。

好幾本厚厚的日記，蕾玉真想去翻翻，不知道裏面有沒有自己，時間不多，浴室裏嘩嘩水聲很快就會止歇的，不能翻。這個問題還沒找到答案。蕾玉拿著那鏡框發呆，志揚為什麼保留著這個？真正純銀的鏡框，很精緻，絕不是恨她，難道還是在愛著她？真怪，背叛了他，害得他身敗名裂又垮得徹底的女人，還有什麼好愛的？

真想不透……

是放大的彩色照片，背景是室內，不是海灘。室內她也敢用這種裝束，真不要臉。她本來就是這樣，不稀奇，稀奇的是志揚為什麼喜歡她？一定能找出答案來的，或許就在這照片上能找到！照片真誘人，光緻緻的胴體，連女人看了都會臉紅心跳，男人們誰能拒絕這誘惑？不能！就是青川看到也會禁不住要賞鑒的。那些口裏說不看不看、不能看不敢看的，必定會偷偷地設法偷看。喔！是了！難道就是這個？SEX！難道這就是曼玲擄獲志揚的利器？這利器哪一個女人沒有？哼！我王蕾玉自信就不會比妳曼玲差，祇是我不會脫成像妳這樣，咱們受過教育的都懂得含蓄，那像妳這樣放蕩一塊白肉似的引著些餓狼垂涎，成什麼話？喔！難道這點差異就是勝敗的關鍵？咦！真的，很可能！不！不是可能，簡直就是一定，曼玲不笨，她也懂得人性，掌握了志揚的「性」，比我王蕾玉用「食」來引他更高明，比我們所有的女大學生都高明，我們做不到的、不敢做的，她做了！她贏了，贏得很簡單、乾淨俐落，喔！

蕾玉有點激動，輸得不甘心。真想趕緊把這謎底告訴苓雅，告訴她主動出擊的武器用得不對，敵情判斷錯誤。兩個口的男子，哼！他不是人，人的成份少，獸的成份多。什麼高雅、含蓄，甚至美味佳餚對他全是白費，他是一頭狼，就該用一塊白肉，光緻緻地去引他垂涎。喔！我們怎能這樣？不能！好吧！不能就該失敗，敗得有理，天亡我也，非戰之罪也。咱們是人，跟獸不同類，不用獸的方法，失敗是必然、是先天性的。

穿上青川的新襯衫和長褲的志揚，還刮了鬍鬚，坐在餐桌上，以前的輪廓清晰了許多，不再難看，祇是憔悴還掩不住，尤其是那一對眼，眼神還是呆呆地。

酒量還是不錯，一連幾杯，兩個男人的頰上都有點紅暈，話多了，聲音也大些了，談起他今後的計劃：要去投奔一個朋友，是退伍軍人，在橫貫公路旁，深山裏經營著果園、農場、還養著鹿和乳牛、還有魚塭……青川遲疑著，看得出是想留他下來，但很顯然地又不能有妥善的安置，頓了頓，衹好舉杯：

「祝你成功！」

志揚默默地接受、乾杯！沉悒地問：

「青川，你想，我還會成功嗎？」

「當然，東山再起嘛！你還年輕，憑你的幹勁、能力，哪會不成……」青川的聲音很響，但蕾玉分明聽到那裏面的空寥。青川是不善偽飾的，一個學工的去搞農牧，誰能說有什麼把握？果然青川說出了他心裏的話：

「就算不能成，那也沒關係，衹要你願意，我隨時都歡迎你，咱們倆合作再辦工廠。」

志揚黯然搖頭，他說：

「沒有信心了，垮過一次，不敢再碰，我……我有點怕。」

「那是人為的因素，不能怪你。」

「我……唉！以後再說吧！青川！謝謝你。」

在以前，傳說兩個口的男人嘴巴裏永遠吐不出一個謝字。蕾玉總覺得不服氣，好像那時還曾暗暗發誓以後非叫他對著自己說聲謝謝不可。現在果然，一進門就聽到一句，現在又聽到他在謝青川。該快意了吧！不！蕾玉祇覺得好空寥，注視著與前判若兩人的這個男子，一般女性的憐愛湧起，差一點掉淚，趕緊起身去張羅酒菜，掩飾她的失態：

「志揚，這些辣菜你還喜歡吧？」

「還是蕾玉細心，她就記得你這頭川耗子的老習慣，哈哈！」

有了夫婦倆的提醒，那客人才從麻木中感覺到熟悉，歉然地說：

「真好！原來全是辣菜，怪不得吃得好舒服，謝謝妳，蕾玉……」

晚間在房裏，青川跟蕾玉說：

「明天我要出差，妳在家裏招呼他。」

「青川，你忘了明晚上的酒會，我們不是已經答應了一定去的？」

「好呀！就讓志揚陪妳去，也好讓他散散心。」

「可是，青川，他這次沒帶衣服來！」

「穿我的還不是一樣，我那套格子呢的，祇穿過一次，挺新的。」

蕾玉想告訴他，志揚現在瘦多了，而青川卻已漸漸發福，衣服不會合身的。但想到時間這麼急，青川也一定沒辦法，說了等於白說，算了。

青川睡著了，她陡然想起，哎呀！不行啦！明晚的主人是苓雅，雙口呂的死對頭，怎麼能帶他去？萬一苓雅要乘機報復，那怎麼辦？青川又不在，不行不行！

一直睡不好，思前想後的，真想不叫志揚去，可是下意識裏又有股力量在促使著自己冒險、找刺激。準有好戲可看。奇怪，自己怎麼會這樣想，是老早以前為苓雅打抱不平的那份同情又升浮起來了？要送給苓雅一個報復的機會？還是……還是自己隱藏在心底的那一份報復意念，竟也趁機掙出萌發，躍動著要想「主動出擊」？

3.

那套格子呢的新西裝，穿在呂志揚身上果然嫌大，鬆垮垮的，襯著他那張長長的瘦臉，走動起來晃呀晃的，真像是幽靈在舞著件法衣。蕾玉本想著要是他發現不合適，不肯去，那就算了，給苓雅掛個電話，黃牛一次也無所謂。陪著他開車去附近溜溜，或者就留在家裏聊天也行。可是呂志揚倒好像蠻有興致似的，穿好衣服在鏡前端詳著，蕾玉看著他，想起「嘉麗妹妹」裏的勞倫斯奥立弗，那落魄的老傢伙要去見煊赫的兒子，最後一套像樣的西裝燙焦了一塊，摺一張報紙在手上，老是垂下來遮住那焦痕。呂志揚，呂志揚在想什麼？想去酒會裏溫習溫習往日的光輝？哈！除非你真的麻木得忘了苓雅，那樣精明的女人，過去你辜負過她，這一次，她要不報復那才怪。蕾玉真想告訴他是去苓雅家，可是，好幾次話到口頭又給嚥了回去。算了！也許是自己多疑，青川的話不錯，幫助志揚，讓他散散心是對的。苓雅該不會對客人如何的，真的不會嗎？靠不住，那為什麼冒著險帶他去？明明是叫他去受打擊，傷上加傷，難道自己的潛意識裏真有著一份虐待報復的意思？

呂志揚挑了個領花，自己在結。男人就是這樣笨，連結個領花都弄不好，蕾玉記得以前有一次替他結領花，那是在，是在……

真怪，自己居然會站起來，又去替他結領花，祇是一下子，又彷彿好長。靠得那麼近，那窖藏久遠的記憶剎那間鮮活起來……是主動出擊，很自然地過去替他結領花，蕾玉自己很清楚，而且有把握，高雅的香氣，纖指在他頸間輕弄，她的鼻端就在他的唇下，最笨的傻瓜也一定會知道的。她都已準備好了，衹要他稍一低頭，她就會抬起來，用漾動著柔情的眼看他，帶著默許看他，接受他，讓他的唇埋下來，她就會閉起眼……那……那就是「定情」……嗯！衹是……衹是這小子竟然是塊木頭，僵僵直直的。就在那時，當蕾玉暗地裏在咬著牙罵自己：「最後一次，最後一次，喔！憑什麼我這麼賤，人家不要，我還不死心地要去送給他……」呂志揚忽然說出一句叫她絕想不到的話來：

「王蕾玉，妳知道張青川吧？」

「怎麼樣？」

「他是我最要好的朋友！」

「好又怎麼樣？」

「他很喜歡妳唷……真的……」

真的，真的是最後一次主動出擊，栽花不發插柳成蔭，蕾玉總算明白了，又好氣又好笑，呂志揚你這混小子，把我當禮物送給你的好友？哈！你是張青川的老大，你倒是挺會做老大的，連這種事都替他安排，你不是不喜歡我，衹是因為張青川暗地裏在戀著我，你要禮讓。混球！孬種！你知不知道這樣是我們女孩子最忌諱的，天底下最自私的就是愛情，憑什麼我要乖乖地接受張青川？他算老幾？我連正眼都沒瞧過他，讓他害單相思好了，活該！最好讓他傷心失望，叫你這自作聰明該死的老大焦急無奈，最好！我最痛快。

而事情總是會有改變的，蕾玉就從這次開始去注意青川，發現他有著雙口呂所有的，而且還有雙口呂所沒有的。其中最重要的一項是他不同於雙口呂用兩張口去吻女孩。蕾玉的遲遲發現，祇是他的鋒芒內歛，一向扮演著衛星似的角色，不引人注意也從未企圖去引人注意，但那並不代表他沒有光芒。

蕾玉的那份不必要的倔強終於改變，接納了青川。主動出擊那已是歷史名詞。祇是基於女性的自尊，她還是忘不了那次，十拿九穩地陡然間落空，事後她也曾想過，呂志揚為什麼不吻她，就算不敢愛，僅為禮貌也該吻的。他的兩張口不自詡是專門吻女孩子的嗎？蕾玉就是不服氣，不相信他是柳下惠！

現在——

沒想到這麼多年後竟會又有相同的機會，蕾玉帶著點挑戰意味地上前去替他扣領結，和以前一樣的充滿著自信。現在的蕾玉更成熟了，穿著亮晶晶的晚禮服，帶著香氣風情萬千地姍姍行近，伸出紅亮著蔻丹的纖指去他頸下，還是久遠的熟悉的那高度，祇要一抬頭，鼻子就會碰到他的唇。

向你挑戰，呂志揚你敢嗎？你敢不敢吻我，祇要你稍一低頭，祇要你不是白癡，你該記得那年你欠我的，現在你該償還，雖然我王蕾玉的心情已不似當年那樣躍動，但——就算為的是不服氣吧！你欠我的就該討還來，除非你怕，你投降，承認你窩囊你不敢！

他果然是不敢——

祇是一剎那，蕾玉分明覺得他抖了一下，雖是輕微的，但怎逃得過蕾玉這一刻所伸出敏銳的觸角雷達，好極！贏了！總算是贏了！我捉住你了，真有意義，你還是記得那一次的，那一次你不是不愛，而是不願……深深地看他一眼，看著他眼裏的掙扎，退回來，帶著勝利的肯定退回來……。

去苓雅家，一進門她迎上來，蕾玉祇消一瞥就看出不妙。苓雅的眼神和她那擺出很顯明的做作的雍容都已說明了要糟。

「蕾玉呀！青川沒來嗎？這位是？」

虧她裝得真像，真恨不得踢她一腳，快保護志揚，來不及了，遲了！苓雅的主動出擊已經發動！

「嗨！原來是老朋友，我記得的，讓我想想看……呂——志——垮……是不是？」

「呂志揚！」

「歡迎你，老同學，呂志垮……嘿！真想不到……」

呂志揚的嘴唇微抖著，蕾玉瞪著苓雅，可就是偏偏想不出怎麼來解圍，可惡的苓雅居然還要得寸進尺：

「工學院的，對吧？雙口呂，人家都叫你什麼來著……對了！兩個口的男子。一個口吃飯，另一個口……另一個口吹牛……哈哈……真有意思。好久不見，聽說你自己在開工廠，當上大老闆啦！喝！真神氣！咦！你好像瘦了點……」

就這樣僵著在挨她的轟炸，幸好男主人過來了，蕾玉趕緊岔開話題。

「這位是呂志揚先生，青川和我的同學，青川出差去了……。」

「歡迎，歡迎，我姓胡，胡圖南，呂先生，歡迎你！」

胡圖南外號叫胡塗蛋，標準的商人典型，握手用勁，熱烈握完手再在肩膀上一拍，老習慣。

「你們的同學，不就是苓雅的同學嗎？喝！好極了！呃！苓雅呢？……」

苓雅早就溜去招待別的客人了，這鬼精靈倒是乖巧，見好就收……客人陸續來，多半是蕾玉認識的，還好都跟志揚不熟，介紹、握手，千篇一律的應酬、寒暄……

「呂先生在哪兒得意？」

蕾玉替他代答：

「現在在辦農場！」

「喝！有眼光，農業是根本，一定有前途、有發展！」

點頭、微笑、寒暄，一屋子的西裝革履，衣香鬢影。雞尾酒，啜著，燈光不錯，點心很精緻，跟著就是音樂揚起，胡圖南擁著苓雅開舞，一對對相擁起舞，蕾玉偎依著志揚，靠得很近，下意識裏有點歉意，想要藉此付出些溫柔來安慰安慰他，柔順地讓他挽著，輕輕地、緩緩地隨著音樂飄著。

熟人太多，第二支曲子沒完，志揚的肩頭就被拍了拍，習慣地禮貌讓開，一個微笑熟悉的年輕的臉過來攬住蕾玉。蕾玉有點心不在焉，眼睛從對方的肩頭望出去，找志揚，看他孤孤單單地退到一隅，去桌旁端起一杯酒。

有點擔心，好容易挨到一曲完畢，趕緊過去，沒想到那一身火紅的女主人又來使壞。

「呂先生，我還記得你的太太，她現在是不是還喜歡穿得少少的？」

「她……」

「我記得以前她老愛露出肚臍，其實呀！肚臍有什麼好看？黑黑的，露出來真不衛生，你說是不是？呂先生，不過這也難怪她，她的出身就是個舞女，習慣了改不掉，她還跟我說過，要去夏威夷學草裙舞，她去了沒有？」

「她……死了！」

「死了！那一定是冷天露肚臍受了風寒！」

蕾玉忍不住制止她：

「苓雅，不要再說了！」

苓雅眼一飄，好像在說：「這不是也在替妳出氣嗎？」停了停，好像發現了什麼大祕密似的，尖著嗓子，又笑又叫的：

「嗨！呂先生，你……你真滑稽……」

「我……」

「你穿錯衣服啦！這套衣服是張青川的，怪不得不合身……你們看，真有趣。」

蕾玉拉著她，她一直在笑，指著志揚：

「你們看，這套衣服跟圖南身上的那套一樣，那是圖南跟青川最近一起去做的……哈哈……

好有趣。」

真沒想到她會來上這一手，知道呂志揚絕受不了，蕾玉趕緊去拉著志揚，說：

「我頭有點暈，志揚，送我回去……。」

4.

真是糟透了，早知道苓雅會趁機報復，但絕沒想到她竟是這樣的趕盡殺絕。志揚！可憐的志揚，這回一定是傷上加傷……無論如何，自己脫不了干係。蕾玉在想，一定要好好地安慰他，絕不能刺激他。

從浴室裏出來，屋子裏好靜，聽不到聲音，志揚在幹嘛？他總該不會看不開吧！去看看，給他一些安慰、一些鼓勵，青川不在家，這屋裏就祇有一個主人一個客人，主人對客人有責任。

他在客廳，在酒櫃旁自斟自飲，穿著青川的睡袍，看到蕾玉出來，默默地替她倒一杯。

蕾玉向他舉杯，一口喝乾，喝得太猛，胃裏一陣熱氣升起：

「陳苓雅是十三點，你不必放在心上。」

志揚替她再倒半杯，一口喝乾他手裏的，沉悒地說：

「我沒關係，祇是……祇是她不該那樣罵曼玲……」

蕾玉忍不住有氣，冷冷地提醒他：

「曼玲跟別人跑了，你還在念著她。」

「我並不怪她！」

「為什麼？」

「曼玲……我永遠愛著她，祇有她……能使我滿足。」

蕾玉立刻想到那幀泳照，果然不錯，曼玲能滿足他，祇有曼玲能使他滿足，曼玲用的就是那種低級的肉慾，真想告訴他，這一點，每個女人都有的，祇是不屑像曼玲那樣放蕩地使用。蕾玉當然說不出口，又不知該怎樣去安慰他才好，祇好笑笑，陪著他喝酒，一杯、兩杯……蕾玉知道自己的酒量，平常夜晚跟青川對飲，七八杯總是沒問題的。帶著點微醉的亢奮，跟青川進房，鏡子裏照見頰上的酡紅，真像桃紅，泛起的桃紅，然後就是……

喔！不行啦！青川不在家，這習慣怎麼能用？荒唐……數數看，一共喝了幾杯？六杯，也許是七杯，不記得了。有沒有醉？應該是沒有吧，不是還很清醒嗎？志揚的酒量怎麼樣！聽青川說過是很不錯的，那就好，酒能亂性，不能不注意，祇要不醉就不會有什麼。

抬頭看看志揚，喔！原來他一直在盯著自己看，好一雙燃燒著的眼，禁不住有點驚惶。

「別喝了！你會醉的！」

「不會，我沒醉！」

聽青川說的，越說沒醉的人就是真的快醉了。他會不會是真的有點醉了，為什麼老盯著我看，是看我身上的什麼地方？喔！是胸部，剛從浴室裏出來，睡袍很薄，又沒帶胸罩，這男子，他總該不會以為我在引誘他吧！荒唐！這是怎麼回事？

下意識地拉拉衣襟，看看他，還是那樣，喝著酒，若有所思地看著自己。眼光和他的相遇，好大膽，他居然不收回，是了！一定是自己的眼光誘人，青川就曾經說過，說妻子酒後的眼，水汪汪的，流盪著柔情。喔！不行！還是進房去吧，這樣孤男寡女沉默地相對，再下去一定不妙。是真的有點醉了嗎？怎麼懶懶地站不起來。平常有時候也是這樣，一半是愛嬌一半是慵懶，等著讓青川來抱起她進房去……不行！今晚上不行，青川不在家。

苓雅真壞，不曉得她從哪裏聽來的，有一次告訴蕾玉說：

「海員的妻子是難免寂寞的，偏偏又住在風化區附近。每扇樓窗都有娼妓，開著靠在窗欄給客人看，中意的就會上來成交。這位海員的妻子一時好奇開了窗，哎呀不得了！一個男子上來了，跟他說什麼都沒用，不相信是清白的，沒辦法，只好給他……事後那人笑嘻嘻地掏錢給她，叫她用這錢替自己的丈夫買點東西……。」

「蕾玉！妳會不會有時候也想吃野食……」

荒唐！荒唐！怎會想到這些的。蕾玉覺得一陣燥熱，臉燙燙的，看看志揚，他的臉也是紅的，眼裏燃燒著火，那眼神很熟悉，多少個夜裏，當青川要她的時候就是這樣。喔！荒唐！怎麼能把他跟自己的丈夫比，他是志揚，好久好久以前初戀的情人，初戀已經結束了，沒結果，真美，永遠記得。總算是贏了，這男子畢竟是臣伏在自己的裙下，他就是那樣地帶著份焦渴似的看著自己，祇要使一個眼色他就會……不行不行！這樣不好，不可以的。苓雅的故事，那是苓雅，也許她吃過野食，要拉我下水……苓雅真可惡，志揚好可憐，曼玲離他而去，情慾正焚燒著他，他好苦，那雙眼睛不就正在吶喊著痛苦企求著甘霖的滋潤嗎？給他一點也無妨，就算是同情他，佈施一次，祇一次，青川不會知道的，沒關係的，甚至絕不會有後患，安全期很準確……就算是以前戀著他的時候已經付出了的，本來就是該給他的，現在給他，可以證明那一次愛情的真實……嗨！我這是怎麼啦！怎會想到這些，不能想！快進房去！快！

5.

醒來時已是紅日滿窗。

有點驚惶，先別起來，在床上好好想想：是臥室的床，沒錯！怎麼進來的？自己走進來的還是被人抱著進來的？不記得了！祇記得有一陣子志揚的臉很近很近，眼睛裏燃燒著火，喃喃地叫她：「蕾玉……蕾玉……」以後，以後就是被他抱住，熾熱的唇埋下來。喔！他終於吻了自己，深深地，款款地……。

但是，很快地他就站起來，像是遺忘了什麼，要去外面拿回來給她……她等待著……夜很靜，彷彿有過一陣子腳步聲……她醉得迷迷糊糊，所以不記得自己是失望，還是……？然後，就是現在紅日滿窗。

客房的箱子不在，那套格子呢的西服空蕩蕩地掛著，他走了，以為他會留下張字條什麼的，到處都找過了，什麼都沒有。

凝視著窗外，地下濕濕的，昨晚下過雨，有些腳印，但不知那些是志揚的？他走了，就穿著他來時的衣服，提著那口小箱子走了！是在深夜，有風、有雨的夜，孤獨地在暗黑裏煢然離去……

走遠了！不會再來的了！蕾玉祇覺得心裏被一塊大石堵得滿滿的，她直想哭……

分析：

時空錯綜為時下短篇小說創作最常採用的方式，要點是：

㈠以現在的時間、空間、人物、情節與過去的時間、空間、人物、情節兩線錯綜進行。

㈡一般方式是由現在時空開始，最後仍回到現在時空。

㈢錯綜不需很規則，兩線成份也不需要齊來，但不能相差太大，否則易與主從錯綜混淆。

㈣題材中若有屬於未來時空部分的，同樣地也可以實施錯綜表現。以未來題材與現在，或與過去題材相錯綜，甚至可以三線錯綜。只是題材中一有未來成份，文體很容易被歸類為科幻文學。

㈤敘述、意識流，都可以在篇章中相間使用。

時空錯綜的圖示是：

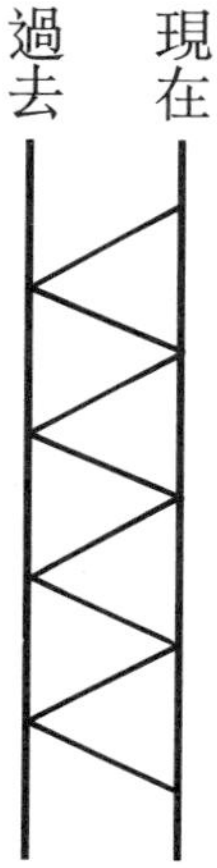

〈兩個口的男人〉主題在表現人類原型「性」的影響重大。以女角「王蕾玉」的現在、過去作時空錯綜，各段依序的內容分析是：

㈠由現在時空始，蕾玉在化粧，有她自己的意識流，丈夫張青川來電話，叮囑準備接待老友呂志揚。蕾玉的意識溯回過去，嫉妒呂志揚對張青川的影響，在青川婚後仍然不減。上個月「苓雅」就已透露呂志揚的工廠倒閉，原因是「那個女人」勾搭職員捲款潛逃。估計這「兩個口的男人」會來投奔好友張青川。意識直溯回到大學時代，交代「兩個口都用來KISS」的呂志揚，紅透半片天的白馬王子。蕾玉也曾照陳苓雅所說的「主動出擊」，露了一手「最會燒菜」的奇兵，結果還是拴不住這姓呂的。幸好有雙口呂在臨走時請她轉交陳苓雅的一包東西，那全是苓雅的情書，比較之下，蕾玉敗得還是不算太慘。自此以後，蕾玉與苓雅對呂志揚轉愛成恨。門鈴響，拉回現實，蕾玉存心要顯威風，訝然發現，那昔年的白馬王子已變得憔悴、眼光呆滯、聲調模糊……。

(二)現在時空，志揚、青川在暢談往事，蕾玉替志揚整理衣物，發現了「那個女人」曼玲泳裝照，志揚到如今還是在念著她，蕾玉這才明白，這曼玲使用的「性」遠比自己使用的「食」來得高明。青川要出差，叮囑蕾玉帶志揚去參加明晚的酒會，蕾玉想起明晚的女主人是陳苓雅，擔心她會報復，但隱隱地又想找刺激看一場好戲，是要送給苓雅一個報復的機會，當然也是給自己一個機會。

(三)呂志揚憔悴消瘦，穿上張青川的新西裝鬆垮垮的。蕾玉替他結領花，意識溯回往昔，也是她蓄意的主動出擊，對方沒反應，竟然說出他的好友張青川在暗戀蕾玉，想把蕾玉當作禮物送給好友，最後一次主動出擊，沒料到自此之後蕾玉竟然改弦易轍，接納了青川。拉回現實，蕾玉挑戰式的去替呂志揚扣領結，當年欠她的一吻如今索還，志揚果然不敢，分明覺得他抖了一下，蕾玉贏了。去苓雅家，一進門就被苓雅嘲諷挖苦報復，蕾玉著意維護志揚。舞會開始，苓雅又來使壞，掀開曼玲出身舞女的老底子，又嘲笑呂志揚穿張青川的西裝，迫得蕾玉拉著志揚回家。

(四)現在時空，蕾玉安慰志揚，志揚指苓雅不該罵曼玲，說出自己不怪曼玲，永遠愛著她，「祇有她能使我滿足」，蕾玉明白那是性的影響力量。孤男寡女相對飲酒，蕾玉隱隱泛起出軌的衝動，同情志揚，想著要對他佈施一次……。

(五)結尾，回憶中真實的是志揚終於吻了自己，蕾玉醒來時已是次日，志揚已去，不會再來……。

第五節　主從錯綜

主從錯綜設計的要點有：

一、根據主題、題材，在主線情節設計之外，另行設計一條從線。

二、從線的情節發展，必應具備有輔助主線，說明主線的作用。

三、從線情節，一般均應少於主線。

四、與時空錯綜不同的是，兩線常呈規則的錯綜，從線的位置常在主線前後。

五、結構安排常是從線開始，然後錯綜進行，最後落於主線結局（當然亦可設計相反的結構）。

主從錯綜的圖示：

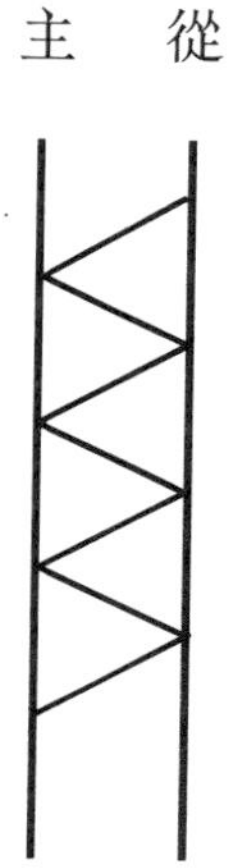

今舉荊棘的〈南瓜〉一篇為例，按從線、主線順序間隔加以分析：

從線一：

獻給母親十二週年忌辰

如果一顆麥子不死，它永遠只是一顆麥子

——聖經．新約

那南瓜是怎麼來的，我們始終都不知道。

甚至最初還不知道它是什麼？將結什麼？或者什麼都不結。

沒有人注意到它是何時長出來的。我家院子太荒蕪了，滿是高高低低的雜草。常常有閒散的牛，受不了青綠色的誘惑，跑進來大嚼。鄰家的孩子們，一不小心把球摔進來，也得在草叢中找個老半天。

然而有那麼一天，我們突然發現這株奇異的植物已在院中佔據了一角。它把如荷的葉子從雜草中伸出來，有卷鬚的莖端努力仰起，在探它的路。莖葉密生著銀白的茸毛，在三月尚常有冬天氣味的陽光上，大膽地閃爍。

分析：

篇前出現「楔子」式的一句聖經，暗示篇章意義。從線開始，形容「奇異的植物」的出現，以擬人手法描述這植物生動鮮活，詩化之句顯示作者散文的根柢優良。

主線一：

那是民國四十年，我們到臺灣後的第二個春天。從搬到這宿舍的第一天，大家就失望了。簡陋而透不過氣的木板房，空無一物而被竹籬笆死死圍住的院子。我簡直想不到來臺灣住這種地方，相信他們也同樣意外，但當我忍不住抱怨時，父親就這樣驟然地爆發起來，叫我想想大陸上受苦的同胞。於是我受著驚，滿懷委曲地想念起大陸的大房子來。從那時起，就再沒人敢說什麼，或作什麼建議。

就在剛安頓下來的那年春天，父親曾興致勃勃地叫來一個花匠，種了些貴得嚇人的龍柏，還有幾株以等距離排在園路兩側的杜鵑。種了之後，父親似乎就存心等著享受綠樹成蔭花滿枝了；他怎麼也想不到還有澆水、鋤草、施肥之類的事。結果龍柏毫不在乎它的身價，一起死光。而杜鵑也在開過幾朵花後，慘遭生存競爭，逐漸被野草湮沒。

父親好生氣。東西種了還會死？他從沒想到。此後他再也不種什麼了，他說：這土真糟，又貧又硬，每一鋤頭下去都是石子，能長什麼呢？大陸的土可好呵……

父親這麼說，只不過是表示他對大陸的一種懷念，我們都懷疑他是否真懂得大陸上的土。父親是城市人，從早到晚忙著城市的事。我們三個孩子也一直生長在城市。但是，我們總是有個大大的院子。這是母親所堅持的。她在那四周為樓房所壓，為高牆所困的院子裏，滿種植物；把所有的時間都化在那兒，整日挖挖種種不停。她的花是不許摘的；讓它們自在地開，自在地落。她的菜是她最大的驕傲。還記得那破面盆裏的蒜苗，一夜之中會怎樣努力地生長，使我早上起來大吃一驚；而母親得意得像那是她變的戲法一樣。常想起我和哥哥怎樣搶著摘玉米；在那遠比我們高的玉米叢林，用手摸索出最胖的玉米穗。玉米有甜甜的香味，紅色的玉米鬚正好拿來扮演京戲裏的鬍生……而這已是好久好久以前的事了。自從小弟生後，她的肺病就更重了。在我愈近的回憶裏，她躺著的日子也愈多。她老是靠著窗旁的躺椅，看花匠整理花園——可是花匠們總不能使她滿意。他們修剪樹，等於割她的心。她常自躺椅坐起來，用她溫柔的聲音，那麼堅決地說：「呵！請不要不要——剪！呵不不！沒有關係——不會嫌密——不會難看——不會長不好……不！一點也不要——你看，鄉下的樹誰管？可長得真大真美……」我可憐的母親原來是生長在江南的農村的呵！

分析：

主線敘介家庭，一家五口：父親、母親、哥哥、敘述者(女)、弟弟。一九四九年中國大陸變色，一九五〇年來臺。類同於白先勇〈永遠的尹雪艷〉中那些先泰後否，沉緬在大陸昔年中的來臺人士，今昔比較只有牢騷。由「驟然地爆發起來」凸顯父親暴躁的性格，而在第二段的種花種樹，又可見此人之不切實際，失敗之後不會檢討，只會埋怨。「大陸的土可好呵……」表徵這男子沉緬蹉跎之重。由父及母，從敘述者滿懷敬愛的筆觸中可見，這位江南水鄉的農家女子，生性自然，「讓它們自在地開，自在地落」是她培育植物的原則，由敘述者童年快樂的回憶映襯，這位瘦弱的崇尚自然的女子，業已引得讀者們的好感。

那個三月，我們兄妹跑去告訴床上的母親，她一定知道是什麼——這棵奇異的，沒有來歷的蔓藤呵！

我們扶母親到院中。她說：「瓜呵！」

「瓜？西瓜嗎？」小弟簡直是愛上了臺灣的西瓜。

「不！西瓜的葉子有缺，而且無毛。」

「不會是苦瓜吧？」我最恨苦瓜了。

「不！苦瓜小得多，而且要爬架子的。」

「那麼到底是什麼呢？瓜有不少種瓜；冬瓜、南瓜、瓠子、葫蘆……」哥哥說。

「是什麼呢？」母親像在問她自己。她蹲在那兒，摸著瓜的葉片：「冬瓜？或是南瓜？葉像南瓜，毛又沒那麼粗。是臺灣的南瓜特別？還是臺灣產的什麼奇怪瓜？……等它開花結果就知道了。」

從線二：

站在那兒，我們好像看著它在長，看著它結了一個好大好大的南瓜——喔！既不是西瓜，那麼最好是南瓜——那金黃色的甜南瓜呵！

「奇怪，這麼壞的地，它怎麼還會長呢？它從哪兒來的呢？」

「這地也不算壞，你們沒看到鄉下人闢山築田咧！這一帶以前都是田，也許是一個農夫的瓜田；有一顆種子發芽晚了，別的都長過了，它才醒來。也許是鳥帶來的。也許隔壁買了瓜作菜……。

嗯！多好！院子裏又有東西了！」

這樣，我們急切地等待，希望知道它會結出什麼來。

而父親卻取笑我們。他似乎覺得花了那麼多財力的東西都種不活，這不知從那兒鑽出來的傢伙實在不該長得這麼好。也許他只是不高興我們存著不勞而獲的念頭吧！因為他一直在我們的熱望中說些什麼：「種瓜得瓜，種豆得豆。你們這些不種瓜的人，天天等著摘大瓜，豈不笑死人？」

然而父親絕不是如他言語所表示，甚或他自己以為的那種理智而超然的人。下班回來，他常在院中站立良久。有次我還聽到他自言自語：「奇怪，這倒底是什麼呢？」

只有這棵瓜，它不急著知道自己是什麼。它很清楚自己是引人注視的，以一種充分的自信向前優雅地伸展。隨後，蜿蜒的枝條像洪流般捲上來，蓋過了雜草。哥哥在園路中段用竹條作了一個拱門，讓部份蔓藤爬過拱門，造成一個小小的瓜棚，然後再爬到路那邊。於是，從院子的這角到那角，滿眼碧綠。到處有分歧的嫩枝，抬著頑皮的頭，好奇地張望，想跑得更遠更遠。葉子亭亭玉立，像極了荷葉，也學著在微風之下，沙沙地拋擲它們的波浪。

分析：

從線再現，敘述南瓜發現之始的猜測，對話中可見各人傾向，小弟愛西瓜，敘述者恨苦瓜（與環境之困苦不無隱喻）。農村出身、熟悉植物與自然的母親，她的判斷與父親不同：「這地也不算壞」（與前父親的「這土真糟，又貧又硬」相應），又多有詩意想像：「有一顆種子發芽晚了，別的都長過了，它才醒來。也許是鳥帶來的。也許隔壁買了瓜作菜……」在前是敘述者以主觀對母親的愛來引讀者好感，至此則是進而以母親本身的言行來影響讀者了。母親話後，短句形成切頓。父親依然不改，以一人與家人四位作對，但已顯示他表裏不一，自言自語表示他對這植物也不無關心。從線形容植物生長，孩子們的關愛相助，擬人手法再現，詩化之句十分精緻。

主線二：

母親不再成天呆在木屋的小床上了。走廊的外邊，長期放著她的躺椅。從那兒，可以看到整個院子。放學回來，我們總看到她；微微地笑，凝視著瓜藤。我們跟她說話，往往她都聽不到。得提高了聲音，她才帶著一副受驚的樣子醒來，眼中一片迷茫，使人覺得她仍然留在一個遙遠的、我們進不去的地方。母親像一株植物，善良而與世無爭，所求的只不過是日光、空氣、水分和安靜的生活。真不能了解我們柔弱的母親，可是我們好愛她。

父親老是冷漠，老是脾氣不好。我們怕他。想到我們孩子那麼小就懂事了，也不免心酸。母親受到委曲時，只是哭泣。我們總沉默地圍著她，拍她，撫她，擦她的淚。我和哥哥會推小弟，叫他說笑話來逗母親。我們則是不能開口的，否則好不容易忍住的哽咽就要衝出來了。母親將更傷心。她病發的時候，我們輪流去守著她。那麼她一醒來就會看到她心愛的孩子，正如我們在病痛中張開眼就看到她親愛的臉——那樣柔和，潔白如蓮瓣的臉呵！

父親常氣起來要打我們，她總是從床上衝下來，用瘦弱的身體遮護她的孩子。而父親要打她的時候，我和哥哥會瘋了似的，生怕母親的病體受到半點傷害。我們身上的痛就是母親減少的痛。這樣，我幾乎希望被打得更重，而我們護來護去，卻使得父親更火。戒尺毫不留情地在空中跳躍，呼呼地怒吼，……。

我們不能在母親面前表示出對父親的感覺。她說：「你們要愛爸爸。他只是脾氣不好罷了！你們要愛他。還有不愛自己父親的人麼？那是壞人，你們做壞人，媽會難過。」媽不要難過。我們要愛爸爸。是的，我們要愛爸爸。只是我們不知如何去愛他。他又凶又不理人。他對你又不好。難道你能愛他麼？

可憐的母親，我們不要她有半點難過。有時小弟看到別的孩子的玩具，回來哭著要這要那；我們就告訴他：媽看你這樣會難過的。他就委曲地擦乾眼淚，眼巴巴地放棄他的要求，可憐的孩子，母親死的時候，他還不到六歲。呵！母親，我們太愛你太愛你！從不曾對你說過，你可知道？

到臺灣後，一切財產都失去了，家境頓時困難起來。家用不夠；母親醫病的事更不用提了。甚至一個院子，一個長滿花木，讓母親呼吸一點新鮮空氣的院子也沒有。父親一天比一天更沉默。當他在家的時候，空氣都凝結了，誰也不敢動一下。整日母親都在愁錢的事。每天上午，她總帶著那副惶恐而自覺有罪的神情，向父親討當日的家用。我真盼望長大。像愛麗絲吃了菌子一樣，一下就長大了。我要賺錢給你用。找最好的醫生給你看病，要你住在最美最美的花園裏。你就會好起來了。不再早晚那樣咳著，像把肺要咳碎——而我才九歲，小學三年級。九歲的女孩能做什麼？我所能做的只是放棄九歲女孩的遊戲，懂得九歲女孩不懂的悲哀。每天放學，我快步回家，把學校的歡笑聲拋在後面，做一切我所能做的家事。想到是為母親做的，一切就值得了。想到母親會減少一分操勞，想到母親將睡在較舒適的房間，工作就不再那麼沉重了。我常在心中叫起來！天呵！讓母親好起來讓母親好起來好起來好起來吧！而自從這蔓藤出現的春天以來，母親確實好多了。她的神情開朗了起來，臉色也不再像以前那樣蒼白得可怕。

分析：

主線家庭不和，困苦寫實的重點所在，父的形象至此益形惡劣：冷漠、脾氣不好、不思改進而遷怒家人、打孩子、打妻子。在這一家之主的嚴威之下，這家已是「空氣都凝結了，誰也不敢動一下」的冰凍沉重。而母親的受屈哭泣，孩子們過早懂事給她的安慰……「想到我們孩子那麼小就懂事了，也不免心酸。」「我和哥哥會推小弟，叫他說笑話來逗母親。我們則是不能開口的，否則好不容易忍住的哽咽就要衝出來了。」病弱的為母者從床上衝下來庇護她的幼雛；而敘述者兄妹竟是：「而父親要打她的時候，我和哥哥會瘋了似的，生怕母親的病體受到半點傷害。我們身上的痛就是母親減少的痛。這樣，我幾乎希望被打得更重……」都是這一篇的特殊之處，其所以貴重者，就在此悲苦環境中所湧發的親情的真切深刻。

母親的溫和、容忍的心性顯現：她並沒有用什麼大道理來教育孩子，只說：「你們要愛爸爸。他只是脾氣不好罷了！你們要愛他。還有不愛自己父親的人麼？那是壞人，你們做壞人，媽會難過。」屬於她的簡單的推理是孩子們愛她——不忍她難過——所以不做壞人——所以要愛父親。主婦對家境困難毫無怨尤，甚至：「整日母親都在愁錢的事。每天上午，她總帶著那副惶恐而自覺有罪的神情，向父親討當日的家用。」妻子落到要向丈夫「討」家用，而且只是「當日的」，這算是什麼，太離譜了，使得讀者們禁不住對那男子產生反感！他是不是一個大丈夫？一個父親？一個男人？

而敘述者對幼弟的悲憫：「他就委曲地擦乾眼淚，眼巴巴地放棄他的要求，可憐的孩子，母親死的時候，他還不到六歲。」以及她早熟的付出：「我所能做的只是放棄九歲女孩的遊戲，懂得九歲女孩不懂的悲哀。每天放學，我快步回家，把學校的歡笑聲拋在後面，做一切我所能做的家事……」「我常在心中叫起來！天呵！讓母親好起來讓母親好起來好起來好起來吧！」她的困境努力引人悲憫，而到她苦極呼天！又有誰能不為之感動？

從線三：

漸漸到了夏天，隨著天氣的轉熱，瓜藤的綠漲滿了一院。它們繞著枯了的龍柏，攀上了院周的籬笆，甚至有時還溜到園路上來。而我們，要不是實在沒有別的路可走，也不忍心趕它們下去。晚飯後，哥哥開始把母親的躺椅從走廊搬到園路上，靠近瓜棚的地方。我們也搬了小板凳，圍母親而坐。父親說他沒有乘涼的習慣——這種浪費時間的習慣，他不在場，我們樂得更自在些。

我還記得那些夏天的晚上。呵！那必然是我生命中最美的一段記憶。誰會相信一個孩子的心中，會刻下這麼深的感受呢？那樣的夜呵！十幾年後還在我的夢中一再出現。星星、螢火蟲、隔壁小孩的笑鬧聲……園路成了一個島，四周是南瓜的浪潮。風來的時候，南瓜如浪般滾滾，交頭接耳地傳遞它們的祕密。即使在無風的時候，葉子也驕傲地揚著頭，若有若無地擺動。有颱風的日子，我們坐在走廊裏。院子漲滿了水，那更像一片長滿了挺立的荷葉的池塘……而母親如蓮瓣的臉，隨著似夢的低語，就在荷池上飄盪。

我不再記得那些故事；那些母親斷斷續續說的關於江南的農村的故事了。它們和那夏夜，和我模糊的夢境，還有對母親的柔情混在一起，成了我自己的一部分。

分析：

從線三現，南瓜生長茂盛，來自江南水鄉的病婦因這植物的生機、綠色而有慰藉，一段夏夜的敘述，如夢如畫，植物擬人的動態再現，敘介優美，詩化而精緻。

主線三：

那樣的夜呵！我游在南瓜的浪裏，母親的話在耳旁響著，像來自遙遠的地方……。我真的划著木盆，從荷花、荷葉與蓮蓬的林子穿過去；捉到了魚，也摸到了菱角……。我真的去過那滿堆西瓜的瓜棚，瓜山瓜海，那個採西瓜的姑娘，拖兩條長長的辮子在瓜陌間跳躍，難道是我的母親？她像我的遊伴，又像是我自己……。晚上，在最熱的夏天，也正是西瓜熟透的季節，他們守著瓜棚，就睡在那裏。那個男孩，隨手拿個西瓜，用拳擊碎而吃的，是我的舅舅？那個女孩，帶著弟弟去五里外親戚家趕晚飯，卻空肚而回；還告訴媽媽，是脹得走不動了，而不是餓得走不動的，又是誰？那個撐著木盆，把自己用粉紅的荷瓣裝飾起來，把木盆用荷瓣厚厚地墊起來的少女，是否也想用荷花堆出她的嫁妝。……貧苦的、快樂的農村呵！那有荷塘和瓜田的農村呵！就在我們南瓜的浪濤上映出。

沉靜的母親也會那麼熱情地說著荷塘，說著荒年，實在是不可思議，而那也像世上最自然的事。我們隨著她所說的，渴望那些西瓜和蓮蓬，渴望那種放牛的生活。而母親所受的饑餓，總使我們心酸流淚。母親只說她的家鄉；她怎麼會離開家，和遙遠城市裏的父親結婚的，這對我們始終是個謎。她也從不曾提過在城市裏的生活，像是她的生活和記憶終結於她離開故鄉的那一天了……。

父親的性情和她完全不同，我永遠不會明白他們何以結合。難道父親也懂得愛她清純如白蓮的臉？難道父親也曾被她溫柔而淡然如夢的令人抓不住的神采所迷惑？母親是不屬於我們這世界的；她像一棵誤植在陸地的水蓮，逐漸枯灼於水鄉的渴念。粗暴的父親怎會懂得這些？他孤僻而自信，毫無情感，是個脾氣最硬，最不易受人影響的人——也許不是，也許完全不是。我覺得我長得愈大，認識他愈多，也愈無法說出他是哪種人……。這是哪個晚上呢？我已記不得了……

對了，還是那個夏天的晚上。母親說著說著，停了下來：「大君，給爸爸搬張椅子！」我們這才發現父親坐在臺階那兒。他什麼時候來的？是否昨天；前天也在呢？

當我們聽到他慌忙地說：不，涼一會就進去時，都鬆了一口氣。然而，我們驚訝地看到他竟坐下來了！自那天後，母親總不忘提醒哥哥，乘涼時多搬一張椅子。他有時來坐，有時讓他的位子空著。而這空著的日子愈來愈少了。最初，我們都很不自在，母親的故事似乎也說不下去。但那南瓜的浪濤真能帶人回到江南呵！我們也就不知不覺地溶入母親的世界了……

父親顯然也被母親的故事感動了，當然他並沒有這麼說。有一晚，他宣佈也來講個故事。他說的是外國童話「灰姑娘」。一個被後母虐待的女孩子，坐著南瓜變的馬車，參加王子的舞會的故事。父親的故事說得不好，這是他第一次說故事給我們聽，可能也是他生平第一次。可是我們真是高興；那感動我們的，似乎是故事以外的什麼。大家都請他再說。父親也很高興，開始常常說故事，我和哥哥會想起學校的趣事，爭著講出來。小弟也不甘寂寞，一定要表演他自己編的歌舞……

那段日子呵！必定是我家最快樂的時候了。晚上，全家在南瓜棚下乘涼談笑。白天，父親也不再驟然地發起脾氣。父親和我們之間仍有一層隔閡，但他不再是個可怖的陌生人。真的，父親像是變了。他還冒著炙人的太陽，去給母親找醫生。醫生的結論並不樂觀，但是誰也看得出來，她確是一天比一天好了；胖了，臉色紅潤了，可以下床走動了。我們眼見母親日日好轉，覺得世界上沒有比這更好的事了。

分析：

悲劇高潮出現之前的平和美好、困苦、陰霾的生活裏稀有的一丁點快樂紓解。莫要以為這就是轉機、就是柳暗花明的前兆，它只是無可避免，悲劇高潮出現之前的緩和、低潮而已。水鄉母親的意念由南瓜的綠藤返回故鄉，向她的子女敘述江南水鄉的種種：荷塘中的荷葉、蓮蓬、菱角、瓜田中的瓜、荒年的饑饉之苦、善意無奈的謊言。「貧苦而快樂」足使讀者們深思，世上多有富有而不快樂的，何如那貧苦生活中平凡的快樂！

敘述者於此馳騁其詩化筆觸，以摯愛之情來寫母親：「清純如白蓮的臉」、「溫柔而淡然如夢的令人抓不住的神采」、「她像一棵誤植在陸地的水蓮，逐漸枯灼於水鄉的渴念」，前二不免有軟性文學之嫌，後一卻是深情體認的適當譬喻。

南瓜予母親以鄉愁的慰藉，子女三人因母親的好轉而快樂，甚至那「不一國」的父親也被感染而投誠來歸，情節至此，順境已能使人鬆懈，好準備去接受以下的悲劇高潮陡現。

從線四：

然而我們仍渴望知道這是不是南瓜。它到底是什麼呢？或者什麼都不是呢？

母親說：「算了吧…它已給我們很多了。現在不是很好嗎？」

現在是很好，可是三個孩子仍想瓜。

母親說：「一結瓜，這些美麗的葉子就要枯萎了呵！」

我們還是每天到蔓藤中去找瓜，生怕它把它的瓜藏起來了。眼看一朵朵黃花開了就落，真叫我們心痛。

就在那個古金色的秋日，終於結了一個大南瓜。

原來它是棵南瓜。它用一個這麼美的南瓜來證明它自己。我們天天去看，它每天都長大了一點。我們努力忍耐著，抵抗那由青轉黃的誘惑，希望它長得更大。於是它長呵長呵！那樣大的南瓜！你一定沒看過。連母親也說，她家鄉最大的南瓜也比不上。

到蔓藤枯了的時候，我們才摘下瓜來。我們兄妹三人合起來也抬不動，還得加上父親。那必定是一副有趣的圖畫。我們這些不曾耕耘的人，享受到最大的收穫之樂。

我們把它放在廚房的桌子上。負荷著過熟的沉重，它志得意滿地躺在那兒，佔據了桌子的一半；完美的橢圓形，豐滿得裂出一輪輪的突起；金黃裏透出赤紅，像是這季節把它所有的金色都凝聚在我們的瓜上了。怎麼捨得吃它呢？我們圍著看母親行「開瓜禮」。母親眼裏閃著淚光。

那一向天天吃南瓜。南瓜餅、南瓜麵、煮南瓜、炒南瓜……那樣甜甜沙沙的，實在太美了。而南瓜藤是完全凋了；葉子倒了，瓜棚也垮了。母親仍然每天看著它們說：正像故鄉的殘荷。整個冬天，院子就留著「殘荷」。到初春的時候，堆堆的雜草中，連「殘荷」也看不到了，就在那時，母親病重了。

分析：

從綠四現，由母親感傷的留戀「一結瓜，這些美麗的葉子就要枯萎了呵！」那是「惜春常怕花開早，何況落紅無數」的顧此而失彼的自然悲情。綠葉供輸在使開花結果，及至任務成，必然是花葉凋落。而人生的成長—付出—死亡，循環之理又何嘗不是如此？南瓜既已完成了它豐熟的貢獻，瓜葉凋零，有如殘荷，就只能有「留得殘荷聽雨聲」的愴懷憑弔了，植物如此，人物同理，竭盡付出的母親，也已走到了人生盡頭……。

主線四：

她的房門緊緊關住，父親不許我們進去。我們只聽到她瘋狂的咳嗽，只見護士端著滿面盆滿面盆的鮮血走出來……。每一聲咳都撕裂我的心，那咯血的，像是十歲的我。那大堆大堆，帶有凝塊的血，像自我幼小的身體奔騰而出……。

我無法入睡，生怕一閉上眼睛，母親會被病痛搶走。我整夜站在院中；正照著母親的昏黃燈光，從緊鎖的窗子漏出，落了我一身。在裏面，母親正受著苦，而我什麼也不能做……。滿心希望坐在母親身旁，握住她冰涼而纖細的手……。你不知道母親有怎樣一雙美好的手，修長潔白冰涼如玉。無數的發燒的日子，她用手冰我炙燒的額頭。就是那雙冰涼的手，還有她如蓮瓣的臉，把我從遙遠的、模糊的地方帶回來……

一夜，在院中遇到哥哥。我們忍不住抱頭痛哭。窗內傳來母親絕望的咳聲，心中茫然湧起了對父親的恨意。

有一天，有一天咳聲平靜了。我們都舒了一口氣，大夫卻搖搖頭，走了。

那是三月七日。一九五二年的三月七日。她說：把窗打開，讓我看看南瓜。我說：媽，早沒南瓜了！她就黯然了，不再說什麼。然而她必然看到了什麼——她漸漸微笑了，一絲喜悅使她的臉亮了起來，夢樣的眼光穿過粗陋的窗子，穿過凋盡的南瓜——她必然看到了什麼。就在那一剎那，我知道她一定看到了荷花、荷葉和瓜田。去到了那裏，回到了她原來屬於的地方……

十多年了，沒有了母親，我們都過著悲慘的生活。父親很少和我們說話，也從不管我們的生活和學業。父子間陌如路人。下班後，他總是去打牌，不到夜深不回，我們雖然看不過意，卻也從不曾想到和他說什麼。

難道父親也懷念她？難道父親也發現沒有母親的家，根本不能算家。

分析：

悲劇高潮，全篇靈魂人物的死亡。敘述者不曾正面來寫死亡，估計有二：一是她確是不曾親見，二是那最最深沉的悲痛，原是筆觸所不能客觀寫出來的。雖然如此，藝術的價值不減，一是敘述者情感的真切：「母親正受著苦，而我什麼也不能做……」、「在院中遇到哥哥。我們忍不住抱頭痛哭」，以及她對母親愛戀的再現：「握住她冰涼而纖細的手……一雙美好的手，修長潔白冰涼如玉。無數的發燒的日子，她用手冰我炙燒的額頭……把我從遙遠的、模糊的地方帶回來……」母愛領受的憶念反芻，最是真切。

寫母親在大去之前，仍然眷戀她所愛的植樹：「一絲喜悅使她的臉亮了起來，夢樣的眼光穿過粗陋的窗子，穿過凋盡的南瓜——她必然看到了什麼。就在那一剎那，我知道她一定看到了荷花、荷葉和瓜田。去到了那裏，回到了她原來屬於的地方……」與前相應誤植於陸地的水蓮，逐漸枯灼於水鄉的渴望，而現在，她的精魂終能翔遊，渡過關山。渡過濤波，回到她魂夢牽縈的水鄉斯土。超現實意念的幽玄一現，但卻正是人生原型合理的顯現。

從線五：

這麼多年來，沒人再提到南瓜。我們自以為這是我們心中最深沉的記憶，似乎用嘴說出來都會沾污它。誰也不想在這生長過南瓜的地再種別的東西，連這種念頭都不曾起過。寧可讓野草把一切湮沒。

破落的院子，比我們第一次看到時更荒涼了。靜下來，依稀能聽到南瓜的沙沙浪濤。呵！回憶這麼沉重，我們沉醉在它的澀味裏，不願醒來。意識到彼此懷有同樣的記憶，我們兄妹感到這樣親近。

分析：

篇中從線的最後出現，但已不是實情，而是憶念的感覺：「沒人再提到南瓜。我們自以為這是我們心中最深沉的記憶，似乎用嘴說出來都會沾污它。」「靜下來，依稀能聽到南瓜的沙沙浪濤。呵！回憶這麼沉重，我們沉醉在它的澀味裏，不願醒來。」前一句隱喻南瓜的聖化是因它即是亡母的化身；後一句幽玄再現，南瓜聲息依稀是母愛不捨的呵護，人生苦澀的滋味，在經歷坎坷之後都嚐到了。

主線五：

兩年前，好不容易我自徬徨的中學時代走出，到臺北和哥哥一起讀大學。哥哥很努力；他自己有公費，又在課餘做事來補助我和弟弟的學費。現在只有小弟一人在家，他常跑掉，好像我們的家已完全淪落了。可是在宿舍的日子還是那樣想家呵！漆黑的夜會出現那星空、星空下的南瓜、南瓜棚下的母親、父親和我們……。放假的日子，總是歸心似箭，渴望家，渴望母親。恍惚地以為母親會張臂迎接我……。然而滿目瘡痍的家呵，傾倒的籬笆、油漆剝落的木板房，還有那寂寞院子——在我的懷念中滿生南瓜的寂寞院子呵！

這暑假，哥哥考取公費，要出國了。他直到臨行才回來一趟。看到高大成人的哥哥，想起他給我的信：「這樣的家！有機會我立刻走，毫不留戀。也好！沒有根的人，只要有勇氣活下去，可以飛得更高更遠！」飛吧！家是應該飛，哥哥！

在他回來的次日，父親例外地留在家裏。晚飯後，他在飯桌上坐了很久：「天熱，太熱了！」他停了許久才說下去：「大君，搬張椅子到院子涼涼好嗎？」

哥哥的驚訝必然也不亞於我。我們像演戲一樣，搬了椅子，坐在園路上；僵得很，誰也沒開口。院中確是涼快多了。在黑夜掩飾下，破落的院子，也沒有白日那麼悽慘。

很久，很久，父親才囁囁嚅嚅地說：

「大君，你就要走了……你讀書靠自己，留學也是靠自己……你們兄妹三個讀書作人，我全沒盡一點力。我這做父親的很——很慚愧。我從來沒有給你們什麼——我什麼也沒有……什麼都沒有……從來沒給你們什麼——你們，和你們的母親……」

我突然心酸了，想去握這孤獨老人的手；正如當年我想握另一雙冰涼而纖細的手。是的，孤獨的老人。我從未發現父親是這樣地孤獨又這樣地蒼老。我不敢看他，可是第一次，他花白的頭髮，佝僂的身體，清晰地映入我心底。平時，當他發起脾氣來，那麼僵硬的線條，現在必已鬆弛下來，成為重重疊疊的皺紋。他總是燃燒的眼睛，現在必然滿負悲哀，因不堪悲哀的沉重而疲倦。我的父親呵！這一剎那，我才明白藏在你冷漠和驕傲下面的，是不知如何表達自己情感的怯弱和寂寞。……

我能說什麼？沉默凍結了，橫在我們中間。沒人能否認這些。這正是我們相互訴說，用以指責父親的。而此刻，我的心在叫：呵！父親，我們又給了你什麼？我們又給了你什麼？

分析：

主線的結尾，第一段中有敘述者的感性：快樂的夏夜納涼的回憶，戀母的錯覺，人去物非的現實之景，寂寞的院子因人去而寂寞，也因瓜凋人死而寂寞。哥哥信中的話：「沒有根的人，只要有勇氣活下去，可以飛得更高更遠！」引人思忖，困逆有助於人生掙扎出頭，但這也並非至理，必然也有萎謝於困逆中奄然結束了的！又親情的愛與照顧圓滿，生長出來的孩子們或是正常優秀或是敗亂畸型，人生弔詭，原是多角。

失敗的、駝鳥的父親終於自承愧恨，這外表強硬的男子其實最弱，那外貌柔弱而心性堅強的妻子死了之後，駝鳥心性沒有改進，他只能在方城之中去麻醉逃避……雖然他最後的自承不失為清醒可貴，但畢竟是太遲了。而秉承母親善良特性的敘述者，卻由此湧發了她的悲憫：「我的父親呵！這一剎那，我才明白藏在你冷漠和驕傲下面的，是不知如何表達自己情感的怯弱和寂寞……。」「我突然心酸了，想去握這孤獨老人的手；正如當年我想握另一雙冰涼而纖細的手。」「呵！父親，我們又給了你什麼？我們又給了你什麼？」難得有如此公平的醒悟，在時下親子之情常被蹉跎、隔閡，甚至錯置、扭曲之時，這一點善良、公平的親情倫理的閃光，予我們以人性仍能擺脫現實疏離，提昇正常的希望。

結尾：

是誰也不曾給過誰什麼，除了那南瓜！南瓜，那南瓜！我這才突然悟到，那南瓜為什麼僅是如許短暫的生存，卻又能那般無憾地逝去！

分析：

全篇結尾，主、從兩線合一，與前楔子呼應，麥子——南瓜——母親——雖是短暫的生存，但因具備了付出的意義價值，都能無憾的逝去。

第六節　三線錯綜

0

阿姊，聞聽及此一不幸的訊息，目下驚懼的兩眼發旋烏黑。尤其覺得單薄的體軀像一散棉花一樣，攤鋪在支閣交響的舊床榻內，要不是經過屋外的汽車叭叭喧吵，許久仍無法織感發生什麼事體。事實上，我也知道，僅僅這種事體，任何時刻都便暗默著庶幾會發生，只是來得這般突然，便更格外顯得痛楚。所以，阿姊，夜晚折騰了許久便未再能眠睡，虛睜著眼探看沈灰調的牆壁，竟又失眠了一夜。

1

火車淒喘淒喘地在小鎮的車站停泊靠岸。他立待機關車頭「咻」的一聲息氣之後才從鐵箱裏步踏下去。俟後，火車復再隆其隆其的嘶喊啟動，他注望著這一列昆蟲蠕蠕動爬，終至很艱難狀地緩緩走出碼頭。於是他乃拾著一只藏深綠色的皮箱穿刺經過查票的門口。其實這樣的一只新亮的皮箱傢用他已購買久久，因平常時專用不到，以致他便將之置安於眠榻下，且拏報紙密密縫縫的護蓋住不使舊損。此刻他在皮箱裏獨獨放了幾件內衣褲、肥皂、牙膏、牙刷、拖鞋和一襲水色的長袖香港衫等等。

2

他於往家厝的路途上獨自一人覓進，一種忡憂的思念盤據住他的心頭。他三番幾次欲望遺忘它卻是打不破掉，致是使他感覺非常震駭，一片陰影復再籠罩在跟前，使他無法避離掉，這是一種苦痛的經驗，以前他在在真實地歷經過此一式悲痛。因此當他又思及這個不幸的訊息，隨即拉長了腳步，決意以專心於競越路道兩側的木麻黃來稍稍忘懷此一事件。

0

阿姊，此地天候雖甚寒冷，為弟的自當能抗擷，無庸念掛。

3

得探知阿姊逝世的信耗，他確然覺得到血的一時轉冷，以致差一點發生昏厥的情形，是他隨即急刻整拾裝行歸奔還家。這時他沿於此一條路徑步下去，便能達及他的家庭——他，還有他爸爸、媽媽。

關乎這一次的事件，他絲毫也無有預備，致使在初聆的時當，便暗暗覺到一股慄戰的應生。他實實不明瞭他的姊姊為什麼要去尋短，此即是懸盤在他的心頭的哀憂。

至今，令他唯一擔心的，是他和姊姊之間的距離——自今至後，她已絕然脫離他們的家庭了。想及此他又咽咽的悲傷起來。

4

至家斯時，門庭謐靜得一無任何任何聲響，止止有北風吹搖樹葉嘩啦呼啦的響音，他忽地覺到這個家正在患著傴憐的楚痛。這時，他再困忍不住嚶嚶搐泣，自今而後，阿姊是真的離開他了。

許久間後，他的爸爸出現於門扇側面，因為他爸爸的顯見，使他懷疑他這樣的哀泣是否有慚羞，斯時他已是個大略可堪稱「大人」的人哪，因此他認為他的傷情最好及與父親一樣含蓄婉憫。
他於是偃偃咽黯，向著這個父親走過去。

5

父親說：「她走了。就在早幾日之前，依猶覩到她的欣容，確正窺察不至要脫離這個家庭的影蹤，沒有想到，卻沒有想到這一個家裏的成員會去歸依去了，而留下其父母和她的唯一的弟弟。」

他的父親是個已經上了年歲的人，兩間鬢髮業有泛染一些鼠白的顏色，此刻看起來越發是一面很瘦癟很疲弱的很老的人的臉，他兀自詫詫的悸恐，並且感覺得到父親晚年喪女的箠痛。

這一會兒，他與父親面對的立陣，兩者皆莫有講話，他怒恨自己竟不能出一語以相安慰父親。其後，這個為父親的以手掌于他的頭上慰撫，而且說：「你的媽媽在裏內，等一下不要現出淒愴的容顏，以免再復勾取她的愁傷，她，你的媽媽，已經昏厥了有好幾趟了。」他啊啊嗯嗯的點頭，示心即將遵照父親的吩咐去履行。

6

他發現母親孤孤獨獨孑然地落坐於一張昔時的舊的有靠背的藤椅裏，然而，媽媽，她並沒有睇視這個兒子的到來。的確，媽媽似乎沈陷在一層無盡的病害中了，是以她有這樣出神的態度，竟至不覺他的歸返。

「媽媽，媽媽——」他輕微微叩叫，卻是沒有得到甚至一稍稍的反應。

他走去母親的身旁，適勢將手搭於她的肩，說：「媽媽，我回到了家裏來勒。」他于臉上喬裝微笑，最最冀盼換得他的母親的歡喜，卻而，媽媽視看他而後又再嚶嚶啜泣了，是時，他亦難過得不知所辦。

0

阿姊，來信接悉，尚有匯票一張兼併收存，感激不盡。至汝所言，母親節吾等須該仍舊依約買購一禮物贈予我們的媽媽，以之表達我們的孝心，和贏得母親她極大的愉快。阿姊，想了一晚夜，還沒有真實決定要採買何二物品哪，是以隨後附上一單目，請您奪定：木製酒桶撲滿、手環。鍍金項鍊。玻璃絲襪。蘋果。

7

雖然他姊姊業已逝世，但他至現在亦還不明白她何以要去自殺？他到底念鄭重地支持他的一個看觀：他的姊姊是一位大學畢業的學生，見聞甚博，諸般知識涉獵很是豐富。有一次他幫她搬翻書籍，驀然發現其中就有《古文觀止》、《唐詩三百首》、《紅樓夢》、《辭海》等等很厚的書本，還有許多英文課本，斯時，姊姊也送給予他一本《評註劍南詩鈔》，他歡喜得大叫大躍極是高興。現今直到她的死亡以前，都在一間公司佔有很好的職位。基此，彼忽然自戮，對他的看觀邏輯切切確確是一宗宏大的打擊。他的邏輯是：這麼一個見識廣博的青年不能自殺。然則，他的姊姊確實是自殺了！

8

「秀慧啊，秀慧啊，你你——嗚——嗚——」媽媽睡至夜半更分突然高亢哀嚎喚呼姊姊之名。

他迅快跑至媽媽身旁，母親卻又已睡靜。

那一晚他即在他與母親的床榻之間奔跑十餘局趟。

9

關於此事，對他的家是至極大至極悲慘的痛擊，現今，他應該負擔起查徹死因的職責，因此，他乃著手覓尋物證。

首先他問及於父親，父親的回答是：「熙兒，我，其實也是，哎，實在抱歉，她，我該怎麼說吶，這事，哎——」他為父親的無法交代感到非常非常惋惜，日常這個家庭是由父親來主管的，而他竟然未能清楚說解，他懷疑這個父親是否及早就不關注他們的事情了。

「不不，不會那樣的，你知道，我只是，嗳——。」父親說。

這樣子看來，父親大體上將不致於是放棄子女的那一種人了。

10

他，尹熙，本來預算要問訪幾位姊姊的朋友，而皆因不知住址只好作罷。

11

「有否她留置下來的任何信件！」他問。

「沒有，就是連一只遺書也沒有發見的勒，光光的走了，一無交代，這個孩子可憐啊！」媽媽說。

0

阿姊，艾菱那女孩又來找我，要我陪她去陽明山看櫻花，我記著您的話，不與她去，她老大的不高興，可是我不管那麼多。

12

他開始改變方向去蒐集姊姊逝亡的緣由，緣是他乃閱翻她所遺留的筆記，冀盼於其中探得一線線索。

一天，他尋得一紙便條，上面有這樣的記錄：人是最虛偽的動物，冷酷、無恥、貪婪、自大、傲慢、侈言同情，卻沒有愛心。這予他是極度之震撼，致使他啊啊啊啊啊啊聲呼心跳。

13

他復發現一個記載：一隻淡黃澤的彩蝶在那發苞的放肆的像鮮血一般朱紅的杜鵑花之上舞飛。

14

這時，關於他姊姊，尹秀慧，是如何怎樣的個性的一個人，他也越迷糊越不知道。他沒有想到一個人竟然會如此令人難以去了解其心靈。

起先，她是給予尹熙崇拜的偶像，因為她在各方面都勝過他太多太多，所以差不多所有的事情他都會去請教於她，待得到其指示之後，他皆都戰戰兢兢的履行不疑，譬如她教他於應試時節要先背爛英文再去做數學，他即圭臬奉行，不肯違背，還有她叫他不要再和艾菱那個女孩交往，他亦斷然給予中止了。而居然這樣的一個姊姊他也無法了解她是如何的性格，此事便使他剋耐不住一陣的失望。

15 她的備忘簿於登抄雜碎瑣細除外，插夾一句話：人是孤獨的個體，一切感覺都是一種無窮盡的存在，但不是智慧，而是愛。

他枯坐殫想良久，是後推開窗門走出去。

16 「你發現了一些有關的證據了嗎？」父親問。

「沒有。」他答。

「你會以為她留有遺言嗎？」

「沒有。」

「她是否會將其文件匿藏或焚燒掉了？」

「不知道。」

「是真的不知道嗎？」

「真的。」

「你觀過其日記本？」

「沒有。」

「是沒有找到嗎？」

「是的。」

「然則她為什麼要自殺？」

「不知道。」

0

阿姊，數天前是一個炙熱的氣候，這在斯個季節是前無所見的極其反常的。那時我在一條街上走步，恰遇一個有白頭髮的老婆婆表其口渴而叫難奈，我即贈予十塊錢與她，讓她購吃冰水。阿姊，您說這樣好嗎？

17

他媽媽吵鬧得這個家無一刻安寧，她總是喃喃自言自語的嘶喊叫：「是我害死了秀慧小寶貝，可憐的秀慧乖乖，都怪媽媽不好，沒有片刻顧護及你，才由你獨獨離去了，哀哀——寶貝乖乖，媽媽自今復後不會再離開你了，來，來，媽媽唱一個搖籃歌曲予你聽聽，乖乖啊，乖乖哦——。」母親蓬頭散髮，衹見她單薄的身體前後左右划搖再再不止。

「你定然必然亦為兇手之一。」他的媽媽對他的爸爸怒說：「是一個多麼可恥、可羞、可恨的父親啊，竟而連他的唯一女兒都設計陷害坑殺之，嗐，嗐，是後誰敢以你為父親咦。」

恐怕是一個母親載受不住此一悲慘的壓力了，致是日後亦常常責備譴罵自身，還有他，尹熙的爸爸。

18

一段很長的時日間，關於燒飯煮菜之廚事，皆由他和他的父親輪流擔當。他的媽媽每用餐頓時須憤哮：「不好吃。不好吃。」

19　到了一夜已經十一點左右了，他居然覓到了深藏已久的姊姊的日記本。此書的發見一式皆屬偶然，那一夜他跳巢去睡她的床鋪，而卻不知情的在枕頭寢底拏到了這一籍冊。於是他遂予一種小偷的悚恐心情來窺看是一最最重要的文件：

a　每一個家都是一幢偉大的創造，自有生靈，即有此一制度，而其任務相傳為延續血統純正的子子孫孫。此一說法是與否姑且無論，然則它的形態組織當以盡力達及真正的「家」為依歸。

b　我的家是一個標準的家庭，由爸爸，媽媽，我和弟弟四個成員組成，我們共處於一屋簷之下，彼此客客氣氣，相敬如賓，絕無紛爭差爽，我相信如果要推選模範家庭，非我家莫屬焉。能夠誕生於這個家裏我很高興，因為別人都很羨慕我們，雖是他們口裏不講，然則臉上可清清楚楚的寫著。實在一點都不錯，像我們這種家庭打著燈籠何處再去找呢？

c　但是，我確是感覺很孤獨，很寂寞。推究起來，這種結果導因於我們成員之間的年齡距離太遠殊，致使在家裏我沒有傾訴的對象，問題的嚴重性就在此一癥結上，我家人口太簡單。簡單自然有其優點，卻亦有它的缺失，譬如我，上對父親母親極致人子的恭敬孝順，下是弟弟崇拜的偶像，但是，在這個家裏我卻沒有朋友。我時時感覺爸爸媽媽對我的愛是一種例行公式，一種盲目的愛，一種不得不如此的無可奈何的愛，他們不了解我，更不知道我還需要他們做我的朋友，因為他們，父親和母親，生了我，所以他們就自認有資格以長輩的身份來顧戀我，本來是一點也並沒有錯誤。但是，除了做為父親和母親外，他們為什麼不再試試做我的朋友呢？

d

如此一來，他們對我愈好，我愈是害怕了，我懷疑這個家的行為是不是一種商業化的交易關係，譬如「積穀防飢，養兒防老」之類的。本來像我們這個家庭結構就容易發生單純的上述的那類情形，當初，我們都忽略了「家」除了維持基本架構以外，還需要另外有一些內容，譬如：父親母親同時也是我的朋友，我同時也是弟弟的朋友等等，諸如此類。

e

我不知道父親母親同時又是子女的朋友有什麼不好，或許爸爸媽媽不是不喜歡這樣，而只是他們自己也要營生，實在太忙了，抽不出時間來的吧。

f

我很孤獨很孤獨很孤獨很孤獨……。

「你必然發現了汝姊自殺的緣由了？」

「沒有。」

「你不能欺騙你的父母親的，知不知道？」

「知道。」

「那麼，你說出汝姊自殺的原因來與我們聽聽囉。」

「我真的不清楚呀。」

「你不是欺騙我們吧？」

「沒有哇。」

「你真是不清楚嗎？」

「是的。」

0

阿姊，是一個冬季已經靠近尾聲而欲告結束，我來拏還日記簿予您，縱然為弟的窺視了一些，阿姊，您不會因此而生氣而不再愛我吧？現在，鵠望最後的一堆火光能再輸與我一些溫暖，一些阿姊您的溫暖……。

分析：

如果「時空錯綜」是現在、過去、未來，那也是「三線錯綜」。錯綜體式可以多線，已屬無疑。問題是多線的上限究是多少？筆者以為，多則易亂，仍宜以三線為宜，三線錯綜的規格與時空錯綜大致相同，只是頭尾的設計並不一定，更有彈性，此外，三線各自所佔比率的多寡，以及錯綜的組合，更為自由多樣。

〈冬戀〉一篇三線分別是：「0」號是敘述者對亡姊的說話。「1」～「20」是敘述者一家的故事。「a」～「f」是亡姊的日記。分析如後：

㈠「0」線的發展依序是：

敘述者(尹熙)初聞阿姊自殺後的驚懼、失眠。鄉土新詞如「一散棉花」、「攤鋪」、「支閣交響」、「喧吵」、「織感」、「暗默著」、「眠睡」。

往事，與姊通信，雖天寒尚能適應，請勿掛念。鄉土新詞「抗擷」。

往事，與姊通信的內容，謝謝匯款，開列母親節的禮品項目請姊決定。鄉土新詞如「須該」、「買購」、「單目」、「奪定」。

往事或姊逝世之後的事，記著姊的話，不和「艾菱」那女孩去陽明山賞櫻。

往事或姊逝世之後的事，做了善事（給口渴的老婆婆十塊錢）告訴阿姊，並詢問好不好？鄉土新詞如「走步」、「購吃」。

阿姊逝世，尹熙找到日記之後的殘冬，將日記燒還給逝者，希望阿姊勿因私窺日記而生氣不再愛弟，想著這焚燃日記的「最後的一堆火光」能予敘述者，以及長逝者以溫暖（與姊日記最後孤獨冷漠的人世相應）。

㈡「1」～「20」線的發展依序是：

1.阿姊逝世噩耗傳來，尹熙返回小鎮。鄉土新詞如「步踏」、「動爬」、「穿刺」、「傢用」、「置安」。

2.回家的路上，強忍悲痛。鄉土新詞如「家厝」、「覓進」、「忡憂」、「競越」。

3.仍在路上，不知阿姊為何自戕，感到她已遠離十分悲傷。鄉土新詞如「裝行」、「歸奔」、「時當」、「慄戰」、「應生」、「尋短」、「懸盤」。

4.見到父親，自感已可稱「大人」，傷情應與父親一樣含蓄（少年充大人的心理恰當）。鄉土新詞如「傴憐」、「楚痛」、「困忍」、「搐泣」、「顯見」。

5.父親說看不出阿姊在逝世之前有什麼異態，感到父親晚年喪女之痛，父子沉默相對，尹熙恨自己不能安慰父親，父親叮囑見母時勿露戚容，以免再度勾起她的悲傷。鄉土新詞如「確正窺察」、「影蹤」、「泛染」、「鼠白」、「詫詫」、「悸恐」、「箠痛」、「立陣」、「慰撫」、「示心」。

6.籐椅中的母親，出神而不覺兒子歸來，尹熙微笑不能換得她的歡喜，又引起她的啜泣，以致於尹熙也不知如何是好。鄉土新詞如「落坐」、「睇視」、「病害」、「叩叫」、「適勢」、「不知所辦」。

7.回憶阿姊是大學畢業生，見聞廣博，擁有古典及外文書籍。她曾贈送《評註劍南詩鈔》給尹熙，尹熙高興叫躍。逝世前在公司服務，職位很好，突然自戕，對尹熙的觀念邏輯「見識廣博的青年不能自殺」是一大打擊。鄉土新詞如「看觀」、「自戮」。

8.母親夜半睡夢中呼喚亡女，尹熙在一夜之間趨來母親床前十多次。鄉土新詞如「睡靜」、「局趟」。

9.尹熙來查究阿姊死，問父親對父親的無法交代惋惜，懷疑父親早就不關注子女，但又想到父親不是放棄子女的那一種人。鄉土新詞如「覓尋」。

10. 尹熙將訪問阿姊的朋友，因不知住址而作罷（表示阿姊生活的侷限）。鄉土新詞如「問訪」。
11. 問母親，沒有阿姊留下的信件。
12. 翻閱阿姊的筆記，便條上記著對人的失望，給予尹熙極度的震撼（逝者對人世的失望）。
13. 發現記載「一隻淡黃澤的彩蝶在那發苞的放肆的像鮮血一般朱紅的杜鵑花之上舞飛」（逝者在孤獨沉默的青春中，偶爾也有恣放亮麗的嚮往）。
14. 感覺不能了解阿姊尹秀慧，她曾是尹熙崇拜的偶像，常請教她又都遵照她的指示行事，居然如此也無法了解她的性格，尹熙禁不住失望。鄉土新詞如「背爛」、「圭臬奉行」、「剋耐不住」。
15. 逝者備忘簿中的話：人是孤獨的個體，一切感覺都是一種無窮盡的存在，但不是智慧，而是愛（逝者認知人生，渴需愛）。
16. 父子的對話，對秀慧的死因仍是不解。
17. 母親的自責，並怒責父親亦為兇手之一。
18. 父子兩人輪流炊事，而母親每次用餐都不滿意。鄉土新詞如「憤哮」。
19. 尹熙找到了秀慧的日記。鄉土新詞如「跳巢」、「悚恐」。
20. 父問子，以為發現了其姊自殺的緣由，子回答說：「沒有。」

㈢「a」～「f」線的發展依序是：

a「家」應該是「真心的」「家」。

b 自認自己的家是模範家庭。

c感到孤獨，在家沒有傾訴的對象。渴望與父母亦是朋友。

d懷疑家的行為是商業化的交易關係。強調父母同時是女兒的朋友，而姊姊同時也是弟弟的朋友。

e或許父母太忙，抽不出時間來做女兒的朋友。

f歸結主題：孤獨可以殺人。

第七節　劇場設計

文例：〈銹才〉

1.

「那一年颱風漲水，在永和有一家，四個人打牌，水淹到腰還沒有發覺！」

「後來呢？」

「有一個吸煙的，垂下的煙頭被水泡熄了，拈起來猛吸，沒有煙，這才發現，啊呀！不得了！水都淹過腰囉！……」

「這才真是咱們四健會的好同志哩！該須個專心『築城』獎什麼的！」

「萬事莫如牌在手，一年幾見雙龍抱！咳！三餅你往那裡跑，老子先碰了你再說。」

燈下，四個男的在打牌，都是公司同事：吳國泰的上家是小陳，單身漢，抱的是「不到四十不成家，今朝有牌今朝打」的哲學；下家田葵，上十年的老組員，去年組長沒升成，眼看煮熟的鴨子飛了，一氣之下投效四健會，最初技術不行，是蘇東坡的爸爸「老輸」，繳了幾個月的學費，目前已是青出於藍的後起之秀，新會員，改正歸邪的新會員，不！該說是改邪歸正才對。吃不飽餓不死的白領階級，單調乏味的生活，職位升不上去，生活改善不了，努力吧！太累，人生的疲乏之感，太重，何以解憂？惟有麻將，麻將就是休息，祇有在麻將桌上，四方城中，你才能渾忘一切，什麼煩惱都不想。一面打牌一面窮吹，罵上司，發牢騷，志同道合，痛快舒服，連大水淹到腰部都不覺得。

吳國泰的對面是老趙，地主，四個人裡篤定輸贏不大的。贏了是錦上添花，輸了有頭錢貼補。每天一場牌下來，頭錢收入除去開銷總還可以剩幾個，怪不得他總是不溫不火的，沉著應戰，也怪不得他時常能贏。

兩圈下來，吳國泰還沒有開始和牌，不斷地警告自己！要放鬆，不能緊張，氣勢一定要壯，越是不在乎輸贏才會贏，小牌不和，要和就和大的，先讓他們和，老子精采的表演在後頭，三年不鳴一鳴驚人，不攤則已一攤下來準叫他們嚇得直哆嗦……祇是今天的口袋不太充實，才一千塊，而且是家用，可絕不能輸，才不過月中，離發新還早得很，要是輸了一家四口吃什麼？不能擔心這些，該灑脫點，患得患失最糟，不能想不能想，可是有什麼法子不想，一千塊錢已經去了一半多……。

「吳國太，你今天又是佛寺看新郎，賠定啦！」

「老虎不發威，當我是病貓，看我和個大的！」

好不容易做成了一付清一色，聽了牌，吳國泰點起一支煙，緊張發汗的手有點抖。

「大家注意，國太點煙了，準是付大牌。」

「條子不能再放，我偏不信邪，二條！」

「好！清一色！」

就在吳國泰石破天驚一拍桌面的同時，上家小陳輕鬆地把牌一攤：

「別忙！國太，小弟告罪，攔你一次，四番小意思。」

2.

一進家門就心煩，小女兒端著盤醬油泡飯在吃，鼻涕直拖下來。屋子裡靜靜的，忍不住有氣，吼一聲：

「媽媽呢？」

小女兒一嚇，兩條黃龍倏地鑽進鼻孔；大女兒奔出來，怯怯地分辯：

「媽在工廠加班，說爸回來請爸帶我們去吃飯，等了好久，爸還沒回來，小妹直吵著肚子餓，沒有菜，我祇好……祇好……」

「妳吃過了沒有？」

「飯沒有了，我……我不餓，我等媽回來再吃！」

掏口袋，祇有一張十塊的，遞給她：

「帶妹妹去橋頭吃麵去！」

「爸要不要吃？」

陽春麵一碗五塊，算了！可是這對大女兒還不能說。

「爸吃過了！妳們去吧！」

煩躁地在冷清的屋裡踱著，煙也沒有了，真煩，越是心煩越是想抽煙。找找看，還好在抽屜裡找著半包發了霉的，管它的，點起一支，和著衣躺下，眼睛看看裊裊的煙縷升上去，還沒升到灰黯的天花板就消失了。

也不知是什麼時候睡著的，醒來時妻已經回來了，忙著在洗衣；大女兒在做功課；小的一個在唱歌，啃著她媽媽帶給她的一塊粗餅。喔！多麼容易滿足的小小的無知，喔！好空寥！

妻進來，瞇著眼看得清她憔悴的黃臉，不想理她，只能裝睡，準知一開口就是嘮叨：家用不夠，菜攤上已經不能再賒了，孩子真可憐，總不能讓她們挨餓受凍，天冷了，老大連件毛線衣都沒有，牌，實在是不能再打……。

妻很平靜，悄立著，一直在看著他，知道裝睡是瞞不過她的。

「國泰！」

「唔！」

「你知道人家叫你做什麼？」

「早知道啦！吳國太，佛寺看新郎！」

「不是，人家叫你做銹才，生銹的銹！」

銹才，生了銹的才，老趙和我是老銹才，小陳田葵是新銹才，好呀！真不錯！

「國泰！」

「什麼？」

「我最後一次請求你，不能再打牌了，一錯不能再錯，祇要你不打牌，我們這個家還能有救……如果你一定不能改……那……我……真真的不能再支持下去了……我祇好去死，也祇有那樣你才會後悔……。」

什麼話，用死來威脅我，哼！男人連打個牌的自由都沒有？做太太的為什麼不想想丈夫的苦悶，我不是愛打牌，我是苦悶妳知不知道？唉！說這些有什麼用？家不像家，孩子可憐，孩子的媽也真是可憐！我吳國泰就是拿不起放不下，這一點不忍人之心絕改不掉，不忍心看到妻子走上絕路。好吧！戒賭，說戒就戒，不決心。戒了賭之後想辦法找份兼差，先還債，還完債就好了！不！先得替大女兒買件毛線衣，後天不是可以領那筆繕寫費了嗎？

隔壁的那老頭又在拉他的南胡，唱著：「我好比……」唉！那一聲聲真像是拉著心弦似的，一顫一抖都是些抑悒悽涼。

3.

領到繕寫費，八百元，小陳約去打牌；單身漢的家，沒有女人，四雄決戰，通宵，過癮！好！準六點見。妻也知道有這筆錢，不能回去，一回去準又是那付苦臉，一大堆牢騷，乾脆不見面，今晚上先玩了再說，輸贏都是這一回，最後一回，就算是戒賭的臨別紀念吧！經過橋頭，先來一碗牛肉麵，重紅。四點四十分，是大女兒放學的時候，等等看，她過來了，好大好重的書包，把她的背都壓彎了；手上還拎著帆布袋，裡面是便當、水壺、雨傘。今天便當裡不知道是什麼菜？反正好不了。她在縮著脖子走，煢然伶仃的小可憐樣，為什麼老是抬不起頭來？家裡窮？太冷？制服裡沒有毛線衣。喔！毛線衣很便宜，聽妻說祇要一百塊，該替她買一件。說不定在附近就買得到，找找看！哪來的那麼多元宵，什麼節日？噢！是冬至，今晚是冬至夜。

冬至夜，全家吃元宵，熱騰騰的元宵，妻今晚不知道準備了沒有？也許她還有點私房錢，凡是女人都會存點私房錢的，不管她藏在哪兒都能找得到。一個奶粉罐，上回買煙沒錢，找到時發現裡面祇有二十塊……好慘！今晚不去小陳那裡了！買件毛衣，買些元宵回去，讓她們驚喜一下。回去！不回去！唉！小陳那裡不去也沒關係；不回家，不回家當然也沒什麼關係，反正她們總過得去的。算了！還是去小陳那裡，最後一次，戒賭的臨別紀念。

準六點到小陳的住處，田葵也來了，還差一個，三缺一。小陳說是一位姓劉的同事，不太熟，沒關係，約好了的，等等就來。好吧！既來之則安之，等著等著，直等到七點半，好小子，這姓劉的一定是個高手，教咱們三個等他一個，等得焦急，心浮氣躁，他準能一吃三。

八點，姓劉的終於來了，介紹，握手，搬風，鏖戰開始。小陳怪他遲到，姓劉的說：

「橋頭那邊有一家出事啦，我去看了一下，耽誤了，對不起！」

「出了什麼事？」

「先生不在家，太太留了封遺書自殺了；兩個女兒出去找爸爸，小的一個又掉在大水溝裡，受了傷……。」

吳國泰有點心虛，住在橋頭，兩個女兒，先生不在家；難道是自己家裡？禁不住問：

「是誰的家？」

「不知道，我這單身漢跟他們有眷屬的都不熟！」

「結果怎麼樣？」

「母女兩個都送了醫院，小女孩大概沒問題，那位太太可不一定！」

小陳看出吳國泰在擔心，安慰他說：

「你不是剛從家裡來嗎？絕不會是你家啦！放心！」

吳國泰想告訴他，自己根本就沒回家，想想總該不會如此倒霉吧！橋頭住的三十多家，太太常鬧著要自殺的多的是。老黃家就是，他也是兩個女兒，準定是他家，昨天還聽到他們夫妻吵架的，沒錯。

冷在一旁的田葵直嚷：

「管人家閒事幹嘛，打牌打牌……」

今晚手氣不錯，第一圈就連莊，和了付大牌，吳國泰的精神一振，開始專心來經營面前的十三張。

心不在焉的居然是姓劉的，歎息說：

「那位太太的遺書看了真叫人感動，她說不能勸丈夫回頭，就祇有一死，祇有她死才能使丈夫後悔，才能救這個家……」

奇怪，這些話很熟，好像是在哪裡聽過的。噢！是前天晚上妻說的。哎！難道她真的做出來了。

「不知道那位丈夫有什麼錯？」

「多半是外面有了女人吧！反正絕不會是為了打牌！」

小陳說得對，絕不會是為了打牌，打牌是小事，用不著如此的。吳國泰暗自在分析：不會是打牌，一定是外遇，那就是老黃，不是自己。

田葵說個故事：有位仁兄不聽太太勸告，賭得傾家蕩產，這一晚在賭場出了怪事，骰子盒蓋硬是揭不開，人家都說有鬼。賭場管事老經驗，一個個問，問明了這位仁兄的情況，斷定他家裡可能出了事，吩咐賭場退錢，叫他趕緊回去，果然這位仁兄回家一看，太太已經上了吊。

姓劉的又說：

「橋頭的那位太太還留了遺書給她兩個女兒，說她對不起女兒們，祇是實在不能再支持下去了，祇好出此下策。兩個女兒是她的心肝寶貝，她是一面痛哭一面寫下遺書的，她已經肝腸寸斷……。」

吳國泰臉色鐵青，又是一句熟悉的：「實在不能再支持下去了！」不行！打完這四圈不打了，他們要怪就怪好了，最多贏了的退還給他們就是，一定得回去看看，萬一……

「哈！放得好！」

心神不屬，牌都打錯了，放了小陳一個滿貫。

4.

門鈴響……。

小陳起身去開門，三個人祇好停下來。

聽到門口的人聲，是老趙。

「吳國泰在不在？」

「在裡面！」

「該死！到處找他找不到，原來在這裡！」

「怎麼啦？」

「他家出了事啦！」

彷彿被人兜頭打下一棒，吳國泰感覺到一陣暈眩，搖搖晃晃地站起來，對面姓劉的惶然地說：

「對不起，吳兄，我真的不知道那是你家……」

踉蹌著離開時，還聽到田葵的喊叫：

「老吳，沉著氣，來得及的……。」

分析：

劇場設計——是以戲劇的分場設計與短篇小說相整合的一種體式。短篇的各段猶如戲劇的各場。〈銹才〉一篇的主題表現人性中慣性耽溺的可悲。情節發展次序是：

㈠場景由牌桌開始，介紹「四健會」成員，主角「吳國泰」。主角的口袋不充實，家用挪來賭，氣勢不壯，好不容易做成的大牌又被攔和。

㈡場景是貧家，主角回到家來，小女兒餓著在吃醬油泡飯，最後的十塊錢叫兩個女兒去吃麵。煙沒了，抽發霉的，妻由工廠下班回來，告訴主角外界人稱「銹才」，勸他無論如何不能再賭，如果一定不改，她祇好去死。主角的意識流，不忍人之心想要戒賭，先替大女兒買件毛線衣，伏線出現，後天可領繕寫費。隔壁老頭的胡琴，一如主角的抑悒淒涼。

㈢高潮之前的山雨欲來，繕寫費到手，主角的意識流：約好去打牌，不回家，橋頭吃麵，大女兒放學，縮著脖子煢然伶仃，不忍人之心浮現，想著替她買毛衣，今天是冬至，不去賭，回家吃元宵，賭與不賭，天人交戰，人性中慣性的陷溺不易改革，結果還是去賭。場景換到小陳家，三缺一，姓劉的晚到，鏖戰開始，遲到的說橋頭有一家出了事，太太留遺書自殺，兩個女兒出來找爸爸，小的一個掉進大水溝受了傷……主角心虛，擔心是自己家，又自我寬慰不致於如此倒霉，姓劉說那位太太的遺書內容，就是主角之妻的說話。田癸說賭場怪事，骰子盒蓋揭不開，管事斷定賭客家中出事，吩咐退錢，趕緊回去，果然家裡的妻子上了吊。主角愈來愈是心虛，想著要回家去看。

㈣高潮：鄰居老趙找來，果然就是，主角踉蹌著離開。最後牌友的喊叫「沉著氣，來得及的……」那是作者的不忍人之心。

第五章　藝術論

本章專論小說藝術手法，多採張愛玲（一九二一——一九九五）作品為析例。張愛玲自二十二歲（一九四三年五月）於《紫羅蘭》發表她的第一篇作品〈沉香屑——第一爐香〉，迄至一九七八，三十五年之間一共發表二十九個短、中、長篇小說。作品儘管不多，但卻如暗夜星明，為近百年的中國小說開創了空前的嶄新的形象。儘管現代作家對她多有企羨、模倣；而邯鄲學步，甚至婢學夫人者又似未能有所超越。近年來，已多有以張作為對象的研究專著與論文發表，而文學鑽石的多面輝光，或仍未能充分揮發，是以筆者猶能以淺陋再作整理析評。意念趨向，除了為一己的心嚮往之，藉著析評作為未之能行的創作動力的轉嫁，枝求能有交代之外；更想著或能以張作藝術歸納所得的線路，提供為現代文學研究，創作者的參考與借鏡。

第一節　對　話

一、對話的原則

1.應有腔調：對話的成立，由於兩要素：話和說話的調子。這兩種要素有許多形態；是隨說話者的方言、職業、年齡、性格，說話時的感情等等而有差異的。所以寫會話時須擒住說話人的性格與他的感情。會話既已寫出，必須使性格活躍，然後可謂之為「真的會話」或「美的會話」。其次，會話應有一種腔調，這腔調（即調子）要含有音樂的要素。沒有腔調的對話，是沒有生命的，是死的。

2.在對話中人的話要適合其出身教養，適應他所處的環境，由人物思想感情中萌發而有富有人情味的話。

3.用人物習慣的口語穿插人物工作上專門語彙，以表示人物性與生活習慣。

4.語調：注意人物在悲哀恐怖或喜悅心情下，對話之緩急高低與不正常的語調狀態。

5.旁襯：可由旁人的對話說出人物之歷史性格，生活狀態。

6.對話務必簡短，生動活潑以助人物描寫之逼真生動。

二、對話的種類及例舉

(一)敘述與對話

還記得有一棵樹，枝椏彎彎的，像是一隻手在招引，招引招引，唉！也許它現在還在招引，而昔年凍紅雙頰歡笑著的童伴們呢？早已勞燕分飛，經歷了半個世紀。不！都快一甲子了！南來者已垂垂衰老，那些童年的伙伴，也當如此一般衰老，或許他們曾經越過洞庭，去到長江、黃河，馳騁於草原廣漠，白山黑水，以壯盛之年死在戰場，無定河邊之骨，仍縈迴於每一度春閨夢裏的輾轉。

「老師說，他常注視小女兒的照片，看她的眼睛，那眼裏有他的故鄉。」

辛雅蓓幽幽的聲音像是從好遠、好遠的時空飄來。是的，記得那晚老師所說，他是那樣熱烈、深切地懷念著他的水鄉，難怪在文學史上讀到南宋詞「年年看塞雁、一十四番回」時，老師會禁不住激動而熱淚紛灑，連聲音都變了。記得那時候整個教室好靜，我們全都被他的悲愴之情感染，心頭像是正壓著塊大石，呆呆地聽他吟著：「夢回遼海北、魂斷玉關西。」是啊！我們都是來自那一大片海棠葉形的故土，即使我們自身不是，那也一定是我們的父母、祖先生長的根源，血脈相連的根啊！叫我們如何能忘？何時我們才能夠回去？等待令人焦躁。老師來臺灣已經二十九年了，二十九度黃花凋盡，落葉覆蓋，流浪者懷鄉的淚已可使洞庭洶湧，可是！故鄉還祇在流浪者的夢裏縈迴，祇有在魂夢之中，才能飛越關山，去到遼河之北、玉關之西。小女兒的眼睛明澈，一如晴日裡明澈的洞庭；而雨雪霏霏的洞庭呢？正在老師昏花的淚眼，憶念啃嚙著淒苦的心底吧！

「那小女兒死了，死在一次逃亡裏，她才五歲，正病著，發著高燒。老師抱著她滾燙的小身體，漸漸地覺得她涼了，還以為是燒退了，想不到她已經悄然氣絕……。」

雅蓓的聲音還是那麼幽幽地飄忽，余啟華問她：

「後來呢？」

「老師把她埋了，就用他自己的雙手，在一棵樹下刨坑，刨得不很深，老師的手抖得厲害，他捧起泥土掩蓋那具冰涼的小身體，等到全部蓋密，他以整個身體去抱緊那小小的土堆，就像那小小的，曾經溫熱、活過的親人骨肉還在他的懷裏……。」

「蕭師母呢？」

「比她的女兒死得更早，死在北方的一座小城裏。老師說：那時他們家的院子裏有一棵老榆樹，圓圓的榆莢常在夜風裏灑下，那就是『舞困榆錢自落』了，老師常夢想著有真的錢灑下來能醫他妻子的病……。」

「來臺灣之後，他最怕在夜裏失眠，萬葉千聲都是愁恨，他常常呆呆地在夜裏出來尋落葉，想找一片梧桐，或是一枚榆錢！」（戈壁〈教授之死〉）

㈡連續對話，對話前後有形容及說明

點頭、微笑、寒暄，一屋子的西裝革履，衣香鬢影。雞尾酒，啜著，燈光不錯，點心很精緻，跟著就是音樂揚起，胡圖南擁著岑雅開舞，一對對相擁起舞，蕾玉偎依著志揚，靠得很近，下意識裡有點歉意，想要藉此付出些溫柔來安慰安慰他，柔順地讓他挽著，輕輕地、緩緩地隨著音樂飄著。

熟人太多，第二支曲子沒完，志揚的肩頭就被拍了拍，習慣地禮貌讓開；一個微笑熟悉的年輕的臉過來攬住著蕾玉。蕾玉有點心不在焉，眼睛從對方的肩頭望出去，找志揚，看他孤孤單單地退到一隅，去桌旁端起一杯酒。

有點擔心，好容易挨到一曲完畢，趕緊過去，沒想到那一身火紅的女主人又來使壞。

「呂先生，我還記得你的太太，她現在是不是還喜歡穿得少少的？」

「她……」

「我記得以前她老愛露出肚臍，其實呀！肚臍有什麼好看？黑黑的，露出來真不衛生，你說是不是？呂先生，不過這也難怪她，她的出身就是個舞女，習慣了改不掉，她還跟我說過，要去夏威夷學草裙舞，她去了沒有？」

「她……。死了！」

「死了！那一定是冷天露肚臍受了風寒！」

蕾玉忍不住制止她：

「苓雅，不要再說了！」

苓雅眼一飄，好像在說：「這不是也在替妳出氣嗎？」停了停，好像發現什麼大祕密似的，尖著嗓子，又笑又叫的：

「嗨！呂先生，你……真滑稽……」

「我……」

「你穿錯衣服啦！這套衣服是張青川的，怪不得不合身。你們看，真有趣。」

蕾玉拉著她，她一直在笑，指著志揚：

「你們看，這套衣服跟圖南身上的那一套一樣，那是圖南跟青川最近一起去做的……哈哈……好有趣。」

真沒想到她會來上這一手，知道志揚絕受不了，蕾玉趕緊去拉著志揚，說：

「我有點頭暈，志揚，送我回去……」（戈壁〈兩個口的男子〉）

(三)多人對話

「你說誰？玫寶；佛蘭克辛那屈？我也最討厭他，瘦皮猴，醜男人！」

「你們兩個別說得這麼難聽，他的戲演得可真不壞啊！」

「算了罷，演得再好我不愛看，一張臉瘦得只剩下三個指拇寬。」

「喂，你們只顧聊天，該誰攻牌啦？」

「輪到我攻——依我說湯尼寇蒂斯長得倒很漂亮。」

「噓——瘟生——油頂粉面，我最看不得沒有男人氣的男人。」

「Trump!」

「喔唷，我沒算到你還有一張王牌呢。」

「Down多少？」

「四付。」（白先勇〈藏在褲袋裡的手〉）

㈣兩人對話——不用「道」盡量省略附加成份

1. 句前加

南下車上商量程序，鄭文說：

「先去看番王落難時住過的草棚，攝影留念，然後去系裏，贈送獎學金，系主任是後輩，我已經連絡過了，他們非常歡迎……」

一提起獎學金我就有隱痛，忍不住要提意見：

「申請獎學金的資格衹要清貧就行，成績不必要求太高，及格就行，想當年……。」

話頭被番王搶了過去：

「對對對！去它的什麼清貧優秀。當年我跟小馬，一面唸書一面還得想盡辦法不挨餓，送報刻鋼板抄文件什麼都幹，睡眠不夠，營養不足。沒死掉就算是萬幸。沒有充份的時間來唸書，成績怎麼也好不起來。什麼清寒優秀，根本就是矛盾，大人先生們在辦公室裡想出來的一套，完全不切實際……」

好咧！真是同志，但不知他究竟大方到什麼程度，我得再來問問！

「送佛上西天，救人要救徹，一名獎學金，從大一到大四，要估計所有費用都夠才行。」

番王問我：

「大概要多少？」

「二十萬一定夠了。」

「好！就這樣！每年每名五萬，兩名就是十萬，要不要再多一點？」

「可以啦！年輕人也不該太舒服。」

「十萬塊，我每年付十萬塊，如果不夠，祇要你們建議，我一定再加。」

「準備付多久？」

「十年！」

番王豪氣干雲，當然這數目對現在的他來說沒什麼，想想三十年前吃碗米粉加蛋的困難。

「番王，一碗米粉加蛋大概二十塊，一百萬，大概五萬碗唷！」

「是啊！我還記得那滋味特別好。」

「口袋空空祇能吃一碗，要細細品味，好就好在此處。」

鄭文說：

「最後一個節目是水蜜桃。」

看得出番王有點感慨，我問鄭文：

「連絡過了沒有？」

「沒有！」（戈壁〈相見爭如不見〉）

2. 句中加

「你要去說服她」。他陪我到門口的時候，向我解釋：「她是一個完美的小媽媽；那是充實於她生活中的一種力量。」

過了一個禮拜，經過了一次信件往還，我決定去看她。我說：「玫瑰，我們打算讓妳離開這裡，到高爾衛我朋友的農場去住一個月。在那裡，妳只要餵餵小雞，沒有旁的事情；妳可以在田野間跑跑，有足夠的牛奶可喝。」

隔了一會兒，她臉上露出希望的光彩，但是很快又消失了，她搖搖頭。

「不，我必須照顧弟弟們……還有爸爸。」

「一切都計劃好了，教會會照顧他們；妳一定要這樣做，要不然，妳會病倒的。」

「我不能，」她說：「我不能離開這個嬰孩。」「好吧！那麼妳帶他一起去好了。」（柯汝寧〈一朵愛爾蘭的玫瑰〉）

3. 句後加

「你又呆坐在這裡幹甚麼了?」

呂仲卿覺得臉上一熱，好像做了甚麼虧心事被識破了一般，搓著手，訕訕的答道：

「我——我在看你打牌呢。」

一說完這句話，呂仲卿就恨不得閉上眼睛，躲開玫寶的視線，他覺得玫寶兩道閃爍的眼光，往他心中慢慢刺了進去似的。

「看我打牌？哈！」玫寶忽然尖叫起來，當著人的時候，玫寶總喜歡跟他過不去，她拿起一張梅花十送到呂仲卿面前帶著威脅性的口吻問道：

「這叫甚麼花頭？你倒說說看。」

呂仲卿感到有點眼花，牌上的梅花，一朵朵在打轉子，他聞到玫寶的指尖發出了一絲「柔情之夜」的香味來。

「說呀，你不是在看我打牌嗎？連花色都認不清楚？」玫寶把牌愈來愈逗近呂仲卿，而他看見她的嘴角似笑非笑的翹著，兩只耳墜子不停的晃動。另外三位太太都放下了牌，抱著手，在等待著，呂仲卿覺得臉上燒得滾燙。

「說呀！說呀！說呀！」玫寶一直催促著，呂仲卿朝她眨了一眨眼睛，嘴唇抖動了好一會，卻說不出話來。（白先勇〈藏在褲袋裡的手〉）

4.單純對話

「我準在七日啟程返國，馬航M一〇七，下午四點五十分到。特令爾與鄭文屆時機場恭候，備車迎接，不得有誤，違令者……哈哈！想到就要和老朋友見面，我心跳動加速，真個是興奮得緊也。」

趕緊搖電話給鄭文：

「番王後天回來，下午四點五十分到。」

「這麼快！不是說要到月中以後嗎？」

「誰知道，信上說他想到和咱們這些老朋友見面，興奮得很，心臟跳動加快，一面寫信一面吞救心。」

「我看不見得，八成是急著想見水蜜桃！」

「水蜜桃！水蜜桃是誰？我怎麼沒聽說過？」

「我看你這是貴人多忘事吧！水蜜桃就是蕭蘋呀！蕭蘋——番王大學時代的白雪公主，你忘啦？」（戈壁〈相見爭如不見〉）

(五)特殊對話

1.包括問話與人物的習慣

是的，我發現了那屍體。今天早晨，我照例到山谷去砍柴，便看見了叢林裏的那具屍體。在那兒？是的，那地方從山科來的公路離著四、五里路遠，那是竹和杉的雜林，很少有人跡的地方。

看見佩刀嗎？不，什麼也沒有。我祇看見旁邊的杉樹下面落著一條繩子。還有——對了，一支梳子掉在附近。屍體的附近只有這兩件東西。這一帶的落葉都被踏亂了，我想這個人在被殺以前一定抵抗了很久。什麼？有沒有馬？馬是走不到那地方去的，因為那兒和馬路隔著一片密林。

昨天我確實遇到過那死人。昨天——大約中午時候；在由關山到山科的路上，那人陪著坐在馬背上的女人往關山去。女的垂著面紗，所以我看不見她的面貌。我只看見紫綢的長衣。馬是斑白的馬。身高嗎？身高大概有五尺四寸——橫豎我是出家人，這些都不清楚。男的——是的，佩著刀，也帶著弓箭。尤其，我記得他有廿幾支箭插在黑漆的箭囊裏。

真沒想到那人竟這樣慘命。人命真是譬如朝露，疾如閃電。可憐，他真是倒霉的人。阿彌陀佛——（芥川龍之介〈竹籔中〉）

2. 隱藏式的對話

教授很年輕，想喚他聲老弟。××先生，你上次那篇論廿世紀小說的論文很好。自然，你可願考慮發表？自然，聽說你曾有不少作品發表？嗯，好說，但巨著尚在未來。自然不能先告訴他。

（叢甦〈攸里西斯在新大陸〉）

3. 心態轉變的頓挫

武弘和我女兒是昨天動身去若狹的，誰想到他會這樣——。但是，現在我的女兒究竟怎麼樣了？女婿反正死了，我可以看開一點，但是女兒的事真使我擔心。請千萬把她找回來，這是我這老婆子一輩子的希望。不管怎樣，最可惡的那個多襄丸。不但女婿，連我的女兒都……（泣啜無言）。（芥川龍之介〈竹藪中〉）

三、視點轉移

「唉！我母親真是了不起，那天她對我說，在我九歲以前，就已經唸完了《三字經》、《千字文》、《烈女傳》、《唐詩三百首》……。」（視點不明）

「唉！我母親真是了不起，那天她對我說，說她在九歲以前，就已經唸完了《三字經》、《千字文》、《烈女傳》、《唐詩三百首》……。」（視點轉移例一）

「唉？我母親真是了不起，那天她對我說：『我在九歲以前，就已經唸完了《三字經》、《千字文》、《烈女傳》、《唐詩三百首》……』你說：我母親偉大不偉大？」（視點轉移例二）

四、對話析例

(一)雙關語：如張愛玲的短篇〈紅玫瑰與白玫瑰〉。在唐傳奇〈游仙窟〉中，曾見到佳妙鮮活的雙關語，料想張愛玲也可能涉獵。在她的這一篇中，當佟振保與王嬌蕊情事運作之際，他倆的對話多用雙關，足使讀者在會心之後感到活潑可喜。如：

振保笑道：「你喜歡忙人？」嬌蕊把一隻手按在眼睛上，笑道：「其實也無所謂，我的心是一所公寓房子。」振保笑道：「那，可有空的房間招租呢？」嬌蕊卻不答應了。振保道：「可是我住不慣公寓房子。我要住單幢的。」嬌蕊哼了一聲道：「看你有本事拆了重蓋！」振保又重重的踢了她椅子一下道：「瞧我的罷！」嬌蕊拿開臉上的手，睜大了眼睛看著他道：「你倒也會說兩句俏皮話！」振保笑道：「看見了你，不俏皮也俏皮了。」

振保這方面把手擱在門鈕上，表示不多談，向她點頭笑道：「怎麼這些時都沒有看見你？我以為你像糖似的化了去了！」他分明知道是他躲著她而不是她躲著他，不等她開口，先搶著說了，也是一種自衛。無聊得很，他知道，可是見了她就不由的要說玩笑話——是有那種女人的。嬌蕊笑道：「我有那麼甜麼？」她隨隨便便對答著，一隻腳伸出去盲目地尋找拖鞋。振保放了膽子答說：「不知道——沒嘗過。」嬌蕊噗嗤一笑。她那隻鞋還是沒找到，振保看不過去，走來待要彎腰拿給她，她恰是已經踏了進去了。

他倒又不好意思起來，無緣無故略有點悻悻地問道：「今天你們的傭人都到哪裏去了？」嬌蕊道：「大司務同阿媽來了同鄉，陪著同鄉玩大世界去了。」振保道：「噢。」卻又笑道：「一個人在家不怕麼?」嬌蕊站起來，踏啦踏啦往房裏走，笑道：「怕什麼?」振保笑道：「不怕我?」嬌蕊頭也不回，笑道：「什麼?……我不怕同一個紳士單獨在一起的！」振保這時卻又把背心倚在門鈕上的一隻手上，往後一靠，不想走了的樣子。他道：「我並不假裝我是個紳士。」嬌蕊笑道：「真的紳士是用不著裝的。」

(二)同時表徵對話者的心理：如張愛玲的短篇〈留情〉。米先生與敦鳳，老夫少妻的固定模式是男方寵著女方。而米先生生著病的原配還在，對她，那已只是一種道義。米先生想去探病，又怕敦鳳不樂，期期艾艾，小小心心的一段對話，作者根據當事人的心態設計，同時又以全知觀點加上感覺說明，十分精采：

米先生道：「我去一會兒就來。」話真是難說，如果說：「到那邊去」，這邊那邊的！說：「到小沙渡路去」，就等於說小沙渡路有個公館。這裡又有個公館。從前他提起他那個太太總是說「她」，後來敦鳳跟他說明了：「哪作興這樣說的?」於是他難得提起來的時候，只得用個禿頭的句子。現在他說：「病得不輕呢，我得看看去。」敦鳳短短應了一聲：「你去呀。」聽她那口音，米先生到又不便走了，手扶著窗臺往外看去，自言自語道：「不知下雨不下?」敦鳳像是有點不耐煩，把絨線捲捲，向花布袋裡一塞，要走出去的樣子。才開了門，米先生卻又攔著她，解釋道：「不是的——這些年了……病得很厲害的，又沒人管事，好像我總不能不——」敦鳳急了，道：「跟我說這個！讓人聽見了算什麼呢？」張媽在半開門的浴室裡洗衣裳，張媽是他家的舊人，知道底細的，待會兒還當她拉著他不許他回去看太太的病，豈不是笑話！

㈢以對話前後的不同，表人物性行的改變：如張愛玲的短篇〈金鎖記〉。

七巧直挺挺的站了起來，兩手扶著桌子，垂著眼皮，臉龐的下半部抖得像嘴裡含著滾燙的蠟燭油似的，用尖細的聲音逼出兩句話道：「你去挨著你二哥坐坐！你去挨著你二哥坐坐！」她試著在季澤身邊坐下，只搭著他的椅子的一角，她將手貼在他腿上，道：「你碰過他的肉沒有？是軟的、重的，就像人的腳有時發麻了，摸上去那感覺……」季澤臉上也變了色，然而他仍舊輕佻地笑了一聲，俯下腰，伸手去捏她的腳道：「倒要瞧瞧你的腳現在麻不麻！」七巧道：「天哪，你沒挨著他的肉，你不知道沒病的身子是多好的……多好的……」

季澤先是楞住了，隨後就立起來道：「我走就是了。你不怕人，我還怕人呢。也得給二哥留點面子！」七巧扶著椅子站了起來，嗚咽著：「我走。」她扯著衫袖裡的手帕子搵了搵臉，忽然微微一笑道：「你這樣衛護二哥！」季澤冷笑道：「我不衛護他，還有誰衛護他！」七巧向門走去，哼了一聲道：「你又是什麼好人！趁早不用在我跟前假撇清！且不提你在外頭怎樣荒唐，只單在這屋裡……老娘眼睛裡揉不下沙子去！別說我是你嫂子了，就是我是你奶媽，只怕你也不在乎。」季澤笑道：「我原是個隨隨便便的人，哪禁得起你挑眼兒？」七巧待要出去，又把背心貼在門下，低聲道：「我就不懂，我什麼地方不如人！我有什麼地方不好……」季澤笑道：「好嫂子，你有什麼不好？」七巧笑了一聲道：「難不成我跟了個殘廢的人，就過上了殘廢的氣，沾都沾不得？」

不行！她不能有把柄落在這廝手裡。姜家的人是厲害的，她的錢只怕保不住。她得先證明他是真心不是。七巧定了一定神，向門外瞧了一瞧，輕輕驚叫道：「有人！」便三腳兩步趕出門去，到下房裡吩咐潘媽替三爺弄點心去，快些端了來，順便帶芭蕉扇進來替三爺打扇。七巧回到屋裡來，故意皺著眉道：「真可惡，老媽子在門口探頭探腦的，見了我抹過頭去就跑，被我趕上去喝住了。若是關上了門說兩句話，指不定造出什麼謠言來呢！饒是獨門獨戶住了，還沒個清淨。」潘媽送了點心與酸梅湯進來，七巧親自拿筷子替季澤揀掉了蜜層糕上的玫瑰與青梅，道：「我記得你是不愛吃紅綠絲的。」有人在跟前，季澤不便說什麼，只是微笑。七巧似乎沒話找話說似的，問道：「你賣房子，接洽得怎樣了？」季澤一面吃，一面答道：「有人出八萬五，我還沒打定主意呢。」七巧沈吟道：「地段倒是好的。」季澤道：「誰都不贊成我脫手，說還要漲呢。」七巧又問了些詳細情形，便道：「可惜我手頭沒有這一筆現款，不然我倒想買。」季澤道：「其實呢，我這房子倒不急，倒是咱們鄉下你那些田，早早脫手的好。自從改了民國，接二連三的打仗，何嘗有一年閒過，把地面上糟蹋得不成樣子，中間還被收租的、師爺、地頭蛇一層一層勒啃著，莫說這兩年不是水就是旱，就遇著了豐年，也沒有多少進賬輪到我們頭上。」七巧尋思著，道：「我也盤算過來，一直挨著沒有辦。先曉得把它賣了，這會子想買房子，也不至於錢不湊手了。」季澤道：「你那田要賣趁現在就得賣，聽說直魯又要開仗了。」七巧道：「急切間你叫我賣給誰去？」季澤頓了一頓道：「我去替你打聽打聽，也成。」七巧聳了聳眉毛笑道：「得了，你那些狐群狗黨裡頭，又有誰是靠得住的？」季澤把咬開的餃子在小碟裡蘸了點醋，閒閒說出兩個靠得住的人名，七巧便認真仔細盤問他起來，他果然回答得有條不紊，顯然他是籌之已熟的。

七巧雖是笑吟吟的，嘴裡發乾，上嘴唇黏在牙仁上，放不下來，她端起蓋碗來吸了一口茶，舐了舐嘴唇，突然把臉一沈，跳起身來，將手裡的扇子向季澤頭上滴溜溜擲過去，季澤向左偏了一偏，那團扇敲在他肩膀上，打翻了玻璃杯，酸梅湯淋淋漓漓濺了他一身。七巧罵道：「你要我賣了田去買你的房子！你要我賣田？錢一經你的手，還有得說麼！你哄我——你拿那樣的話來哄我——你拿我當傻子——」

分析：

雖然沒有完全地如《紅》作那樣以「言為心聲」原則，來表徵人物的性行，這一篇中，卻可由七巧與季澤，前後對話的不同，看到了主角心態言行的改變。

前二段是在姜府大戶，七巧寂寞自憐，金錢猶未掌握，年輕的她猶然憧憬著情愛，對象鎖定夫弟季澤。她的話很淺明：「……你不知道沒病的身子是多好的……多好的……」明示她的企求，那佻㒓的紈袴絕不可能不懂，除非是他裝傻。及至所料果然，那季澤不敢接受、要走，她急了，先是說：「我走。」跟著挑明季澤也只不過是一頭貪腥的貓，不必在她面前充什麼正人君子假正經。明挑無效，她還不死心，改用軟性的自訴來緩和，再爭取：「我什麼地方不如人，我有什麼地方不好……」「難不成我跟了個殘廢的人，就過上了殘廢的氣，沾都沾不得？」七巧的這一次主動出擊，軟硬兼施，結果竟然不成，而由於她言語、行動的坦明，反招季澤的擔心害怕：「躲也躲不掉，踢也踢不開，成天在面前，是個累贅。何況七巧的嘴這樣敞，脾氣這樣躁，如何瞞得了人？何況她的人緣這樣壞，上上下下誰肯代她包涵一點……」季澤打定主意不要，害怕之外，說不定對七巧還有那麼一點輕視。這一次出師不利，七巧敗得好傷。

後一段，情況全然改觀，那是七巧在分家之後，擁有了田產、金錢，利用價值大增，換成季澤主動來示愛。時隔十年，七巧已非吳下阿蒙。早在季澤上門，「七巧心裡便疑惑他是來借錢的，加意防備著。」這紈袴打腫臉充胖子，說是「嫌麻煩」打算賣掉他唯一的一幢房子，精刮的七巧想著：「口氣好大！我是知道你的底細的，你在我跟前充什麼闊大爺！」「雖然他不向她哭窮，但凡談到銀錢交易，她總覺得有點危險。」季澤迂迴著感之以情，低低傾訴：「你知道我為什麼跟家裡的那個不好，為什麼我拼命的在外頭玩，把產業都敗光了？你知道這都是為了誰？」而七巧聽了卻是：「不知不覺有些膽寒，走得遠遠的，倚在爐臺上，臉色慢慢的變了。」在以前是她主動而季澤不敢，到現在換成季澤主動時，怕的是她，使她膽寒的是那「產業敗光」。以前她什麼都沒有，只有一個人，所以沒什麼好怕的；現在可跟以前不同了，她有了產業，經不起這男子來敗，所以她怕。

早料到他此來為的是錢，主動心急的是他，被動的七巧好整以暇，既然無求於他，心態自然安穩，像一頭貓似的，陰險地逗弄著掌握中的小耗子。這一番她的言行較之以前高明多了，先行預設退路：「輕輕驚叫道：『有人！』」「指不定造出什麼謠言來呢！」那是明示顧忌。跟著明示：「可惜我手頭沒有這一筆現款……」及至搞清了季澤的迂迴戰術，真正的企圖是在打她田地的主意，為了保住她的產業，為了「不能有把柄落在這廝手裡。」要叫這騙錢的男子斷了念，捉迷藏的遊戲不必繼續，她的利爪伸出，「……你要我賣田？錢一經你的手，還有得說麼？你哄我——你拿那樣的話來哄我——你拿我當傻子——」乾淨俐落地揭開虛假，撕破臉皮。

雖然她不無眷戀：「……他的眼睛雖然隔了十年，人還是那個人呵！就算他是騙她的，遲一點兒發現不好麼！即使明知是騙人的，他太會演戲了，也跟真的差不多罷！」「……她要在樓上的窗戶裡再看他一眼。無論如何，她從前愛過他。她的愛給了她無窮的痛苦。單只是這一點，就使她值得留意。……他不是個好人，她又不是不知道。她要他，就得裝糊塗，就得容忍他的壞。她為什麼要戳穿他？人生在世，還不就是那麼一回事？歸根究底，什麼是真的，什麼是假的？」七巧的眷戀與檢討合情合理（當然也是作家對人生，人性的認知諒解），她與季澤的這段情，在她來說始終是真的，而季澤卻從來不曾以真心對待！如今結束了，七巧的情終無所歸，就只能用她最後的一點柔情眷戀，來為這場不能相當，不成比例的情愛付與充作最後、蒼涼的輓曲送葬。

情愛與金錢，情愛既已徹底落空，差幸金錢總算在她的警覺力保之下不致失去。是她贏勝了那紈袴騙子，與姜府中她主動示愛，受到拒絕的那次比起來，她總算是扳回一城，爭回了面子。可貴的是她的步步為營，字斟句酌的說話，比起以前那樣的坦明急切來，她確是進步得多。雖然這是她用十年經歷換來的成長，成熟的代價，不無可悲；但又不失為足以憑恃自衛的武裝利器，對女性處在風雲險惡，人心詭詐的社會言，那是必需的。

(四)鉤心鬥角：旗鼓相當的對話——如張愛玲的短篇〈第一爐香〉中的：

……睇睇見薇龍來了，以為梁太太罵完了，端起牌盒子就走。梁太太喝道：「站住！」睇睇背向著她站住了。梁太太道：「從前你和喬琪喬的事，不去說它了。罵過多少回了，只當耳邊風！現在我不許那小子上門了，你還偷偷摸摸的去找他。打諒我不知道呢！你就這樣賤，這樣的遷就他，天生的小丫頭胚子！」睇睇究竟年紀輕，當著薇龍的面，一時臉上下不來，便冷笑道：「我這樣的遷就他，人家還不要呢！我不是小丫頭胚子，人家還是不敢請教，我可不懂為什麼！」梁太太跳起身，刷的給了她一個巴掌。睇睇索性撒起潑來，嚷道：「還有誰在你眼前搗鬼呢？無非是喬家的汽車夫。喬家一門子老的小的，你都一手包辦了，他家七少奶奶新添的小少爺，只怕你早下了定了。連汽車夫你都不放過。你打我！你只管打我！可別叫我說出來了！」梁太太坐下身來，反倒笑了。只道：「你說，你說！說給新聞記者聽去，這不花錢的宣傳，我樂得塌個便宜，我上沒有長輩下沒有兒孫，我有的是錢，我有的是朋友，我怕誰？你趁早別再糊塗了。我當了這些年的家，不見得就給一個底下人又住了我。你當我這兒短不了你麼？」

睇睇翻身向薇龍溜了一眼，撇嘴道：「不至於短不了我哇！打替工的早來了。這回子可稱了心了，自己骨血，一家子親親熱熱的過活罷，肥水不落外人田。」梁太太道：「你又拉扯上旁人做什麼？嘴裏不乾不淨的！我本來打算跟你慢慢的算帳，現在我可太累了，沒有精神跟你歪纏。你給我滾！」睇睇道：「滾就滾！在這兒做一輩子也沒有出頭之日！」梁太太道：「你還打算有出頭之日呢！只怕連站腳的地方也沒有了！你以為你在我這裏混過幾年，認得幾個有大來頭的人，有了靠山了。我叫你死了這條心！港督跟前我有人；你從我這裏出去了，別想在香港找得到事！誰敢收容你！」睇睇道：「普天下就只香港這豆腐乾大一塊地方麼？」梁太太道：「你跑不了！你爹娘自會押你下鄉去嫁人。」睇睇哼了一聲道：「我爹娘管得住我麼？」梁太太道：「你娘又不傻，她還有七八個兒女求我提拔呢？她要我照應你妹妹，自然不敢不依我的話，把你帶回去嚴加管束。」睇睇這才呆住了，一時還體會不到梁太太的意思，獃了半晌，方才頓腳大哭起來。

……

分析：

篇中的梁太太是一位風華猶存的富孀，利用姪女薇龍、侍女睇睇、晛晛的青春美色來引誘男性，她自己就像是一頭佈下網羅，靜待獵物上鉤的蜘蛛，等到差不多的時候就來接手。以上梁太太與睇睇之間的一段對話！精明、專制的主子與自以為羽翼已豐，膽敢自主犯上的侍女，兩女之間，為自主以及男人發生衝突。梁太太首先揭出睇睇不該私會喬琪喬。當著薇龍的面，睇睇下不了臺，頂了一句，在梁太太打了她一耳光之後，索性反唇相譏，抖出梁太太與喬家車夫有一手的醜事，以為是抓到可以箝制梁太太的把柄，殊不知薑是老的辣，梁太太毫不在乎。決心攆她走，睇睇最初還嘴強，到後來知道梁太太財大勢大，得罪離開梁家，絕無好處，這才傷心大哭。以上兩人的對話，鉤心鬥角，起初是主僕間旗鼓相當，到後來逐漸分出強勝弱敗，顯示女性為爭逐男子的嫉恨，同時也顯示梁太太的老謀勝算，時機是在薇龍來了之後，有了新的助手，人手不缺，才來懲處已有叛逆跡象的下屬。

第二節　形容與譬喻

小說藝術的成功與否，多半在能否有佳妙的形容與譬喻。這兩者的區分是，形容是A＋A＝A，是在使人事景物等題材更豐美。而譬喻則是源出於「賦比興」最原始作法中的「比」，使用另一物，來比較凸顯此物。

張愛玲在小說作品中的形容、譬喻功能，近百年來無出其右，堪稱空前。今分別析介於後。

一、形容

㈠她順著椅子溜下去，蹲在地上，臉枕著袖子，聽不見她哭，只看見髮髻上插的風涼針，針頭上的一粒鑽石的光。閃閃掣動著。髮髻的心子裡紮著一小截粉紅絲線，反映在金剛鑽微紅的光燄裡。她的背影一挫一挫，俯伏了下去。她不像在哭，簡直像在翻腸攪胃地嘔吐。

㈡她睜著眼直勾勾朝前望著，耳朵上的實心小金墜子像兩隻銅釘把她釘在門上——玻璃匣子裡蝴蝶的標本，鮮豔而悽愴。

〈這是《金鎖記》中主角七巧還在姜家當二少奶奶，使壞氣走了三爺季澤的妻子蘭仙，趁著沒人，主動來挑逗季澤時的片段。前段是她當著季澤的面，流露出來爭取情愛的自傷！「翻腸攪胃地嘔吐」，準確傳達她對殘廢丈夫的厭惡。後段是當季澤表示拒絕之後，她的自憐加強，「玻璃匣子裡蝴蝶的標本，鮮艷而悽愴」，就是被釘在姜府大戶人家中的七巧的寫照。兩段同是以具象的事、物表抽象的自傷自憐。而類同於《紅樓夢》的富貴金紫的實物敘寫，最能加強具象的形容而格外鮮明。〉

㈢迎面遇見一群洋紳士，眾星捧月一般簇擁著一個女人。流蘇先就注意到那人的漆黑的長髮，結成雙股大辮，高高盤在頭上。那印度女人，這一次雖然是西式裝束，依舊帶著濃厚的東方色彩。玄色輕紗氅底下，她穿著金魚黃緊身長衣，蓋住了手，只露出晶亮的指甲。領口挖成極狹的丫形，直開到腰際，那是巴黎最新的款式，有個名式，喚做「一線天」。她的臉色黃而油潤，像飛了金的觀音菩薩，然而她的影沉沉的大眼睛裡躲著妖魔。古典型的直鼻子，只是太尖，太薄一點。粉紅的厚重的小嘴唇，彷彿腫著似的。柳原站住了腳，向她微微鞠了一躬。流蘇在那裡看她，她也昂然望著流蘇，那一雙驕矜的眼睛，如同隔著幾千里地，遠遠的向人望過來。柳原便介紹道：「這是白小姐。這是薩黑荑妮公主。」流蘇不覺肅然起敬。薩黑荑妮伸出一隻手來，用指尖碰了一碰流蘇的手。〈《傾城之戀》中形容冒牌公主，被人包佔，供養著的印度交際花的扮相與裝腔作勢；相對也寫出了白流蘇的嫉忌與自卑。〉

㈣那口渴的太陽汩汩地吸著海水，漱著、吐著，嘩嘩的響，人身上的水分全給它喝乾了，人成了金色的枯葉子，輕飄飄的。（《傾城之戀》中以漱吐形容陽光、海水，音響感鮮活準確。）

㈤范柳原在細雨迷濛的碼頭上迎接她。他說她的綠色玻璃雨衣像一隻瓶，又註了一句：「藥瓶。」她以為他在那裡諷嘲她的孱弱，然而他又附耳加了一句：「你就是醫我的藥。」她紅了臉，白了他一眼。（《傾城之戀》中形容綠衣如瓶，「你就是醫我的藥。」出自《金瓶梅詞話》李瓶兒對西門慶說：「你就是醫奴的藥。」套用得妙，可惜流蘇的程度差，聽不懂。這和柳原唸《詩經》「死生契闊，與子相悅，執子之手，與子偕老。」詩中的不離是自己作主，而軟弱的柳原自己作不了主，柳原的感歎是表露了，而一心只想著現實婚姻的流蘇何嘗了解？看來兩人的不搭調，癥結之一在於程度懸差。這些成分的出現，或許竟也有著作者的自憐與希冀也說不定。）

㈥她和傭人說話，有一種特殊的沉澱的聲調，很蒼老，脾氣很壞似的，卻又有點膩搭搭，像個權威的鴇母。她那沒有下頦的下頦仰得高高地，滴粉搓酥的圓胖臉飽飽地往下墜著，搭拉著眼皮，希臘型的正直端麗的鼻子往上一抬，更顯得那細小的鼻孔的高貴。……現在很快樂，但也不過分，因為總是經過了那一番的了。她摸摸頭髮，頭髮前面塞了棉花團，墊得高高地，腦後做成一個一個整潔的小橫捲子，和她腦子裡的思想一樣地有條有理。她拿皮包，拿網袋，披上大衣。包在一層層的衣服裡的她的白胖的身體實朵朵地像個清水粽子。旗袍做得很大方，並不太小，不知為什麼，裡面總是鼓繃繃，襯裡穿了鋼條小緊身似的。〈留情〉中形容「妾身未分明」的女角淳于敦鳳，屬於她情不自禁的裝腔作勢，結尾顯示她緊張的自衛。）

㈦金根是新親，也是坐在上首，在另一桌上。譚老大、譚大娘被主人領到另一桌上，經過一番謙遜，結果也是被迫坐在上首。有好幾個年輕的女人在旁邊穿梭來往照料著，大概都是他家的媳婦。譚老大矜持地低著頭捧著飯碗，假裝出吃飯的樣子，時而用筷子揀兩粒米送到口裏。

作為喜筵來看，今天的菜很差，連一樣大葷都沒有。但是新郎的母親是一個殷勤的主婦，這一桌轉到那一桌，招待得十分周到。雖然她年紀大，腳又小，動作卻非常俐落。她注意到譚老大只吃白飯，她連忙飛到他身邊，像一隻大而黑的，略有點蝙蝠型的蝴蝶。

「沒有什麼東西給你吃，飯總要吃飽的！」

她一個冷不防，把他面前的一碗冬筍炒肉絲拿起來向他碗裏一倒，半碗炒肉絲全都倒到他飯碗裏去了。他急起來了，氣吼吼站了起來，要大家評理，大聲嚷著：「這叫我怎麼吃？——連飯都看不見了嘿！叫我怎麼吃？」

但是他終於安靜了下來，坐下來委委曲曲地，耐心地用筷子挖掘炒肉絲下面埋著的飯。

（〈秧歌〉中對飢餓者的形容，新郎之母的故作大方，譚老大的裝著不熱心吃食。）

㈧天熱，把辮子盤在頭頂上，短衫一路敞開到底，裸露著胸脯，帶著把芭蕉扇，刮喇刮喇在衣衫下面揙著背脊。走過一家店家，板門上留著個方洞沒關上，天氣太熱，需要通風，洞裏只看見一把芭蕉扇在黃色的燈光中搖來搖去。看著頭暈，緊靠著牆走，在黑暗中忽然有一條長而涼的東西在他背上游下去，他直跳起來。第二次跳得更高，想把它抖掉，又扭過去拿扇子撣。他終於明白過來，是辮子滑落下來。（〈怨女〉中對男人辮子的鮮活形容。）

(九)蓬蓬蓬儘著打門。樓上半天沒有聲音，但是從門縫裏可以看見裏面漸漸亮起來，有人拿著燈走進店堂。門洞上的木板唬啦塔一聲推了上去，一股子刺鼻的刨花味夾著汗酸氣，她露了露臉又縮回去，燈光從下頦底下往上照著，更托出兩片薄薄的紅嘴唇的式樣。離得這樣近，又是在黑暗中突然現了一現，沒有真實感，但是那張臉他太熟悉了，短短的臉配著長頸項與削肩，前劉海剪成人字式，黑鴉鴉連著鬢角披下來，眼梢往上掃，油燈照著，像個金面具，眉心豎著個梭形的紫紅痕。她大概也知道這一點紅多麼俏皮，一夏天都很少看見她沒有揪痧。（〈怨女〉中的銀娣，眉心的一豎不是揪痧，而是主角的愛美的奇招。）

(一〇)她一直喜歡藥店，一進門青石板鋪地，各種藥草乾澀的香氣在寬大黑暗的店堂裏冰著。這種店上品。前些時她嫂子做月子，她去給她配藥，小劉迎上來點頭招呼，接了方子，始終眼睛也沒抬，微笑著也沒說什麼，背過身去開抽屜。一排排的烏木小抽屜，嵌著一色平的雲頭式白銅栓，看他高高下下一隻隻找著認著，像在一個奇妙的房子裏住家。她尤其喜歡那玩具似的小秤。回到家裏，發現有一大包白菊花另外包著，藥方上沒有的。滾水泡白菊花是去暑的，她不怎麼愛喝，一股子青草氣。但是她每天泡著喝，看著一朵朵小白花在水底胖起來，緩緩飛升到碗面。一直也沒機會謝他一聲，不能讓別人知道他拿店裏東西送人。（〈怨女〉中的銀娣與藥店小劉的回憶「白花在水底『胖』起來」，形容新穎而準確。）

㈡但是這些堂子裏的人多厲害，尤其是久歷風塵的，更是秋後的蚊子，又老又辣，手裏的錢定扣得緊。那他還是要到別處想辦法，何況另外還有個小公館。（〈怨女〉中的銀娣在想三爺的困境，「秋後的蚊子」形容著力。）

㈢除了他，沒有誰能夠憑媒娶到婁太太那樣的女人，出洋回國之後還跟她生了四個孩子，三十年如一日。婁太太戴眼鏡，八字眉皺成人字，團白臉，像小孩學大人的樣捏成的湯糰，搓來搓去，搓得不成模樣，手掌心的灰揉進麵粉裏去，成為較複雜的白了。（〈鴻鸞禧〉中對主婦婁太太反諷式的形容。）

㈢再一想，眼看著就要做婆婆了……話到口邊又嚥了下去。挺胸凸肚，咚咚咚大步走到浴室裏，大聲漱口，呱呱漱著，把水在喉嚨裏汩汩盤來盤去，呸地吐了出來，婁太太每逢生氣要哭的時候，就逃避到粗豪裏去，一下子把什麼都甩開了。（〈鴻鸞禧〉中對自信不夠的主婦的形容。）

㈣一屋子人全笑了，可是笑得有點心不定，不知道應當不應當笑。婁太太只知道丈夫說了笑話而沒聽清楚，因此笑得最響。（〈鴻鸞禧〉中形容自信不夠的主婦為掩飾自卑而作的莫名其妙的大笑。）

㈤他的眼光又射到前排坐著的丹朱身上。丹朱凝神聽著言教授講書，偏著臉，嘴微微張著一點，用一支鉛筆輕輕叩著小而白的門牙。她的臉龐側影有極流麗的線條，尤其是那孩子氣的短短的鼻子。鼻子上亮瑩瑩地略微有點油汗，使她更加像一個噴水池裏濕濡的銅像。（〈茉莉香片〉中男角對女角外型的形容。）

㈥在故事的開端，葛薇龍，一個極普通的上海女孩子，站在半山裏一座大住宅的走廊上，向花園裏遠遠望過去。薇龍到香港來了兩年了，但是對於香港山頭華貴的住宅區還是相當的生疏。這是第一次，她到姑母家裏來。姑母家裏的花園不過是一個長方形的草坪，四周繞著矮矮的白石卍字欄干，欄干外就是一片荒山。這園子彷彿是亂山中憑空擎出的一隻金漆托盤。園子裏也有一排修剪得齊齊整整的長青樹，疏疏落落兩個花床，種著纖麗的英國玫瑰，都是佈置謹嚴，一絲不亂，就像漆盤上淡淡的工筆彩繪。草坪的一角，栽了一棵小小的杜鵑花，正在開著，花朶兒粉紅裏略帶些黃，是鮮亮的蝦子紅。牆裏的春天，不過是虛應個景兒，誰知星星之火，可以燎原，牆裏的春延燒到牆外去，滿山轟轟烈烈開著野杜鵑，那灼灼的紅色，一路摧枯拉朽燒下山坡子去了。

〈第一爐香〉中對香港豪華宅第的形容。）

(七)香港的深宅大院，比起上海的緊湊、摩登、經濟空間的房間，又另有一番氣象，薇龍正待揿鈴，陳媽在背後道：「姑娘仔細有狗！」一語未完，真的有一群狗齊打夥兒一遞一聲叫了起來。陳媽著了慌。她身穿一件簇新藍竹布罩褂，漿得挺硬。人一窘便在藍布褂裏打旋磨，擦得那竹布淅瀝沙啦響。她和梁太太家的睇睇和睨兒一般的打著辮子，她那根辮子卻紮得殺氣騰騰，像武俠小說裏的九節鋼鞭。薇龍忽然之間覺得自己並不認識她，從來沒有用客觀的眼光看過她一眼——原來自己家裏做熟了的傭人是這樣的上不得臺盤。（〈第一爐香〉中對土氣女傭的著力形容。）

(八)薇龍一抬眼望見鋼琴上面，寶藍磁盤裏一棵仙人掌，正是含苞欲放，那蒼綠的厚葉子，四下裏探著頭，像一窠青蛇；那枝頭的一捻紅，便像吐出的蛇信子。（〈第一爐香〉中梁太太宅第中擺設的形容，弔詭又具有暗示。）

(九)窗外就是那塊長方形的草坪，修剪得齊齊整整，灑上曉露，碧綠的，綠得有些牛氣。有隻麻雀，一步一步試探著用八字腳向前走，走了一截子，似乎被這愚笨的綠色大陸給弄糊塗了，又一步一步走了回來。（〈第一爐香〉中以麻雀與草坪對比，顯示草坪「大陸」之大。又用「牛氣」「愚笨」表徵草坪之俗與霸氣，一如它的女主人的特質，是為上乘的形容手法。）

㈢兩人一路走一路看著攤子上的陳列品，這兒什麼都有，可是最主要的還是賣的是人。在那慘烈的汽油燈下，站著成群的女孩子，因為那過分誇張的光與影，一個個都有著淺藍的鼻子，綠色的面頰，腮上大片的胭脂，變成了紫色。內中一個年紀頂輕的，不過十三四歲模樣，瘦小身材，西裝打扮，穿了一件青蓮色薄呢短外套，繫著大紅細摺綢裙，凍得直抖。因為抖，她的笑容不住的盪漾著，像水中的倒影，牙齒忒楞楞的打在下唇上，把嘴層皮都咬破了。一個醉醺醺的英國水手從後面走過來拍了她的肩膀一下，她扭過頭去向他飛了一個媚眼——倒是一雙水盈盈的吊眼梢，眼角直插到鬢髮裏去，可惜她的耳朵上生著鮮紅的凍瘡。她把兩隻手合抱著那水兵的膀臂，頭倚在他身上；兩人並排走不了幾步，又來了一個水兵，兩個人都是又高又大，夾持著她。她的頭只齊他們的肘彎。(《第一爐香》中對香港風化區風塵女郎的形容。)

㈢長得像廣告畫上喝樂口福抽香煙的標準上海青年紳士，圓臉，眉目開展，嘴角向上兜兜著：穿上短褲就變了吃嬰兒藥片的小男孩；加上兩撇八字鬍就代表即時進補的老太爺爺，鬍子一白就可以權充聖誕老人。

……

鄭先生是個貴少，因為不承認民國，自從民國紀元起他就沒長過歲數。雖然也知道醇酒婦人和鴉片，心還是孩子的心。他是酒精缸裏泡著的孩屍。(這是〈花凋〉中「連演四十年的一齣鬧劇」的男主角鄭先生，形容諧趣鮮活，也有反諷。)

㈢她總是仰著臉搖搖擺擺在屋裏走過來，走過去，淒冷地嗑著瓜子——一個美麗蒼白的、絕望的婦人。(〈花凋〉中和「連演四十年的一齣鬧劇」的鄭先生不同的鄭夫人，「則是一齣冗長單調的悲劇」。充滿自憐，永遠埋怨丈夫，在家裏硬充著缺這少那的主婦。)

㈢他說話也不夠爽利的，一個字一個字謹慎地吐出來，像在隆重的宴會裏吃洋棗，把核子徐徐吐在小銀匙裏，然後偷偷傾在盤子的一邊，一個不小心，核子往嘴角裏直接滑到盤子裏，叮噹一聲，就失儀了。(〈花凋〉中形容章雲藩醫學性的嚴謹，有著落點極佳的準確。)

㈣她這件衣服，想必是舊的，既長，又不合身，可是太大的衣服另有一種特殊的誘惑性，走起路來，一波未平、一波又起，有人的地方是人在顫抖，無人的地方是衣服在顫抖，虛虛實實，實實虛虛，極其神祕。(〈花凋〉中章雲藩對川嫦，「情人眼裏出西施」的感覺形容。這裏所用的「人」，當是川嫦的胴體，作者不用顯露的「肉」，而以廣義的「人」來代稱，用得好!)

㈤然而這余美增究竟也有她的可取之點，她脫了大衣，隆冬天氣，她裏面只穿了一件光胳膊的綢夾袍，紅黃紫綠，週身都是爛醉的顏色。川嫦雖然許久沒出門，也猜著一定是最流行的衣料。穿得那麼單薄，余美增沒有一點寒縮的神氣。她很胖，可是胖得曲折緊張。(〈花凋〉中川嫦由放心自信的高峰直降到失敗的谷底，余美增的條件儘管不夠，但已準定贏她。這位情敵最大的本錢在「曲折緊張」的健康，而這正就是川嫦所沒有的。）

二、譬喻

㈠上海為了「節省天光」，將所有的時鐘都撥快了一小時，然而白公館裡說：「我們用的是老鐘，」他們的十點鐘是人家的十一點。他們唱歌唱走了板，跟不上生命的胡琴。（〈傾城之戀〉以荒腔走板譬喻白公館的暮氣深沉。）

㈡晚上他們常常出去散步，直到夜深，她自己都不能夠相信，他連她的手都難得碰一碰。她總是提心吊膽，怕他突然摘下假面具，對她作冷不防的襲擊，然而一天又一天的過去了，他維持著他的君子風度，她如臨大敵，結果毫無動靜。她起初倒覺得不安，彷彿下樓梯的時候踏空了一級似的，心裡異常怔忡，後來也就慣了。（〈傾城之戀〉這是女人「沒有人時她怕，若有人時她更怕」的心理，范柳原不碰白流蘇是情場老手擒縱的手段，為樹立權威而故意冷落，尊重的另一面竟是很大的不尊重，叫維持淑女假像的流蘇恨在心裏卻又說不出口。作者以下樓梯踏空了一級來譬喻感覺，真是神來之筆。）

㈢正在這當口，轟天震地一聲響，整個的世界黑了下來，像一隻碩大無朋的箱子，拍地關上了蓋。數不清的羅愁綺恨，全關在裡面了。〈傾城之戀〉中的香港，戰亂以箱蓋的關閉譬喻愁恨在恐怖中的止歇。）

㈣流蘇也想到了柳原，不知道他的船有沒有駛出港口，有沒有被擊沉。可是她想起他便覺得有些渺茫，如同隔世。現在的這一段，與她的過去毫不相干，像無線電的歌，唱了一半，忽然受了惡劣的天氣影響，劈劈拍拍炸了起來，炸完了，歌是仍舊要唱下去的，就只怕炸完了，歌已經唱完了，那就沒得聽了。〈傾城之戀〉以歌唱來譬喻經歷，重在戰亂時惶恐，炸完了，歌能否唱下去？那是說轟炸之後，人是否還能活著？）

㈤王太太微笑著，並不和他辯駁，自顧自喚阿媽取過碗廚上那瓶藥來，倒出一匙子吃了。振保看見匙子裏那白漆似的厚重的液汁，不覺皺眉道：「這是鈣乳麼？我也吃過的，好難吃。」王太太灌下一匙子，半響說不出話來，吞了口水，方道：「就像喝牆似的！」振保又笑了起來道：「王太太說話，一句是一句，真有勁道！」〈紅玫瑰與白玫瑰〉中把鈣乳譬喻為牆，那又厚又重的感覺，是誇張，但也是準確。）

㈥梁太太推了她一推，笑道：「你看，你看！」說時，把一隻玉腕直送到她臉上來，給她賞鑒那一隻三寸闊的金剛石手鐲。車廂裏沒有點燈，可是那鐲子的燦燦精光，卻把梁太太的紅指甲都照亮了。薇龍呵喲了一聲。梁太太道：「這是他送給我的。」又掉過臉去向司徒協撇撇嘴笑道：「沒看見這麼性子急的人，等不得到家就獻寶似的獻出來！」薇龍托著梁太太的手，只管嘖嘖稱賞，不想喀啦一聲，說時遲，那時快，司徒協已經探過手來給她戴上了同樣的一隻金剛石鐲子，那過程的迅疾便和偵探出其不意地給犯人套上手銬一般。（〈第一爐香〉「說時遲，那時快」，還是舊章回小說的用法，很舊，但其後的譬喻十分鮮活，反諷貪慕虛榮的薇龍已為「金」所「銬」。）

㈦只限於此，徒然叫人議論，所以雖然是出名的麻油西施，媒人並沒有踏穿她家的門檻。十八歲還沒定親，現在連自己家裏人都串通了害她。漂亮有什麼用，像是身邊帶著珠寶逃命，更加危險，又是沒有市價的東西，沒法子變錢。（〈怨女〉中的銀娣，漂亮而無用的譬喻。）

㈧躺在煙炕上，正看見窗口掛著的一件玫瑰紅綢夾袍緊挨著一件孔雀藍袍子，掛在衣架上的肩膀特別瘦削，喇叭管袖子優雅地下垂，風吹著脖骨，微微向前擺盪著，背後襯著藍天，成為兩個漂亮的剪影。紅袖子時而暗暗打藍袖子一下，彷彿怕人看見似的。過了一會，藍袖子也打還它一下，又該紅袖子裝不知道，不理它。有時候又彷彿手牽手。它們使她想起她自己和三爺。他們也是剛巧離得近。他老跟她開玩笑，她也是傻，不該認真起來。他沒那個膽子。不過是這麼回事。她現在想到他可以不覺得痛苦了，從此大家不相干，而且他現在倒霉了，也叫她心平了些。有一點太陽光漏進來，照在紅袖子的一角上。這都是多少年前的事了。（〈怨女〉中出色的譬喻，紅袖是女，藍袖是男，譬喻銀娣和三爺之間，似有又若無的情事。）

(九)她姊姊泉娟說話說個不斷，像挑著銅匠擔子，擔子上掛著喋塔喋塔的鐵片，走到哪兒都帶著她自己單調的熱鬧。〈花凋〉中婚後的女子多有嘵舌，絮聒不休，引人煩厭而她自己又渾然不覺。川嫦的大姊就是這種典型，想必作者也曾多有經歷而充具反感，貴在她已由反感超離，進而自製一種欣賞的餘裕，是以能釀造出鮮活的形容。銅匠擔子是張愛玲時代的一種行業，作者將生活所見用著譬喻，而在經歷了半個世紀之後，這種行業已然由式微沒落而絕跡，這是作者想像不到的，在她的篇章之中，有許多當代寫實的部分，隨著舊時代淘汰消失之後，對猶有回憶的中年人來說，是能勾起一份親切的懷念；但對年輕的現代人來說，那已是完全陌生的了。）

(一〇)關於碧落的嫁後生涯，傳慶可不敢揣想。她不是籠子裏的鳥。籠子裏的鳥，開了籠，還會飛出來。她是繡在屏風上的鳥——悒鬱的紫色緞子屏風上，織金雲朵裏的一隻白鳥。年深月久了，羽毛暗了，霉了，給蟲蛀了，死也還死在屏風上。（〈茉莉香片〉中，譬喻舊時代女子全無自由、自主的認命而死。）

(一一)起先，我們看見羅傑安白登在開汽車。也許那是個晴天，也許是陰的；對於羅傑，那是個淡色的，高音的世界，到處是光與音樂。他的龐大的快樂，在他的燒熱的耳朵裏正像夏天正午的蟬一般，無休無歇地叫著：「吱……吱……吱……」（〈第二爐香〉主角婚前快樂感覺的譬喻。）

㈢一個覺得比死還要難受的人，對於隨便誰都不負任何的責任。他一口氣把車子開了十多里路，來到海岸上，他和幾個獨身的朋友們共同組織的小俱樂部裏。今天不是週末，朋友們都工作著，因此那簡單的綠漆小木屋裏，只有他一個人。他坐在海灘上，在太陽、沙、與海水的蒸熱之中，過了一個上午，又是一個下午。整個的世界像一個蛀空了的牙齒，麻木木的，倒也不覺得什麼，只是風來的時候，隱隱的有一點酸痛。（〈第二爐香〉主角在出事後痛不欲生的譬喻。）

三、月、鏡、鬼

張作之中的特寫，範圍也屬於形容、譬喻，但因題材特別，所以另立一目介紹：

㈠月意象

筆者認為：「月」意象的使用是由於人類的原型。屬於月的陰柔、深沈、冷涼與日的陽剛、明亮、熾熱形成的對比，是陰與陽、女體與男體的對比。人類自陰暗，潮溼的子宮出生，通過生時的企求溫暖光熱的慣性，在死後又將復返於陰暗，潮濕的地下，首尾始終與中段生活存有的對比，人人如此，那是原型，出生之後就已首途回歸死亡，是為自然的循環。神話中月的崇拜，以她能補天地之缺，屬於母性的象徵。而古典中的閨怨望月，以她的陰晴圓缺來喻人生的悲歡離合也並非無因，她的盈虧既能影響潮汐，同時當也能影響如潮汐起落的人的情緒。

張作中月的意象，源於她女體的母性潛意識，以及她經歷蒼涼，忮求光熱溫暖不得，轉而自封於陰沉的自虐傾向。月意象所以在她的創作之中冷然翻出，即是她潛沉的意識浮現。

1. 然而她不由得想到了她自己的月光中的臉，那嬌脆的輪廓，眉與眼，美得不近情理，美得渺茫，她緩緩垂下頭去。

……

流蘇不知道為什麼，忽然哽咽起來。淚眼中的月亮大而模糊，銀色的，有著綠的光稜。

……

十一月尾的纖月，僅僅是一鉤白色，像玻璃窗上的霜花。然而海上畢竟有點月意，映到窗子裡來，那薄薄的光就照亮了鏡子。（以上〈傾城之戀〉三例，是女角與柳原交往時心態的反射：二十八歲的離婚婦人白流穌，有承自家庭「精刮」的訓練；以金錢、情愛為依歸，卻一直沒有安全感。她和柳原「有目的」的戀愛：在流蘇是有偽裝，有提防的「捕捉」；在柳原是經驗老到，只想玩玩，不想被套牢的「欲擒故縱」。爾虞我詐的過程之中，輸不起的是流蘇，是以在這三例的月意象中，漾動著她孤伶自憐的不安。）

2. 三十年前的上海，一個有月亮的晚上……我們也許沒趕上看見三十年前的月亮。年輕的人想著三十年前的月亮該是銅錢大的一個紅黃的濕暈，像朵雲軒信箋上落了一滴淚珠，陳舊而迷糊。老年人回憶中的三十年前的月亮是歡愉的，比眼前的月亮大、圓、白；然而隔著三十年的辛苦路望回看，再好的月色也不免帶點淒涼。(〈金鎖記〉的開頭，月的淒涼即是回憶的淒涼，亦是作者人生的荒涼與人性的蒼涼。)

3.起坐間的簾子撤下送去洗濯了。隔著玻璃窗望出去，影影綽綽烏雲裡有個月亮，一搭黑，一搭白，像個戲劇化的猙獰的臉譜。一點，一點，月亮緩緩的從雲裡出來了，黑雲底下透出一線炯炯的光，是面具底下的眼睛。(〈金鎖記〉中七巧與兒子長白在鴉片煙榻上，月的恐怖如七巧充滿殺傷佔有的親情。)

4.芝壽猛然坐起身來，嘩喇揭開了帳子。這是個瘋狂的世界，丈夫不像個丈夫，婆婆也不像個婆婆。不是他們瘋了，就是她瘋了。今天晚上的月亮比哪一天都好，高高的一輪滿月，萬里無雲，像是黑漆的天上一個白太陽。遍地的藍影子，帳頂上也是藍影子，她的一雙腳也在那死寂的藍影子裡。

芝壽待要掛起帳子來，伸手去摸索帳鉤，一隻手臂弔在那銅鉤上，臉偎住了肩膀，不自的就抽噎起來。帳子自動的放了下來。昏暗的帳子裡除了她之外沒有別人，然而她還是吃了一驚，倉皇地再度掛起了帳子。窗外這是那使人汗毛凜凜的反常的明月——漆黑的天上一個灼灼的小而白的太陽。(《金鎖記》中病婦芝壽所見的月亮，儘管悲憤而無力反抗，死亡已然迫近。)

5.薇龍沿著路往山下走，太陽已經偏了西，山背後大紅大紫，金絲交錯，熱鬧非凡，倒像雪茄煙盒蓋上的商標畫。滿山的棕櫚、芭蕉，都被毒日頭烘焙得乾黃鬆鬈，像雪茄煙絲。南方的日落是快的，黃昏只是一剎那，這邊太陽還沒有下去，那邊，在山路的盡頭，煙樹迷離，青溶溶地，早有一撇月影兒。薇龍向東走，越走，那月亮越白，越晶亮，彷彿是一頭肥胸脯的白鳳凰，棲在路的轉彎處，在樹椏叉裏做了窠。越走越覺得月亮就在前頭樹深處，走到了，月亮便沒有了。薇龍站住了歇了一會兒腳，倒有點惘然。(《第一爐香》裏女角所見的月，像是在指引著女角。)

6.當天晚上，果然有月亮。喬琪趁著月光走。月亮還在中天，他就從薇龍的陽臺上，攀著樹椏枝，爬到對過的山崖上。叢林中潮氣未收，又濕又熱，蟲類唧唧地叫著，再加上蛙聲閣閣，整個的山窪子像一隻大鍋，那月亮便是一團藍陰陰的火，緩緩的煮著它，鍋裏水沸了，骨嘟骨嘟的響。這崎嶇的山坡子，連採樵人也不常來。(《第一爐香》中月與山的想像陰森。)

7.在田徑上走著，譚老大的一個孫子失腳滑了下去，跌了一跤。老夫婦停下來替他揉腿，金根一個人走在前面，抱著阿招，阿招已經睡著了。月亮高高地在頭上。長圓形的月亮，白而冷，像一顆新剝出來的蓮子。那黝暗的天空，沒有顏色，也沒有雲，空空洞洞四面罩下來，荒涼到極點。(〈秧歌〉中的月，白而冷的荒涼，是為全篇飢餓痛苦的底色。)

8.窗子裏有個大月亮快沉下去了，就在對過一座烏黑的樓房背後。月亮那麼大，就像臉對臉狹路相逢，混沌的紅紅黃黃一張圓臉，在這裏等著她，是末日的太陽。(〈怨女〉中的月，無奈的末日期待。)

(二)鏡意象

這是他第一次吻她，然而他們兩人都疑惑不是第一次，因為在幻想中已經發生過無數次了。從前他們有過許多機會——適當的環境，適當的情調；他也想到過，她也顧慮到那可能性。然而兩方面都是精刮的人，算盤打得太仔細了，始終不肯冒失。現在這忽然成了真的，兩人都糊塗了。流蘇覺得她的溜溜走了個圈子，倒在鏡子上，背心緊緊抵著冰冷的鏡子。他的嘴始終沒有離開過她的嘴。他還把她往鏡子上推，他們似乎是跌到鏡子裡面，另一個昏昏的世界裡去了，涼的涼，燙的燙，野火花直燒上身來。

〈傾城之戀〉中寫男女角兩人的初吻，那年頭不像現代，女性是不方便主動的，好不容易等到這男子主動，等得太久，感覺也變得淡了。男女情愛與君子之交淡如水的友情不同，必然的軌跡是漸進——熱烈——清淡而真純——道義相知。有如潺緩溪流的源頭常是瀑布奔瀉，那一陣子的熱烈痴迷是斷斷少不了的。如果人生有快樂，最最具體的快樂就在於此：必要有那種相見時難別亦難，日思夜想念茲在茲，天上地下唯此一人的痴迷纏綿，情愛運作的香熱之力，始得如玫瑰的開放，如烈燄的焚燃，如鐵砧上的淬礪迸現的火花……非如此強烈就不算是真實相擁，不能深刻的感覺遲早將在憶念之中模糊淡失。這該是人生必應追尋的經歷，醉過方知酒濃，愛過方知情重，有過這種刻骨銘心的情熱之焚，人生才能無憾。

流蘇與柳原的戀愛，自始至終缺乏熱烈，該來的時候未來，愛得很淡，久了更淡，如此的不熱切，不真實，有過也等於沒有，甚至還不如沒有，因為沒有還能有著嚮往的美好。

這兩人倒在鏡上，他們的愛情，如鏡一樣的冰冷而虛幻。

㈢鬼意象

超現實森厲的鬼意象，是為作者不安、自虐心理的反射，如：

1. 玻璃窗的上角隱隱約約反映出弄堂裡一個巡警的縮小的影子，晃著膀子踱過去。一輛黃包車靜靜在巡警身上輾過。小孩把袍子掖在褲腰裡，一路踢著球，奔出玻璃的邊緣。綠色的郵差騎著自行車，複印在巡警身上，一溜煙掠過。都是些鬼，多年前的鬼，多年後的沒投胎的鬼……什麼是真的，什麼是假的？（〈金鎖記〉中的鬼意象，是為女角七巧追求情愛、金錢、不安心理的投射。）

2. 擦亮了洋火，眼看著它燒過去，火紅的小小三角旗，在它自己的風中搖擺著，移，移到她手指邊，她噗的一聲吹滅了它，只剩下一截紅豔的小旗桿，旗桿也枯萎了，垂下灰白蜷曲的鬼影子。（〈傾城之戀〉中主角流蘇怨恨家人的現實、刻薄，在飽受忽視、排斥甚且惡詈熱戰，四面楚歌的環境之中，激起了她的鬥志，橫刀奪愛，自妹妹寶絡手中搶過這男子范柳原來。初次出師稍有斬獲，回到家來，在兩個嫂嫂的明斥惡罵聲中，主角鎮靜地在房裡點蚊香。「火紅的小小三角旗」，象徵她揚旗上陣，即將開始一場情場逐鹿之戰。而「鬼影子」意象的出現，是她自知理虧，剛剛開始即已氣餒的灰敗心理的投影。）

3.老媽子拿著條帚與畚箕立在門口張了張，振保把燈關了。她便不敢進來。振保在床上睡下，直到半夜裏被蚊子咬醒了，起來開燈。地板正中躺著煙鸝的一雙繡花鞋，微帶八字式，一隻前些，一隻後些，像有一個不敢現形的鬼怯怯向他走過來，央求著。振保坐在床沿上，看了許久。再躺下的時候，他嘆了口氣，覺得他舊日的善良的空氣一點一點偷著走近，包圍了他。無數的煩憂與責任與蚊子一同嗡嗡飛繞，叮他，吮吸他。（〈紅玫瑰與白玫瑰〉中鬼意象的出現，把主角振保的憤怒與他想像中煙鸝的乞恕形象化了。結尾以飛蚊的煩擾形容、譬喻責任的不能擺脫的煩擾一如蚊蟲，表徵主角的心理歷程，他已是快走到無奈、妥協的盡頭。）

4.她叫老媽子去睡了，仍舊坐在那裏晾頭髮。天熱頭髮油膩，黏成稀疏的一綹綹，是個黑絲縺子披肩。她忽然嚇了一跳，看見自己的臉映在對過房子的玻璃窗裏。就光是一張臉，一個有藍影子的月亮，浮在黑暗的玻璃上。遠看著她仍舊是年輕的，神祕而美麗。她忍不住試著向對過笑笑，招招手。那張臉也向她笑著招手，使她非常害怕，而且她馬上往那邊去了。至少是她頭頂上出來的一個什麼小東西，輕得癢絲絲的，在空中馳過，消失了。那張臉仍舊在幾尺外向她微笑。她像個鬼。也許十六年前她吊死了自己不知道。〈怨女〉中由「月」而「鬼」的意象升浮，是主角銀娣的自憐不安。）

5. 分租給幾家合住，黃昏的時候窗戶裏黑洞洞的，出來一隻竹竿，太長了，更加笨拙，遊移不定地向這邊摸索一個立足點。一件淡紫色女衫鬼氣森森，一蹶一蹶地跟過來，兩臂張開穿在竹竿上，坡斜地，歪著身子。她伸頭出去看，幸而這邊不是她家的窗戶。〈怨女〉中鬼意象的森然，代表女角的恐懼。）

第三節　心理刻劃

文學創作旨在調適人生，提昇人性，而表現人性的主要方式即在人類心理表徵之敘寫。文學創作在主題意識之外的另一必應評估升浮的「潛意識」，也就是心理表徵。由上可知，心理表徵為現代文學中不可或缺的成份，亦是小說創作中必應具有的成份，甚具獨立以「心理小說」形象出現。文學中的心理表徵，多用象徵，感覺來進行敘寫。張作於此表現精采，今採擷部分評介如下：

一、悔恨、怨恨

㈠還有一點細節是他不能忘記的。她重新穿上衣服的時候，從頭上套下去，套了一半，衣裳散亂地堆在兩肩，彷彿想起了什麼似的，她稍微停了一停。這一剎那之間他在鏡子裏看見她，她有很多的蓬鬆的黃頭髮，頭髮緊緊繃在衣裳裏面，單露出一張瘦長的臉，眼睛是藍的吧，但那點藍都藍到眼下的青暈裏去了，眼珠子本身變了透明的玻璃球。那是個森冷的，男人的臉，古代的兵士的臉。振保的神經上受了很大的震動。（〈紅玫瑰與白玫瑰〉中主角嫖妓之後的心理，狹邪冶遊，無論如何總該是如「紅燭昏羅帳」那樣的旖旎才是，怎能想到那女性的臉竟然是一張「森冷的，男人的臉，古代兵士的臉」。筆者以為這是「整合」手法，是作者使用兵士、戰爭、死亡的意象來與原本旖旎、溫婉的男女情欲作突兀的組合。征戰死亡的剛性醜暗一下子沖潰了原本情慾溫婉的柔性美好，極為準確地表徵了主角振保的破滅心理——尋求慰藉而結果竟是悔恨，如此浪擲了童貞實在太不值得。）

㈡妻太太也覺得囂伯是生了氣。都是因為旁邊有人，她要面子，這才得罪了她丈夫。她向來多嫌著旁邊的人的存在的，心裏也未嘗不明白，若是旁邊關心的人都死絕了，左鄰右舍空空的單剩下她和她丈夫，她丈夫也不會再理她了；做一個盡責的丈夫給誰看呢？她知道她應當感謝旁邊的人，因而更恨他們了。（〈鴻鸞禧〉中自卑的主婦的怨恨心理。）

㈢金根常常在那裏吃飯。有時候去晚了，錯過了一頓午飯，她就炒點冷飯給他吃，帶著一種挑戰的神氣拿起油瓶來倒點油在鍋裏。她沒告訴他，現在家裏太太天天下來檢查他們的米和煤球，大驚小怪說怎麼用得這樣快，暗示是有了新的漏洞。女傭有家屬來探望，東家向來是不高興的。如果是丈夫，他們的不高興就更進了一層，近於憎惡。月香還記得有一次，有一個女傭和她的男人在一個小旅館裏住了一夜，後來大家說個不完，傳為笑談。女主人背後提起來，又是笑又是罵。

這些話她從來不跟金根說的。但是他也有點覺得，他在這裏只有使她感到不便，也使她覺得委曲。所以過了半個月，他還是找不到工作，他就說他要回去了。他拿著她給的錢去買車票，來這麼一趟，完全是白來的，白糟蹋了她辛苦賺來的錢。買票剩下來的錢，他給自己買了包香煙。自己也覺得不應當，但是越是抑鬱得厲害，越是會做出這種無理的事。

上火車以前，他最後一次到她那裏去。今天這裏有客人來吃晚飯，有一樣鴨掌湯，月香在廚房裏，用一把舊牙刷在那裏刷洗那腥氣的橙黃色鴨蹼。他坐了下來，點上一枝香煙，他的包袱擱在板凳的另一頭。在過去的半個月裏，他們把所有的談話資料都消耗盡了，現在絕對沒有話可說了。在那寂靜中，他聽見有個什麼東西在垃圾桶裏綷𦄂作聲。

「那是什麼？」他有點吃驚地問。

是一隻等著殺的雞，兩隻腳縛在一起暫時棲在垃圾桶裏。火車還有好幾個鐘頭才開。也沒有別的地方可去，只有坐在這裏等著，因為無話可說，月香把她該叮囑的話說了一遍又一遍，叫他替她問候每一個人。她把鴨蹼洗乾淨了，又來剝毛豆，她忽然發現她把剝出來的豆子都丟到地下去，倒把豆莢留著，自己覺得非常窘，急忙彎下腰去把豆子揀了起來。幸虧沒有人在旁邊，金根也沒留心。

剝了豆，摘了菜，她把地下掃了掃，倒到垃圾桶裏，那隻雞驚慌地咯咯叫了起來。

金根站起來走的時候，她送到門口，把兩隻手在圍裙上揩抹著，臉上帶著茫然的微笑。他把傘撐開來，走到街堂裏。外面下著雨，黃灰色的水門汀上起著一個個酒渦。他的心是一個踐踏得稀爛的東西，黏在他鞋底上。

不該到城裏來的。（《秧歌》中男角金根由鄉下來城裏依幫傭的妻子月香，找不到事，尷尬的環境形成了悔恨〔不該進城〕的心理。）

二、空寥、孤寂、恐怖

㈠她搖搖晃晃走到隔壁房裡去。空房，一間又一間——清空的世界。她覺得她可以飛到天花板上去。她在空蕩蕩的地板上行走，就像是在潔無纖塵的天花板上。房間太空了，她不能不用燈光來哄滿它。光還是不夠，明天她得記著換上幾隻較強的燈泡。

她走上樓梯去。空得好，她急需著絕對的靜寂。她累得很，取悅於柳原是太吃力的事。

(二)她管得住她自己。但是……她管得住她自己不發瘋麼?樓上品字式的三間屋,樓下品字式的三間屋,全是堂堂地點著燈。新打了蠟的地板,照得雪亮。沒有人影兒。一間又一間,呼喊著的空虛……

(三)流蘇的屋子是空的,心裡是空的,家裡沒有置辦米糧,因此肚子裡也是空的。空穴來風,所以她感受恐怖的襲擊分外強烈。

(四)兩人一同走進城去,走了一個峰迴路轉的地方,馬路突然下瀉,跟前只是一片空靈——淡墨色的,潮濕的天。小鐵門口挑出一塊洋磁招牌,寫的是:「趙祥慶牙醫」。風吹得招牌上的鐵鈎子吱吱響,招牌背後只是那空靈的天。

〈傾城之戀〉中范柳原自說是有錢,有時間,愛玩,其實他也自有著孤獨與自憐,曾說過他自己也不懂得自己,但卻要流蘇能懂得他。流蘇安慰他說「我懂得,我懂得。」說是出於女子母性本能的溫柔呵護或許差不多,但究竟她從未能進入到柳原的內心。現實的流蘇相信舊式戀愛比新式戀愛要好,因為到最後總還能結婚,聽不懂男人的話倒也沒有多大關係,只要能結婚就行,因為她所爭取的就是這個。

淺薄的流蘇始終不曾真正了解柳原;不曾聽懂柳原的喃喃企求;不曾付出給他所渴需的。也許她本就沒有這一項柳原需要的,是以柳原一直不能有熱切的回應,流蘇所能獲得的只是缺乏內涵的、空洞的形式。

例㈠與例㈡，是在兩人初吻落實了關係之後，柳原為她佈置的新家，還沒有結婚，只是個情婦，感覺只是徒具形式的空虛。

經過了例㈢戰火飢餓的恐怖，那是另一種的「空」。終於等到了災難過去，同去報館登結婚啟事，例㈣中的「峰迴路轉」用得好，的確是峰迴路轉的急轉直下，只是流蘇的感覺仍是「空靈」。牙疼的痛感隱隱仍在，跟前是淡墨色的，潮濕的天的空靈，以後，想來也就是如此的冷冷的空寥。

㈤家裏吃的西瓜，老媽子把瓜子留下來，攤在篾簍蓋上，擱在窗臺上曬。對過的紅磚老洋房，半中半西，比這邊房子年代更久，鴿子籠小衖堂直造到它膝前。一隻蜜蜂在對面一排長窗前飛過，在陽光中通體金色。有隻窗戶不住地被風吹開又砰上，那聲音異常荒涼。(〈怨女〉中主角銀娣感覺的人生荒涼的空寥。)

㈥風吹著的兩片落葉踏啦踏啦彷彿沒人穿的破鞋，自己走上一程子。……這世界上有那麼許多人，可是他們不能陪著你回家。到了夜深人靜，還有無論何時，只要生死關頭，深的暗的所在，那時候只能有一個真心愛的妻，或者就是寂寞的。振保並沒有分明地這樣想著，只覺得一陣悽惶。(〈紅玫瑰與白玫瑰〉中主角佟振保所感受的人生孤寂況味。)

㈦她在人堆裏擠著，有一種奇異的感覺。頭上是紫黝黝的藍天，天盡頭是紫黝黝的冬天的海，但是海灣裏有這麼一個地方，有的是密密層層的人，密密層層的燈，密密層層的耀眼的貨品——藍磁雙耳小花瓶、一捲一捲蔥綠堆金絲絨、玻璃紙袋裝著「巴島蝦片」、琥珀色的熱帶產的榴槤糕、拖著大紅穗子的佛珠、鵝黃的香袋、烏銀小十字架、寶塔頂的涼帽；然而在這燈與人與貨之外，還有那淒清的天與海——無邊的荒涼，無邊的恐怖。她的未來，也是如此——不能想，想起來只有無邊的恐怖。她沒有天長地久的計劃。只有在這跟前的瑣碎的小東西裏，她的畏縮不安的心，能夠得到暫時的休息。（〈第一爐香〉中主角薇龍對自身未來毫無把握的荒涼、恐怖的心理。）

㈧以後的兩個禮拜內煙鸍一直窺伺著他，大約認為他並沒有什麼改變的地方，覺得他並沒有起疑，她也就放心下來，漸漸的忘了她自己有什麼可隱藏的，連振保也疑疑惑惑起來，彷彿她根本沒有任何祕密。像兩扇緊閉的白門，兩邊陰陰點著燈，在曠野的夜晚，拚命的拍門，斷定了門背後發生了謀殺案。然而把門打開了走進去，沒有謀殺案，連房屋都沒有，只看見稀星下的一片荒煙蔓草——那真是可怕的。（〈紅玫瑰與白玫瑰〉中主角佟振保想要毀家，而拿不起又放不下的性格又使他畢竟不敢，浪蕩了一陣子又乖乖地回家來，是一種空虛無依而又無奈的感覺，作者騁馳其想像形容的功能，勾劃陰森懸疑怖慄，揭出的是稀星之下的一片荒煙蔓草，表徵的是沉重深刻的人生荒涼恐怖感觸。）

三、自憐與自卑

㈠鄭夫人自以為比他（鄭先生）看上去還要年輕，時常得意地問人說：「我真怕跟他一塊兒出去——人家瞧著我比他小得多，都拿我當他的姨太太！」

㈡她總是仰著臉搖搖擺擺在屋裏走過來，走過去，淒冷地嗑著瓜子——一個美麗蒼白的，絕望的婦人。

㈢鄭夫人對於選擇女婿很感興趣。那是她死灰的生命中的一星微紅的炭火。……她缺乏羅曼蒂克的愛，同時她又是一個好婦人，既沒有這膽子，又沒有機會在他方面取得滿足。於是，她一樣地找男人，可是找了來作女婿。她知道這美麗而憂傷的岳母在女婿們的感情上是佔點地位的。

（以上是〈花凋〉中的片段，「美麗與憂傷」的鄭夫人充滿著自憐。）

㈣玉清還買了軟緞繡花的睡衣，相配的繡花浴衣，織錦的絲棉浴衣，金織錦拖鞋，金琺瑯粉鏡，有拉鍊的雞皮小粉鏡；她認為一個女人一生就只有這一個任性的時候，不能不儘量使用她的權利，因此看見什麼買什麼，來不及地買，心裏有一種決絕的，悲涼的感覺，所以她的辦嫁妝的悲哀並不完全是裝出來的。

(五)也有兩個不甘心這麼悄悄地在玻璃球外面搓手搓腳逗留一回便算數的，要設法走入那豪華的中心。玉清有五個表妹，都由她們母親率領著來了。大的二的，都是好姑娘，但是歲數大了，自己著急，勢不能安份了。二小姐梨倩，新做了一件得意的單旗袍，沒想到下了兩天雨，天氣暴冷，飯店裏又還沒到燒水汀的季節，使她沒法脫下她的舊大衣，並不是受不了冷，是受不了人們的關切的詢問：「不冷麼？」梨倩天生是一個不幸的人，雖然來得很早，不知怎麼沒找到座位。她倚著柱子站立──她喜歡這樣；她的蒼白倦怠的臉是一種挑戰，彷彿在說：「我是厭世的，所以連你我也討厭──你討厭我麼？」末了出其不意那一轉，特別富於挑撥性。（以上是〈鴻鸞禧〉中的兩段，(四)段表徵凋落大戶年近三十的女兒玉清的心理，任性的決絕、悲涼是她自卑的變型。(五)段極寫老小姐梨倩自卑得充滿著挑戰的心態。）

(六)丹朱──他不懂她的存心，她並不短少朋友。雖然才在華南大學讀了半年書，已經在校花隊裏有了相當的地位。憑什麼她願意和他接近？他斜著眼向她一瞟。一件白絨線緊身背心把她的厚實的胸脯子和小小的腰塑成了石膏像。他重新別過頭去，把額角在玻璃上揉擦著。他不愛看見女孩子，尤其是健全美麗的女孩子，因為她們使他對於自己分外的感到不滿意。

(七)隔了一會，她又問道：「傳慶，你嫌煩麼？」傳慶搖搖頭。丹朱道：「我不知為什麼，這些話我對誰也不說，除了你。」傳慶道：「我也不懂為什麼。」丹朱道：「我想是因為……因為我把你當做一個女孩子看待。」傳慶酸酸的笑了一聲道：「是嗎？你的女朋友也多得很，怎麼單揀中了我呢？」丹朱道：「因為只有你能夠守祕密。」傳慶倒抽了一口冷氣道：「是的，因為我沒有朋友，沒有人可告訴。」丹朱忙道：「你又誤會了我的意思！」

㈧劉媽是他母親當初陪嫁的女傭。在家裏，他憎厭劉媽，正如在學校憎厭言丹朱一般。寒天裏，人凍得木木的，倒也罷了，一點點的微溫，更使他覺得冷得澈骨酸心。

㈨傳慶道：「到底為什麼？還不是因為我妒忌你——妒忌你美，你聰明，你有人緣！」丹朱道：「你就不肯同我說一句正經話！傳慶，你知道我是你的朋友，我要你快樂！」傳慶道：「你要分點快樂給我，是不是？你飽了，你把桌上的麵包屑掃下來餵狗吃，是不是？我不要，我不要！我甯死也不要！」（以上是〈茉莉香片〉中的片段，㈥段顯示男角聶傳慶自卑疑慮不愛看健全而美麗的女孩，實是不敢看，「因為她們使他對於自己分外的感到不滿意」，已是因自卑而畸形的心理。㈦段顯示兩人間的誤會由於傳慶的自卑作祟。㈧段看似不正常其實正常，自卑者不能接受人間溫暖，傳慶之不能接受劉媽，一如不能接受言丹朱。㈨段顯示傳慶自卑畸形之嚴重，不但妒忌丹朱的正常，更且激烈地將好意視為施捨。）

四、情欲

㈠她低聲唱起「十二月花名」來。他要是聽見她唱過，一定就是這個，她就會這一支。西北風堵著嘴，還要唱真不容易，但是那風把每一個音符在口邊搶了去，倒給了她一點勇氣，可以不負責。她唱得高了些。每一個月開什麼花，做什麼事，過年，採茶，養蠶，看龍船，不管忙什麼，那女孩子夜夜等著情人。燈芯上結了燈花，他今天一定來。一雙鞋丟在地下卜卦，他不會來。那呢喃的小調子一個字一扭，老是無可奈何地又回到這個人身上。借著黑暗蓋著臉，加上單調重複，不大覺得，她可以唱出有些句子，什麼整夜咬著棉被，留下牙齒印子，恨那人不來。她被自己的喉嚨迷住了，蜷曲的身體漸漸伸展開來，一條大蛇，在上下四周的黑暗裏遊著，去遠了。(〈怨女〉中主角銀娣想著婆家小叔「三爺」時的情欲暗示。)

㈡她並沒有真怎麼樣，但是誰相信？三爺又是個靠得住的人。馬上又都回來了，她怎麼說，他怎麼說，她又怎麼說，她怎麼這樣傻。她的心底下有個小火熬煎著它。喉嚨裏像是咽下了熱炭。到快天亮的時候，她起來拿桌上的茶壺，就著壺嘴喝了一口。冷茶泡了一夜，非常苦。(〈怨女〉中的銀娣克制情欲。)

㈢三奶奶那裏他是早已絕跡不去了，自從躲債，索性躲得面都不見。親戚們現在也很少看見他。她可以想像他一條條路都斷了，又會想到她，也就像她老是又想到他，沒有腦子，也沒有感情，冷冷地一趟趟回去。這時候就又覺得那冰涼的死屍似的重量蠕蠕爬上身來，交纏著把她也拖著走，那麼長，永遠沒有完，兩條大蛇有意無意把彼此絞死了。(〈怨女〉中主角銀娣對三爺的思念，情欲意象指涉到她的殘廢丈夫。)

五、不安

(一)……決定下次出去的時候穿雙頂高的高跟鞋，並肩走的時候可以和他高度相仿。可是那樣也不對……怎麼看也不對，而且，這一點接觸算什麼？下次他們單獨出去，如果他要吻她呢？太早了罷，總共認識了沒多久，以後要讓他看輕的。可是到底，家裏已經默認了……。(〈花凋〉中主角川嫦對男友章雲藩患得患失的矛盾心理。)

(二)大家都說他這老婆最漂亮。也許人家都想著，這樣漂亮的老婆，怎麼放心讓她一個人在城裏這些年。女人上城去幫傭，做廠，往往就會變了心，拿出一筆錢來，把丈夫離掉。不知道怎麼，他就從來沒有想到過，她可會也這樣。每次還沒想到這裏，思想就自動地停住了，也不知道是他對她有很大的信心，還是他下意識地對於這件事懷著極大的恐懼，還是另有別的原因。

也許他實在是心裏非常不安定，自己並不知道。也許他已經懷疑得太久了，所以就連她現在說要回來，他都還不大放心。自從她走了，他就一直覺得慚愧，為了這麼一點錢，就把夫妻拆散了。夜裏想她想得睡不著覺的時候，他想她心裏一定也看不起他，他們再也不能像從前一樣了。

想著她，就像心裏有一個飄忽的小小的火焰，彷彿在大風裏兩隻手護著一個小火焰，怕它吹滅了，而那火舌頭亂溜亂躥，卻把手掌心燙得很痛。（〈秧歌〉中主角金根對妻子月香的疑慮不安心理。）

㈢薇龍上樓的時候，底下正入席吃飯，無線電裏樂聲悠揚。薇龍那間房，屋小如舟，被那音波推動著，那盞半舊紅紗壁燈似乎搖搖晃晃，人在屋裏，飄飄盪盪，心曠神怡。薇龍拉開了珍珠羅帘幕，倚著窗臺望出去，外面是窄窄的陽臺，鐵闌干外浩浩蕩蕩的霧，一片濛濛乳白，很有從甲板上望海的情致。薇龍打開了皮箱，預備把衣服騰到抽屜裏，開了壁橱一看，裏面卻掛滿了衣服，金翠輝煌；不覺噢了一聲道：「這是誰的？想必是姑媽忘了把這橱騰空出來。」她到底不脫孩子氣，忍不住鎖上了房門，偷偷的一件一件試穿著，卻都合身，她突然省悟，原來這都是姑媽特地為她置備的。家常的織錦袍子，紗的綢的、軟緞的、短外套、長外套、海灘上用的披風、睡衣、浴衣、夜禮服、喝雞尾酒的下午服、在家見客穿的半正式的晚餐服，色色俱全。一個女學生那裏用得了這麼多？薇龍連忙把身上的一件晚餐服剝了下來，向床上一拋，人也就膝蓋一軟，在床上坐下了，臉上一陣一陣的發熱，低聲道：「這跟長三堂子裏買進一個人，有什麼分別？」坐了一會，又站起身來把衣服一件一件重新掛在衣架上，衣服的脅下原先掛著白緞子小荷包，裝滿了丁香花末子，薰得滿櫥香噴噴的。（〈第一爐香〉中主角薇龍的矛盾不安心理，明知姑媽做這些新衣服是要把她養做交際花，心有警惕而又拒絕不了豪華美麗的誘惑。）

㈣婁太太一團高興為媳婦做花鞋，還是因為跟前那些事她全都不在行——雖然經過二三十年的練習——至於貼鞋面，描花樣，那是沒出閣的時候的日常功課。有機會躲到童年的回憶裏去，是愉快的。其實連做鞋她也做得不甚好，可是現在的人不講究那些了，也不會注意到，即使是粗針大線，尖口微向一邊歪著，從前的姊妹們看了要笑掉牙的。

雖然做鞋的時候一樣是緊皺著眉毛，滿臉的不得已，似乎一家子人都看出了破綻，知道她在這裏得到某種愉快，就都熬不得她。（〈鴻鸞禧〉中自卑的婁太太「躲到童年的回憶裏去」的逃避心理。）

六、其他

㈠兩人在客廳裏一露面，大家就一陣拍手，迫著薇龍唱歌。薇龍推辭不得，唱了一支「緬甸之夜」；唱完了，她留心偷看梁太太的神色，知道梁太太對於盧兆麟還不是十分拿得穩，自己若是風頭出得太足，引起過份的注意，只怕她要犯疑心病，因此執意不肯再唱了。這園會本來算是吃下午茶的，玩到了七八點鐘，也就散了。梁太太和薇龍只顧張羅客人，自己卻不曾吃到東西，這時便照常進膳。梁太太因為盧兆麟的事，有點心虛，對薇龍加倍的親近體貼。兩人一時卻想不出什麼話來說；梁太太只說了一句：「今天的巧克力蛋糕做得可不好，以後你記著，還是問喬家借他們的大司務來幫一天忙。」薇龍答應著，梁太太手裏使刀切著冷牛舌頭，只管對著那牛舌頭微笑。過了一會，她拿起水杯來喝水，又對著那玻璃杯怔怔的發笑。伸手拿胡椒瓶的時候，似乎又觸動了某種回憶，嘴角的笑痕更深了。

薇龍暗暗的嘆了一口氣，想道：「女人真是可憐！男人給了她幾分好顏色看，就歡喜得這個樣子！」梁太太一抬頭瞥見了薇龍，忽然含笑問道：「你笑什麼？」薇龍倒呆住了，答道：「我幾時笑來？」梁太太背後的松木碗櫥上陳列著一張大銀盾，是梁太太捐助皇家醫學會香港支會基本金所得的獎牌，光可鑑人，薇龍一瞧銀盾裏反映的自己的臉，可不是笑微微的，連忙正了一正臉色。梁太太道：「賴什麼！到底小孩子家，一請客，就樂得這樣！」說完了，她又笑吟吟的去吃她的牛舌頭，薇龍偶一大意，嘴角又向上牽動著，笑了起來，因皺著眉向自己說道：「你這是怎麼了？你有生氣的理由，怎麼一點兒不生氣？古時候的人『敢怒而不敢言』，你連怒都不敢了麼？」可是她的心，在梁太太和盧兆麟身上，如蜻蜓點水似的，輕輕一掠，又不知飛到什麼地方去了。姑姪二人這一頓飯，每人無形中請了一個陪客，所以實際上是四個人一桌，吃得並不寂寞。

（〈第一爐香〉中的梁太太和薇龍兩人各有心事，表面不露，明弛暗張，顯示的是複雜的心理。）

㈡他臉上現出一種膽怯的好奇的微笑，忽然使他的臉瘦得可憐。這些年來他從來對她沒有什麼指望，而她現在忽然心軟了，彷彿被他摸著一塊柔軟的地方。她也覺得了，馬上生氣起來，連自己兒子都是這樣，惹不得，一親熱就要她拿出錢來。〈怨女〉中銀娣對兒子的突然心軟，但立即警覺周遭的人都在謀她的錢，就連兒子也不例外。）

㈢月香在一張露天的板桌上擺下了碗筷。桌子正中放了一碗黑黝黝的鹹菜，旁邊一隻高高的木桶盛著粥。阿招不知道怎麼這樣消息靈通，突然出現了，在桌子旁邊轉來轉去。「嗨，來吃飯啊！」金根愉快地向那孩子大聲喊著，其實完全不必要，她早已等不及地把自己的一隻凳子搬了來了。他第一筷就夾了些鹹菜擱在她碗裏。月香幾乎踫都沒踫那鹹菜。彷彿一個女人總不應常饞嘴，人家要笑話的。但是金根吃完了一碗，別過身去盛粥的時候，她很快地夾了些菜，連夾了兩筷。（〈秧歌〉中主角月香雖然飢餓，仍保有適度的矜持心理，避免被人笑話。）

第四節　寫　實

一、悲苦

㈠他們一直是窮困的。他記得早上躺在床上，聽見他母親在米缸裏舀米出來，那勺子刮著缸底，發出小小的刺耳的聲音，可以知道米已經快完了。一聽見那聲音，就感到一種澈骨的辛酸。有一天他知道家裏什麼吃的都沒有了，快到吃午飯的時候，他牽著他妹妹的手，說，「出來玩，金花妹！」金花比他小，一玩就不知道時候。他們在田野裏玩了許久。然後他忽然聽見他母親在那裏叫喚，「金根！金花！還不回來吃飯！」他非常驚異。他們回到家裏，原來她把留著做種子的一點豆子煮了出來。豆子非常好吃。他母親坐在旁邊微笑著，看著他們吃。（《秧歌》中的窮苦記述。）

(二)往前走著，面前在黑暗中現出一條彎彎曲曲淡白的小路。路邊時而有停棺材的小屋，低低地蹲伏在田野裏。家裏的人沒有錢埋葬，就造了這簡陋的小屋，暫時停放著。房子不比一個人的身體大多少，但是也和他們家裏的房子一樣，是白粉牆、烏鱗瓦。不知道怎麼，卻也沒有玩具的意味。而是像狗屋，讓死者像忠心的狗一樣，在這裏看守著他摯愛的田地。（《秧歌》中的鄉人貧苦不得埋葬。）

(三)那是一個陰寒的下午，山上荒涼得很。滿山的樹木都站得筆直，椏開它們長而白的腳趾，那樣子就像是隨時準備著要走下山來，一直走到村莊裏面來，因為山上太寂寞。那小山一級一級地高上去，就像是給它們砌出來的土臺階。這種臺階給人類使用是嫌太高了。月香掙扎著一級級地爬上去，把金根也拖上去。她其實早已知道她抱在手裏的那癱軟的壓爛了的小孩是已經死了。

最後她由於極度疲倦，只好丟下了她，也沒有時間來感到悲慟。他們把那小小的屍身藏在一個山洞裏，希望暫時沒有人會發現它。〈秧歌〉中的沉重悲苦，做母親的抱著被壓爛了的小女兒阿招的屍體逃命。）

二、飢餓

㈠她一抬頭看見她外公外婆來了，一先一後，都舉著芭蕉扇擋著太陽。他們一定又是等米下鍋，要不然這麼熱的天，不會老遠從鄉下走了來。她只好告訴他們炳發夫婦都不在家，帶著孩子們到丈人家去了。

她一看見他們就覺得難過，老夫妻倆笑嘻嘻，腮頰紅紅的，一身褪色的淡藍布衫褲，打著補釘。她也不問他們吃過飯沒有，馬上拿抹布擦桌子，擺出兩副筷子，下廚房熱飯菜，其實已經太陽偏西了。她端出兩碗剩菜，朱漆飯桶也有隻長柄，又是那隻無所不在的鵝頭，翹得老高。她替他們裝飯，用飯勺子拍打著，堆成一個小丘，圓溜溜地突出碗外，一碗足抵兩碗。她外婆還說，「揿得重點，姑娘，揿得重點。」

老夫婦在店堂裏對坐著吃飯，太陽照進來正照在臉上，眼睛都睜不開，但是他們似乎覺都不覺得，沉默中只偶然聽見一聲碗筷叮噹響。她看著他們有一種恍惚之感，彷彿在斜陽中睡了一大覺，醒過來只覺得口乾。兩人各吃了三碗硬飯，每碗結實得像一隻拳頭打在肚子上。老太婆幫她洗碗，老頭子坐下來，把芭蕉扇蓋在臉上睡著了。（〈怨女〉中銀娣的外公外婆沒米下鍋，大熱天從鄉下走來城裏，為的就是吃一頓飽飯。）

㈡金根還沒走到一半路，吃的一頓晚飯倒已經消化掉了，又餓了起來。在這一個階段，倒並不是不愉快的感覺，人彷彿裏面空空的，乾乾淨淨，整個的人輕飄飄的，就像是可以顛倒過來，在天上走，繞著月亮跑著跳著。他自己也覺得有點奇異，這肚子簡直是個無底洞，辛辛苦苦一年做到頭，永遠也填不滿它。（〈秧歌〉中主角金根飢餓的感覺。）

㈢她望著他，半晌沒作聲。然後她緩緩地走開去，打開包袱整理東西。她拿出一雙襪子，一包香煙，是她替他買的。她曉得他的脾氣，所以有意揀選了這兩樣東西，都是他無法給他妹妹的。她另外給金花買了一條毛巾，一塊香肥皂，剛才路過周村的時候已經交給她了。

她給阿招帶了杏仁酥來，但是這時她路走多了，自己肚子裏也餓了。她打開那油污的報紙包。

「阿招妳叫我一聲，」她對那小女孩說。「不叫人可是沒的吃。」

阿招站得遠遠的，眼睛烏沉沉的，瞭望著那杏仁酥。

「叫我一聲，不然不給妳吃。大家都吃，就是啞巴沒的吃！快叫我一聲！」

阿招在受苦刑，但是她沒辦法，她的沉默四面包圍著她，再也衝不出去、而且多挨一分鐘，那沉默的牆又加高若干尺。越是不開口，越是不好意思開口。

結果還是月香說，「好了，好了，不要哭。妳哭，不喜歡妳了！」

母女倆都吃餅，月香又遞了一隻給金根。

「妳吃，」金根說。

「本來是帶來給你們吃的。」

「留著給阿招吃吧。」

「還有呢，」月香說。「你吃。」

他非常不情願地接了過來，很拘束地吃了起來。在燭光中，她看見他捏著餅的手顫抖得很厲害。她先還不知道那是飢餓的緣故，等她明白過來的時候，心裏突然像潮水似地漲起一陣憤怒與溫情。

阿招的餅吃完了。要不是她對那陌生人還有三分懼怕，她絕不會肯把剩下的幾隻留著過夜。

（〈秧歌〉中在城裏幫傭的月香回到鄉間，帶食物「杏仁酥」給丈夫和長久不見的女兒阿招，結尾極寫父女的飢餓痛苦。）

㈣簡直沒的吃。他這次下鄉，是打算吃苦來的，預先有過一番思想上的準備，但是就沒有想到有這樣的事。有許多朋友曾經下鄉參加土改，不免有些揚揚得意，滿口經驗之談。他們給了他許多忠告。「農民是天真的，」他們說。「他如果對你有好感，也說不定就會把他咬過一口的大餅送給你吃，你不吃可是要得罪人的。你到農民家裏去，也許他們用一塊骯髒的尿布抹凳子，請你坐。你要是皺著眉不敢坐，那也要得罪人的。」顧岡並不覺得農民像他們說的那樣天真得近於傻氣。至於大餅，在鄉下就沒看見過這樣東西。這裏的人一日三餐都是一鍋稀薄的米湯，裏面浮著切成一寸來長的一段段的草。

當然這件事是不便對別人說起的，對王同志尤其不能說。因此也無法打聽這到底是這幾個縣份的局部情形，還是廣大的地區共同的現象。報紙上是從來沒有提過一個字，說這一帶地——或是國內任何地方——發生了飢饉。他有一種奇異的虛空之感，就像是他跳出了時間與空間，生活在一個不存在的地方。

飢餓的滋味他還是第一次嚐到。心頭有一種沉悶的空虛，不斷地咬嚙著他，鈍刀鈍鋸磨著他。那種痛苦是介於牙痛與傷心之間，使他眼睛裏望出去，一切都成為夢境一樣地虛幻——陽光靜靜地照在田野上，山坡上有人在那裏砍柴，風裏飄來咚咚的鑼鼓聲……這兩天村子上天天押著秧歌隊在那裏演習。

大家仍舊照常過日子，若無其事，簡直使人不能相信。仍舊一天做三次飯。在潮濕的空氣裏，藍色的炊煙低低地在地面上飄著，久久不散，煙裏含著一種微帶辛辣的清香。

一到了中午，漫山遍野的黑瓦白房子統統都冒煙了，從牆壁上挖的一個方洞裏，徐徐吐出一股白煙，就像「生魂出竅」一樣，彷彿在一種宗教的狂熱裏，靈魂離開了軀殼，悠悠上升，漸漸「魂飛天外，魄散九霄。」顧岡望著炊煙，忽然想起那句老話，「民以食為天。」在他們的艱苦的生活裏，食物就是一切，而現在竟是這樣長年挨著餓。怎麼能老是這樣下去呢？他不由得感到一絲恐懼。(《秧歌》中下鄉的作家顧岡,親見農民們捱餓,親歷飢餓滋味,因而引發了懷疑與悲憫。)

(五)有一天下午他在院子裏曬太陽,編寫那水壩的故事。月香坐在簷下縫衣服。她那孩子緊挨著她,站在旁邊。顧岡全神貫注在他的工作上,起初並沒有注意到那邊發生的事,那孩子臉上露出一種固執的神氣,她在母親身上擦過來擦過去,用很大的勁,月香雖然對她不瞅不睬,也被她推搡得左右搖擺著,那孩子時而也低聲嘟囔著,不知道在說些什麼,並且鼻子裏哼哼著,發出一種幽怨的聲音。有時候她又絕望地扯一扯她母親的袖子。

「嗚哩嗚哩鬧些什麼?」月香突然叫了起來,把她一甩甩開了。「妳想要怎麼樣呀,癟三!簡直就是個釘靶的叫化子,給妳釘上就死不放鬆!天生的討飯胚!天天這樣,也不管旁邊有人沒人!妳怎麼不死呀,癟三?妳怎麼不死呀?」

孩子哭了起來,抬起兩隻手臂,輪流地用兩隻袖管拭淚。月香始終沒有停止補綴衣服,也並不朝那孩子看看,只管顛來倒去把那幾句話重複著,說了一遍又一遍。正彷彿她的怒氣已經漸漸消散了,突然又是一陣氣往上湧。她用一種斷然的動作,把她縫補的衣服放了下來,並且很小心地把針別在上面,免得遺失了。那孩子從經驗上知道要有大禍臨頭。她急得團團轉,兩隻手互相扭絞著,嘴裏吱吱喳喳不知說些什麼。顧岡在旁邊看著,覺得非常驚異,這五六歲的小女孩表現恐怖與焦急,簡直像舞臺上的一個壞演員的過火的表演。她那乾瘦的小臉看上去異樣地蒼老,她彷彿是最原始的人類，遇到了不可抗拒的強敵。在這一剎那間，顧岡有一個不可理喻的衝動，簡直想掉過頭來就跑，彷彿受威脅的是他自己。

月香一把揪住阿招，劈頭劈腦打下去。孩子哭嚎起來。

「好了，好了，金根嫂！」顧岡走上來想拉開她們。「小孩不懂事，妳怎麼能跟她認真？好了好了，算了！」

她完全不睬他。也甚至於他的干涉反而使她多打了兩下。她終於住了手，又坐下來繼續補衣服。阿招站在庭院中心嗚嗚哭著。

「把鼻子擦擦！」月香厲聲喊著。

顧岡回到他的座位上去。太陽不久就下去了，他回到他自己房裏去，把椅子帶了進去。月香正眼也沒有看他一眼。

那天晚上，那孩子一直怯怯的非常安靜。她睡熟了以後，月香坐在旁邊做針線，心裏也覺得有些懊悔。

她突然對金根說，「等過年的時候，我們也買點肉，給阿招做點什麼吃的。」

她原來還有錢剩下來，金根想。她並沒有全部借給她母親。他不應當這樣想——他覺得這是可鄙的，就像他在那裏鬼鬼祟祟偵查她的行動。但是他不由得不這樣想著。

她說了這話，又懊悔起來，轉過身來察看那熟睡的孩子的臉。「要是給她聽見了又不得了，到時候沒肉吃，要鬧死了！」她慚愧地吃吃笑著。但是隔了一會，她又沉思著說，「其實只要一向母親討食物招來母親月香的一頓好打。其後由月香顯示的懊悔與預計的補償，益顯得飢餓痛苦之真切。）

點豬油。買點豬油來做米粉糰子……豆沙餡，小孩都愛吃甜的。」〈秧歌〉中小女孩阿招因飢餓

三、難堪

㈠她走了，銀娣才站起來，躲在窗戶一邊張看。門口人圍得更多了。灰色的石子路上斑斑點點，都是炮竹的粉紅紙屑。一隻梯子倚在隔壁牆上，有一個梯級上搭著一件柳條布短衫，挽了個結。是那木匠的梯子，她認識他的衣服。他一定是剛下工回來，剛趕上看熱鬧。小劉也在，他的臉從人堆裏跳出來，馬上別人都成了一片模糊。他跟另一個夥計站在對過門口，都背剪著手朝這邊望著，也像大家一樣，帶著點微笑。所有這些一對對亮晶晶的黑眼睛都是蒼蠅叮在個傷口上。她不是不知道這一關難過，但是似乎非挺過去不可。先聽見說不回門，還氣得要死。辦喜事已經冷冷清清的。聘禮不過六金六銀，據她哥哥說是北邊規矩。本地講究貴重的首飾，還有給一百兩金子的，銀子論千。沒吃過豬肉，也看見過豬跑，就當他們這樣沒見過世面，沒個比較。她哥哥嫂嫂當然是揀好的說，講起來是他們家少爺身體不好，所以沒有舖張，大概也算是體諒女家。替他們代辦嫁妝，先送到他們店裏，再送到男家，她看著似乎沒什麼好。等過了門，嫁妝擺在新房裏，男家親戚來看，都像是不好說什麼，連傭人臉上的神氣都看得出。再沒有三朝回門，這還是

娶親？還是討小？以後在他家怎樣做人？（〈怨女〉中新嫁娘銀娣的回門，心高氣傲的銀娣在眾目睽睽之下，是難堪也非得挺過去不可。）

㈡沒有人請棠倩跳舞。棠倩仍舊一直笑著，嘴裏彷彿嵌了一大塊白磁，閉不上。

棠倩梨倩考慮著應當不應當早一點走，趁著人還沒散，留下一個驚鴻一瞥的印象，好讓人打聽那穿藍的姑娘是誰。正要走，她們那張桌子上來了個熟識的女太太，向她們母親抱怨道：「這兒也不知是誰管事！我們那邊桌上簡直什麼都沒有——照理每張桌上應當派個人負責看著一點才好！」母親連忙讓她喝茶，她就坐下了，不是活潑地，也不是冷漠地，而是毫無感情地大吃起來。棠倩梨倩無法表示她們的鄙夷，唯有催促母親快走。

看準了三多站在婁太太身邊的時候，她們上前向婁太太告辭。婁太太的困惑，就像是新換了一副眼鏡，認不清楚她們是誰，及至認清楚了，也只皺著眉頭說了一句：「怎麼不多坐一會兒？」婁太太今天忙來忙去，覺得她更可以在人叢裏理直氣壯地皺著眉了。（〈鴻鸞禧〉中老姑娘棠倩、梨倩參加婚禮舞會受到冷落的難堪。）

㈢夫妻倆雖然小小地嘔了點氣，第二天發生了意外的事，太太還是打電話到囂伯辦公室裏問他討主意。原先請的證婚人是退職的交通部長，雖然不做官了，還是神出鬼沒，像一切的官，也沒打個招呼，悄然離開上海了。婁囂伯一時想不出別的相當的人，叫他太太去找一位姓李的，一個醫院院長，也是個小名流。婁太太冒雨坐車前去，一到李家，先把洋傘撐開了放在客廳裏的地毯上，脫下天藍起花玻璃紙一口鐘，提著領子一抖，然後掏出手帕來擦乾皮大衣上濺的水。皮大衣沒扣鈕子，豪爽地一路敞下去，下面拍開八字腳，她手拿雨衣，四下裏看了一看，依然把雨衣濕溜溜的放在沙發上，自己也坐下來。李醫生沒在家，李太太出來招呼。婁太太送過去一張「婁囂伯」的名片，說道：「囂伯同李醫生是很熟的朋友。」李太太是廣東人，只能說不多的幾句生硬的國語，對於一切似乎都不大清楚。幸而婁太太對於囂伯的聲名地位有絕對的自信，因之依舊態度自若，說明來意，李太太道：「待會兒我告訴他，讓他打電話來給你回信。」婁太太又遞了兩筒茶葉過來，李太太極力推讓，婁太太一定要她收下，末了李太太收下了，態度卻變得冷淡起來。婁太太覺得這一次她又做錯了事，然而，被三十年間無數的失敗支持著，她什麼也不怕，屹然坐在那裏。坐到該走的時候，站起來穿雨衣告別，到門口方才發覺一把雨傘丟在裏面，再轉來拿，又向李太太點一點頭，像「石點頭」似的有份量，有保留，像是知道人們絕受不了她的鞠躬的。

可是婁太太心裏到底有點發慌，沒走到門口先把洋傘撐了起來，出房門的時候，過不去，又合上了傘，重新灑了一地的雨。(〈鴻鸞禧〉中自卑的主婦婁太太勉強出馬遭遇到的尷尬。)

四、人性寫實

文藝創作旨在調適人生，提昇人性，是以多有人性寫實的剖白。如〈紅玫瑰與白玫瑰〉一篇中顯示的紅、白玫瑰同存的忮求；這是人類的共性，有如「吃在碗裏，看在眼裏」，端著已擁有的飯碗，同時又在以眼光梭巡菜色尋找下箸。有了白玫瑰（丈夫、妻子），又在忮求能再有紅玫瑰（情人）。人性追尋無限，貪求無限，紅玫瑰、白玫瑰追尋意識，忮求同存於人性之中，是共性，只是男性較諸女性更強更顯。今於張作之中，擷取文例介紹如下：

㈠嬌蕊道：「我家送我到英國讀書，無非是為了嫁人，好挑個好的。去的時候年紀小著呢，根本也不想結婚，不過借著找人的名義在外國玩。玩了幾年，名聲漸漸不大好了，這才手忙腳亂的抓了個士洪。」振保踢了她椅子一下道：「你還沒玩夠？」嬌蕊道：「並不是夠不夠的問題。一個人，學會了一樣本事，總捨不得放著不用。」（〈紅玫瑰與白玫瑰〉中王嬌蕊的自述，顯示人性中的慣性使然，以致於人生之中過錯一再重蹈。）

㈡公寓裏走出一個穿西裝的，從三層樓上望下去，看不分明，但見他急急的打了個彎，彷彿是憋了一肚子氣似的。振保忍不住又道：「可憐，白跑一趟！」嬌蕊道：「橫豎他成天沒事做。我自己也是個沒事做的人，偏偏瞧不起沒事做的人。我就喜歡在忙人手中裏如狼似虎地搶下一點時間來——你說這是不是犯賤？」（〈紅玫瑰與白玫瑰〉中嬌蕊周旋於悌米孫、佟振保兩位男子之間，其後捨前者而取後者，個中因素之一，在悌米孫與她同類，都是「沒事做的人」，而振保卻是個「忙人」。嬌蕊「喜歡在忙人手中裏如狼似虎地搶下一點時間來」，說明她的心態，寧取事業有成、忙碌的男子，不取無所事事的閒人，這是「人棄我棄，人取我取」的心理，有個出色的情人才夠面子，正是人性使然。）

㈢鄭夫人叫鄭先生：「先把錢交給打雜的，明兒一早叫他買去。」鄭先生睜眼詫異道：「現在西藥是什麼價錢，你是喜歡買藥廠股票的，你該有數呀。明兒她死了，我們還過日子不過？」鄭夫人聽不得股票這句話，早把臉急白了，道：「你胡說些什麼？」（鄭夫人攢私房搞股票是瞞著鄭先生的，絕不肯承認）。鄭先生道：「你的錢你愛怎麼使就怎麼使。我花錢可得花個高興，苦著臉子花在醫藥上，夠多冤！這孩子，病兩年，不但你，你是愛犧牲，找著犧牲的，就連我也帶累著犧牲了不少。不算對不起她了，肥雞大鴨子吃膩了，一天兩隻蘋果——現在是什麼時世，做老子的一個姨太太都養活不起，她吃蘋果！我看我們也就只能這樣了。再要變著法兒興出新花樣來，你有錢你給她買去。」

鄭夫人忖度著若是自己拿錢給她買，那是證實了自己有私房錢存著。左思右想，唯有托雲藩設法。當晚趁著川嫦半夜裏服藥的時候便將這話源源本本告訴了川嫦，又道：「雲藩幫了我們不少的忙，自從你得了病，哪一樣不是他一手包辦，現在他有了朋友，若是就此不管了，豈不叫人說閒話，倒好像他從前全是一片私心。單看在這份上，他也不能不敷衍我們一次。」〈花凋〉中顯示的「親情殺傷」的現實人性，竟然也有如此不顧女兒死活、自私逃避責任的父母。難怪書中所述「川嫦聽了此話，如同萬箭攢心」。）

㈣她叫李媽背她下樓去，給她僱一部黃包車。她爬在李媽背上像一個冷而白的大蜘蛛。她身邊帶著五十塊錢，打算買一瓶安眠藥，再到旅館裏開個房間住一宿。多時沒出來過，她沒想到生活程度漲到這樣。五十塊錢買不了安眠藥，況且她又沒有醫生的證書。她茫然坐著黃包車兜了個圈子，在西菜館吃了一頓飯，在電影院裏坐了兩個鐘頭，她要重新看看上海。……到處有人用駭異的眼光望著她，彷彿她是個怪物。……世界對於他人的悲哀並不是缺乏同情……只要是戲劇化的，虛假的悲哀，他們都能接受。可是真遇上了一身病痛的人，他們只睜大了眼睛說：「這女人瘦來！怕來！」（《花凋》中主角川嫦尋死不得，迫得回家來等死，敘述中顯示了人性的虛偽而不切實際。）

第五節　情　感

一、愛情

1. 這樣又過了兩個禮拜，天氣驟然暖了，他沒穿大衣出去，後來略下了兩點雨，又覺寒颼颼的，他在午飯的時侯趕回來拿大衣，大衣原是掛在穿堂裏的衣架上的，卻不看見。他尋了半日，著急起來，見起坐間的房門虛掩著，便推門進去，一眼看見他的大衣鈎在牆上一張油畫的畫框上，嬌蕊便坐在圖畫下的沙發上，靜靜的點著支香煙吸。振保吃了一驚，連忙退出門去，閃身在一邊，忍不住又朝裏看了一眼。原來嬌蕊並不在抽煙，沙發的扶手上放著隻煙灰盤子，她擦亮了火柴，點上一段吸殘的煙，看著它燒，緩緩燒到她手指上，燙著了手，她拋掉了，把手送到嘴跟前吹一吹，彷彿很滿意似的。他認得那景泰藍的煙灰盤子就是他屋裏那隻。

振保像做賊似的溜了出去，心裏只是慌張。起初是大惑不解，及至想通了之後也還是迷惑。嬌蕊這樣的人，如此癡心地坐在他大衣之旁，讓衣服上的香煙味來籠罩著她，還不夠，索性點起他吸剩的香煙……真是個孩子，被慣壞了，一向要什麼有什麼，因此，遇見了一個略具抵抗力的，便覺得他是值得思念的。嬰孩的頭腦與成熟的婦人的美是最具誘惑性的聯合。這下子振保完全被征服了。（〈紅玫瑰與白玫瑰〉中關鍵性的一段，和「面子」一樣，同存於人性之中的是「面具」。振保與嬌蕊，格於嬌蕊的丈夫王士洪，兩個人本就都戴著防衛面具，只是其後嬌蕊對振保的愛意漸濃，坦率的她不期然地漸漸撤下面具，而振保卻一直不敢面對，一直違心地小心翼翼地戴著偽善面具。直到嬌蕊痴情的「傍衣燒煙」被他發覺，感動促使他主動去和她落實。只是在振保的心裏一直並不踏實，原因是嬌蕊性行的主動坦率！）

2. 在樓頭的另一角，薇龍側身躺在床上，黑漆漆的，並沒有點燈。她睡在那裏，一動也不動，可是身子彷彿坐在高速度的汽車上，夏天的風鼓蓬蓬的在臉頰上拍動。可是那不是風，那是喬琪的吻。薇龍這樣躺著也不知道過了多少時辰，忽然坐起身來，趿上了拖鞋，披上了晨衣，走到小陽臺上來。雖然月亮已經落下去了，她的人已經在月光裏浸了個透，淹得遍體通明。她靜靜的靠在百葉門上，那陽臺如果是個烏漆小茶托，她就是茶托上鑲嵌的羅鈿的花。她詫異她的心地這般的明晰，她從來沒有這樣的清醒過。她現在試著分析她自己的心理，她知道她為什麼這樣固執地愛著喬琪。這樣自卑地愛著他，最初，那當然是因為他的吸引力，但是後來，完全為了他不愛她的緣故。也許喬琪根據過去的經驗，早已發現了這一個祕訣可以征服不可理喻的婦人心。他對她說了許多溫柔的話，但是他始終沒吐過一個字說他愛她。現在她明白了，喬琪是愛她的。當然，他的愛和她的愛有不同的方式——當然，他愛她不過是方才一剎那。——可是她自處這麼卑下。（〈第一爐香〉中主角葛薇龍對喬琪「單行道」、「不歸路」式的情愛。）

3.結婚的好。那麼，一個新的生命，就是一個新的男子……一個新的男子？可是她為了喬琪，已經完全喪失了自信心，她不能夠應付任何人。喬琪一天不愛她，她一天在他的勢力下。她明明知道喬琪不過是一個極普通的浪子，沒有甚麼可怕，可怕是他引起的她那不可理喻的蠻暴的熱情。她躺在床上，看著窗子外面的天。中午的太陽煌煌地照著，天卻是金屬品的冷冷的白色，像刀子一般割痛了眼睛。秋深了，一隻烏向山巔飛去，黑烏在白天上，飛到頂高，像在刀口上刮了一刮似的，慘叫了一聲，翻過山那邊去了。（〈第一爐香〉中薇龍情愛的激烈，「不可理喻的蠻暴的熱情」促使她飛蛾撲火而不辭。)

二、母愛

情愛的運作中，滲著有母愛或父愛變型的誤置，如在〈第一爐香〉中葛薇龍對喬琪。

1.三個人在汽車裏坐著，梁太太在正中；薇龍怕熱，把身子撲在面前的座位的靠背，迎著濕風，狂吹了一陣，人有點倦了，便把頭枕在臂彎裏。這姿勢，突然使她聯想到喬琪喬有這麼一個特別的習慣，他略微一用腦子的時候，總喜歡把臉埋在臂彎裏，靜靜的一會，然後抬起頭來笑道：「對了，想起來了！」那小孩似的神氣，引起薇龍一種近於母性愛的反應。她想去吻他的腦後的短頭髮，吻他的正經地用力思索著的臉，吻他的袖子手肘處弄縐了的地方；僅僅現在這樣回憶起來那可愛的姿勢，便有一種軟溶溶，暖融融的感覺，泛上她的心頭，心裏熱著，手腳卻是冷的，打著寒戰。這冷冷的快樂的逆流，抽搐著全身，緊一陣，又緩一陣；車窗外的風雨也是緊一陣，又緩一陣。(有如「一物剋一物」的道理，喬琪小孩式的幼稚的舉動，特別引起薇龍母愛的愛憐。)

2.他看，加緊了腳步向前走去，喬琪開著車緩緩的跟著，跟了好一截子。薇龍病才好，人還有些虛弱，早累出了一身汗，只得停下來歇一會兒腳，那車也停住了。薇龍猜著喬琪一定趁著這機會，有一番表白，不料他竟一句話也沒有，不由得看了他一眼。他把一隻手臂橫擱在輪盤上，人就伏在輪盤上，一動也不動。薇龍見了，心裏一牽一牽地痛著，淚珠順著臉直淌下來，連忙向前繼續走去，喬琪這一次就不再跟上來了。薇龍走到轉彎的地方，回頭望了一望，他的車依舊停在那兒。天完全黑了，整個的世界像一張灰色的聖誕卡片，一切都是影影綽綽的，真正存在的只有一朵一朵頂大的象牙紅，簡單、原始的、碗口大、桶口大。(喬琪反常的無言，又一次正好觸動薇龍母性的包容。)

三、濡沫

雨天的下午，房間裏非常陰暗閉塞。潮溼的布鞋發出一股子氣味來。金根走過去往床上一倒。躺了一會，他突然坐起身來，把那打滿了補釘的舊棉被一捲捲了起來，往肩膀上一揹，站起來就走。

「你幹什麼?」月香叫喊了起來。「你上那兒去?」

「我去當了它，打點酒來吃。」

「你發瘋了!」她用盡全身的力氣揪住那棉被。「這麼冷的天，要凍死了!」

「死就死，這種日子我也不要過了!」

「誰聽見過這樣的事——這樣的數九寒天，去當棉被!這要不凍死才怪!」

「我去推牌九去，贏了錢再把被窩贖回來，這總行了！」

「噯喲，你饒了我吧！」她喘著氣說。

她拚命往這頭拉，拉不過他，她又急又氣，眼淚流了一臉。他突然把手一鬆，別過身去不理她了，彷彿厭煩透頂似的。她噗突一聲往那泥地上一坐。然後她爬了起來，把被窩也拾了起來，一面哭泣著，一面把被窩抖擻著，抖掉了灰。

「他到底要我怎麼樣？」她想。「我們自己餓得半死在這裏，倒要我借錢給她，幫著養活她婆家那些人？」

她翻來覆去對自己這樣說著。不這樣，就無法激起自己的怒氣。因為雖然是她有理，她不知道為什麼，心裏卻有些慚愧。他似乎非常苦悶的樣子，使她看著有點擔憂起來。

晚飯後，她很早就去睡覺，把那床被窩緊緊地裹在阿招和她自己身上。後來金根上床的時候，想把那棉被拉過來一點，蓋在自己身上，但是她緊緊地攥住不放，說，「你用不著蓋！你不怕冷！」

他把那被窩使勁一扯，差一點把她和孩子都拖翻在地上。然後——她非常詫異——他竟一聲不響地吹滅了燈，和衣躺了下來。彷彿被窩蓋與不蓋，完全置之度外了。

他這樣躺著，很久很久沒有睡著。他很想翻過身去抱著她，既然喝不到酒，就用她來代替，用那溫暖的身體來淹沒他的哀愁。但是他自己心裏覺得非常羞慚，因為他的貧窮，無用。他想起那些老笑話，說一個窮人，餓著肚子還要去纏著他的老婆，被老婆奚落一頓。也許她也會嘲笑他的。

將近午夜的時候，她確實知道他睡著了，方才把棉被分一半給他蓋上，又在黑暗中摸索著，給他把被窩塞塞緊。於是他在睡夢中伸過手臂去擁抱著她，由於習慣。

〈秧歌〉之中貧苦的金根與月香一段，由爭吵而和好的一段，顯示的是患難夫妻「相濡以沫」的真摯之情。

四、捨己為人

她努力爬上山去，緊緊地抱著那一包食物，就像是那上面有暖氣發出來。雖然是帶著壞消息回去，總算是帶著些食物回去，這樣想著，也確是在無限淒涼中感到一絲溫暖。

在黑暗中，一切都看上去有點兩樣。她簡直找不到剛才那塊地方。她臨走的時候，給金根靠在一棵樹上半坐半躺著。起初她以為是那邊那棵大樹，但是她一定是記錯了。她又提醒自己，路不熟的時候總覺得特別長些，尤其是像現在這樣，簡直像是深入敵境，每一步路都充滿了危險。

但是她一路往前走著，漸漸地越來越覺得她一定已經走過了那塊地方。她十分驚慌，轉過身來再往回走，把那個區域搜索得更仔細些。他到哪兒去了？她去了很久的時候。他難道已經被他們捉到了？還是他聽到了什麼響動，或者看見了什麼，害怕起來，躲了起來了？但願是這樣。她竭力要自己相信是這樣。

「你在哪兒？」她輕聲說，暗中摸索著在叢林中轉來轉去。「阿招爹，你在哪兒？」

那廣闊的空間在收縮著，縮得很緊，扼得她透不過氣來。她不停地輕聲叫喚著，非常吃力，喉嚨也腫了起來，很痛，像是咽喉上箍著一隻沉重的鐵環。

狼！一定是牠們聞見了血腥氣，下山來了。平常牠們是不會跑到這樣低的山坡上來的，但是現在這時候也難說。她有一種不合邏輯的想法，認為狼也像人類一樣，在這人為的飢餓裏挨著餓。但是如果是狼，一定會丟下一點什麼東西，一隻鞋子，或是一隻手。牠們進食的習慣是不大整潔的。她似乎頭腦冷靜得很，現實得可怕。她在這一帶地方到處搜尋著，什麼都沒有。然後她發現她自己正向溪邊的一棵樹注視著。從這裏望下去，那棵樹有點奇怪。映在那灰色的溪水上，那小樹的黑色輪廓可以看得很清楚。樹椏槎裏彷彿夾著個鳥巢，但是那鳥巢太大了，位置也太低。

她連爬帶滾地下了山坡。她用麻木的冰冷的手指從那棵樹上取下一包衣服。是他的棉襖，把兩隻袖子挽在一起打了個結，成為一個整齊的包袱。裏面很小心地包著她的棉襖，在這一剎那間，她完全明白了，就像是聽見他親口和她說話一樣。

那蒼白的明亮的溪水在她腳底下潺潺流著。他把他的棉褲穿了去了，因為反正已經撕破了，染上了許多血跡，沒有用了。但是他那件棉襖雖然破舊，還可以穿穿，所以留下來給她。

他要她一個人走，不願意帶累她。他一定是知道他受的傷很重，雖然她一直不肯承認。他並沒有說什麼，但是她現在回想著，剛才她正要走開的時候，先給他靠在樹根上坐穩了，她剛站直了身子，忽然覺得他的手握住了她的腳踝，那時候彷彿覺得那是一種稚氣的衝動，他緊緊地握住了不放手，就像是不願意讓她走似的。現在她知道了，那是因為他在那一剎那間又覺得心裏不能決定。他的手指箍在她的腿腕上，那感覺是那樣真確，實在，那一剎那的時間彷彿近在眼前，然而已經是永遠無法掌握了，使她簡直難受得要發狂。

她站在那裏許久，一動也不動。然後她終於穿上她的棉襖，扣上了鈕子。她把他那件棉襖披在身上，把兩隻袖子在頷下鬆鬆地打了個結。那舊棉襖越穿越薄，僵硬地豎在她的臉龐四周。她把面頰湊在上面揉擦著。

她緩緩地走著，然後腳步漸漸地快了起來，向家的方向走去。

〈秧歌〉中的悲劇高潮，當妻子月香終於帶著些食物回來時，傷重的丈夫金根不願連累她，留下棉襖，孤身離去。當月香回憶到兩人分手前他突兀的舉動，憬悟到那就是金根永訣時無言的留戀，一種捨己為人的真情已經不僅是情愛的真切所能企及的了。

第六節　手　法

一、象徵

(一)店門口一對金字直匾一路到地，這邊是「小磨麻油生油麻醬」。銀娣坐在櫃檯後面，拿著隻鞋面鎖邊。這花樣針腳交錯，叫「錯到底」，她覺得比狗牙齒文細些，也別緻些，這名字也很有意思，錯到底，像一齣苦戲。（〈怨女〉中的銀娣的人生，「錯到底」象徵她自以為是，追求的人生。）

㈡二爺搬到樓下去住，銀娣頓時跟前開闊了許多。她喜歡一樣樣東西都給炳發老婆看。一張紅木大床是結親的時候買的，寬坦的踏腳板上去，足有一間房大。新款的帳簷是一溜四隻紅木框子，配著玻璃，繡的四季花卉。裏床裝著十錦架子，擱花瓶、茶壺、時鐘。床頭一溜矮櫥，一疊疊小抽屜嵌著羅鈿人物，搬演全部水滸，裏面裝著二爺的零食。一抹平的雲頭式白銅環，使她想起藥店的烏木小抽屜，尤其是有一屜裝著甘草梅子，那香味她有點怕聞。床頂用金鍊條弔著兩隻小琺瑯金絲花籃，裝著茉莉花，褥子卻是極平常的小花洋布。掃床的小麻稭掃帚，柄上拴著一隻粗糙的紅布條繐子。

「真可以幾天不下床，」她嫂子說。

他可不是不下床，這是他的彫花囚籠，他的世界。她到現在才發現了它，晚上和她嫂子拉上帳子，特別感到安全，唧唧噥噥談到半夜，吃抽屜裏的糕餅糖果，像兩個小孩子。她再也沒想到她會跟她嫂子這樣好，有時候訴苦訴得流眼淚。（〈怨女〉中銀娣世界的描述，「彫花囚籠」象徵她所追求的物質不匱而精神空虛的生活。）

㈢「可是——」王同志驚異地望著他。「我不懂你為什麼要去造個假的故事。現在這大時代，有那麼許多現成的好材料……」現在他終於知道顧岡是哪一等的作家了。他幾乎笑出聲來，好不容易才忍住了。但是突然有一大群鴨子在上游出現，飛快地順流而下，快到不可想像。一片「呷呷呷」的叫聲，就像老年人扁而尖的笑聲。在這一剎那間，似乎產生一種錯覺，就彷彿是王同志運用最奇妙的腹語術，把他的笑聲移植到水面上，「呷呷呷呷」順流而下。王同志和顧岡兩人都覺得有點窘，臉上顏色都變了。(〈秧歌〉之中的象徵，「呷」就是「假」，王同志、顧岡都知是自己的假，也知道對方的假。)

(四)敦鳳站在框子底下，一隻腿跪在沙發上，就著光，數絨線的針子。……她的絨線：「是灰色的，牽牽絆絆許多小白疙瘩。」(〈留情〉中的老夫少妻，米先生與敦鳳，此處象徵她和米先生婚姻生活中的平凡灰暗，以及她忘不了過去，忍不住委屈的點點滴滴，疙疙瘩瘩的牽牽絆絆。)

(五)三輪車馳過郵政局，郵政局對過有一家人家，灰色的老式洋房，陽臺上掛一隻大鸚哥，淒厲地呱叫著，每次經過，總使她想起那一個婆家。(〈留情〉中敦鳳先嫁的「那一個婆家」，是「生活在夫家的姨太太群中」，這是敦鳳難忘的鮮明的記憶，由「大鸚哥淒厲的呱叫」的象徵，讀者們不難想見那口舌是非最多的大家庭裡，生活在其中的人，是有著多少的壓抑與難堪。)

(六)回眼看到陽臺上，看到米先生的背影，半禿的後腦勺與胖大的頸項連成一片，隔著個米先生，淡藍的天上出現一段殘虹，短而直、紅、黃、紫、橙紅。太陽照著陽臺；水泥闌干上的日色，遲重的金色，又是一剎那，又是遲遲的。〈留情〉的結尾，這是「夕陽無限好，只是近黃昏」象徵了米先生在耳順之年的已老，象徵敦鳳與他，一中年一老年的婚姻結合，雖有遲重的安定，卻無鮮麗的歡愉。）

二、暗示

暗示與象徵看起來類似其實不同，象徵是：「任何一種抽象的觀念、情感或看不見的事物，不直接予以指明，而由理性的關聯、社會的設定，從而透過某種意象的媒介，間接加以陳述的表達方式。」而暗示是：「在已呈現的題材之中，透露出顯然具備的意義。」

㈠她若無其事地繼續做她的鞋子，可是手頭上直冒冷汗，針澀了，再也拔不過去。

㈡白流蘇在她母親床前淒淒涼涼跪著，聽見了這話，把手裡的繡花鞋幫子緊緊按在心口上，戳在鞋上的一枚針，扎了手也不覺得疼。小聲道：「這屋子裡可住不得了！……住不得了！」

㈢依著那抑揚頓挫的調子，流蘇不由的偏著頭，微微飛了個眼風，做了個手勢。她對鏡子這一表演，那胡琴聽上去便不是胡琴，而是笙簫琴瑟奏著幽沉的廟堂舞曲。她向左走了幾步，又向右走了幾步，她走一步路都彷彿是合著失了傳的古代音樂的節拍。她忽然笑了——陰陰的，不懷好意的笑……。

(四)上了岸，叫了兩部汽車到淺水灣飯店。那車馳出了鬧市，翻山越嶺，走了多時，一路只見黃土崖，紅土崖，土屋缺口處露出森森綠樹，露出藍綠色的海。近了淺水灣，一樣是土崖與叢林，卻漸漸的明媚起來。許多遊了山回來的人，乘車掠過他們的車，一汽車一汽車載滿了花，風裡吹落了零亂的笑聲。

(五)柳原問知她的房間是一百三十號，便站住了腳道：「到了。」僕歐拿鑰匙開了門，流蘇一進門便不由得向窗口畢直走過去，那整個的房間像暗黃的畫框，鑲著窗子裡一幅大畫。那澎湃的海濤，直濺到窗簾上，把簾子的邊緣都染藍了。

(六)他敢這樣侮辱她，他敢！她坐在床上，炎熱的黑暗包著她像葡萄紫的絨毯了。一身的汗，癢癢的，頸上與背脊上的頭髮梢也刺惱得難受，她把兩隻手接在腮頰上，手心卻是冰冷的。

(七)流蘇慢騰騰摘下了髮網，把頭髮一攪，攪亂了，夾叉叮鈴噹啷掉下地來。她又戴上網子，把那髮網的梢頭狠狠的啣在嘴裡，擰著眉毛，蹲下身去把夾叉一隻一隻撿了起來。

以上是〈傾城之戀〉的暗示片段：例㈠與例㈡，是流蘇在楚歌四面的家裡，實在再也待不下去，急欲掙扎脫出的心理。澀針的拔不過去，暗示環境的艱困；鞋幫子緊按心口，暗示壓力與忍耐；而針扎是她的自虐，或也是藉著疼痛提醒凝聚自己的求生意志；自言自語的一句極是悲愴，那是在危機迫睫之下的心理分化，較強的一半在提醒，鼓勵較弱的一半趕緊自救求生。例㈢的背景仍在家中，不成材的四哥在陽臺上拉胡琴，流蘇在房裡走平劇臺步。「陰陰的，不懷好意的一笑。」暗示她企圖反叛，報復的心理。

例㈣與例㈤是流蘇隨徐太太、徐先生一家來到香港，終於自兄嫂的圍攻之中衝出，她的心態充盈著冒險的躍動。土崖與叢林感覺上的明媚，暗示有柳暗花明的希望。原本就料到是范柳原在幕後設計，由徐太太這大媒出面邀請來港相會，到了旅館見到柳原，果然所料不差，流蘇的「一顆心依舊不免跳得厲害」。例㈤中柳原送她到房間，作者在此巧妙地暗示心理：暗黃湛藍，底色之沉暗是她的內心的灰暗不安，而澎湃的海濤濺起，又是她企望改變的動力強大。但不知是否又會被柳原預計的框限圈住，是一片可以乘風破浪的海面，或竟是一處險惡的陷阱，一切都在未定之天，這位「精刮」的女子，內心充滿著焦慮。

例㈥與例㈦，是流蘇與柳原展開爾虞我詐的拉鋸戰時的心理。例㈥的感覺暗示她的惱怒與失望後的寒心；例㈦的整髮動作，表徵她久久等候之後的不耐與煩躁。

㈧她那肥皂塑就的白頭髮底下的臉是金棕色的，皮肉緊緻，繃得油光水滑，把眼睛像伶人似的吊了起來。一件紋布浴衣，不曾繫帶，鬆鬆合在身上，從那淡墨條子上可以約略猜出身體的輪廓，一條一條，一寸一寸都是活的。世人只說寬袍大袖的古裝不宜於曲線美，振保現在方才知道這話是然而不然。他開著自來水龍頭，水不甚熱，可是樓底下的鍋爐一定在燒著，微溫的水裏就像有一根熱的芯子。水龍頭裏掛下一股水一扭一扭流下來，一寸寸都是活的。振保也不知想到那裏去了。

振保過後細想方才的情形，在那黃昏的陽臺上，看不仔細她，只聽見了那低小的聲音，祕密地，就像在耳根子底下，癢梭梭吹著氣。在黑暗裏，暫時可以忘記她那動人心的身體的存在，因此有機會知道她另外還有點別的，她彷彿是個聰明直爽的人，雖然是為人妻了，精神上還是發育未完全的，這是振保認為最可愛的一點。

㈨有一天晚上聽見電話鈴響，許久沒有人來接。他剛跑出來，彷彿聽見嬌蕊房門一開，他怕萬一在黑暗的甬道裏撞在一起，便打算退回去了。可是嬌蕊彷彿匆促間摸不到電話機，他便就近將燈一捻。燈光之下一見王嬌蕊，卻把他看呆了。她不知可是才洗了澡，換上一套睡衣，是南洋僑家常穿的沙籠布製的襖褲，那沙籠布上印的花，黑壓壓的也不知是龍蛇還是草木，牽絲攀藤烏金裏面綻出橘綠。襯得屋子裏的夜色也深了。這穿堂在暗黃的燈照裏很像一截火車，從異鄉到異鄉。火車上的女人是萍水相逢的，但是個可親的女人。

㈢她一隻手拿起聽筒，一隻手伸到脅下去扣那小金核桃鈕子，扣了一會，也並沒扣上。其實裏面什麼也看不見，振保免不了心懸懸的，總覺關情。她扭身站著，頭髮亂蓬蓬的斜掠下來。面色黃黃的彷彿泥金的偶像，眼睫毛低著，那睫毛的影子重得像個小手合在頰上。剛才走得匆忙，把一隻皮拖鞋也踢掉了，沒有鞋的一隻腳便踩在另一隻的腳背上。振保只來得及看見她足踝下有痱子粉的痕跡，她那邊已經掛上了電話——是打錯了的。嬌蕊站立不穩，一歪身便在椅子上坐下了，手還按著電話機。

以上三段錄自〈紅玫瑰與白玫瑰〉篇中最詳的部分是為佟振保賃居王士洪家，與王嬌蕊因好感而漸生情愫，終至越軌的經過。張愛玲在處理情愛題材方面，深受《紅樓夢》的影響，筆觸描摹，不是如《金瓶梅詞話》那樣的裸裎，而是以感覺的形容譬喻來暗示感情的興湧。含蓄細緻，絲絲入扣。如上列的三段，讀者們當可想見，如佟振保那樣的一個自憐而孤獨的單身漢，面對著王嬌蕊這樣一個成熟、豐腴、鮮麗的女性，她所有意或無意散發出來的色、香刺激，以及挑逗暗示，在在都是難以抗拒，易生遐想而引動情思的。

常說《紅樓夢》雖不煽情，而含蓄之引領遐思更在《金瓶梅詞話》之上，文學創作的效應達到，而藝術手法復能典雅脫俗，這是已見於前的高標，張愛玲能踵事增華，以紅作的藝術手法移來新文藝天地變化發皇，可說是無慚於古，不愧大匠手筆。

(二)再回頭看姑媽的家，依稀還見那黃地紅邊的窗櫺，綠玻璃窗裏映著海色。那巍巍的白房子，蓋著綠色的琉璃瓦，很有點像古代的皇陵。〈第一爐香〉中主角葛薇龍的感覺「古代的皇陵」暗示即是埋葬她青春的所在。）

(三)正想著，花園的遊廊裏走出兩個挑夫，擔了一隻朱漆箱籠，哼哼呵呵的出門去了，後面跟著一個身穿黑拷綢衫褲的中年婦女，想是睇睇的娘。睇睇也出來了，立在當地，似乎在等著屋裏其他的挑夫；她的眼睛哭得又紅又腫，臉上薄薄的抹上一層粉，變為淡赭色。薇龍只看見她的側影，眼睛直瞪瞪的一點面部表情也沒有，像泥製的面具。看久了方才看到那寂靜的面龐上有一條筋在那裏緩緩地波動，從腮部牽到太陽心——原來她在那裏吃花生米呢，紅而脆的花生米衣子，時時在嘴角掀騰著。

薇龍突然不願意看下去了，掉轉身子，開了衣櫥，人靠在櫥門上。衣櫥裏黑沉沉的，丁香末子香得使人發暈。那裏面還是悠久的過去的空氣，溫雅、幽閒、無所謂時間。衣櫥裏可沒有窗外那爽朗的清晨，那板板的綠草地，那怕人的寂靜的臉，嘴角那花生衣子……那骯髒、複雜、不可理喻的現實。〈第一爐香〉中，被攆的睇睇居然沒事人似的在吃花生米，暗示骯髒、複雜、不可理喻的現實。）

(三)看，就看也看不見，可是他知道她一定是哭了。他把自由的那隻手摸出香煙夾子和打火機來，煙捲兒銜在嘴裏，點上火。火光光一亮，在那凜冽的寒夜裏，他的嘴上彷彿開了一朵橙紅色的花。花立時謝了。又是寒冷與黑暗……

這一段香港故事，就在這裏結束……薇龍的一爐香，也就快燒完了。（〈第一爐香〉的結尾，暗示薇龍與喬琪的結局。）

㈣雲藩見她並不捻亮燈，心中納罕。兩人暗中相對，畢竟不便，只得抱著胳膊立在門洞子裏射進的燈光裏。川嫦正迎著光，他看清楚她穿著一件蔥白素綢長袍，白手臂與白衣服之間沒有界限；戴著她大姊夫從巴黎帶來的一副別致的項圈，是一雙泥金的小手，尖而長的紅指甲，緊緊扣在脖子上，像是要扼死人。（這是〈花凋〉中秋夜宴，雲藩與川嫦在客廳裏兩人相對的片刻，白袍白膚加上金圈，淡雅之中能得華麗的調劑，是很好。同時那特殊的扼死人的感覺又不無暗示：川嫦由心企羨的華貴，不惜為「金」所「扼」，一如〈金鎖記〉中的曹七巧一生為「金」所「鎖」；或是暗示著另一項：川嫦這位少女的生活窒息，被她的家庭緊扼住於煌燦的刑具之下，蒼白荏弱的少女，渴望著情愛能予她拯救逃生。）

㈤羅傑把那飯巾狠狠地團成一團，放在食盤裏，看它漸漸地鬆開了，又伸手去把它團縐了，捏得緊緊地不放。（〈第二爐香〉暗示羅傑心理的煩亂無奈。）

(六)水沸了，他把水壺移過一邊，煤氣的火光，像一朵碩大的黑心的藍菊花，細長的花瓣向裏拳曲著。他把火漸漸關小了，花瓣子漸漸的短了，短了，快沒有了，只剩下一圈齊整的小藍牙齒，牙齒也漸漸地隱去了，但是在完全消滅之前，突然向外一撲，伸為一兩寸長的尖利的獠牙，只一剎那，就「拍」的一炸，化為烏有。他把煤氣關了，又關了門，上了閂，然後重新開了煤氣，但是這一次他沒有擦火柴點上火。煤氣所特有的幽幽的甜味，逐漸加濃，同時羅傑安白登的這一爐香卻漸漸的淡了下去。沉香屑燒完了。火熄了，灰冷了。(〈第二爐香〉的結尾羅傑的悲慘自戕，煤氣的燃點與熄滅，暗示生命的存在與結束。)

(七)長安悄悄的走下樓來，玄色花繡鞋與白絲襪停留在日色昏黃色的樓梯上。停了一會，又上去了，一級一級，走進沒有光的所在。長安覺得她是隔了相當的距離看這太陽裡的庭院，從高樓上望下來，明晰、親切，然而沒有能力干涉，天井、樹，曳著蕭條的影子的兩個人，沒有話——不多的一點回憶，將來是要裝在水晶瓶裡雙手捧著看的——她的最初也是最後的愛。(〈金鎖記〉中，長安與童世舫的婚姻，破壞者竟是其母七巧，前段「沒有光的所在」暗示七巧牢籠女兒的暗黑，後段暗示長安荏弱無助，親情殺傷之沉重。)

三、媒體

小說之使用媒體，已是不可或缺，而媒體的題材亦已由意象的立體性（視覺、音響感等）進展到有關人性人生的死亡、飢餓、性與暴力。今舉視覺、音響感為例：

㈠門掩上了，堂屋裡暗著，門的上端的玻璃格子裡透進兩方黃色的燈光，落在青磚地上。朦朧中可以看見堂屋裡順著牆高高下下堆著一排書箱、紫檀匣子，刻著綠泥款識。正中天然几上，玻璃罩子裡，擱著琺瑯自鳴鐘，機括早壞了，停了多年。兩旁垂著硃紅對聯，閃著金色壽字團花，一朵花托注一個墨汁淋漓的大字。在微光裡，一個個的字都像浮在半空中，離著紙老遠。流蘇覺得自己就是對聯上的一個字，虛飄飄的，不落實地。白公館有這麼一點像神仙的洞府：這裡悠悠忽忽過了一天，世上已經過了一千年。可是這裡過了一千年，也同一天差不多，因為每天都是一樣的單調與無聊。流蘇交叉著胳膊，抱住她自己的頸項。七八年一霎眼就過去了。你年輕麼？不要緊，過兩年就老了，這裡，青春是不希罕的。他們有的是青春——孩子一個個的被生出來，新的明亮的眼睛，新的紅嫩的嘴，新的智慧。一年又一年的磨下來，眼睛鈍了，人鈍了，下一代又生出來了。這一代便被吸收到硃紅灑金的輝煌的背景裡去，一點一點的淡金便是從前的人的怯怯的眼睛。

㈡那是個火辣辣的下午，望過去最觸目的硬是碼頭上圍列著的巨型廣告牌，紅的、橘紅的、粉紅的，倒映在綠油油的海水裡，一條條，一抹抹刺激性的犯沖的色素，竄上落下，在水底下廝殺得異常熱鬧。

㈢砲火卻逐漸猛烈了。鄰近的高射砲成為飛機注意的焦點。飛機蠅蠅地在頂上盤旋，「孜孜孜……」繞了一圈又繞回來，「孜孜……」痛楚地，像牙醫的螺旋電器，直挫進靈魂的深處。

㈣死的城市裡，沒有燈，沒有人聲，只有那莽莽的寒風，三個不同的音階，「喔……呵……嗚……」無窮無盡地叫喚著，這個歇了，那個又漸漸響了，三條駢行的灰色的龍，一直線地往前飛，龍身無限制地延長下去，看不見尾。「喔……呵……嗚……」叫喚到後來，索性連蒼龍也沒有了，只是一條虛無的氣，真空的橋樑，通入黑暗，通入虛空的虛空。這裡是什麼都完了。剩下點斷堵頹垣，失去記憶力的文明人在黃昏中跌跌蹌蹌摸來摸去，像是找著點什麼，其實是什麼都完了。

流蘇擁被坐著，聽著那悲涼的風。她確實知道淺水灣附近，灰磚砌的那一面牆，一定還屹然站在那裡。風停了下來，像三條灰色的龍，蟠在牆頭，月光中閃著銀鱗。

以上是〈傾城之戀〉中的部分媒體，例㈠，是白公館的擺設，視覺感受是古老陰暗，褪色的輝煌，封閉的單調無聊，明亮紅嫩的虛耗，沒有什麼轟轟烈烈的破門出家，只有「怯怯的眼睛」，那是作者絕不甘心的牢籠，時日雖遠，仍然揮之不去的曩昔的噩夢。例㈡寫初到香港，有新鮮的視覺刺激，「廝殺」同時表徵她立意展開情戰捕捉的躍動。例㈢以鑽牙痛楚譬喻轟炸機群音響籠罩之下的威脅，很怪，卻也很深刻。例㈣以風響的音效寫劫後香港，經歷之後，唯有悲涼的風，在以莽莽叫喚，訴說著人生的虛空與蒼涼。作者以音響處理情感，夭矯如龍，而又沉重灰暗。

四、時空轉換

小說與戲劇，手法多有互通之處。小說中的時間、空間轉換，用的多是戲劇中「蒙太奇」的手法。例如：

㈠七巧立在房裡，抱著胳膊看小雙祥雲兩個丫頭把箱子抬回原處，一隻一隻疊了上去。從前的事又回來了：臨著碎石子街的馨香的麻油店，黑膩的櫃臺，芝麻醬桶裡豎著木匙子，油缸上吊著大大小小的鐵匙子。漏斗插在打油的人的瓶裡，一大匙再加上兩小匙正好裝滿一瓶——一斤半。熟人呢，算一斤四兩。有時她也上街買菜，藍夏布衫褲，鏡面烏綾鑲滾。隔著密密層層的一排吊著豬肉的銅鉤，她看見肉舖裡的朝祿。朝祿趕著她叫曹大姑娘。難得叫聲巧姐兒，她就一巴掌打在鉤子背上，無數的空鉤子盪過去錐他的眼睛，朝祿從鉤子上摘下尺來寬的一片生豬油，重重的向肉案一拋，一陣溫風直撲到她臉上，膩滯的死去的肉體的氣味……她皺緊了眉毛。床上睡著的她的丈夫，那沒有生命的肉體……

風從窗子裡進來，對面掛著的回文彫漆長鏡被吹得搖搖晃晃，磕托磕托敲著牆。七巧雙手按住了鏡子。鏡子裡反映著的翠竹簾子和一副金綠山水屏條依舊在風中來回盪漾著，望久了，便有一種暈船的感覺。再定睛看時，翠竹簾子已經褪了色，金綠山水換為一張她丈夫的遺像，鏡子裡的人也老了十年。

去年她戴了丈夫的孝，今年婆婆又過世了。現在正式挽了叔公九老太爺出來為他們分家。

（這是〈金鎖記〉中的片段，篇中時空轉換的手法佳妙，如前例：七巧先是沈思在曩昔「麻油西施」的回憶裡，那種並不富足，而卻有著點小小的快樂的回憶：小家碧玉的賣油行業；上街買菜買肉，肉舖裡對她挺有意思的年輕男子朝祿，帶著點挑逗親暱的叫她「巧姐兒」，惹起她的嬌嗔，一巴掌湯起空鉤子去錐他的眼睛；生豬油拋向肉案的溫風撲面「膩滯的死去的肉體的氣味」迅速連接今昔，小小的，鮮活美好的回憶消失，轉換成她目前的難堪——伴著個「沒有生命的肉體」的丈夫。這是以熟悉的視覺、嗅覺、觸覺而行的時空轉換，下來是用實物視覺連接轉換時空：翠竹簾子在注目中褪色，金綠山水屏條換成為丈夫的道像，十年過去，鏡中人也已老了十年……。）

㈡她彷彿做夢似的，滿頭滿臉都掛著塵灰弔子，迷迷糊糊向前一撲，自己以為是枕住了她母親的膝蓋，嗚嗚咽咽哭了起來道：「媽，媽，你老人家給我做主！」她母親呆著臉，笑嘻嘻的不做聲。她摟住她母親的腿，使勁搖撼著，哭道：「媽！媽！」恍惚又是多年前，她還只十來歲的時候，看了戲出來，在傾盆大雨中和家裏人擠散了。她獨自站在人行道上，瞪著眼看人，人也瞪著眼看她，隔著雨淋淋的車窗，隔一層層無形的玻璃罩——無數的陌生人。人人都關在他們自己的小世界裏，她撞破了頭也撞不進去，她似乎是魘住了。忽然聽見背後有腳步聲，猜著是她母親來了。便竭力定了一定神，不言語。她所祈求的母親與她真正的母親根本是兩個人。〈傾城之戀〉中流蘇的今昔，童年時仰仗母親保護的習慣希冀仍在，而現實如今的母親已然冷漠而陌生，今昔連接的感覺十分空寥。）

㈢她是個六親無靠的人，她只有她自己了。床架子上掛著她脫下來的月白蟬翼紗旗袍。她一歪身坐在地上，摟住了長袍的膝部，鄭重地把臉偎在上面。蚊香的綠煙一蓬一蓬浮上來，直薰到腦子裏去。她的眼睛裏，眼淚閃著光。

白公館裏流蘇只回去過一次，只怕人多嘴多，惹出是非來。然而麻煩是免不了的，四奶奶決定和四爺進行離婚，眾人背後都派流蘇的不是。流蘇離了婚再嫁，竟有這樣驚人的成就，難怪旁人要學她的榜樣。流蘇蹲在燈影裏點蚊煙香。想到四奶奶，她微笑了。

㈣驚天動地的大改革……流蘇並不覺得她在歷史上的地位有什麼微妙之處。她只是笑吟吟的站起身來，將蚊煙香盤踢到桌子底下去。（〈傾城之戀〉中的兩段蚊香意象的連接，㈢段表現流蘇的孤苦與求生的決志，㈣段表示她在報復成功之後的安然可慰。）

第六章　世界小說名著介紹

依洲別、國別、作家（包括中、英文名、生卒年）、代表小說著作（包括英譯）、備註五項，介紹世界各國小說名家傑作。

第一節　亞洲各國小說名家傑作

㈠本國

1. 施耐庵　十四世紀　《水滸傳》
2. 羅貫中　十四世紀中葉　《三國演義》
3. 吳承恩　一五〇〇～一五八二　《西遊記》
4. 笑笑生　十六世紀中葉　《金瓶梅詞話》
5. 蒲松齡　一六四〇～一七一五　《聊齋誌異》
6. 吳敬梓　一七〇一～一七五四　《儒林外史》

7. 曹雪芹　一七一五～一七六四　《紅樓夢》

8. 魯迅　一八八一～一九三六　《狂人日記》、《阿Q正傳》、《魯迅短篇集》

9. 茅盾　一八九六～一九八一　《子夜》

10. 老舍　一八九九～一九六六　《駱駝祥子》

11. 沈從文　一九〇二～一九八八　《邊城》

12. 巴金　一九〇四～　《激流三部曲》

13. 張愛玲（女）　一九二〇～一九九五　《張愛玲短篇集》

(二)俄國

1. 普希金　Alexander Sergeevich Pushkin　1799–1837
   《甲必丹之女》*The Captains Daughter*　浪漫主義
   《歐金尼・奧涅金》*Eugene Onegin*　浪漫主義

2. 果戈里　Nicholas Vasityevitch Gogol　1809–1853
   《死魂靈》*Mertvuiga Dushi* (*Dead souls*)　寫實主義

3. 屠格涅夫　Ivan S Turgenev　1818–1883
   《獵人日記》*Sportsman's Sketches*　寫實主義

	《羅亭》*Dmitri Rudin*	寫實主義
	《前夜》*On the Eve*	寫實主義
	《貴族之家》*The Noble Family*	寫實主義
	《處女地》*Vigin Soil*	寫實主義
	《父與子》*Father and Sons*	寫實主義
	《煙》*Smoke*	寫實主義
4. 妥思妥益夫斯基 Feodor Dostoevsky 1821–1881	《死屋的回憶》*Recollections of A Dead House*	自然主義
	《罪與罰》*Crime and Punishment*	自然主義
	《卡拉馬佐夫兄弟們》*The Brothers Karamazov*	自然主義
5. 托爾斯泰 Leo Tolstoy 1828–1910	《戰爭與和平》*War and Peace*	寫實主義、理想主義
	《復活》*Resurrection*	寫實主義
	《安娜傳》*Anna Karenina*	寫實主義
6. 契訶夫 Anton Chokov 1860–1904	《契訶夫短篇小說集》	
7. 迦爾洵 V.L.Garshin 1855–1888	《紅花》	
8. 伊凡・布寧 Ivan Bunin 1870–1953	《不堪回首》*Vospminaniya*	一九三三年諾貝爾文

學獎

9. 巴斯特納克　Boris Pasternak 1890–1960　《齊瓦哥醫生》*Doctor Zhivago*　一九五八年諾貝爾文學獎

10. 修洛多夫　Mikhall A Sholokhav 1905–?　《靜靜的頓河》*And Quiet Flows the Don*　一九六五年諾貝爾文學獎

《被開墾的處女地》*Viging Soil Upturned*

11. 索忍尼辛　Alexander Solzhenitgn 1918–　《古拉格群島》*The Gulag Archipelago*　一九七〇年諾貝爾文學獎

《癌症病房》*Cancer Ward*

㈢日本

1. 紫式部（女）　?～一〇三一　《源氏物語》　日本平安時代作品
2. 夏目漱石　一八六七～一九一六　《草枕・哥兒》
3. 國木田獨步　一八七一～一九〇八　《少年的悲哀》
4. 有島武郎　一八七八～一九二三　《給幼小者》
5. 武者小路實篤　一八八五～?　《母與子》
6. 尾崎紅葉　一八六七～一九〇三　《金色夜叉》

7.谷崎潤一郎　一八八六～？　《鮫人》

8.佐藤春夫　一八九二～？　《病的薔薇》

9.芥川龍之介　一八九二～一九二七　《羅生門》

10.林英美子（女）　《複浪記》

11.川端康成　一八九九～一九七二　《雪國・千羽鶴・古都》　一九六八年諾貝爾文學獎

12.三島由紀夫　一九二五～一九七〇　《金閣寺》、《愛的飢渴》、《豐饒的海》

13.大江健三郎　一九三五～　《如何殺死一棵樹》　一九九四年諾貝爾文學獎

14.村上春樹　一九四九～　《遇見100%的女孩》《挪威的森林》《世界末日與冷酷異境》

第二節　歐洲各國小說名家傑作

(一)英國

1.喬叟　Geoffrey Chauser 1340–1400	《坎特布里的故事》 *Canterbery Tales*	文藝復興時代作品
2.班揚　John Bunyan 1628–1688	《天路歷程》 *Pilgrim's Progress*	古典主義
3.高爾斯密斯　Oliver Gold Smith 1728–1774	《威克斐牧師傳》 *Vicar of Wakefefieid*	古典主義
4.笛福　Danial Defoe 1661–1731	《魯賓遜飄流記》 *Robinson Crusoi*	古典、浪漫
5.費爾丁　Henry Fielding 1707–1754	《湯姆・瓊士》*Tom Jones*	浪漫主義
6.斯谷脫　Sir Walter Scott 1771–1832	《撒克遜劫後英雄略》*Ivanhoe*	浪漫主義
7.奧斯汀（女）　Jane Austen 1775–1817	《傲慢與偏見》 *Pride and Prejudice*	寫實主義
8.李頓　Edward Bulwer Lytton 1805–1873	《龐培末日記》 *The Last Davs of Pompeii*	寫實主義
9.迭更司　Charles Dickens 1812–1870	《塊肉餘生錄》 *David Copperfield*	寫實主義
	《孤星淚》*Great Expectations*	寫實主義

	《雙城記》*Tale of Two Cities*	寫實主義
10. 沙萊特・勃朗泰（女） Charlotte Bronte 1816–1855	《簡愛》*Jane Eyre*	寫實主義
11. 艾茉莉・勃朗泰（女） Emily Bronte 1818–1848	《咆哮山莊》*Wuthering Heights*	寫實主義
12. 史蒂文生 Robert Louis Stevenson 1850–1894	《金銀島》*Treasure Island*	英國十九世紀作品
13. 哈代 Thomas Hardy 1840–1928	《黛絲姑娘》*Tess of the D'Urbervlles*	寫實主義
	《還鄉記》*The Return of the Native*	寫實主義
14. 王爾德 Oscar Wilde 1856–1900	《杜蓮格萊的畫像》*The Portrait of Dorian Gray*	唯美主義
15. 喬治・艾利奥特（女） George Eliot 1819–1880	《織工馬南傳》*Silas Marner*	寫實主義
16. 威爾基・柯林斯 Wilkie Collins 1824–1889	《月長石》*The Moonstone*	

17. 撒姆耳・勃特勒 Samuel Butter 1855–1902	《艾萊荒》*Erehwon*	
18. 吉卜齡 Rudyard Kiplig 1865–1936	《勇敢的船長》*Captains Courageous* 《百愁門》	一九〇七年諾貝爾文學獎
19. 約翰・高斯華綏 John Galsworthy 1867–1933	《有產者》*The Man of Proper*	一九三二年諾貝爾文學獎
20. 曼殊菲兒（女） Masefield 1880–1923	《永久的憐恤・列那狐》	
21. 阿諾德・彭耐特 Amold Bennett 1867–1931	《老婦人們的故事》*The Old Wives Tale*	
22. 毛姆 William Somerset Maugham 1874–?	《人性枷鎖》*Human Bondage*	自然主義
23. 法蘭克・斯溫奈頓 Frank Swinnerton 1884–?	《夜曲》*Nocturne*	
24. 大衛・加奈特 David Garnett 1892–?	《太太變狐狸》*Lady into Fox*	
25. 勞倫斯 David Herbert Lawrence 1885–1930	《查泰萊夫人的情人》*Lady Chaterley's Lover*	英國現代作品
26. 阿爾杜斯・赫胥黎 Aldous Huxley	《狂暴的新世界》	

1894–?	*Brave New World*	
27.詹姆斯・希斯頓　James Hilton 1900–?	《萬世師表》*Good-bye Mr. Chips*	
28.尹弗林・華　Evelyn Waugh 1903–?	《一把塵土》*A handful of Dast*	
29.黛芬・杜・毛利（女）　Daphne Da Maurier 1970–?	《蝴蝶夢》*Rebecca*	英國現代作品
30.詹姆士・喬埃斯　James Joyce 1882–1941	《尤力西斯》*Uysses*	
31.高定　William Golding 1911–?	《蒼蠅王》	一九八三年諾貝爾文學獎

㈡法國

1.伏泰爾　Voltaire 1694–1778	《康迪特》*Candide*	法國啟蒙時期
2.盧梭　Jean-jacques Rousseau 1712–1778	《愛彌兒》*Emile*	浪漫主義
3.拉馬丁　Louise Part Lamartine 1780–1869	《葛萊齊亞》*Craziella*	浪漫主義
4.雨果　Victor Hugo 1802–1885	《鐘樓怪人》*Nortre Dame de Paris*	浪漫主義
5.大仲馬　Alexandre Dumas 1803–1870	《俠隱記》*Les Trois Mousquetaires* 《基度山恩仇記》	浪漫主義

		Count of Monte Cristo	
6.喬治桑（女）	George Sand 1804–1876	《貢蘇蘿》*Consuelo*	浪漫主義
		《魔沼》*La Mare au Diable*	
7.巴爾札克	Honore de Balzac 1799–1850	《人間喜劇》*Comedie Humaine*	寫實主義
8.史當達爾	Stendhal 1783–1842	《紅與黑》*Le Rouge et le Noir*	浪漫、寫實
9.梅里美	Prosper Merimee 1803–1870	《卡門》*Carmen*	浪漫主義
10.福祿貝爾	Guestave Flaubert 1821–1880	《波華荔夫人》	
		Madame de Bovary	寫實主義
		《情感教育》	寫實主義
		L'education Sentimentale	
		《聖安東尼的誘惑》	寫實主義
		La Tentation de Saint Antoine	
11.左拉	Emile Zola 1840–1902	《娜娜》*Nana*	自然主義
		《酒店》*L'Assommoir*	自然主義
12.都德	Alphonse Daudet 1840–1897	《達拉斯公的狒狒》	浪漫主義
		Tartarin De Tarascon	
		《莎孚》*Sappho*	自然主義

13. 莫泊桑　Guy de Maupassant 1850–1893　《她的一生》*Une Vie*　自然主義
《脂肪球》*Boule de Suif*

14. 法朗士　Anatole France 1844–1924　《蓬那特的犯罪》　一九二一年諾貝爾文
Le Crime de Sylvestre Bonnard　學獎
《泰綺思》*Thais*　法國現代作品

15. 盧迪　Pierre Loti 1850–1923　《冰島漁夫》*Le Pecheur d'Islande* 印象主義
《菊子夫人》　印象主義
Madame Chrvsantheme

16. 小仲馬　Alaxandre Dumas Fils 1824–1895　《茶花女》*La Dame Aux Camelias* 浪漫主義

17. 羅曼羅蘭　Romain Rolland 1866–1944　《約翰克利斯朵夫》　理想主義、一九一五
Jean Christophe　年諾貝爾文學獎

18. 紀德　Andre Gide 1869–1951　《田園交響曲》　一九四七年諾貝爾文
La Symphoniepas-torale　學獎

19. 杜嘉　Rogel Martin du Gard 1881–1957　《吉波家的人們》*Les Thibault*　一九三七年諾貝爾文
學獎

20. 莫里亞克　Francois Mauiac 1885–1970　《黛蕾絲・德魯斯格》　一九五二年諾貝爾文
Therese Desqueroux　學獎

《愛與恨》

21. 卡繆 Albert Camus 1913–1960 《異鄉人》*The Stranger* 一九五七年諾貝爾文學獎

《瘟疫》*The Plague* 存在主義

22. 沙特 Jean Paul, C.a. Sartre 1905–1980 《牆》*Le Mar* 一九六四年諾貝爾文學獎

《嘔吐》*La Nausee* 存在主義

《存在與虛無》*L'etre et le Neant*

23. 克勞代西蒙 Claude Simon 1913– 《田園詩》 一九八五年諾貝爾文學獎

24. 莎岡（女） Francoise Sagn 1935– 《日安憂悒》*Bonjour Tristesse* 法國現代作品

㈢德國

1. 歌德 Johann Wolfgang Von Goethe 1749–1832 《少年維特之煩惱》*Leidon des Jungen Werther* 浪漫主義

2. 福歌 Friedrich Fouque 1777–1843 《渦提孩》*Undine* 浪漫主義

3. 施托謨 Theodor Storm 1817–1888 《茵夢湖》*Immensee* 浪漫主義

4. 蘇德曼 Hermann Sudermann 1857–1928 《憂愁夫人》*Frau Sorge* 自然主義末期

5.雷馬克	Erich Maria Remarque 1897–?	《凱旋門》*Arch of Triumph*	德國現代作品
		《西線無戰事》	
		All Quiet on the Western Front	
6.保羅・赫塞	Paul Tohanne Ludwig Vorn Heyse 1830–1914	《悲壯》*L'Arrabbiata*	一九一〇年諾貝爾文學獎
7.湯瑪斯・曼	Thomas Mann 1875–1955	《死在威尼斯》 *Der Tod in Venedig*	一九二九年諾貝爾文學獎
8.赫曼・海瑟	Hermann Hesse 1877–1962	《在懶洋洋的陽光下》、《死亡與情人》	一九四六年諾貝爾文學獎
9.卡夫卡	Kafka 1883–1921	《城堡》*The Castle*	存在主義
		《蛻變》	
10.鮑爾	Heinrich Boll 1917	《婦女眾生相》 *Gruppenbild mit Dame*	一九七二年諾貝爾文學獎
		《一言不發》 *Und Satgte Kein Einziges Word*	

(四)義大利

1.戴麗丹(女)	Grazhia Deledda	《母親》*Mother*	一九二六年諾貝爾文

1871–1936　學獎

2. 皮南德樓　Lulgi-Pi Randello 1867–1936　《已故的馬提亞・巴斯葛》*The Late Mattia Pascal*　一九三四年諾貝爾文學獎

3. 摩拉維亞　Alberto Moravia 1907–　《羅馬女子》*La Romana*　心理寫實派

㈤西班牙

1. 西邁提斯　Miguel de Cervantes 1547–1616《唐・吉訶德》*Don Ouixote*　文藝復興末期

2. 伊本納茲　Vicente Blasco Ibanez 1867–1928　《啟示錄的四騎士》*The Four Horsemen of the Apocalypse*　西班牙現代作品

3. 卡米洛・荷西・塞拉　Camilo Jose Cela 1916–　《巴斯瓜爾》、《杜亞特家族》、《蜂巢》　一九八九年諾貝爾文學獎

㈥奧地利

1. 維姬・包姆（女）　Vicki Baum 1888　《大飯店》*Grand Hotel*

2. 法朗茲・魏菲爾　Franz Werfel 1809–1945《白娜德之歌》

㈦挪威

1. 般生　Bjornstijene Bjornson 1832–1910　《父親》*Father*　一九〇三年諾貝爾文學獎

2. 哈姆生　Knut Hamsun 1859–1952　《牧羊神》*Pan*　一九二〇年諾貝爾文

作家	作品	備註
	《飢餓》*Hungry*	學獎
3.卜以爾 Johan Bojer 1872–?	《偉大的餓者》*Den Store Hunger* 《移民》*The Emigrants*	
4.姬葛麗德（女） Sigrid Undset 1882–1949	《珍妮》、《悠長歲月》、 《男人、女人、去向》	一九二八年諾貝爾文學獎

㈧瑞典

作家	作品	備註
1.拉綺羅敷（女） Selma Lajerlof 1858–1940	《蓋斯達沈浮錄》	一九〇九年諾貝爾文學獎
2.海丹斯坦 Verner Von Heldenstam 1859–1940	《卡露利妮娜》*Karolinerna*	一九一六年諾貝爾文學獎
3.拉哲維斯特 Lagarkvist 1891–1974	《緊捏著的拳頭》*Den Knutna Narea* 《絞刑者》*Bodeln* 《巴蕾巴斯》*Barabbas*	一九五一年諾貝爾文學獎
4.伊凡強生 Eyrind Johnson 1900	《七個生涯》*Norellen ien Volym*	一九七四年諾貝爾文學獎

㈨丹麥

1. 龐陀畢丹　Henrik Pontopidan 1857–1943　《死亡者的王國》　一九一七年諾貝爾文學獎
2. 顏生　Johannes Vilhelm Jensen 1873–1950　《漫長的旅程》　一九四四年諾貝爾文學獎

(10) 冰島

勒克列斯　Halldor Kijan Laxness 1902–　《金髮的維京人》 *Olafur Karason Ljosvfkingur*　一九五五年諾貝爾文學獎

(11) 波蘭

1. 顯克微支　Henryk Sienkiewicz 1846–1916　《你往何處去》 *Quo Vadis*　一九〇五年諾貝爾文學獎
   《火與劍》 *Fire and Sword*
   《洪水》 *The Flood*
   《瓦洛特約夫斯基先生》 *Mr. Wolodviowski*
2. 雷蒙脫　Wladyslaw Stanislaw Reymont 1866–1925　《農民》 *The Peasants*　一九二四年諾貝爾文學獎
3. 朱瓦希　Czeslaw Milosz 1911　《禁錮的心靈》　一九八〇年諾貝爾文學獎

Zuiewlony Unysl 學獎

㈡芬蘭

謝爾蘭帕 Frans Ecmilsilanpaa 1888–1965《清貧》*Hurskas Kurjuns* 一九三九年諾貝爾文學獎

㈢以色列

1. 阿格濃 Shai Agnon 1888–1970《夜來客》*A Guest for the Night* 一九六六年諾貝爾文學獎

2. 以撒辛格 Isaac Basheals Singer 1904–《路柏林的魔術師》*The Magician of Lublin* 一九七八年諾貝爾文學獎

㈣南斯拉夫

安德瑞克 Ivo Andric 1892–《被咀咒的中庭》*Prokleta Arilija* 一九六一年諾貝爾文學獎

㈤保加利亞

跋佐夫 1850–1921《羈軛之下》

第三節　北美、中美、南美洲各國小說名家傑作

㈠美國

1. 歐文 Washington Irving 1783–1859	《李迫大夢》*Rip Van Winkle*	浪漫主義
2. 霍桑 Nathaniel Hauthorne 1804–1864	《紅字》*The Scarlet Letter*	
3. 愛倫坡 Edgar Allan Poe 1809–1849	《愛倫坡故事集》*Tales*	神祕主義
4. 史東夫人（女） Harriet Beecher stowe 1811–1896	《黑奴籲天錄》*Uncle Tom's*	
5. 魯意莎・阿爾考特（女） Louisa May Alcott 1832–1888	《小婦人》*Little Women*	美國現代作品
6. 馬克・吐溫 Mark Twain 1835–1910	《湯姆・沙耶》*Tom Sawyen*	寫實主義
7. 亨利・詹斯 Henry James 1843–1916	《黛西・米諾》*Daisy Miller*	
8. 伊蒂斯・華頓（女） Edith Wharton 1862–1937	《伊丹・傅羅姆》*Ethan Fromo*	
9. 奧・亨利 O'Henrry 1862–1910	《四百萬》*The Four Million*	美國現代作品
10. 喬治・桑泰耶那 George Santayana 1863–1952	《最後的清教徒》*The Last Puritan*	
11. 史蒂芬・克雷恩 Stephen Crane 1871–1900	《瑪琪，一個阻街女郎》*Maggie—A girl of the Streets*	寫實主義

12. 沙琳傑	Salinger 1919	《麥田捕手》*The Cotche in the Sye*	
13. 何威爾	Howells 1837–1920	《一個近代的例子》	
14. 德萊塞	Theodore Dreiser 1871–1945	《嘉麗妹妹》*Sister Cavrie*	自然主義
		《一個美國悲劇》*An American Tragedy*	
15. 傑克倫敦	Jack London 1876–1916	《野性的呼喚》*The Call of the Wild*	自然主義
		《海狼》*The Sea Wolf*	
16. 凱倍耳	James Branch Cabell 1879–	《戲謔精華》*The Cream of Jest*	
17. 西・海華特	Du Bose Heyward 1885–1940	《鮑琪》*Porgy*	
18. 辛克萊・劉易士	Sinclair Lewis 1885–1951	《大街》*Main Street*	一九三〇年諾貝爾文學獎
		《巴壁德》*Babbiit.*	
		《靈與慾》*Elmer Gantry*	
19. 賽珍珠（女）	Pearl Sydenstricker Buck 1892–1973	《大地》*The Good Earth*	一九三八年諾貝爾文學獎
20. 桑頓・華爾德	Thornton Wilder 1897	《聖路易王橋》	

The Bridge of San Luis Rey

21\. 威廉・福克納　William Faulkner　1897–1962

《咆哮與憤怒》*The Sound and the Fury*　一九四九年諾貝爾文學獎

22\. 海明威　Ernest Hemingway 1898–1961

《戰地春夢》*A Farewell to Arms*　一九五四年諾貝爾文學獎

《老人與海》*The Old Man and the Sea*

《戰地鐘聲》*For Whom the Bell Tolls*

《太陽照樣上昇》*The Sun Also Rises*

《午後之死》*Death in the Afternoon*

23\. 約翰・史坦貝克　John Steinbeck　1902–1968

《對我們不平的冬天》*The Winter of Our Discontent*　一九六二年諾貝爾文學獎

《人與鼠》*Of Mice and Men*

《憤怒的葡萄》*The Grapes of Wrath*

《月亮下去了》（月落烏啼霜滿天）
The Moon Is Down
《伊甸園東》（天倫夢覺）
East of Eden

24. 考特威爾　Erskino Caldwell 1903–　《煙草路》 *Tobacco Road*

25. 薩洛揚　William Saroyan 1908–　《人間喜劇》 *The Human Comedy*　美國現代作品

26. 約翰・赫爾賽　John Hersey 1914–　《亞丹諾之鐘》 *A Bell for Adano*

27. 莫爾維爾　Herman Meiville 1819–1891　《白鯨記》 *Moby Dick*　美國現代作品

28. 休伍安德森　Sherwood Anderson 1876–1941　《溫士堡・俄亥俄》 *Winesburg Ohio*　寫實主義

29. 密西爾（女）　Margaret Mitchell 1900–1949　《飄》 *Gone with the Wind*　美國現代作品

30. 卡茲琳・溫索爾（女）　《虎魄》

31. 梭羅貝爾　Saul Bellow 1915–　《雨王亨德森》 *Henderson the Rain King*　一九七六年諾貝爾文學獎

32. 唐妮・莫里森（女）　《至愛》 *Beloved*　一九九三年諾貝爾文

Chloe Anthony Wofford 1931–　學獎

㈡瓜地馬拉

阿史都里阿斯　Miguel Angel Astarias 1899–1974　《總統先生》*EL Senorpr-esidente*　一九六七年諾貝爾文學獎

㈢哥倫比亞

馬奎斯　Gabriel Garcia Marquez 1928–　《百年孤寂》*One Hundred years of Solitude*　一九八二年諾貝爾文學獎

第四節　非洲、大洋洲各國小說名家傑作

㈠埃及

納吉布・馬富茲　Naguib Manfouz 1911–　《開羅三部曲》　一九八八年諾貝爾文學獎

㈡南非

葛蒂瑪（女）　Nadine Gordimer 1923–　《七月的人們》*1981 July's People*　一九九一年諾貝爾文學獎

《榮譽的饗宴》

《保守者》

㈢澳洲

懷特 Patrick Whitl 1912–　《暴風眼》*The Eye of the Storm*　一九七三年諾貝爾文學獎

參考書目

1.《近代小說研究》，楊昌年著，臺北：蘭臺書局，民國六五年一月。
2.《小說賞析》，楊昌年著，臺北：牧童出版社，民國六八年九月。
3.《十二重樓月自明》，楊昌年著，臺北：漢光文化公司，民國七七年二月。
4.《文學原論》，趙影深編著，臺北：長歌出版社，民國六四年十二月。
5.《文學概論》，日・本間久雄著，臺北：開明書店，民國六三年三月。
6.《文學概論》，王夢鷗著，臺北：帕米爾書店，民國五三年六月。
7.《文學概論與源流》，范白水編著，臺北：啟業書局，民國五八年三月。
8.《短篇小說構成論例》，皮述民著，南洋大學創作社，民國六二年四月。
9.《小說原理》，陳穆如編，臺北：中華書局，民國三〇年一月。
10.《小小說寫作》，彭歌著，臺北：蘭開書店，民國五七年六月。
11.《小說創作法》，羅勃・史密斯著，林之茹譯，臺北：阿波羅出版社，民國六〇年四月。
12.《小說面面觀》，E.M.Forster 著，李文彬譯，臺北：志文出版社，民國六二年九月。
13.《微型小說面面觀》，江曾培著，南昌：百花洲文藝出版社，一九九四年一月。

14.《中華民國文藝史》，尹雪曼總編，臺北：正中書局，民國六四年六月。
15.《中國新文學史》，司馬長風著，香港：昭明出版社，一九七八年十一月。
16.《西洋文學史》，黎烈文編著，臺北：大中國圖書公司，民國五九年四月。
17.《書評要門》，John E. Drewry著，徐進夫譯，臺北：幼獅書店，民國六二年一月。
18.《文學名著研評舉隅》，李道顯著，臺北：華岡出版部，民國五八年四月。
19.《小說名著選及其技巧分析》，楊耐冬輯譯，臺北：文象出版社，民國六〇年十二月。
20.《王謝堂前的燕子》，歐陽子著，臺北：爾雅出版社，民國六六年一月。
21.《文學欣賞與批評》，John R. Willingham 等著，徐進夫譯，臺北：幼獅書店，民國六八年十月。
22.《文藝美學》，王夢鷗著，臺北：遠行出版社，民國六五年三月。
23.《中國小說美學》，葉朗著，臺北：里仁出版社，民國七六年六月。

難以割捨的中國情結

——國學大叢書系列

徘徊在品味鑑賞與深入研究間的進退
留連於課堂與書房間的取捨
您需要的，是部面面俱到、深入淺出的國學導引叢書
從古典文學到現代文學
從經史子集到文字聲韻
邀集各家名師精心撰述
伴您學習之路不再徬徨躊躇
三民國學大叢書值得您期待

思想類

書名	作者	出版狀況
宋明理學	陳郁夫	撰稿中
學庸	陳滿銘	撰稿中
論語	黃俊郎	撰稿中
老子	余培林	撰稿中
呂氏春秋	傅武光	撰稿中
佛學概論	林朝成	撰稿中
淮南子	陳麗桂	撰稿中
周易	黃沛榮	撰稿中

古典文學類

中國文學概論	黃麗貞	撰稿中
詞選	林玫儀	撰稿中
中國民間戲曲	曾永義	撰稿中
文心雕龍	王忠林	排印中
楚辭	高秋鳳	撰稿中
詩經	孫劍秋	撰稿中
古典戲曲	王安祈	撰稿中
詩學	歐陽炯	撰稿中
細說桃花扇	廖玉蕙	排印中

現代文學類

現代小說	楊昌年	已出版
現代散文	鄭明娳	撰稿中
現代文學批評	沈　謙	撰稿中
民間故事論集	金榮華	排印中

小學類

古音研究	陳新雄	撰稿中
語言學	姚榮松	撰稿中
聲韻學	林　燾　耿振聲	撰稿中
文字學	裘錫圭	撰稿中
爾雅	邱德修	撰稿中

史書類

中國史學史概論	鄧元忠　曾光正	撰稿中
史記	張高評	撰稿中
資治通鑑	林礽乾	撰稿中
左傳	劉正浩	撰稿中

其他

治學方法	劉兆祐	撰稿中
國文教學法	黃錦鋐	排印中